FRANCESCA REECE

Ein französischer Sommer

ROMAN

Aus dem Englischen von
Juliane Gräbener-Müller und Tobias Schnettler

S. FISCHER

Aus Verantwortung für die Umwelt hat sich der S. Fischer Verlag zu einer nachhaltigen Buchproduktion verpflichtet. Der bewusste Umgang mit unseren Ressourcen, der Schutz unseres Klimas und der Natur gehören zu unseren obersten Unternehmenszielen.

Gemeinsam mit unseren Partnern und Lieferanten setzen wir uns für eine klimaneutrale Buchproduktion ein, die den Erwerb von Klimazertifikaten zur Kompensation des CO_2-Ausstoßes einschließt.

Weitere Informationen finden Sie unter: www.klimaneutralerverlag.de

MIX
Papier aus verantwortungsvollen Quellen
FSC® C083411
FSC www.fsc.org

Deutsche Erstausgabe

Erschienen bei S. FISCHER

Satz: Dörlemann Satz, Lemförde
Druck und Bindung: CPI books GmbH, Leck
Printed in Germany
ISBN 978-3-10-397068-5

Für meine Mutter, und für Jess

Wir könnten vereinfachend sagen: *Männer handeln* und *Frauen treten auf.* Männer sehen Frauen an. Frauen beobachten sich selbst als diejenigen, die angesehen werden. Dieser Mechanismus bestimmt nicht nur die meisten Beziehungen zwischen Männern und Frauen, sondern auch die Beziehung von Frauen zu sich selbst. Der Prüfer der Frau in ihr selbst ist männlich – das Geprüfte weiblich. Somit verwandelt sie sich selbst in ein Objekt, ganz besonders in ein Objekt zum Anschauen – in einen »Anblick«.
John Berger, *Sehen. Das Bild der Welt in der Bilderwelt*

Seine Porträts von mir sind ohnehin alles Lügen. Es sind allesamt Picassos, kein einziges davon ist Dora Maar.
Dora Maar

Ja, manchmal ist das Leben eintönig und alltäglich, wie heute, da ich diese Seiten schreibe, um Fluchtlinien zu finden und zu entweichen, durch Breschen in der Zeit.
Patrick Modiano, *Gräser der Nacht*

Eins

PARIS

Sie war sich schmerzlich bewusst, dass es ihr mit fast Mitte zwanzig nicht gelungen war, sich ein koordiniertes Leben aufzubauen.

Muriel Rukeyser, *Savage Coast*

1

Leah

Meine Verbindung zu Michael begann mit einer Anzeige im *FUSAC*, dem monatlich erscheinenden Stadtmagazin, das dem größten Teil der anglophonen Bevölkerung von Paris bekannt (und verhasst) war. Der Header (in einem blasierten, paternalistischen Blau gehalten) war ein Symbol für Arbeitslosigkeit, Wohnungslosigkeit und ganz allgemein eine Sackgasse des Unglücks. Das Heft bot ein immer wiederkehrendes Raster aus winzigen Wohnungen, die man niemals bekommen würde, und den immer gleichen drei Stellenangeboten in Endlosschleife: Englisch sprechender Babysitter; Kellnerin in einem »Café im Diner-Stil« oder der allgegenwärtige »Geschäftsführer einer australischen Bar, der Lust hat, Teil eines *jungen, verrückten Teams* zu werden!« FUSAC war der argwöhnische Vermieter, der einem als Expat eine geringere Miete anbot, wenn man sich zufällig mit Reflexzonenmassage auskannte. Es war der jüngste Sohn eines texanischen Geschäftsmanns, im Stil eines Bohemes und mit fettigen Haaren, der nach Europa gekommen war, um sein Fanmagazin über John Cassavetes herauszubringen und nun für (unbezahlte) Beiträge warb. FUSAC war ein seltsamer Zombie aus der prädigitalen Ära und einer der Grundpfeiler der Gig Economy.

Es war die Zeit, in der ich mir angewöhnt hatte, lange, ziellose Spaziergänge durch die Stadt zu machen. Immer wieder ging ich an dieselben Orte zurück – meine Füße trugen mich mechanisch dorthin –, Orte, an denen ich schon mal gewesen war, als ich mich noch nicht so unglaublich nutzlos gefühlt hatte. Sie existierten in einer bestimmten Konstellation rund um Paris, Anker, die sich durch Zeitschichten bohrten und die die Macht hatten, mich wieder mit verschiedenen Orientierungspunkten in meiner Erinnerung zu verbinden. Sie waren ein Beweis dafür, dass Zeit kein schreckenerregendes lineares und kinetisches Biest war, das in einer unaufhaltsamen Flugbahn an mir vorbeirauschte. Ich war seit drei Jahren aus der Universität raus und hangelte mich so durch. Es kam mir vor, als hätte ich den Höhepunkt bereits erreicht; als wäre meine vielversprechende Jugend eine Anomalie gewesen – oder hätte mich zumindest nur auf eine trügerische Weise ermutigt, weil sie sich in der *Provinz* abgespielt hatte (bei all meiner Selbstverachtung war ich auch noch ein Snob).

Montagmorgens verließ ich das Haus etwa zu der Zeit, in der die echten Leute zur Arbeit gingen. Im Aufzug teilten wir uns von ganz oben bis nach unten eine Zeitblase. In der Regel handelte es sich um Männer in schicken Anzügen und *foulards* mit teuren Aktentaschen, für gewöhnlich attraktiv, aber fast ausnahmslos niedergeschlagen, mit dicken Tränensäcken unter den Augen. Aus dem Lautsprecher tönten Bruchstücke eines Streichquartetts (dieselben drei Phrasen in einer Schleife, Phrasen, die sich Jahre später auf unerklärliche Weise in meinen Gedanken wiederfanden und die ich den ganzen Tag summte, ehe mir klarwurde, wann sie sich dort eingenistet hatten). Wir grüßten einander mit einem Nicken oder einem knappen Lächeln, und manchmal machte ich einen Anlauf zum Smalltalk: *Fait froid aujourd'hui* oder *J'ai toujours cet air dans ma tête!* Ich fragte mich, was sie wohl von mir hielten. Ob sie dachten, ich sei noch Studentin, ob durch mich bei ihnen eine Wehmut erweckt wurde, die mit verlotterter Jugend zu tun hatte oder ob sie sich lediglich fragten, wie jemand so Schlampiges es in ihr Gebäude hatte schaffen können. An der Eingangstür boten wir einander ein flüchtiges *bonne journée* und kehrten dann eilig dem jeweils anderen Leben den Rücken zu, während wir unser Dasein weiterhin in gegenseitiger bewusster Ignoranz fristeten.

Die Straßen waren voll mit weiteren echten Leuten. Ich pflügte zwischen ihnen hindurch, als hätte auch ich Termine und ein greifbares Ziel, über die *Buttes* und nach Süden Richtung Abbesses, die Rue des Martyrs hinunter und dann in einem Schwenk nach Osten ins 10., ohne einen bestimmten Plan oder speziellen Gedanken im Kopf, nur mit dem schwachen Impuls, weiterzugehen, auf eine Art zentralen Punkt hin – zur Seine mit ihrer Anziehungskraft. An jenem konkreten Montagmorgen schlafwandelte ich über den Pont des Arts und nach Saint Germain-des-Prés. Auf dem Boulevard überkam mich dieser angenehme Hauch von Nostalgie, der zum Zweck meiner Fußmärsche geworden war. Hier, gegenüber den flaschengrünen Markisen des Les Deux Magots mit den bunten Touristenscharen, konnte ich wieder Studentin sein. Angetrieben von dem unbeschwerten Mangel an jeglicher Verantwortung ging ich die Rue des Saints-Pères hinunter und in ein Café, in dem junge Männer in blauen Hemden und roten Chinos mit herrlich strubbeligem Haar und makelloser Kieferpartie über die Europäische Union und Praktika in New York redeten.

Die Hände in den Manteltaschen hatte ich mich ins Café hineingestohlen, wie ein überzähliger ungeladener Gast, der um eine Dinnerparty herumschlich. Das Licht war grau an diesem Morgen. Die Seine war grau gewesen, die imposanten Gebäude der Sciences Po, die den Straßenraum in der Mitte zerschnitten, waren grau gewesen. Die einzige Farbe in dem Café, einmal abgesehen von dem Streifen gedämpften Neons entlang der Theke, war das charakteristische Blau der *FUSACs*, die in einem Stapel neben der Tür lagen. Ich ließ ein Exemplar zwischen die Zettel in meiner Tasche gleiten und suchte mir einen Platz in einer Ecke. Ich schlug die erste Seite mit den *Annonces d'emploi* auf. Ein trüber Nebel aus immer und immer denselben Wörtern: *Babysitting, Business Englisch, Empfangsmitarbeiterin im Hostel.* Dann blieb mein Blick ganz plötzlich an einer Unstimmigkeit mitten auf der Seite hängen – Blockbuchstaben wie aus der SMS, die eine Oma getippt hatte: AUTOR SUCHT ASSISTENT/IN.

»Mademoiselle!«

»Je prends un p'tit café, s'il vous plaît«, murmelte ich automatisch.

> AUTOR SUCHT ASSISTENT/IN ZUR UNTERSTÜTZUNG
> BEI
> ARCHIVARBEIT/RECHERCHE FÜR NEUEN ROMAN.
> Mit einem shakespearischen oder klassischen
> Namen
> brauchen Sie sich nicht zu bewerben.
> PARIS UND SÜDEN. TEILZEIT. MICHAEL:
> 01.14.24.60.86.

Mehrmals las ich die Anzeige durch und spürte den Kloß, der sich immer dann in meiner Kehle bildete, wenn ich etwas mit Potenzial vor mir hatte. Ich begann mir schwache Argumente gegen einen Anruf unter dieser Nummer auszudenken. Was bedeutete »und Süden«? Von wann war diese Ausgabe überhaupt? So was hatte sich doch bestimmt schon jemand anderes unter den Nagel gerissen. Dann schwang sich mein Hirn, seiner Neigung entsprechend, auf einen Strom guter Omen ein: 24 war meine Glückszahl; 86 war das Jahr, in dem meine Eltern geheiratet hatten; Michael hatte der Mann geheißen, der mir im Alter von dreizehn Jahren eine Zahnspange verpasst hatte – und seitdem waren meine Zähne weitgehend in Ordnung gewesen. Es war ein angenehm klingender Name. Auf Papier sahen das A und das E nebeneinander gut aus, wie die Wölbung einer kleinen Unebenheit im Asphalt. Andererseits, wenn »Michael« in irgendeiner Form seriös war, warum hatte er sich dann für eine Anzeige in einem chronisch ätzenden Stadtmagazin entschieden? Verlegen kreiste ich um die Zeilen, genoss den filmreifen Touch der ganzen Aktion und stopfte das Heft dann wieder in meine Tasche, wo das Ausbleiben einer echten Aktion unsichtbar blieb.

»Es ist einfach so, Schätzchen, dass ich das Gefühl habe, ein besonderer Mensch zu sein.«

Ich nickte in ernstgemeinter Zustimmung.

»Ich bin einfach so offen. Manchmal komme ich mir vor wie eine leere Seite in einem Notizbuch; ich warte nur darauf, dass die Welt ihre Ideen auf mich schreibt, damit ich sie besser machen kann.« Romain spielte zwischen Zeigefinger und Daumen mit der silbernen Kette um seinen Hals, während er sich mit der freien Hand einen Löffel voll grell rosarotem Granatapfel in den Mund schaufelte. »Weißt du, was ich meine?«, fragte er mit Nachdruck.

»Absolut«, sagte ich, ohne einen Schimmer zu haben, wovon er sprach. Er schürzte die Lippen und legte mir eine seiner sorgsam gepflegten Hände aufs Knie. Seine Muskeln spannten sich unter dem tiefen V-Ausschnitt seines

T-Shirts. »Deshalb bist du ja auch die *perfekte* Englischlehrerin für mich.«

Ich blickte auf die Übungen hinunter, die ich am Abend zuvor akribisch für ihn zusammengestellt hatte, und verspürte ein flüchtiges Schuldgefühl, weil er so wenig Englisch mit mir gelernt hatte und außer Schlagwörtern wie *le marketing* und *un selfie* das einzige Englisch, das ihm in den ganzen zwei Stunden, die wir heute zusammen verbracht hatten, über die Lippen gekommen war, in »Ariana Grande ist sexy Tänzerin« bestanden hatte.

Romain war einer der drei Jobs, die mich während dem, was ich diese seltsame Zeit der Schwebe in meinem Leben nannte, über Wasser hielten. Er war ein weniger bekannter Promi-Fitnessguru, den ich um fünf Uhr morgens, die Pupillen in seinen schönen leeren Augen zu großen schwarzen Tümpeln erweitert, beim Warten in einer Schlange vor der Toilette kennengelernt hatte.

»*T'as un accent*«, hatte er gesagt, während er meine Hände gepackt und vor Freude einen Lippentriller von sich gegeben hatte. Ich hatte – in einem ähnlichen Zustand – vor Zufriedenheit gestrahlt und mich mit hochgereckten Händen darüber ausgelassen, wie *nett* Menschen waren, wie *großartig* die Musik und wie *aufregend* berührungsfreundlich seine Lederhose war.

»*Anglaise*«, hatte ich geseufzt, während meine Schultern gegen den spürbar pulsierenden Beat andrängten und ich meine Augen in Ekstase geschlossen hielt.

»*Mais c'est trop bien!*« Wieder griff er nach meinen Händen. »Ich suche eine Englischlehrerin.« (Eine Pause, um sich auf die Lippen zu beißen.) »Ich spüre, dass wir eine echte Verbindung haben.« Zu diesem Zeitpunkt in der Nacht spürte ich zu allen dort eine echte Verbindung – wir alle zusammengeschweißt durch denselben göttlichen Strahl vollkommener menschlicher Energie.

Er hatte mir sein Handy in die Hand gedrückt, dessen Display, so schien es mir damals, flimmernd vor meinen Augen hüpfte. Beim dritten Versuch hatte ich es geschafft, meine Nummer einzutippen, und mein Schicksal war besiegelt. Unser Stundenplan gestaltete sich unregelmäßig. Es gab Wochen, da versuchte Romain, mich zu mehreren vierstündigen Unterrichtseinheiten mit ihm im Starbucks an der Métrostation Saint-Paul zu überreden; dann wieder hörte ich wochenlang nichts, und dann plötzlich ein nicht enden wollender Ansturm manischer Nachrichten (oft um drei Uhr morgens), in denen er darauf bestand, dass wir uns *wirklich* sehen mussten und dass er *wirklich* in vierzehn Tagen fließend Englisch können musste und dass *wirklich* seine Karriere davon abhing. Unser »Unterricht« lief in der Regel darauf hinaus, dass ich Nachrichten auf seinem Grindr-Account übersetzte, mir YouTube-Videos von seinen Trainingseinheiten anschaute oder seinen spirituell angehauchten, ausschweifenden Monologen lauschte, von denen er gerade wieder einen begann.

Außer mit Romain wurschtelte ich mich so durch mit einem Job in einem Szenecafé und einem weiteren, bei dem ich einer Gruppe von Mädchen zwischen zehn und zwölf Jahren »Englisch anhand von Songs« beibrachte, was dazu geführt hatte, dass ich mich jetzt erschreckend gut im Werk von Justin Bieber auskannte. Ich war keineswegs unglücklich. Es war eher so, dass ich permanent den Druck der Zeit spürte. Ich hatte das deutliche Gefühl, nicht über viel davon zu verfügen, und vor allem sah ich mich selbst als nicht im Einklang mit der Zeit, zu der ich wohl gehörte.

Allerdings hatte mein Unbehagen, wie es schien, eindeutig mit den Millennials zu tun. Die meisten meiner Freunde aus dem Studium waren in London geblieben und bastelten entschlossen an ihren Karrieren. Sie ließen sich in zwei Gruppen unterteilen: diejenigen, die sich durch reihenweise unbezahlte Praktika hindurch von ihren Eltern hatten unterstützen lassen und sich jetzt nach und nach die »coolen Vorzeigejobs« angelten, und dann die anderen, die übergangslos in der City verschwunden waren und deren Leben sich mehr und mehr von meinem zu entfernen schien – Freitagabendcocktails in Soho und Shoreditch, perfekte Garderobe von COS, Gespräche, die ausschließlich aus griffigen Akronymen zu bestehen schienen. Abgesehen davon ließen mich selbst die beneidenswerteren Jobs mit ihrem Gefasel über *Clickbait* und *Kontaktaufnahme mit Kreativen* gleichgültig; wobei ich in diesem Fall den Verdacht hegte, dass meine Gleichgültigkeit womöglich von einer leichten Eifersucht durchzogen war.

Nach Paris – wo ich schon mein drittes Studienjahr verbracht hatte – war ich in der Annahme zurückgegangen, dort ein preiswerteres Zimmer zu bekommen und weniger arbeiten zu müssen als in London, was mir viel Zeit verschaffen würde, um »mich selbst zu finden« oder was immer ich zu tun gedachte. Als sich dann aber die Zeit vor mir ausdehnte, beschlich mich allmählich das Gefühl, dass ich genetisch bedingt ohne Ehrgeiz war, und ich fand mich, kurz gesagt, damit ab, wirklich gar nicht so besonders zu sein.

In dieser Zeit dachte ich viel darüber nach, wie ich mein Studium anders hätte angehen können. Obwohl mir das damals kaum bewusst gewesen war, konnte ich jetzt sehen, dass ich die ersten beiden Unijahre in stummer Ehrfurcht verplempert hatte. Ich war aus einem kleinen Dorf in Cumbria gekommen, dem traurigen Satelliten einer Stadt, die langsam verendete – überall leere Läden und Bushaltestellen mit von der Sonne gebleichten Aushangfahrplänen. Als ich das letzte Mal mit meiner Mutter sprach, berichtete sie, man habe sogar den Geldautomaten abmontiert.

Das Dorf gehörte zu jenen Orten, denen es völlig an Glanz fehlte, wenn man sich in einem Umfeld junger Leute bewegte, die in Oxford oder Bristol oder Wimbledon oder selbst New England aufgewachsen waren und die sich zu russischen Schriftstellern, Kimchi, nationaler Gesetzgebung und den Vorzügen verschiedener Langstrecken-Airlines äußern konnten. Deren Eltern waren bei der BBC oder einer NGO tätig. Meine Mum arbeitete in einer Grundschule und mein Dad war die eine Hälfte eines »Skidder-Teams« – ein qualifizierter und zunehmend aus der Mode kommender Forstberuf, den ich im Interesse meiner neuen Freunde etwas romantisch als »Holzfäller« übersetzte. Ich erinnere mich noch sehr lebhaft, dass ich diese Auszeichnung in der Orientierungswoche wie ein Ehrenabzeichen getragen hatte und dass sie von den Kommilitoninnen und Kommilitonen, deren Eltern mir völlig unverständliche Berufe hatten, zum Fetisch erhoben worden war. Ein Sozialistensohn aus Dulwich hätte sich vor Begeisterung fast bepinkelt, als er von meinem Vater hörte. »*Holzfäller?*«, hatte er gegurrt. »Mann, das ist ja mal ein *echter* Job – da geht's zurück aufs *Land.*«

Ich war ein äußerst produktiver und ehrgeiziger Teenager gewesen, fand aber, dass die kreativen Bestrebungen, die der Trost meiner klaustrophobischen Jugend gewesen waren (Themen wie Musik und Literatur, auf denen meine eigene Persönlichkeitswahrnehmung basiert hatte), zunehmend mit Unsicherheit behaftet waren. Infolgedessen wurde ich zu einer zwanghaften Tagebuchschreiberin, die in dem Versuch, mit ihren Altersgenossinnen und -genossen gleichzuziehen, alles auf Papier fixierte und Bücher geradezu verschlang. Ich litt immer noch unter dem Moment, als der Junge, an den ich meine Jungfräulichkeit verloren hatte (dreisprachig, typisch internationale Schule), meine sorgfältig zusammengestellte Filmsammlung als »so klischeehaft« abgetan hatte.

Besagte Jungfräulichkeit zu verlieren war wie das Abstreifen einer schlecht sitzenden Haut gewesen, auf die allerdings eine Zwangsjacke folgte. Mir graute vor meinem eigenen Körper – meinem Schamhaar, meinen unordentlichen Schamlippen –, und vor allem wollte ich um jeden Preis die Jungen beeindrucken, die sich (für mein Empfinden) herabließen, mit mir zu schlafen. So dringend wollte ich als sexuell befreit und von Natur aus begabt gelten, dass am Ende mein einziges Ziel darin bestand, dass er (wobei *er* ein ganzes Defilee von verwirrend selbstbewussten Mittelschichtjungen in zu weiten Pullovern war) auf seine Kosten kam. Ich dachte, ich ließe mir selbst eine Art Erziehung angedeihen und lag damit vermutlich gar nicht so falsch. Ich glaube, im Verlauf von zwei Jahren machte ich eine einzige Erfahrung, die darauf hindeutete, dass Sex mir das bieten konnte, was ich mir selbst zu bieten vermochte, aber das Erlebnis war schmutzig und von Schuldgefühlen durchdrungen und fand mit dem Ex einer Freundin auf einem knarrenden alten Sofa in seinem feuchten Kellerraum in der Chatsworth Road statt. Als er mich am nächsten Morgen zur U-Bahn brachte, war mir fast, als würden mir unter der beschämenden Last der Tat, die ich begangen hatte, jeden Moment die Beine wegsacken. Mit Macht überkam mich der Wunsch, sofort nach Hause zu gehen und mich zu waschen.

In Paris war alles anders geworden. Weit entfernt vom

verschleierten und heimtückischen Schmerz des Klassensystems (von dem ich erst entdeckt hatte, dass es noch existierte, als ich nach London gekommen war), hatte mich eine Welle des Selbstwerts erfasst. Ich näherte mich der Stadt als Londonerin, nicht als Landpomeranze. Paris, das ich zunächst als Museumsstück betrachtet hatte, lag mir mit seinem Widerstand gegen ein Voranschreiten in die Zukunft unglaublich gut; die Stadt war fast genauso stagnierend wie ich selbst. Ich arbeitete so gut wie gar nicht: Statt kellnern zu müssen, lebte ich aus der ungekannten Fülle meines Erasmus-Stipendiums und schrieb ausschließlich für mich selbst.

In Paris machte ich meine wichtigste (und zugegebenermaßen vorhersehbare) Entdeckung: Sex. In Frankreich war Sex überall, besonders, wenn die Tage allmählich etwas länger wurden. Sex war der Filter, durch den das Leben lief. Ich stellte fest, dass es vollkommen normal war, jemanden in der Métro mit den Augen auszuziehen oder wenn der Mann in der *papeterie* zu einer Kundin sagte, der neue Frühlingstag sei nicht annähernd so schön wie sie. Französische Männer waren offen und entspannt, und ich stellte schließlich fest, dass ich ein Objekt sexueller Begierde war – und dass das ein Aktivposten war, der als Waffe dienen konnte.

Es war Frühling. Alles saß draußen auf den Terrassen, aber immer noch in Mäntel und auffällig große Schals gehüllt. Am Kanal blühten die Glyzinien. Emma zog an der Zigarette, die wir uns teilten. »Du wirst also anrufen?«, fragte sie.

Emma war eine meiner erfolgreicheren Freundinnen; genau genommen wohl die erfolgreichste, denn sie hatte es geschafft, auch als voll funktionsfähige Erwachsene mit Katze und Freund in der gemeinsamen Wohnung noch Mensch zu bleiben. Sie arbeitete für eine digitale Kunstplattform und war auf wundersame Weise in der Lage, keine Mordgedanken in mir auszulösen, als sie erzählte, wie sie *während der Biennale in Venedig mit dem »zweitwichtigsten Künstler Pakistans« von der Dachterrasse eines Renaissance-Palazzos aus den Sonnenaufgang beobachtet* hatte. Sie war vielleicht die stilvollste Person, die ich kannte, auch wenn jedes einzelne Kleidungsstück, das sie trug, aussah, als wäre es einer einsiedlerischen Achtzigjährigen entwendet worden. Rechts von mir saß Alex, der in einem Bekleidungsgeschäft arbeitete, für das man, um auch nur ein Vorstellungsgespräch zu bekommen, ein zukunftsorientiertes und gut gepflegtes Instagram-Profil brauchte.

In einer Geste, die ich von den Franzosen gelernt hatte und mit der man jeden Funken von Verantwortung oder Selbstbestimmung zurückwies, blies ich die Wangen auf. »Ich weiß es nicht«, sagte ich seufzend. »Erscheint doch ein bisschen sinnlos, oder?«

»Du solltest trotzdem anrufen. Es könnte was Cooles sein.«

Ganz ehrlich, angesichts dessen, was Emma als die *quasiperformative Unbestimmtheit* der Anzeige beschrieben hatte, wusste niemand von uns wirklich genau, welche Aufgaben der Job beinhaltete. »Archivarbeit/Recherche« waren entsprechend nichtssagende Indikatoren. Unser Urteil beruhte auf der Tatsache, dass die Stelle eindeutig in den nebulösen Dunstkreis eines »Jobs in der Kunstszene« gehörte, und in unserem abgeschotteten Universum von Hochschulabsolventen der Kunst- und Geisteswissenschaften verlieh diese banale Kategorisierung dem Ganzen einen unwiderstehlichen Reiz und Status. Wir steckten alle gleichermaßen in dieser bourgeoisen Manie fest, Jobs in der Kulturbranche ziemlich zu überhöhen. Nach allem, was wir wussten, konnte Michael (der womöglich, à la Madonna, ganz auf einen Nachnamen verzichtet hatte) jemanden suchen, der/die seine Pflanzen goss, ihm Tee kochte oder einfach nur sein Ego massierte (was einer richtigen Massage immer noch vorzuziehen war). Die Sache war die: Wenn ich mich auf Partys als *Assistentin eines Schriftstellers* vorstellen könnte, würde mein Sozialkapital (und vermutlich auch mein Selbstwertgefühl) einen Aufschwung erleben. Später würde ich verstehen, dass es gerade die Überhöhung einer bestimmten Art von Arbeit war, die dem Kunstestablishment seine gefährliche Macht verlieh.

»Um ehrlich zu sein, der Anzeige nach könnte er ein ziemlicher Wichser sein«, sagte Alex und sah dabei vom Display seines Handys auf, das er sich anschließend in den Schoß fallen ließ. »Ich meine, das mit Shakespeare? Hallo?« Für Alex waren die meisten weißen Heteromänner Wichser.

»Nein, nein«, protestierte ich. »Genau darauf bin ich ja angesprungen. Vielleicht hat er die Nase voll von den ganzen Cressidas und ihrer gnadenlosen Herrschaft über die Kunst – mit den ganzen unbezahlten Praktika und ihren Häusern im verdammten Stockwell ...« An Alex' Grimasse konnte ich erkennen, dass es ihm lieber wäre, ich würde mich jetzt nicht über soziale Gerechtigkeit auslassen, und ebenso wenig wollte ich, dass jemand von den beiden ahnte, wie deutlich ich mich innerlich schon auf die Seite dieses völlig Fremden gestellt hatte. Im Verlauf von achtundvierzig Stunden hatte ich mir mehrere unterschiedliche Versionen unserer ersten Begegnung ausgemalt, von denen nur zwei winzige Andeutungen von etwas enthielten, was ganz bestimmt eine langsam schwelende Verführung sein würde. Als läse er meine Gedanken, stöhnte Alex: »O Gott, und wenn du den Job kriegst, wirst du natürlich mit ihm schlafen – und er wird irgend so ein eingebildeter, typisch schwabbeliger Babyboomer sein …«

»Wahrscheinlich hat er eine Tochter namens Cressida«, ergänzte Emma. Ich täuschte Entrüstung vor, konnte aber kaum mich selbst überzeugen.

»Du *solltest* aber anrufen«, sagte Alex nach kurzem Schweigen. »Immerhin ist der Job bezahlt. Vielleicht ist das ja dein Ausstieg aus dem Café?«

Wir sprachen oft über meinen *Ausstieg aus dem Café*, eine Art abstrakten *Deus-ex-machina*-Moment, über den ich angenehm wenig Kontrolle hatte, mit dem sich mein Leben jedoch wie durch ein Wunder in etwas Zusammenhängenderes verwandeln würde: ein Job; ein Mann. Ich hatte sogar angefangen, beim *tabac* in meiner Straße Rubbellose zu kaufen.

»Ich weiß, ich weiß«, sagte ich ernst. »Ich werde auf jeden Fall wenigstens *anrufen*.«

Genau im richtigen Moment kam der zweite *pichet* Corbières. Ich spürte schon vom ersten die herrliche Lockerung meiner Glieder. Emma gab mir den Rest der Zigarette.

Am Ostersonntagmorgen konnte ich mich nicht so recht dazu aufraffen, meine Wohnung zu verlassen. Spät und verkatert wachte ich in einen dieser schlappen, sich hinziehenden Tage hinein auf und spürte ganz besonders deutlich, dass ich allein lebte. Ich schaltete das Radio ein und hörte mir ein leicht surreales Feature über weibliche Promis an, die die Entscheidung für das Abhalten eines EU-Referendums unterstützten. Offenbar war Ginger Spice irgendwann in den neunziger Jahren einmal ganz und gar nicht begeistert von diesen gemeinen Bürokraten in Brüssel gewesen. Ich aß zwei gekochte Eier, dachte an Jesus und schaffte es, die Hälfte eines dünnen französischen Romans zu lesen, in dem ein junger Literat eine angemessen schweigsame, rätselhafte und problembeladene Heldin beobachtete. Ungefähr um halb sechs, als ich es in meinen vier Wänden nicht mehr aushielt, fasste ich den klaren Entschluss, hinauszugehen. Der dicke, amphibienartige Ehemann der Concierge in seinem zunehmend ergrauenden Unterhemd hing im Korridor herum. Ich grüßte ihn munter, und er machte einen durch meine bloße Existenz irgendwie beleidigten Eindruck.

»Sie dürfen Ihre Schuhe nicht mehr vor der Tür stehen lassen«, grummelte er. »Auch nicht, wenn es regnet.«

Monsieur et Madame la concierge waren voller Verachtung für mich, weil ich in dem winzigen *chambre de bonne* unter dem Dach des Hauses wohnte und mir ein Stehklo mit meinem Nachbarn Farouk teilte, einem liebenswürdigen, gesprächigen und überwiegend abwesenden Studenten, den das Conciergeehepaar selbstverständlich ebenfalls verachtete. Die siebte Etage war ein unvermeidlicher Fleck auf dieser ansonsten von Geld strotzenden *co-propriété*. Ich hatte oft mitbekommen, wie sich die Gesichter der beiden, wenn sie die Familien aus der sechsten Etage grüßten, kurz zu einem gequälten, unnatürlichen Lächeln verzogen, und wusste daher, dass sie zu sozialen Nettigkeiten durchaus imstande waren. Zurzeit hielt Madame meine Post in Geiselhaft, um mich dafür zu bestrafen, dass ich mein Fahrrad im Hof geparkt hatte. Ich war davon ausgegangen, dass die beiden wenigstens heute in einem Anfall religiöser Hingabe abwesend sein würden. Fehlanzeige.

Draußen ging ich mit zügigem Schritt, vorbei an sonntäglich vollen Terrassen und gut gekleideten Kindern, die auf ihren *trottinettes* dahintrödelten. Ich hörte mir ein altes BBC-Interview mit Morrissey an, und als ich durch das große grüne Tor auf den Friedhof schlüpfte, überließ ich mich Morrisseys für den Norden typischer Aussprache: *Ich verstehe einfach nicht, wie es sein kann, dass Leute nichts mit ihrem Leben anfangen, obwohl sie wissen, dass die Zeit endlich ist.* Für einen Augenblick fühlte ich mich ertappt, aber andererseits verstand ich wirklich nicht, wie ein Mann, der so überzeugende Texte über einen sanften und freundlichen Umgang miteinander schrieb, sich gleichzeitig darüber auslassen konnte, dass England den Engländern gehörte. Das schien meinen Verdacht zu bestätigen, dass erfolgreiche Menschen alle irgendwelche verstörenden Perversionen zu verbergen hatten.

Ich war allein. Der Cimetière Saint-Vincent war ein gewundenes Knäuel aus Wurzeln, spindeldürren Eisenstäben und von der Sonne gebleichten Köpfen abgeschnittener Hortensien, ein Haufen Ersatzteile, die von dem großen Friedhof die Straße hinunter an der Place de Clichy übrig geblieben waren. Hierher kam ich, wenn ich mich am verlassensten fühlte, denn der Ort erinnerte mich an meinen Ex-Freund. Kurz beäugte mich eine langhaarige graue Katze, und ich las die Namen, die auf den Krypten prangten (FAMILLE CAILLEBOTTE, FAMILLE LEGRANDE). Der Boden war mit braunen Kiefernnadeln übersät, so wie der Garten bei meinen Großeltern, als ich noch ein Kind war. Alles war in Abstufungen tiefgrün: die Wasseroberfläche des Gartenteichs; oder die tintenklecksartig auf den Grabsteinen gewachsenen Flechten; oder die Tönung des Lichts, wenn es beim Schulgottesdienst durch die bunten Kirchenfenster fiel. Ich beschloss, Michael anzurufen.

Im L'Etoile de Montmartre saß ich auf einem der Barhocker und spielte alle möglichen Ergebnisse des Anrufs durch: ein kurzes *Stelle bereits besetzt.* Magnetische Anziehung via Telefon (der vage Eindruck, eine göttliche Vorsehung sei am Werk, belegt durch ein paar flüchtig mitbekommene plumpvertrauliche Witze). Schweres Atmen, ein paar peinliche Sätze direkt aus einem Porno und die Erkenntnis, dass ich in die Falle gegangen war. Ich starrte in mein Weinglas, während ich die purpurne Flüssigkeit immer wieder kreisen ließ, und zwang mich, aktiv zu werden. Und wenn auch nur, um den Avancen des mittelalten Mannes neben mir zu entgehen, der im Begriff schien, mich in ein Gespräch zu verwickeln, wählte ich schließlich die Nummer. In der Leitung klingelte es, und nach einer sekundenlangen Ewigkeit:

»*Allô?*« Es war die Stimme einer Frau. Sie war keine Französin.

»Oui, allô, je vous appelle par rapport à l'annonce d'emploi. Pourrais-je parler avec Michael, s'il vous plaît?«

»Er ist nicht da«, erwiderte sie schroff auf Englisch, »und die Stelle ist leider nicht mehr frei.«

»Ah.« Enttäuschung breitete sich – kombiniert mit einer Spur feiger Erleichterung – in meinem Körper aus und legte sich sanft auf meine Schultern. »Okay, gut, jedenfalls trotzdem vielen Dank.«

»Ja. Wiederhören«, seufzte die gesichtslose Stimme, offenbar genervt von meinem Anruf. Nachdem die Frau aufgelegt hatte, klingelte der Hörton noch kurz in meinen Ohren. Für einen Moment behielt ich das Handy in der Hand, als könnte sie zurückrufen, und spürte das stumme Gewicht in meiner Handfläche.

»*Donc vous êtes Américaine?*« Der Mann rechts von mir hatte seine Chance ergriffen.

»Britin«, sagte ich mit einem süßlichen Lächeln. Ich schluckte die letzten Tropfen aus meinem Glas hinunter und ließ eine Handvoll Münzen auf den Tresen fallen. »*Ciao.*«

Nach dem erfolglosen Telefonat wanderte ich bis weit nach Sonnenuntergang ziellos im *quartier* umher, in Gedanken mit der Frage beschäftigt, was in aller Welt ich mit meinem Leben anfangen könnte. Die Vorstellung, in einem Büro zu arbeiten, erfüllte mich regelrecht mit Entsetzen, und inzwischen wusste ich, dass ich alles andere als stresstauglich war. Wenn ich bloß daran dachte, wie ich in der Mittelstufe einmal einen Lehrer enttäuscht hatte, wurde ich noch im Alter von vierundzwanzig Jahren von lähmenden Schuldgefühlen übermannt. Ich dachte an eine Freundin, die als PR-Frau in der Finanzbranche arbeitete und mir irgendwann einmal voller Stolz erzählt hatte, dass eines Tages die Geschicke ganzer Unternehmen von ihr abhängen würden. Mir erschien oft allein die Tatsache, dass ich selbst von mir abhing, schon ganz schön mühsam. Als ich merkte, dass ich mich vor einer mir vertrauten Weinbar befand, blieb ich stehen und wusste mit einem Mal genau, was mich in eine bessere Stimmung versetzen würde.

Ich schob die Tür zu dem überfüllten kleinen Raum auf, der aussah wie die hintere Küche einer Privatwohnung. Die Wände waren gelb und spärlich mit alten Bildern im Deyrolle-Stil dekoriert, auf denen Motive wie unterschiedliche Arten von Trauben, Schweinen oder Geflügel aus sämtlichen Regionen Frankreichs zu sehen waren. Den Fußboden bedeckten da, wo man ihn sehen konnte, Terrakottafliesen, und die schwache Beleuchtung schuf eine gemütliche Atmosphäre. Während ich mich zwischen den voll besetzten Tischen bis zum Tresen im hinteren Teil durchdrängte, vergewisserte ich mich, dass wirklich er Schicht hatte. Ein angedeutetes Wiedererkennen – oder besser ein Wiedererkennen mit Fragezeichen – huschte über Benoîts Gesicht, als er merkte, dass ich mich ihm gegenüber niedergelassen hatte.

»Mademoiselle«, sprach er mich an und taxierte schamlos mein Äußeres. Ich bestellte ein Glas Saumur und zog das dünne Buch aus meiner Tasche. Fünf Minuten später schob er sich an mein Ende des Tresens. »Was liest du denn da?«, fragte er auf Französisch. Ich zeigte ihm die Erzählung von Patrick Modiano, die ich an diesem Nachmittag zur Hälfte gelesen hatte, und er schnaubte. *»Et alors?«*

»Kennst du das Buch?«, fragte ich. Er lächelte, holte eine staubige Flasche unter dem Tresen hervor und schenkte erst mir und dann sich selbst nach. »Ich kann heute nicht über Bücher sprechen, Schätzchen«, sagte er. »Dazu bin ich viel zu verkatert.«

Verkatert war er auch bei unserer ersten und letzten Begegnung rund ein Jahr zuvor gewesen. Ich war mit dem Friedhofs-Ex in die Bar gegangen, und Benoît hatte beschlossen, dass wir ihn von seiner »dionysischen Strafe« ablenken würden. Das war tatsächlich seine Ausdrucksweise gewesen. Er war zwischen dreißig und vierzig, groß, dünn, und sein Charisma reichte aus, um ihn wesentlich attraktiver erscheinen zu lassen, als er tatsächlich war. In ihm sah ich ansatzweise, wie ich selbst in zehn Jahren zweifellos sein würde. Er jobbte in Bars und schrieb Filmdrehbücher – hatte allerdings seit über fünf Jahren keins mehr abgeschlossen. Ich hatte ihm erzählt, dass ich Literatur studiert hatte. Er hatte einen Master in Philosophie und fragte mich, wen ich denn gerne läse. Nachdem wir uns im Gespräch bewährt hatten, begann er, unsere Gläser großzügig nachzufüllen, bis wir alle drei ziemlich betrunken waren – ich, wie damals üblich, mehr als alle anderen. Zum Glück war es ein Sonntagabend, und nach zweiundzwanzig Uhr wurde die Kneipe allmählich leerer. Die Unterhaltung war von Literatur zum Sexuellen und dann in uneingeschränkt vulgäres Terrain übergegangen.

»Euer Nachbar hat nur deshalb so lauten Sex, weil er offenbar den Vogel vögelt«, sagte Benoît zu uns, während er auf eine riesige Käse- und Wurstplatte, die er gerade anrichtete, hauchdünne *saucisson*-Scheiben stapelte. »Ihr zwei müsst es einfach besser und lauter machen!«

An dieser Stelle ein anzügliches Augenzwinkern in meine Richtung. So wie die gewieftesten Ladendiebe Plasmafernseher aus Einkaufszentren stahlen, indem sie die Geräte einfach dreist durch die Ladentür hinaustrugen, hatte er ungeniert mit mir geflirtet. Als mein Ex dann aber auf der Toilette war und Benoît mir eine Zigarette anzündete – wobei er mir länger in die Augen sah, als mir angenehm war –, erkannte ich, wie ganz und gar aufrichtig seine Absichten waren, und erwiderte, während ich den ersten langen Zug wieder ausströmen ließ, betrunken und geschmeichelt seinen Blick.

»Du erkennst mich überhaupt nicht, stimmt's?«, sagte ich jetzt.

Er kniff die Augen zusammen und registrierte Einzelheiten meines Gesichts. »Hilf mir doch mal.«

»Letztes Mal war ich mit jemandem da«, sagte ich. »Typ BWLer.«

Er runzelte die Stirn, und dann fiel sichtbar der Groschen. »Ja. Ja! Du bist die, die lieber Floristin werden wollte, als ihre Masterarbeit zu schreiben, stimmt's?« Ich lachte. »Hast du denn noch Floristin gelernt?«, fragte er. Ich gab zu, dass der Floristinnenberuf als ein weiterer aufgegebener Traum auf dem Friedhof meiner Ambitionen gelandet war. »Gut«, sagte er entschieden. *»Est-il possible d'être révolutionnaire et d'aimer les fleurs?«*

Fünf Stunden später hatte sich die Bar vollständig geleert, und ich war betrunken genug, um die Vorstellung, mit in Benoîts Wohnung zu gehen, überaus verlockend zu finden. Während er aufräumte, lehnte ich auf eine Weise an der Theke, die mir ebenso verführerisch wie stabilisierend erschien; später stand ich draußen an der Bordsteinkante in der Kälte und wartete, bis er den Rollladen aus Metall vor dem Barfenster heruntergezogen hatte.

»T'as froid?«, fragte er, als er mich mit fest verschränkten Armen bibbern sah. Ich nickte in der Annahme, dass er mir jetzt galant seine Jacke um die Schultern legen würde. Stattdessen schlug er gegen das herabhängende Metallgitter und drehte sich wieder zu mir um. *»Bon«,* sagte er und zog mich, eine unsichere Hand auf meiner Schulter, so nah an sich heran, dass seine Unterlippe meine Stirn streifte. »Dann gehen wir doch am besten nach drinnen.« Sein Gesicht verzog sich zu einem kleinen selbstgefälligen Lächeln.

Gegen Morgen: »Was ist denn aus deinem Freund geworden?«, fragte er schlaftrunken und fuhr mir dabei zerstreut mit einem Finger den Unterarm entlang.

»Wie's scheint, kann ich Freunde nicht halten«, sagte ich in die Matratze.

Benoît lachte. *»Tant mieux.«* Ich lag bäuchlings nackt auf seinem Bett. Dem Zimmer fehlte es an jedweder Dekoration. Auf dem Fußboden stapelten sich Bücher neben schmutzigen Tassen und Weingläsern, von denen manche mit Asche und vergilbenden Zigarettenstummeln ausgekleidet waren; ein Glas auf dem Nachttisch diente jetzt als Behältnis für das schlaffe verknotete Kondom. Mein Blick las träge die Namen auf den Buchrücken: Boris Vian, Henry Miller, Philip K. Dick, Hermann Hesse. Norman Mailers grinsendes Gesicht ganz oben auf dem Stapel war zur Hälfte unter der Kondompackung verschwunden. Benoîts Zeigefinger hatte meinen unteren Rücken erreicht, wo er einen Augenblick verharrte, bevor er mir mit der flachen Hand einen Klaps auf den Po gab. *»T'as de très belles fesses«,* schwärmte er, und ich verspürte den scharfen Stich eines hohlen Stolzes, auch wenn ich aus eigener Erfahrung wusste, dass ein Po-Kompliment etwa so unerlässlich war wie das Angebot eines Kaffees am nächsten Morgen.

»Oui«, wiederholte er, *»de très très belles fesses«,* und dann zählte er in einer Art Ronsard'schem *blason,* der mein neunzehnjähriges Ich rettungslos betört hätte, in bewunderndem Ton sämtliche meiner Einzelteile auf. Die Augen geschlossen, lag ich still da und fragte mich, ob es normal war, meine Eroberungen mit einer solchen an Verachtung grenzenden Gleichgültigkeit zu betrachten.

Danach dachte ich ein paar Wochen lang überhaupt nicht an Michael, und ganz ehrlich, ich hätte ihn wahrscheinlich völlig vergessen, wäre Annas Ausstellungseröffnung nicht gewesen. Es war Emma, die mich mitschleppte, damit ich sie vor den »Kunstwichsern« rettete. Die Ankündigung der Veranstaltung hatte sie mir über Facebook geschickt – *Anna Young: Objektive/Perspektiven –,* zusammen mit einem alten Artikel, den sie aus ihrem *Guardian*-Archiv ausgegraben hatte. Er stammte aus dem Jahr 1998 und begann mit einer Beschreibung von Annas Studio: *Auf den ersten Blick könnte man Youngs Studio leicht mit einem der innovativen neuen Restaurants in der Gegend verwechseln, die tapfer versuchen, Focaccia und Grillgemüse in SE1 einzuführen.* Ich wollte nichts anderes, als mich auf den Boden meines Zimmers legen, Lana Del Rey hören und die Weinflasche leeren, die ich mir zum Kochen aufgehoben hatte. Das Schicksal hatte jedoch anscheinend andere Pläne.

2
Michael

Sie kam in den Raum spaziert und es war, als wäre ich durch eine Art Tunnel direkt in meine eigene Vergangenheit gerutscht. Dieses Mädchen war nicht bloß *wie* Astrid, sie *war* Astrid. Der größte Teil ihres Gesichts war hinter einem Vorhang aus Haar versteckt, doch ich sah es sofort; ich spürte es, wie einen elektrischen Schlag.

»Alles gut, Darling? Du siehst ein bisschen blass aus«, sagte meine Frau und berührte mich leicht am Ellbogen.

Mein Blick löste sich nicht von dem Mädchen, das tatsächlich echt sein musste; sie gab einem Fremden gerade Küsschen auf die Wange, also besetzte sie greifbaren Raum. Annas Stimme war weit weg, und ich fragte mich einen Augenblick lang, ob ich meinen Aufenthaltsort gewechselt hatte, ob sie nicht vielleicht durch ein geschlossenes Fenster zu mir sprach oder sogar vom Rand eines Swimmingpools aus. Ich war unter der Oberfläche. Selbst der Bereich um das Mädchen herum schien in eine andere, ältere Sphäre des Seins zu gehören. Das Licht war so, wie das Licht 1968 ausgesehen hatte, in der Ecke, beim Waschbecken in der Wohnung in der Charlotte Street. Es fiel auf genau dieselbe Weise auf ihre Lider, wie es auf Astrids gefallen war.

Anna zischte meinen Namen und erhöhte den Druck auf meinen Arm. Irgendein mechanischer Impuls erlaubte es mir, meinen Kopf ruckartig in ihre Richtung zu bewegen. Sie stand tatsächlich direkt neben mir. Ich verzog das Gesicht.

»Ja? Ja – entschuldige. Ich hab mich gerade ganz komisch gefühlt. Ich hol mir was zu trinken. Möchtest du auch was?« Ich zwang mich, fröhlich zu klingen.

»Noch ein Glas Weißwein«, sagte sie, ein wenig besänftigt.

Astrid war ebenfalls auf dem Weg zur Bar, und ich beschleunigte mein Tempo und ignorierte eine Gruppe, die ich vage als meinen französischen Übersetzer und seine Adjutanten erkannte, und von denen einer gerade meinen Namen rief, *Mi-kai-ell, Mi-kai-ell*! Sie existierten nun in einem Reich, dem ich entkommen war. Ich war jetzt bei Astrid, in der Bar der Students' Union in der Malet Street. Ich konnte den hartnäckigen Muff der Universitätsgebäude riechen, verbunden mit Bier und altem Zigarettenrauch. Ich hatte beinahe das Gefühl, dass meine Haut, wenn ich mir ins Gesicht gefasst hätte, glatt und straff gewesen wäre, so wie sie es damals gewesen war.

Sie war jetzt so nah, dass ich sie berühren konnte, und ich streckte die Hand aus und fasste nach ihrer Schulter. Sie fuhr herum, und ein kurzer Anflug von Erschrecken machte einem starren, höflichen Lächeln Platz. Ich suchte ihr Gesicht nach irgendeinem Zeichen von Erleuchtung ab, als mich plötzlich eine ungewohnte soziale Unsicherheit erfasste. Ich spürte, wie sich ein nervöses Lachen Bahn brach und in meiner Kehle verfing, weil mir auffiel, dass ich noch immer ihre Schulter gefasst hielt; ich spürte die Wärme ihres Körpers, die sich in meiner Handfläche sammelte. Verlegen ließ ich los und tätschelte sie wie ein entfremdeter Vater, der versucht, seine Liebe zu zeigen. Unbeholfen nach dem ersten Gedanken greifend, der mir in den Kopf kam, räusperte ich mich und sagte wenig originell:

»Haben Sie nicht mit meiner Tochter studiert?«

Sie sah mich mit einem Blick an, aus dem, wie ich entsetzt feststellte, nur vage kaschiertes Mitleid sprach. Wie schrecklich. Sie fand das alles erbärmlich. Ich wollte unbedingt mit dem Daumen über ihre Unterlippe streichen, um zu erfahren, ob es sich genauso anfühlte.

»Kann schon sein«, sagte sie. »Wo hat sie denn studiert?«

»Wie bitte?«, fragte ich, ein wenig benommen, bis ich mich daran erinnerte, was ich gerade gesagt hatte. »Ah. Oxford. St Catz. Clarissa.«

Das Mädchen sah mich ausdruckslos an, und dann, als hätte sie sich gerade an eine Art soziale Verpflichtung erinnert, sagte sie freundlich: »Ach. Wie *Mrs Dalloway*? Oder die eine von Samuel Richardson? Oder wie diese Serie mit Sabrina aus *Total Verhext!*?«

Ich betrachtete ihre Züge genauer, und es stimmte einfach alles; doch ihre Stimme war nicht ganz richtig, und sie hatte den verdammten Samuel Richardson erwähnt, was überhaupt keinen Sinn ergab.

»Eigentlich James Baldwin.« Ein wenig defensiv.

»Nein, das kann ich nicht gewesen sein. Mich haben sie in Oxford nicht angenommen.«

»Michael?« Die vertrauten Kadenzen der Stimme meiner Frau waren die Totenglocke meiner verwirrend schimmernden Halluzination. Sie schmiegte ihren schlanken Körper besitzergreifend an meinen. »Wer ist das?«

Ich drehte mich um und sah, wie sie das Mädchen freundlich anlächelte. Das unvorhergesehene Eindringen schnöder Realität half mir, meine Fassung zurückzuerlangen. Ich stülpte mir meine »Freundlicher-Gesprächspartner«-Kappe über, legte einen Arm um Anna und sagte: »Na, genau das versuche ich gerade herauszufinden. Ich bin mir sicher, dass wir sie irgendwoher kennen; ich hätte schwören können, dass sie mit Clarissa zur Uni gegangen ist.«

Anna betrachtete das Mädchen kühl. »Ich kann nicht behaupten, dass sie mir bekannt vorkommt«, und dann, eine elegante, langfingrige Hand ausstreckend: »Entschuldigen Sie meinen Mann. Ich bin Anna Young, und das ist Michael.«

»Leah«, erwiderte das Mädchen, sichtbar erleichtert, dass Anna die Situation so souverän in die Hand nahm. In den Raum deutend fügte sie an: »Glückwunsch. Das alles sieht – ähm – ich meine, das *Werk* sieht ... *fantastisch* aus.«

Anna lächelte. »Danke. Machen Sie gerade ein Praktikum in der Galerie?« Ihre Stimme klang herzlich, doch die Frage war eine nicht sehr subtile Demonstration ihrer Macht.

»Nein, nein, überhaupt nicht. Ich bin mit einer Freundin hier, die über den Kunstmarkt schreibt. Ich weiß fast nichts über Kunst. Also, jetzt nicht *nichts*, natürlich, aber ...«

Sie wand sich vor Scham. Anna strahlte sie großzügig an. »Und was machen Sie?«

Leah verzog das Gesicht. »Äh, schwer zu sagen – so viel, wie nötig ist, um die Miete zu bezahlen. Zurzeit arbeite ich in einem Café«, und dann, weil sie merkte, dass die Antwort unzureichend war: »Ich überlege, mich für einen Masterstudiengang einzuschreiben.«

Ich stellte fest, dass sie nach einem Ausweg suchte, den ihr Anna nur zu gerne gewähren würde. Ich war fest entschlossen, sie nicht gehen zu lassen. Ich musste herausfinden, warum das Universum sie mir geschenkt hatte.

»Na, Sie sollten für mich arbeiten«, platzte es aus mir heraus, ohne dass ich genau wusste, was ich da sagte. Ich spürte, wie Anna mich mit ihren Blicken durchbohrte.

»Wie bitte?«, sagte Leah.

»Ja«, fuhr ich fort, jetzt von absoluter Überzeugung geleitet. »Ja, ich habe sogar vor einer Weile mal halbherzig nach einer Assistenz gesucht ...«

»O mein Gott. Anna Young. Michael *Young*, natürlich. Gott, bin ich blöd. Sie sind *der* Michael Young. Der Autor. *Richards Fall*. Sie haben eine Anzeige im *FUSAC* geschaltet, richtig? Keine poshen Namen. Das waren Sie, oder?«

Erstaunt und voller Optimismus – das Universum war *wirklich* auf meiner Seite – nickte ich enthusiastisch. »Sie kennen die Anzeige?«

»Ich hab sogar angerufen! Aber die Frau am Telefon sagte, die Stelle sei schon besetzt …« Ihre Begeisterung ließ nach und sie blickte verlegen auf Anna, in dem erkennbaren Bewusstsein, dass ihr gerade möglicherweise ein ziemlicher Patzer unterlaufen war. Natürlich hatte meine Frau das gesagt. Sie hätte ganz sicher nicht gewollt, dass ich eine weibliche Assistenz bekam.

Annas freundliche Miene veränderte sich nicht. »Na, ist das nicht perfekt?«, sagte sie. »*Groß*artig.« Sie nahm meine Hand. »Wenn man bedenkt, wie sehr du es hasst, auf meine Partys zu kommen. Was für ein glücklicher Zufall, was?« Sie sah von einem zum anderen, dann nahm sie, wie eine gütige Königin, mit ihrer freien Hand Leahs und sagte: »Michael, ich muss mich wirklich unter die Leute mischen und unterhalten. Wieso vereinbart ihr beiden nicht einen Termin miteinander?«

Ein Termin, ja. Diese ganze phantasmagorische Erfahrung würde kein isoliertes Ereignis bleiben. Sie würde auch jenseits dieses Abends existieren. Ich legte meine Hand auf Annas Rücken, küsste sie auf die Wange und sagte: »Gar keine schlechte Idee, Schatz. Willst du immer noch etwas trinken?«, und dann, an Leah gewandt: »Und was trinken Sie?«

Anna konnte ihre Wut kaum verbergen.

Meine Tochter kann eine richtige *bitch* sein – zumindest mir gegenüber ist sie das gerne. Sie war ein verwöhntes und arrogantes kleines Mädchen. Ich glaube, Anna hat so verzweifelt wettzumachen versucht, dass sie nicht ihre Mutter ist, dass sie sie zu sehr verwöhnt hat. Sie hatte diese Angewohnheit – die meiner Generation ganz fremd ist –, ihr ständig zu sagen, wie besonders sie war. *O Darling, du hast eine solche Künstlerseele*, oder *O Darling, ich glaube wirklich, du fühlst die Musik ganz anders als die anderen Kinder*. Clarissa gewöhnte sich daran, zu glauben, dass ihre Meinung von Bedeutung war. Klar, clever ist sie. Gott weiß, das sollte sie auch sein, nach allem, was ich für ihre Ausbildung hingeblättert habe. Doch was ich einfach nicht begreifen kann, ist, wie wichtig sie sich selbst nimmt.

Als ich in ihrem Alter war, wollte ich nichts anderes als vögeln und etwas spüren. Ich war ehrgeizig, aber ehrgeizig auf eine prahlerische, unreife Art und Weise. Unsere Vorstellungen von Ehrgeiz sind diametral entgegengesetzt. Die Art, wie sie arbeitet, hat etwas schrecklich Puritanisches. Sie hat immer die richtigen Praktika gemacht, hat bis spätabends gearbeitet und, Gott bewahre, *networking* betrieben. Ich war immer davon ausgegangen, dass ich für Großes vorgesehen war, und eine Zeitlang schien es auch so zu kommen. Das Problem bei Clarissa ist, dass sie so prüde und künstlich ist. Ich kann mir nicht vorstellen, dass sie irgendeine Art von erfüllendem Sexleben hat. Ich habe den Eindruck, dass sie überhaupt nichts wirklich fühlt – ganz egal, wie sehr sie ständig auf Selbstdarstellung aus ist. Das ist wirklich die Generation des Ausrufezeichens, oder? Als meine Agentin darauf bestand, dass ich mir Twitter zulege, bin ich schier untergegangen in diesem Getöse aus Anspruchshaltung und der Annahme dieser Menschen, dass ich auch nur im Entferntesten an ihren Meinungen zu Palästina, zu Frauen in der Kunst oder ihren verdammten selbstgemachten Quinoa-Salaten oder was auch immer interessiert sein könnte. Es überraschte mich nicht, dass Clarissa bei Twitter aktiv war und die hashtaggende Ersatzrevolution anführte. Ich spüre einfach diese Dissonanz zwischen uns, die mir bei ihrem Bruder nicht so sehr auffällt. Bei ihr fühlt es sich wie eine Art Schauspiel an.

Genau das bewunderte ich so an Astrid. Sie war das, was Clarissa eine »Basic Bitch« genannt hätte. Sie hatte keine konkreten Ziele. Sie wollte einfach nur leben. Sie war unverfälscht und musste nicht alles analysieren. Sie aß gern Langnese-Vanilleeis direkt aus der Verpackung und hing dabei in Unterwäsche über dem Spülbecken. Sie mochte Prinzessin Margaret, weil sie »irgendwie frech« war, und sie hatte sich selbst den Namen Astrid gegeben, als sie den Durchbruch zu schaffen versuchte, weil es schick und exotisch klang. Das war das einzige Mal, dass sie das Bedürfnis verspürte, eine Art Marke *kuratieren* zu müssen.

»Ich will, dass es ein Text über *Autoren im Exil* wird«, sagte der Junge, wobei er vor dem letzten Teil eine bewusste Pause setzte und die Worte verbal kursivierte. »Oder nicht unbedingt im *Exil*, sondern vielleicht im Zustand des *Ausgewandertseins*. Byron, Keats, Durrell, Hemingway ... *Sie*.«

Die Leute schrieben immer noch Zeitschriftenartikel über solchen Scheiß? Ich nickte langsam und versuchte mir herzuleiten, wann er geboren sein musste. Ende der Achtziger? War er älter als Clarissa? Er trug eine runde Schildpattbrille und ein hellblaues Hemd. Auf seinen Wangen zeichnete sich ein spärlicher Dreitagebart ab.

»Ich habe in der *New York Times* so einen richtig interessanten Artikel gelesen, über einen Autor, der behauptet, dass sein Handwerk davon profitiert habe, fünfunddreißig Jahre in Italien gelebt zu haben, und das hat mich auf die Idee gebracht. Er sprach über das Internet und darüber, dass man eigentlich gar nicht mehr richtig linguistisch isoliert sein kann. Wie verändert das die Sprache des im Ausland lebenden Autors? Ich meine, ich lebe jetzt seit vier Jahren in Berlin, und ich spreche immer noch kein Deutsch. Es ist nicht so, als würde ich Böll und Grass im Original lesen.« Er lächelte. »Ist das *Konzept* des Expat-Autors in unserer globalen Gesellschaft überhaupt noch von Relevanz?«

Es gelang mir nicht, meine Belustigung zu verbergen. Er sah mich ein wenig beschämt an, doch erholte er sich schnell, so wie man es ihm auf der Privatschule oder an der Redbrick-Uni, die er besucht hatte, beigebracht hatte, und sagte: »Also, deshalb wollte ich mit Ihnen reden. Ich wollte … ›einen Austausch von Ideen‹.«

Warum hatten junge Leute immer diese Angewohnheit, alles, was sie sagen wollten, in Anführungszeichen zu setzen, als handelte es sich um die Überschrift ihres nächsten Blog-Eintrags?

»Verstehe«, sagte ich matt.

Ein trauriges Nicken auf dem Display. »Deshalb bin ich so dankbar, dass Clarissa uns zusammengebracht hat und dass wir jetzt skypen.«

Ich spürte, wie mich ein Übelkeit erregender Hass auf meine Agentin überkam, die der Meinung gewesen war, dieses Interview könnte förderlich sein, und noch mehr auf mich selbst, weil ich zugestimmt hatte.

»Gut«, sagte ich schließlich. »Das klingt absolut faszinierend, und es würde mich freuen, mitzumachen.«

»Toll!«, begeisterte sich der Junge. »Das ist großartig. Also, ich weiß, Sie haben einen Termin um zwei, aber vielleicht hätten Sie ja jetzt schon Zeit für ein paar Ideen?«

Ich vollführte eine vage, unverbindliche Geste der Zustimmung, und er fing an, eine lange Liste herunterzuratten, der ich mal folgte, und dann wieder nicht.

»Ist der Gedanke absurd, dass Ihr Englisch sich im Ausland zu etwas anderem entwickeln kann, wenn wir doch in einer Welt leben, die Englisch spricht? Haben sich Ihre Themen verändert? Können Sie immer noch über England schreiben, wenn Sie doch nicht mehr dort leben? Bedenkt man, dass Ihre Texte so typisch für Ihre Generation und die Sphäre waren, in der Sie alle sich damals bewegt haben – London, späte Siebziger und die Thatcher-Ära, bis hin zu Cool Britannia ... Ich meine, wie können Sie *das* von Paris aus schreiben? Haben Sie deshalb aufgehört, Romane zu schreiben?«

Mein Gesicht muss verraten haben, was in mir vorging, denn er brach abrupt ab, und obwohl ich die einzelnen Laute, die er äußerte, kaum verstehen konnte, hörte ich doch, dass er nervös zurückruderte. *Haben Sie deshalb aufgehört, Romane zu schreiben? Ihre Texte waren so typisch ...* Jetzt schwafelte er von der Tugend, sich »in diesen Zeiten sofortiger Gratifikation Zeit für Ihren Roman zu nehmen«.

Ich schnitt ihm das Wort ab. »Hören Sie, Jake, es war mir ein großes Vergnügen, mich mit Ihnen zu unterhalten, aber ich muss jetzt los, sonst komme ich zu spät. Wie wär's, wenn Sie mir die Fragen zuschicken und ich gebe mein Bestes, sie zu beantworten, falls ich noch nicht vergessen habe, wie man tippt.«

Er schien zu schrumpfen, sichtlich gedemütigt.

»Michael, ich ...«

»Wie gesagt – es war mir ein großes Vergnügen. Schicken Sie sie und ich melde mich wieder.«

»Ich …«

Ich klickte auf das kleine Telefon-Symbol auf dem Display und sein Gesicht verschwand. Ganz sicher würde das eine wütende Nachricht von Clarissa nach sich ziehen – falls er sich traute, ihr davon zu erzählen. Seufzend senkte ich den Blick und sah, dass das silberne Touchpad des Computers mit dünnen Rinnsalen leuchtend roten Blutes benetzt war. Das Nagelbett meines rechten Daumens war voller Blut und meine Handfläche klebrig feucht. Ich stand auf, um ein Tuch zu holen, und fragte mich, ob es Leah auffallen würde, wenn sie kam.

3
Leah

Wäre es nicht um einen weiteren stumpfsinnigen Tag im Café gegangen, hätte ich mir wahrscheinlich irgendeine unglaubwürdige Entschuldigung ausgedacht und das dubiose Treffen komplett abgesagt. Sein Verhalten während unserer ganzen ersten Begegnung war, gelinde gesagt, sprunghaft gewesen, und seine Frau hatte mich jetzt eindeutig auf dem Kieker. Nach Aussage von Emma, die ich später mit Fragen löcherte, war sie ein zur Künstlerin mutiertes Model und kommerziell erfolgreich, aber von den Kritikern verrissen. Rémy, Emmas auf witzige Weise gehässige Kollegin, hatte zwischen zwei Zigarettenzügen gespottet, dass Anna besser auf der anderen Seite der Kamera geblieben wäre, wo sie hingehöre.

Die Warnsignale einmal beiseitegenommen, hatte ich das Gefühl, die Sache durchziehen zu müssen. Nachdem ich sie tatsächlich kennengelernt hatte, war ich zuversichtlicher, was die Legitimität des Jobs anging. Ich konnte jetzt die Idee verwerfen, dass Michael ein Verfasser erotischer Harry-Potter-Fan-Fiction sein könnte, oder Amateur-Biograf von Denis Thatcher. Es ging hier um Michael Young. Seine Stimme war Teil der genetischen Ausstattung der englischen Literaturlandschaft seit Ende der Siebziger gewesen, als sein erster Roman, *Richards Fall,* erschienen war. Bis ins neue Jahrtausend hinein hatte er am laufenden Band zynische moderne Klassiker produziert und genoss die Bewunderung des Establishments der alten Garde genauso wie er von den gebildeten Möchtegern-Rebellen geschätzt wurde, mit denen ich studiert hatte – die Sorte, die sich im Filmklub *Apocalypse Now* anschaute und für David Foster Wallace die Abkürzung DFW benutzte. In meiner Pause bei der Arbeit hatte ich eine Nachricht an eine Kommilitonin in London geschickt, die bei einem Verlag arbeitete, um sie zu fragen, ob sie Michael kenne. Sie antwortete, persönlich sei sie ihm nie begegnet, aber ihr Chef habe ihn vor seinem selbst auferlegten Exil und scheinbaren Ruhestand gekannt. Eher beunruhigend, beschrieb sie ihn als »nicht die Art von Mensch, die Dummköpfe ertragen kann«.

In einer weiteren Nachricht hieß es, dass eine andere Freundin mit Michaels Tochter zusammengearbeitet habe, die sie kryptisch als »genauso, wie man sie sich vorstellt« beschrieb. Mit schlechtem Gewissen hatte ich in sozialen Netzwerken nach ihr gesucht, die ganze Zeit in Angst, ich könnte sie versehentlich als Freundin hinzufügen oder, schlimmer noch, etwas liken, das sie gepostet hatte. Wir hatten drei gemeinsame Freunde. Einen Jungen aus meinem Wohnheim im ersten Unijahr, mit dem ich fast gegangen wäre, dann aber doch zu viel Schiss gehabt hatte (selbst ernannter Dandy, Internat, Theatergruppe); eine Kommilitonin, die ich kaum kannte und mit der zusammen ich das Seminar über Literatur der Frühen Neuzeit besucht hatte; und schließlich einen Freund eines Freundes, der am Central St Martins studiert hatte und jetzt (nach einer flüchtigen Durchsicht seines Profils) Redakteur bei *Dazed & Confused* war. So weit, so vorhersehbar.

Michael und seine Frau hatten eine Mietwohnung in der Nähe der Place Denfert-Rochereau, »dem unschicken Ende des 14.«, wie er voller Stolz gesagt hatte, was mich zu der

Überlegung veranlasste, wo denn dann das schicke lag. Es stimmte, dass das Viertel etwas weniger extrem begütert war als die im Norden und Westen. Denfert war einer der noch verbliebenen weitgehend unverfälschten Teile im Pariser Stadtgebiet. Die Hauptverkehrsstraße, die Rue Daguerre, war eine lange, gepflasterte Abfolge von roten Brasseriemarkisen und Marktständen, und als ich mich mit meinem Fahrrad zwischen alten Damen in Regenmänteln und mit Tüchern um den Kopf hindurchschlängelte, war die Luft von würzigen Käsedüften und später der intensiven Salzigkeit der Fischgeschäfte erfüllt. Auf dem Gehsteig vor einem Blumenladen saß ein gelangweilter alter Mann mit grüner Schürze auf einem Hocker, umgeben von Eimern mit welkenden Maiglöckchen. Irgendjemand hatte mir einmal erzählt, dies sei Bob Dylans Lieblingsstraße in Paris gewesen.

Michael wohnte in der Rue Boulard, zwischen dem *tabac* und dem Buchantiquariat. Nachdem ich mein Fahrrad abgeschlossen hatte, fischte ich den Schmierzettel mit seiner Adresse aus der Manteltasche. Meine Hände fühlten sich feucht an. Wie wild wischte ich sie an meinen Jeans ab und warf einen Blick auf meine Armbanduhr: zehn Minuten zu früh. Ich ging einmal die Straße hinunter und wieder hinauf. Fünf Minuten zu früh. Fünf Minuten, versicherte ich mir, waren die Grenze zwischen ernsthaft und höflich. Die Tür führte auf einen kleinen Innenhof mit Maiglöckchen und dem, was ich für die Wäsche der Concierge hielt. Die Sachen waren von grünlichem Licht durchflutet und dufteten nach Weichspüler. Zum hundertsten Mal las ich seine Anweisungen. *Erster Stock, batîment B.* Drinnen gab es die übliche geschwungene Treppe mit einem pseudo-persischen Läufer und einen winzigen Aufzugkäfig, den zu nehmen ich beschloss, um jedes weitere Transpirationsrisiko zu vermeiden.

Es dauerte eine Weile, bis er an die Tür gekommen war, und dann öffnete er sie langsam, wie ein Lehrer, der überlegte, ob er eine Schülerin ins Lehrerzimmer eintreten lassen sollte oder nicht. Als er aber mein Gesicht sah, wurden seine Züge weicher und er stieß die Tür weit auf, wodurch breite weiße Lichtbündel in das schattige Treppenhaus fielen. Für ein oder zwei Sekunden betrachtete er mich stumm, dann seufzte er, *okay, willkommen,* ehe er zur Seite trat, um mich einzulassen.

»Wow.«

»Ja, ganz schön viel Platz hier, nicht wahr?«, sagte er, die Hände in den Taschen vergraben. »Tee oder Kaffee?«

»Tee, bitte.«

Er nickte, verschwand in die Küche und ließ mich da stehen, verlegen an die Armlehne eines gewaltigen Siebzigerjahresofas in der Farbe einer Tomaten-Tapenade gelehnt. Der Raum war riesig und ging auf einen Balkon hinaus, der an der Längsseite der Wohnung entlanglief.

»Ja, seit ungefähr fünf Jahren sind wir jetzt hier, glaub ich«, rief er aus der Küche. »Als wir damals nach Paris kamen, wollte Anna in einer schicken Gegend wie dem 11. wohnen, aber ich hatte immer noch ein Faible für das Rive Gauche meiner Studentenzeit, und das hier war das Nächste, was wir bekommen konnten. Mir gefällt es hier. Es gibt nicht allzu viele von diesen langweiligen Auslandsbriten.« Mit einer kleinen Teekanne und zwei Bechertassen erschien er wieder in der Tür. »Lass uns ins Arbeitszimmer gehen, ja?« Gehorsam folgte ich. »Ich meine, wir haben nach wie vor das Haus in Highbury, hier wohnen wir nur zur Miete. Wir sagen immer, dass wir zurückgehen, aber irgendwie verlängern wir den Mietvertrag dann doch jedes Mal.«

Das Arbeitszimmer war winzig und, abgesehen von einem

weiteren bodentiefen, marode wirkenden Fenster, das offen stand und auf den Hof hinausging, von Büchern gesäumt. Michael machte eine weit ausholende Geste, während er die Teekanne auf seinem Schreibtisch abstellte. »Nimm Platz.«

Ich setzte mich auf die Kante einer alten, mit fadenscheinigen Überwürfen und Kissen bedeckten Schlafcouch.

»Warum seid ihr hierhergezogen?« Ich hatte so lange schon nicht mehr gesprochen, dass meine Stimme wie eine Karikatur ihrer selbst klang.

»Ach, ich weiß nicht. Ich hatte von London die Nase voll. Ich brauchte eine Pause. Anna wollte etwas Neues. Die Kinder waren beide ausgezogen ... Ich meine, nicht dass sie je bei uns gelebt hätten – sie haben bei ihrer Mutter in Cambridge gewohnt – und dennoch ... Wir hatten ein Haus in Saint-Luc und dachten daran, einfach alles hinzuschmeißen und dorthin zu gehen, aber Anna hatte befürchtet, zu diesem schrecklichen Klischee der erschöpften englischen Künstler zu werden, die das Stadtleben nicht mehr aushielten und ans Mittelmeer flüchteten, um dort weich wie faules Obst zu werden. So sind wir hier gelandet. Das schien ein guter Kompromiss zu sein. Und was hat dich hierhergeführt?«

»Tja, ich hatte mein Studium abgeschlossen und gemerkt, dass mein Ehrgeiz mich aus London wegzog.« Freunde hatten mir erklärt, dass einen Mangel an Ehrgeiz zuzugeben, in einem Bewerbungsgespräch zutiefst unstrategisch sei. Ich rechnete immer noch damit, dass Michael exzentrisch war. »In einer Schule bekam ich einen Vertrag für ein Jahr und blieb danach irgendwie hängen. Jetzt lasse ich mich einfach treiben, würde ich mal sagen.«

Er lächelte mir zu und blickte mir auf unerträglich intensive Weise in die Augen. »Gut. Ich finde ja, dass es nicht mehr genug junge Leute gibt, die sich treiben lassen.«

»Wir scheinen eine aussterbende Gattung zu sein«, pflichtete ich ihm bei, zufrieden mit meiner taktischen Entscheidung.

Wir sprachen ein wenig über meine Zeit an der Uni, meine bunte Erwerbsbiografie und meine bevorzugte Lektüre. Zum Schluss sagte Michael, während er sich mit den flachen Händen auf die Knie schlug: »Ja. Ja, ich glaube, du würdest deine Sache ordentlich machen. Diese Vorstellung gefällt mir.«

»Ordentlich?«, erwiderte ich zögernd.

»Ja, sehr.« Er stand auf, ging hinüber zum offenen Fenster und lehnte sich an das Geländer des französischen Balkons. Im sanften Nachmittagslicht musterte ich Michael eingehend. Er war sehr groß und drahtig mit dickem grauem Haar und dunklen Augen.

»Dir ist sicherlich bewusst, dass mein letzter Roman zur Jahrhundertwende herauskam«, sagte er, ohne in meine Richtung zu blicken. »Was du vermutlich nicht weißt, ist, dass ich gerade an etwas Neuem arbeite.«

Er hielt inne, als wartete er darauf, dass ich angemessen beeindruckt reagierte. Ich tat ihm den Gefallen.

»Deshalb ersticke ich zurzeit in Arbeit. Jeden verdammten Tag wünsche ich mir jemanden, der meine Korrespondenz erledigt. Ich bekomme jede Menge Leseexemplare von Verlagen, die einen schleimigen knappen Satz für den Klappentext wollen, oder Redaktionen, die auf Rezensionen aus sind. Es wäre gut, jemanden zu haben, der die ganze Post durchsieht und entscheidet, was davon tatsächlich meine Zeit wert ist. Dann sind da noch die vielen Einladungen, die ich ablehnen muss – im Beantworten von Mails bin ich generell ziemlich schlecht. Ansonsten gibt es einiges an Recherche für dieses neue Projekt zu machen, und für diesen

Sommer suche ich vor allem jemanden, der meine persönlichen Tagebücher abtippt.« Er räusperte sich und sah aus, als wäre ihm ziemlich unwohl. »Es gibt eine Zeitspanne von etwa zwei Jahren in den späten Sechzigern – vermutlich war ich da gerade in deinem Alter –, da stecke ich irgendwie fest. Ich möchte die Einträge in ein stimmiges Ganzes bringen ...«

Ich ordnete meine Gesichtszüge irgendwo zwischen ungezwungen gefasst und begeistert.

»Du sagtest, du schreibst auch?«, fragte er.

»Ähm, *so was Ähnliches* – nein, ja, ja, aber nichts von Bedeutung«, sagte ich, bemüht, cool zu bleiben.

Wieder blickte er mich aufmerksam an. »Gott, es ist wirklich ziemlich erstaunlich.«

»Ist es das?«, fragte ich.

Er überhörte meine Frage. »Bei dem Namen Christine Parker klingelt bei dir nichts, oder?«, dann, als Reaktion auf mein Schweigen: »Nein, keine Sorge. Schon gut.« Wieder lächelte er mich an, als hätte ich etwas überraschend Lustiges oder Kluges von mir gegeben, dabei hatte ich überhaupt nichts gesagt.

»Damit wir unser Haus in London vermieten konnten, brachten wir den Großteil unserer Sachen in Saint-Luc unter. Dort sind jetzt auch alle meine alten Tagebücher. Normalerweise verbringen wir den August dort – es ist ein großes altes Bauernhaus, das wir uns mit Jenny, einer meiner ältesten Freundinnen, und ihrem Mann teilen. Du weißt ja, wie das läuft – wir sind diese schreckliche englische *Bobo*-Familie, die Gäste und Kinder und betrunkene Freunde, die kein Wort Französisch sprechen, mitschleppt. Die nächsten zwei Monate würdest du mit ein paar Stunden pro Woche anfangen – E-Mails schreiben, lesen – und dann, nun, wenn alles gut läuft, könntest du wohl diesen Sommer mit uns nach Saint-Luc kommen und das Tagebuchprojekt in Angriff nehmen ...« Während er sprach, kaute er am Rand seines rechten Daumens. »Ich habe nicht mehr daran geglaubt, jemanden zu finden. Und von den Freunden meiner Kinder wollte ich auch niemanden fragen. Die sind zu nah dran und haben bereits einen Haufen grandioser Optionen in Sachen Karriere. Die Anzeige im *FUSAC* habe ich aus einer blöden Laune heraus aufgegeben, ohne wirklich damit zu rechnen, dass sich daraus etwas ergeben würde ...«

Ich ließ ihn reden und nickte in mir angemessen erscheinenden Intervallen, auch wenn er wirkte, als sei er sich meiner Anwesenheit jetzt kaum noch bewusst.

»Aberglaube war eigentlich nie mein Ding«, sagte er, »aber als ich dich gesehen habe, da habe ich ... da hat es einfach *klick* gemacht.« Er löste sich vom Fenster, kam auf die Schlafcouch zu und setzte sich so neben mich, dass unsere Knie sich fast berührten. Während er mein Gesicht – vermutlich weniger als fünf Sekunden, gefühlt jedoch eine Ewigkeit lang – musterte, legte er mir seine Hand auf den Oberschenkel und lächelte. Die Diskrepanz zwischen seinem Gesichtsausdruck (nicht bedrohlich, offenbar mit dem Ziel, Vertrauen aufzubauen) und dem Druck seiner ungebetenen Hand war irritierend. Ich sagte mir, dass er einfach freundlich war, und wie zur Bestätigung hob er die glühende Hand zu einem kumpelhaften Klaps. Das war eindeutig eine Alterssache.

»Jedenfalls habe ich mir deinen Lebenslauf und die E-Mail, die du mir geschickt hast, durchgelesen, und du scheinst die richtige Art von Profil für den Job zu haben.« Er steckte die Hände wieder in die Taschen. »Was meinst du?«

Ich blickte ihn direkt an und brachte beherzt jeglichen Widerspruch in meinem Innern zum Schweigen. »Ich finde, es klingt perfekt.«

In seinen Augen zeigte sich eine Welle der Erleichterung, und er entspannte sich. Dann stand er wieder auf.

»Großartig. Ja – großartig.« Er ging zurück zum Schreibtisch. »Hier habe ich schon ein paar Leseexemplare für dich, falls du bereit bist, direkt anzufangen.«

»Das ist ein totaler Freak, Leah.«

Emma setzte eine verständnisvolle Miene auf. »Zugegeben, die Ausgangslage klingt nicht toll. Der Job selbst aber schon. Du wirst dafür bezahlt, Bücher zu lesen und E-Mails zu schreiben, und darfst am Ende sogar noch Michael Youngs geheime Tagebücher lesen. Das ist schon cool. Aber auch wieder schräg. Nimm's nicht persönlich, Süße, aber warum, glaubst du, ist er speziell an *dir* interessiert?«

Zu dritt saßen wir am Ende eines langen Restauranttischs, damit beschäftigt, die Reste einer gewölbten, cremigen Burrata aufzutunken, die mit Olivenöl beträufelt worden und auf ein Bett aus prallen Kirschtomaten gesickert war.

»Ich will noch eine«, war alles, was Alex mit einem Mund voll Sauerteigbrot äußern konnte.

»Meinst du, das oben drauf war geraspelte Steckrübe?«, fragte Emma. »Es hat nach Wurzelgemüse geschmeckt.«

»Er ist also einfach nur ein gruseliger alter Lustmolch?«, fragte ich, das Gespräch wieder auf meine Person lenkend.

»Ja. Offensichtlich«, stöhnte Alex, während er mit dem Finger über den Terrakottateller fuhr, um noch den letzten Ölklecks zu erwischen. »Er hat dich angefasst und ist nicht mal Franzose. Er will, dass du seine alten Tagebücher liest, und kennt dich gar nicht. Der ist pervers.«

Ich seufzte auf theatralische Weise. »Aber es ist der coolste Job aller Zeiten. Und er wird *bezahlt.*«

Keinem von beiden hatte ich gestanden, dass der Vorfall mit seiner Hand auf meinem Schenkel mich sogar irgendwie erregt – mir einen zweifelhaften Hinweis auf potenzielle Macht gegeben hatte.

»Wie peinlich wird es sein, wenn seine Kinder mit ihren ganzen Freunden da runter kommen, und du bist so was wie die Geliebte ihres Vaters?«

»Ich glaube wirklich nicht, dass es so was ist« widersprach ich schwach, »ich glaube, er hat einfach eine etwas spezielle Art.«

»Arbeite doch erst mal eine Weile hier mit ihm und schau, wie's läuft«, sagte Emma. »Hast du eigentlich schon mal was von ihm gelesen?«

Ich zuckte innerlich zusammen. »Seinen ersten Roman habe ich tatsächlich im Sommer vor dem Studium gelesen. Er war sehr … bäh, du kennst doch diese Cliquen cooler junger Männer, die übers Vögeln und Pissen und den Niedergang der patriarchalen Gesellschaft schwafeln?«

»Aha.«

»Dann habe ich mir aber auch seinen alten Beitrag in *Desert Island Discs* angehört, und da hat er gesagt, er könne seine *Juvenilia* nicht einmal mehr selbst lesen.«

»Hat er wirklich das Wort *Juvenilia* benutzt?«, fragte Emma.

»Schlimmer geht's nicht mehr«, sagte Alex.

»Er ist *Schriftsteller*«, sagte ich. »Schriftsteller haben es nun mal mit hochtrabenden Begriffen.«

»Er war in *Desert Island Discs*«, sagte die sichtlich beeindruckte Emma mit einem anerkennenden Pfiff.

»Genau«, meinte ich.

Ungefähr einen Monat nach meinem ersten Treffen mit Michael lud Anna mich zum Abendessen zu ihnen ein. Bis dahin war ziemlich regelmäßig Arbeit angefallen. Michael hatte zwar seit Jahren keinen Roman mehr veröffentlicht, aber viele regelmäßig erscheinende Rezensionen, Kolumnen und selbst die Tatsache, dass er gelegentlich als Berater bei Film- und Fernsehdrehbüchern tätig war, hatten dafür gesorgt, dass er den Leuten nach wie vor präsent war. Ich hatte vielleicht eine oder zwei Stunden täglich damit verbracht, in seinem Namen Einladungen höflich abzulehnen und mir Science-Fiction-Leseexemplare vorzunehmen (in den Achtzigern hatte er eine dystopische Phase gehabt, deren Konsequenzen ihn bis heute verfolgten).

Auf die Nachricht von Annas Einladung hin hatten Emma und Alex die erwartbaren Witze über die Ehefrau gerissen, die sich die potenzielle Geliebte mal näher ansieht. In Wirklichkeit trafen Michael und ich uns etwa einmal die Woche kurz zu einer Besprechung. Den Großteil der Arbeit erledigte ich von zu Hause aus oder in Cafés, wo ich mich jetzt selbstgefällig zu den karrierebewussten Freiberuflern zählte, die ich bisher immer von der anderen Seite des Tresens aus bedient hatte. Trotz des unheilvollen Starts hatte ich mittlerweile ein aufgeräumtes Verhältnis zu meinem Job und war mir sogar sicher, dass ich ihn tatsächlich aufgrund meiner Eignung und nicht irgendeines undurchsichtigen Motivs bekommen hatte.

Wieder war ich unnötig früh im 14. und musste mich in meinem Plastikregenmantel auf eine Terrasse setzen und meinen Instagram-Feed aktualisieren, bis es angemessen erschien, nach oben zu gehen. Anna begrüßte mich überschwänglich an der Tür. Sie roch irre. Reiche Leute rochen immer so fantastisch. Wenn ich mir als Teenager TV-Serien über reiche New Yorker und Kalifornier reingezogen hatte, hatte ich beim Anblick der endlosen Partyszenen an nichts anderes denken können als daran, wie gut sie alle riechen mussten. Ehe ich es mir verkneifen konnte, hörte ich die Worte: »Wow, du riechst toll!«, aus meinem Mund herauspurzeln. Sie lächelte gleichmütig.

»Ach, mein Parfüm? Weißt du was, es kann sein, dass ich aus Versehen Michaels genommen habe.«

Ich hatte schon angefangen zu erzählen, dass ich immer die Art Frau hatte sein wollen, die Männerdüfte trug, als mir klarwurde, dass der Eingangsbereich ein unpassendes Umfeld für einen Gesprächseinstieg war, und dass ich vielleicht sowieso wie eine Schleimerin klang. Ich ließ mich von ihr in die Wohnung führen, ohne Umschweife auf das orangefarbene Sofa setzen und mit einem Glas Wein versorgen. Sie setzte sich mir gegenüber auf einen dieser stilvollen, ganz bestimmt dänischen Stühle aus der Mitte des letzten Jahrhunderts, schlug elegant die Beine übereinander und beugte sich leicht vor.

»Ich habe gehört, du wirst uns diesen Sommer in Saint-Luc Gesellschaft leisten?«, gurrte sie mit kontrolliertem Enthusiasmus.

Sie war wirklich sehr schön. Ihr dickes weizenblondes Haar hatte sie so hochgesteckt, dass einzelne Strähnen kunstvoll herunterfielen und ihr Gesicht umrahmten. Vermutlich war sie etwa so alt wie meine Mutter, obwohl man die beiden unmöglich miteinander vergleichen konnte, Anna war der Inbegriff großstädtischen Schicks. Sie trug eine modische schwarze Hose, die ihre gebräunten Knöchel umspielte, ein gestärktes Herrenhemd, kaum Schmuck und weder Schuhe noch Strümpfe.

»Das wird wunderbar«, fuhr sie fort. »Clarissa kommt für

ungefähr zwei Wochen, und Lawrence wird auch immer wieder mal da sein. Er ist zurzeit als freiwilliger Flüchtlingshelfer in Griechenland.«

»Lawrence?«, fragte ich.

»Unser – das heißt, *Michaels* Ältester.«

Ich hatte nicht bemerkt, dass Michael den Raum betreten hatte. Er schlenderte zu seiner Frau, beugte sich zu ihr hinunter und küsste sie auf den Kopf.

»Lawrence ist ein bisschen chaotisch«, erklärte Anna. »Vor ungefähr fünf Jahren hat er seinen Abschluss an der SOAS gemacht und seitdem ein etwas unstetes Leben geführt. Fast ein halbes Jahr davon hat er hier bei uns verbracht, stimmt's, Darling?«

Michael schüttelte den Kopf. »Der Junge war überall. Erst mal hier und in Saint-Luc. Dann ist er mit dem Fahrrad quer durch Europa gefahren und für eine Weile an einem bizarren Ort gelandet; in einem dieser alten Sowjetstaaten – welcher war es noch mal, Liebling?«

»Kroatien, glaube ich. Da hat er als DJ gearbeitet.«

Ich stöhnte innerlich auf: *Lawrence aus Cambridge, der an der SOAS studiert hatte und DJ war.* An der Uni hatte ich einen ganzen Haufen solcher Typen gekannt. Zugegeben, mit vielen von ihnen war ich befreundet gewesen. Es könnte schon lustig werden mit ihm. Tendenziell hatten diese Leute Sinn für Humor; waren witzig, gebildet, an coolen Sachen interessiert; mehr als nur leicht überheblich und vollkommen fern jeglicher Art von Realität. Als kleinkarierte provinzielle Achtzehnjährige hatte ich genau solche Jungs vergöttert.

»Ja, dort hat er sich eine Zeitlang aufgehalten. Dann gab es eine kurze Phase, in der es so aussah, als würde er endlich erwachsen werden. Er zog zu einem Freund seiner Mutter nach New York und machte dort ein Praktikum bei einer Produktionsfirma ...«

»Und dann hat er sich nach Indien verpisst«, unterbrach Michael.

»Nepal«, korrigierte Anna.

»Ja, genau. Nepal. Wofür interessiert er sich jetzt? Kompostierung oder so was?«

»Weiß der Himmel, ich komme nicht mehr hinterher. Im Januar ist er wieder nach London gezogen, um sich ungefähr eine Woche später mit ein paar alten Schulfreunden auf den Weg nach Calais zu machen.«

Ich fühlte, wie ich mich entspannte. Diese Leute waren wohltuend vertraute Typen. Es war die Art, mit der ich umzugehen gelernt – ja, denen ich nachzueifern versucht hatte, als ich damals nach London gekommen war.

Beim Essen fing Anna an mir zu erzählen, wie sie und Michael sich kennengelernt hatten. »Es war um die Zeit herum, als ich meine erste Einzelausstellung hatte, also wohl 1998. Michael schrieb einen Artikel über die Ausstellung für den *Evening Standard* und hielt sich an die unerträgliche Etikettierung, die alle Zeitungen schluckten, nämlich die der zur Künstlerin gewordenen Muse.«

»Das war keine Frage des Schluckens – es war die Wahrheit!«, sagte er.

»War es nicht«, widersprach sie. »Ich war Künstlerin, bevor ich Model wurde. Ich hatte an der Slade studiert, und das mit dem Modeln habe ich nur nebenbei gemacht, um Freunden auszuhelfen ... und dann bin ich natürlich durchgestartet.«

»Offensichtlich«, schnaubte Michael.

»... und am Ende bin ich ausgestiegen und hatte zehn ganz schön wilde Jahre ...«

Die *zehn wilden Jahre* hatte sie sicher ganz bewusst erwähnt. Sie wollte zeigen, wie provokant sie mal gewesen war, auch wenn sie inzwischen wohl eher in die Lifestyle-Rubrik der Sonntagszeitungen mit Tipps zur Inneneinrichtung passte.

»Und dann habe ich mein Medium gefunden.«

Michael verdrehte diskret die Augen.

»Michael fand das allerdings nicht.«

»Ach nein?«, fragte ich zögernd.

»Jedenfalls hat er die Ausstellung wie immer verrissen.«

»*So* schlimm war es gar nicht«, protestierte er.

»Und drei Wochen später fing er dann auf einer Party an, mich anzubaggern!« Sie lachte, und Michael setzte eine gespielt beschämte Miene auf. Anna drehte eine breite Pappardella auf ihre Gabel. »Vermutlich war ich eben – wie er schrieb – etwas fürs Auge.«

Dieses Niveau netten, vornehmen Smalltalks behielt sie den ganzen Abend über bei, und erst als ich im Aufbruch begriffen war, kam sie lange genug aus ihrer Deckung, um einen Funken von Bedenken erkennen zu lassen. Sie bestand darauf, mich zur Tür hinauszubegleiten, um den Aufzug zu holen, so als wären wir in einem alten Hollywoodfilm und ich wäre nicht imstande, den Knopf selbst zu drücken. Das kleine Geviert des Treppenhauses war kalt, und ohne Annas souveränen Smalltalk, das leise Klimpern des Bestecks und das kunstvoll arrangierte Stimmungslicht (von der Tür her immer noch als warmer Schimmer wahrzunehmen) spürte ich, wie etwas von meiner anfänglichen Verlegenheit zurückkehrte. Die kurze Stille wurde von dem Aufzug durchbrochen, der sich in seine Halteposition ruckelte.

»Also dann«, sagte ich. »Vielen Dank noch mal – es war wirklich nett.«

»Leah, ich ...« Sie ging auf mich zu, so nah, dass ich erneut ihr Parfüm riechen konnte. Ihre Bewegungen waren ein wenig steif, und mir fiel erst jetzt auf, dass sie betrunken war. »Ich bin wirklich so froh, dass wir dich kennengelernt haben. Weißt du, seit meiner Vernissage ist Michael wie ausgewechselt. Jeden Tag höre ich ihn jetzt im Arbeitszimmer auf seine Tastatur hämmern.« Sie betrachtete mein Gesicht. »Anfangs war ich mir nicht so sicher. Ich dachte, es sei ... Na ja, du weißt, wie Männer werden können. Ich dachte, das sei irgendeine billige Midlife-Crisis oder so was.« Sie lachte etwas zu angestrengt. »Manchmal ist Mike ... *raffiniert*. Ich glaube, heute war er aber gar nicht so, oder?«

Unsicher, was ich sagen sollte, stimmte ich ihr vorsichtshalber zu.

Die Türen des Aufzugs begannen sich langsam zu schließen, und sie strahlte mich mit einer Herzlichkeit an, die mir aufrichtig erschien.

»Also dann«, sagte sie. »Gute Nacht.«

Alex und Emma blieben skeptisch, aber ich wurde den Gedanken nicht los, dass mein Kontakt zu Michael und Anna mir etwas bringen könnte. Der Verführung durch das Theater ihres Lebens konnte ich mich nicht entziehen: der Kunst an den Wänden, den Möbeln aus der Mitte des letzten Jahrhunderts, den Wänden voller abgewetzter Taschenbücher, den Weingläsern im Bauhausstil.

Am darauffolgenden Abend saß ich, mehr oder minder nackt und im Schneidersitz, in einem kleinen Sonnenlichtkreis auf dem Boden meiner Zehnquadratmeterwohnung. Ich betrachtete mein Bild im Spiegel – wo die Spitzen meiner dunklen Haare bis weit unterhalb des Schlüsselbeins herabhingen und meine Brustwarzen und die leichte Rundung meines Bauchs berührten – und stellte mir wie so oft vor, von einem Mann angeblickt zu werden; ein begehrenswertes Objekt zu sein. Mit einem Anflug von Stolz fragte ich mich, ob Michael mich wohl in seiner Fantasie nackt gesehen hatte. Natürlich würde ich es, falls er *je* irgendeinen Versuch unternehmen sollte, nicht zulassen, oder? Auch wenn seine Aufmerksamkeiten am Anfang unseres Kontakts meinem Ego geschmeichelt hatten, war ich doch erleichtert gewesen, festzustellen, dass meine dauerhafte Anstellung offenbar nicht von meinem Sexappeal abhing. Dennoch war es schön zu ahnen, dass er darüber nachgedacht und sich vorgestellt hatte, wie es wohl wäre, mit seinem (durchs Alter weicher gewordenen, vermutlich etwas schlaffen) Körper meinen zu berühren und mich in den Nacken zu küssen.

Ich zupfte die Blätter von einer pompösen Artischocke und tunkte sie in einen alten, mit Olivenöl und Fleur de Sel gefüllten Joghurtbecher. Es war das Ende der Saison, und auf dem Markt unter der Eisenbahnbrücke in Barbès gab es Artischocken in rauen Mengen. Das Garen einer Artischocke auf dem Campingkocher, der mir als Herd ausreichte, war nicht schwer. Ich mochte das Gefühl, wenn ich die Blätter mit den Fingern abriss, sie eins nach dem anderen eintunkte und schließlich mit den Zähnen über die raue Oberfläche fuhr, um an der Spitze das Fleisch einzusaugen. Jeder Mundvoll war ein salziger, öliger Lohn für die Mühe. Ich googelte Fotos von Saint-Luc, leerte ein Glas Pinot Gris, und mir war, als könnte ich vor lauter Fülle platzen. Alles fügte sich.

4
Michael

Astrid hatte in einem Restaurant in der Frith Street gearbeitet. Es war ein schmieriger Laden, der einem fetten, alten Italiener namens Giorgio gehörte, und ich hatte mir angewöhnt dorthinzugehen, weil ich glaubte, in ein Mädchen verliebt zu sein, Kathy, das gegenüber wohnte. Sie war Folk-Sängerin, und ich fand Jahre später heraus, dass sie sich mit einer Sekte in den Staaten eingelassen und den Großteil der Siebziger in orangenen Gewändern verbracht hatte. Ich habe heute Morgen über Annas Facebook nach ihr gesucht. Sie ist jetzt Musiklehrerin an einer weiterführenden Schule in Bristol und postet fast ausschließlich zur Labour Party und vermissten Hunden im Südwesten. Auf ihrem Foto hat sie das Haar zu einem ordentlichen Zopf zurückgebunden und trägt brave Sandalen. Sie hat einen Ehemann, der wie die Sorte Mann aussieht, der einen Schuppen besitzt und die Vögel im Garten benennen kann.

Es war ein Donnerstagmorgen und es muss im Herbst gewesen sein, denn ich erinnere mich, am Soho Square durch Haufen von nassem braunem Laub gestapft zu sein. Vom Gehsteig stieg ein leichter Nebel auf, und ich fühlte mich noch kribbelig von dem Koks, das ich in der Nacht zuvor genommen hatte. Ich hatte keine große Lust, Kathy unter die Augen zu treten. Unbeherrscht und arrogant von der Droge hatte ich mich im Pub an ihre beste Freundin gedrückt und ihr gesagt, sie sehe aus wie Brigitte Bardot. Doch beide waren eher der intellektuelle Typ, und mein Kommentar kam überhaupt nicht gut an. Vermutlich wollte sie lieber wie Doris Lessing sein, bemerkte ich später spöttisch und gekränkt gegenüber einem Freund.

Ich hatte es bis zu Kathys Haustür geschafft, als mir einfiel, dass Giorgio um sieben öffnete. Ich dachte, ich könnte dort vielleicht eine Tasse starken schwarzen Tee bekommen und mir ein wenig die Zeit vertreiben, bevor ich genug Kraft gesammelt hatte, um mit der 25 zurück zu mir zu fahren. Die Everly Brothers liefen, als ich eintrat. Das weiß ich noch, weil es »Cathy's Clown« war und ich beinahe umgedreht und direkt wieder gegangen wäre. Stattdessen schlich ich mich wie ein Krimineller hinein und klemmte mich an einen der Resopal-Tische. Mir gegenüber starrte mich ein riesiges Poster von Sophia Loren mit ihren erschreckenden Katzenaugen an. Ihr Gesichtsausdruck sollte verführerisch wirken, doch ich hatte viel mehr den Eindruck, dass sie mich verschlingen wollte wie eine grinsende Wölfin.

Der Laden war bereits halb gefüllt. Neben mir saßen zwei Frauen, die ich für Nutten hielt, aßen Rührei und rauchten heftig, wobei sie sich lauthals wegen eines Mannes stritten, den sie einfach *seine Lordschaft* nannten, mehr als nur ein bisschen verächtlich. Ihnen gegenüber war ein Tisch mit einsilbigen Bauarbeitern besetzt. Einer von ihnen hatte das frische, rundliche Gesicht, das ihn als Anfänger verriet. Er warf zwischen hastigen Schlucken von seinem Tee immer wieder verstohlen ehrfürchtige Blicke auf die Frauen. Die älteren Typen ignorierten, dass er anwesend war. Ihr Anführer hielt einen Monolog über West Ham. In einer dunklen Ecke beim Telefon döste ein Mann im Anzug auf seinem Aktenkoffer. Seine Krawatte war gelöst und seine Frisur verrutscht. Ich fragte mich, ob er eine Frau in Guildford hatte, die gerade mit Lockenwicklern und im Hausmantel am Frühstückstisch saß und die *Daily Mail* las.

Plöztlich wurde meine Träumerei durch einen eindeutig irdischen East-End-Akzent unterbrochen.

»Schon was gefunden?«, fragte die Stimme lustlos, und ich machte mir nicht die Mühe, aufzublicken.

»Eine Tasse Tee, bitte. Milch, kein Zucker.«

Mrs Guildford würde Susan oder Caroline heißen und eines dieser absolut englischen Gesichter haben – schlecht gelaunter kleiner rosa Mund, Stupsnase mit Sommersprossen, hellbraunes Haar und rote Wangen. Der Hausmantel wäre von einer fahlen Korallenfarbe, die ihr nicht stand, aber den Rand ihrer Brüste berührte. Sie würde verzweifelt vor Langeweile sein.

Die Bedienung kam zurück und stellte eine Tasse vor mich. »Also nichts essen?«

Ich blickte nun doch auf – und es verschlug mir die Sprache. Ich hielt mich damals für einen Ästheten, und sie war absolut beeindruckend – »eine Tess des 20. Jahrhunderts«, wie ich später an diesem Tag prätentiös in meinem Tagebuch notierte. Sie hatte große braune Augen, die ich, genauso abgedroschen, als »frisch und unschuldig« beschrieb, und langes dickes Haar, das sie auf eine Art auf dem Kopf aufgetürmt hatte, die mir zutiefst unmodern und fast schon edwardianisch erschien. Ihre Nase war klein und perfekt, wie die eines Kindes, und ihr Mund übergroß. Ich starrte ihn an.

»Nein, vielen Dank ...« Ich suchte verzweifelt nach einem Vorwand, sie bei mir zu halten. »Sind Sie neu hier?« Ich fischte in meiner Tasche nach einer Zigarette, weil eine Ex-Freundin mir einmal gesagt hatte, ich sähe sexy aus, wenn ich rauchte.

Sie schien vorübergehend entwaffnet von der Aufmerksamkeit, die ich ihr schenkte, und sah mich mit einem Lächeln an, das mir weiche Knie machte.

»Ja«, sagte sie. »Heute ist mein dritter Tag.«

Ich hielt direkten Blickkontakt mit ihr, auf die Weise, von der ich wusste, dass sie bei Mädchen immer funktioniert, und sagte: »Na, dann denke ich, werden wir uns bald häufiger sehen.«

Sie trat nervös von einem Bein aufs andere und erwiderte meinen Blick. Das würde höchstens eine Woche dauern.

Im Laufe der nächsten zwei Wochen achtete ich darauf, fast täglich zu Giorgio's zu gehen. Nebenbei entdeckte ich, dass die gleichförmigen Stapel pappigen Weißbrots mit Schinken, Ei und verstörend glatten Würstchen reine Fassade waren. Zur Mittagszeit füllte sich der kleine Raum mit der gefühlt kompletten italienischen Anwohnerschaft Sohos, und dann kamen die Teller mit Spaghetti auf den Tisch, mit Pfeffer gewürzt, den sie direkt an Ort und Stelle mahlten, und die von den goldenen Tropfen Olivenöls glänzten. Es war eine vollkommen neue Sinneserfahrung.

Ich saß in der Ecke, von der aus ich perfekte Sicht auf die Theke und den Durchgang hatte, und tat so, als würde ich schreiben oder lernen. Meist verfasste ich bloß einen Tagebucheintrag über meine Verliebtheit in Astrid, als die sie sich schließlich, an Tag drei, vorgestellt hatte. Als ich es zuletzt gelesen habe, kam es mir unerträglich pubertär vor, doch damals war ich der Meinung, aufrichtig zu sein und eine perfekte Balance zwischen meiner angeborenen künstlerischen Neigung zur Verklärung und einem erfrischend bösen Zynismus gefunden zu haben. Ich schrieb Absatz um Absatz pseudophilosophischer Erotika (Kathy las damals Anaïs Nin und hatte mir begeistert eine Kurzgeschichte vorgelesen, die vom Sex bei einer Hinrichtung handelte, im Zuge derer der Angeklagte dostojewskische Äußerungen von sich gab), und nach und nach fand ich einzelne Details über Astrids Leben heraus.

Sie war in Mile End aufgewachsen und ihr Vater war Musiker. Ihre Mutter arbeitete als Schneiderin. Als Teenager hatte sie in der Band ihres Vaters gesungen, doch dann hatten sie sich »schlimm verkracht«. Sie war so leichte Beute. Ich präsentierte mich ihr gegenüber als eine Art gequälter Künstler, und obwohl ich darauf achtete, ihrem Ego durch mein offenkundiges, wenn auch wortloses Interesse zu schmeicheln, so wusste ich doch gleichzeitig, dass ich behutsam vorgehen und ein solides Fundament aufbauen musste, bevor ich mein Glück versuchte. Ich sah zu, wie sie die Annäherungsversuche anderer Kunden kühl abwehrte: von schmierigen Italienern, unbeholfenen Arbeitern und finsteren Geschäftsleuten wie Mr Guildford. Einmal gab es einen Moment, in dem ich dachte, ich könnte mich durch mein Eingreifen beliebt machen, und hatte mich schon darauf eingestellt, mein männliches Gockelverhalten auf überaus gewaltsame Weise zu präsentieren. Andererseits, überlegte ich dann, war es das wirklich wert, mir ein Hausverbot einzuhandeln, wenn ich doch gerade erst *arrabbiata* entdeckt hatte?

Jeden Abend ging ich nach gegenüber und bumste Kathy, und jedes Mal, wenn ich einen weiteren geblümten Chiffonsack aufschob, stellte ich mir vor, dass ich eigentlich Astrids enge Vichy-Bluse aufknöpfte, die sich über ihren kleinen, kecken Brüsten spannte.

»Michael, ich will dich nicht mehr treffen.«

Kathy war barfuß, saß auf ihrer Fensterbank und zog an einem schlecht gerollten Joint. Lagen wenig schmeichelhafter dünner Baumwolle streiften ihre Fesseln, und trotzdem sah sie im weichen Morgenlicht unerträglich hübsch aus. Ich setzte mich in ihrem Bett auf. »Was?«

Sie sah mich nicht an. »Es ist vorbei.«

Ich stieß ein wütendes Schnauben aus. »Was soll das heißen, es ist vorbei?«

Jetzt sah sie mich offen an, auf eine Art, die mich beunruhigte, und sagte: »Michael, du machst alles kaputt.« Ich saß wie benommen da und schwieg. »Patty hat mir erzählt, was du ihr über *Brigitte Bardot* gesagt hast. Es ist mir wirklich egal, wenn du mit meinen Freundinnen schläfst, aber du klingst wie so ein schmieriger Onkel – als würdest du in der Werbung arbeiten oder so was.«

»Babe –«, sagte ich kraftlos, »ich war nicht ich selbst. Ich hatte vorher ziemlich viel ...«

»Du bist doch einer von diesen Intellektuellen, für die jede Eroberung nur ein weiterer Pinselstrich ihres Meisterwerks ist. Ich hätte es wissen müssen, als du mich lecken wolltest, als du zum ersten Mal mit in meiner Wohnung warst.«

Sie nahm einen langen Zug von ihrem Joint. Ich kannte sie als ein so gutmütiges, konfliktscheues Wesen, dass mir ganz weich ums Herz wurde, wenn ich an den Mut dachte, den es sie gekostet haben musste. Dann schloss sie die Augen, und ich spürte, wie mein Herz in meiner Brust pochte, weil ich merkte, dass sie es absolut ernst meinte. Ich betrachtete das Chaos in ihrem Zimmer, während ich mich anzog.

»Scheiße, was hast du denn gelesen?«, zischte ich, als ich die Tür hinter mir zuknallte.

Ich war schon betrunken, als ich um zwanzig nach zwei bei Giorgio's ankam. Ich hatte den gesamten Tag in der Bibliothek verbringen wollen, doch in der Bar der Students' Union hatte mir ein angenehm stämmiges Mädchen aus

Derbyshire aufgelauert, das französische Literatur studierte. Ihre tonnenartige Gestalt stand in keinerlei Widerspruch zu dem, was sie vertrug, und ich merkte schnell, dass ich beim Versuch, mit ihr Schritt zu halten, bald über Kreuz blicken würde. Schon gegen Mittag war ich in gefährlicher Weise aufrichtig. Das war bei mir immer das Problem beim Alkohol – sobald ich betrunken war, verspürte ich das verzweifelte Bedürfnis, jedem alles zu verraten, was ich je über ihn oder sie gedacht hatte. Ich erzählte meiner neuen Freundin, dass ich gleich nach Soho laufen und Astrid sagen wolle, was ich für sie empfand. Sie bestand darauf, dass wir darauf mit einem letzten Schluck Whisky anstießen. »Richtig so!«, kicherte sie, mit dem leicht rollenden R eines Midlands-Akzents. »Love is all you need!«

Ich streifte desorganisiert durch Bloomsbury und zur Tottenham Court Road, nicht imstande, mir im dreckigen Dauernieselregen auch nur eine Zigarette anzuzünden. Plötzlich war ich mir recht sicher, was ich tun würde, aber vor allem hatte ich einen Bärenhunger. Eine Heldenportion *spaghetti all'amatriciana* würde mich wieder auf die Spur bringen.

Die letzten der Mittagstischitaliener tröpfelten gerade aus dem Restaurant, und die große Fensterscheibe zur Straße war vor Kondenswasser beschlagen. Die grüne Markise wölbte sich unter braunen Pfützen Regenwassers. Ich wankte hinein und sackte gegen die weißen Fliesen der Wand. Jedes Geräusch fühlte sich überwältigend an: das Fauchen des Milchschäumers hinter der Bar, das Prasseln des Regens gegen die Fensterscheiben und das Spritzen des Wassers, das der Verkehr auf den Gehsteig schleuderte. Ich versank in den wellenartigen Kadenzen der letzten Reste von Unterhaltungen um mich herum und dem sanften Klimpern des Klaviers im Radio. Ich spürte, wie meine Augenlider sanken. Es war so heiß dort nach der kühlen Feuchte der Straße.

Ich wachte auf, als Giorgios flache Hand mit meinem Kopf kollidierte.

»*Ehi ragazzo!* Raus aus den Federn!« Er war Einwanderer zweiter Generation, und sogar sein Italienisch hatte einen unverwechselbaren Londoner Einschlag.

Ich sah nur verschwommen. Ich stöhnte. Neben mir stand ein Teller kalter Spaghetti.

»Wo ist Astrid?«, fragte ich.

»Sie hat heute Nachmittag frei«, erwiderte er und wischte den Tisch ab.

Ich setzte mich auf und versuchte, ein paar trockene Spaghetti auf meine Gabel zu drehen. Ich erinnerte mich an die Etappen dieses trüben Tages, von Kathys Zurückweisung über das Mädchen aus Derbyshire bis zu meinem Aufbruch voller Zuversicht und Entschlossenheit. »Giorgio«, setzte ich an, »du könntest mir nicht zufällig verraten, wo sie wohnt, oder?«

Sie wohnte im Gästezimmer einer runzeligen alten Soho-Wirtin, die zum Glück nicht da war, als ich kam. Als ich dümmlich gegen die Haustür hämmerte, sah ich, wie sie oben die Vorhänge bewegte. Inzwischen regnete es richtig, und mein Haar klebte an meinem Kopf. Ich hatte meinen Mantel in der Students' Union vergessen, und ich fühlte mich langsam elendig nüchtern. Ich hoffte, dass ich zumindest verwegen und filmreif aussah.

Als sie schließlich herunterkam, öffnete sie mir in ihrem Morgenrock die Tür, was ich als bemerkenswert positives Zeichen wertete; ein Mädchen, das so zur Tür kam, konnte nicht allzu prüde sein. Ihr Haar war feucht, und als sie wie ein Bündel hektischer Energie durch das Zimmer fegte, entschuldigte sie sich dafür, wie sie aussah. Sie schaffte es nicht, mir in die Augen zu sehen.

»Ich komme gerade aus der Wanne. Ich war bei einem Vorsingen und bin komplett nass geworden.«

Ich saß schweigend an ihrem Küchentisch, während sie Wasser für Tee aufsetzte und sich in einen Rausch redete. Als sie schließlich verstummte und mir in die Augen sah, starrte ich ihr direkt ins Gesicht. Ich erkannte, wie sie sich unter der Last des Schweigens wand.

»Wieso bist du hier, Michael?«

Der Kessel begann zu pfeifen, und ich erhob mich. Sie stand wie angewurzelt neben dem Gaskocher. Ich stellte mich vor sie, so nah, dass sie gezwungen war, sich gegen die lackierte Arbeitsplatte zu drücken. Neben ihr kam ich mir sehr groß vor und wiederaufgerichtet nach dem morgendlichen Angriff auf mein Selbstbewusstsein. Unter dem hauchdünnen Stoff ihres Morgenrocks spürte ich die sanften Kurven ihres warmen Körpers, und ich stellte zufrieden fest, dass ihre Brustwarzen hart waren. Ich umschloss ihr Kinn mit meiner rechten Hand, zog ihr Gesicht an meines heran und zwang sie, mir in die Augen zu sehen. Ich fuhr mit dem Daumen über ihre Unterlippe und sagte: »Ich bin hier, weil ich dich sehen musste.« Sie starrte zu mir auf, nicht imstande zu sprechen. All meine Willenskraft zusammennehmend, riss ich mich fort. »Wir sehen uns morgen«, sagte ich leise und ging zur Tür. Der Kessel pfiff noch immer.

Draußen hatte sich der Regen verzogen, und die Straßen waren grau vom matten, wässrigen Sonnenlicht. Beschwingt machte ich mich auf den Weg zur Oxford Street, um den Bus zu nehmen, und ich spürte, wie der Triumph meine Laune hob.

5
Leah

Die ersten Sommerwochen zeichneten sich durch schreckliches Wetter und eine noch schlimmere politische Lage aus, und alle Welt berief sich inzwischen auf dieselbe willkürliche Statistik, derzufolge es seit 1882 nicht mehr so viel Regen gegeben hatte. An den seltenen sonnigen Tagen war es drückend und die Luftverschmutzung hoch. Ein konkretes Gefühl des Unbehagens schien sich in Europa breitzumachen, und in Paris liefen inzwischen alle vornübergebeugt und mit hängendem Kopf herum. Die Einzigen, die sich nicht duckten, waren die Rudel englischer Fußballfans, die, vom Regen unbeeindruckt, in einer unverständlichen Sprache betrunkenen Maulheldentums grölend umherzogen.

Zu Beginn der Woche war ein Student, der mit einem Schwimmstipendium in Stanford war, nach Absitzen einer sechsmonatigen Strafe dafür, dass er eine bewusstlose Studienanfängerin hinter einen Container gezogen und zu vergewaltigen versucht hatte, aus dem Bezirksgefängnis entlassen worden. Er war auf dem Sprung zu einer Sommertour durch die Staaten, um für Enthaltsamkeit zu werben. Ich wurde das Bild von seinen runden blauen Augen und den feuchten Lippen, die sich über grinsenden Zähnen wölbten, nicht los. Die Zeitungen verwendeten durchweg sein Bild aus dem Jahrbuch anstelle des Polizeifotos. Sein Gesicht war fleischig und lachsfarben. Anscheinend hatte der Alkohol seine olympischen Träume durchkreuzt.

Eines Abends, als wir gerade unsere Fahrräder in Emmas Hof abschlossen, drehte sie sich zu mir um und sagte: »Ich fühle mich nicht einfach nur apokalyptisch; es fühlt sich eher so an, als hätten wir eine ganze Palette apokalyptischer Ereignisse zur Auswahl.« Kurz zuvor waren wir schweigend durch das behelfsmäßige Dorf aus halb plattgewalzten Zelten unter der Hochbahnbrücke an der Métrostation Jaurès gefahren. Auf der *piste cyclable* hatten rauchende barfüßige Männer dicht gedrängt auf dem harten Beton gesessen. Wir hatten beide nichts dazu gesagt.

Eine Woche vor Michaels geplanter Abreise nach Saint-Luc verkündete er, Clarissa würde sich in Paris »blicken lassen«. Er war in einer miserablen Stimmung. »Anna meinte, du würdest vielleicht gerne noch einmal zu Besuch kommen, um sie kennenzulernen«, brummte er.

Ich fühlte, wie ein Klumpen nervöser Energie in meiner Kehle aufstieg, und hörte mich selbst in lässigem Ton antworten, dass das cool wäre und ich mir den Dienstagabend freihielte. Den Tag vor dem Abendessen verbrachte ich in einem Zustand leichter Panik. Was, wenn sie nicht mit mir einverstanden war? (Nach ein paar bissigen Kommentaren von Michael zu urteilen, eine durchaus realistische Möglichkeit.) Mit einer gewissen Arroganz freute ich mich hingegen darauf, endlich Lawrence kennenzulernen; Jungs, sagte ich mir, waren einfach. Vielleicht war er sogar attraktiv, dachte ich hoffnungsfroh. Mit einem schlechten Gewissen hatte ich versucht, Lawrence und auch seine Schwester in sozialen Netzwerken zu finden, doch der Intensität meiner detektivischen Bemühungen zum Trotz war es mir nicht gelungen, einen Lawrence Young ausfindig zu machen. Er war sicher so einer mit Fake-Namen, zu cool, um im Internet zu viel Persönliches preiszugeben. Er würde sich als Law Rence oder Man Go oder Laurent Jeune oder etwas in der Art präsentieren. Vielleicht war er aber gar nicht auf Facebook. Vielleicht war er ja auch *so* ein Typ.

Als ich vor der Wohnung der Youngs stand, war ich nicht direkt beschwipst, aber durch ein unbedacht getrunkenes Glas Wein eindeutig in gehobener Stimmung. Ärgerlicherweise war ich, wie üblich, zu früh im 14. angekommen und deshalb zum Stöbern in das Antiquariat in der Rue Boulard gegangen. Der Laden war ein wunderbares Relikt dessen, wie die Leute sich Paris vorstellten. Der Besitzer hieß Léo, ein drahtiger Altachtundsechziger mit wilder weißer Mähne und einer ständig in seinem eindeutig gallischen Mund klemmenden Zigarette. Träge ging ich die Reihen alter Romane durch; *editions folio, poches,* abgegriffene alte *policiers* mit schlichten Covern in schreienden Grundfarben. Da ich mich verpflichtet fühlte, etwas zu kaufen, um nicht als Banausin, unreife Angeberin oder, schlimmer noch, Anglophone dazustehen, stürzte ich mich schließlich auf eine günstige gebundene Ausgabe von *Le Marin de Gibraltar* und gab sie Léo, der im Türrahmen gelehnt und mich durch unregelmäßig ausgestoßene Rauchwolken lässig betrachtet hatte. Er drehte das Buch in den Händen um.

»C'est pas mal«, sagte er und erzählte mir dann, dass er sich daran erinnere, wie er den Film in einem Kino im Quartier Latin gesehen habe, als er ungefähr – ein kurzes Innehalten, um mich zu taxieren – in meinem Alter gewesen sei.

»Z'avez un accent, Mademoiselle. Z'êtes d'où?«

Die Bereitschaft von Parisern, sich zu meiner Fremdartigkeit zu äußern, erstaunte mich immer wieder – auch wenn ihre Bemerkungen, da ich ja Britin und vor allem weiß war, in der Regel eher Neugier als Feindseligkeit signalisierten.

Im Gegenteil, mein Akzent diente mir sogar als Sicherheitsnetz und half mir aus der Patsche, wenn ich zu betrunken oder zu müde war, um mich an einem tiefgründigen Gespräch zu beteiligen; genau genommen, ersparte mein Akzent mir jede Art von unerwünschter Tiefe, was sich in vielen meiner früheren Beziehungen als Vorteil erwiesen hatte. Auf Französisch hatte ich mehrere neue Variationen meiner Persönlichkeit entdeckt. Die erste war eine nette, wenig bedrohliche Art gewesen, die flexible »feminine« Version meiner selbst, die Männer, wie nicht anders zu erwarten, zu schätzen schienen. Später hatte ich die Erfahrung gemacht, dass diese Variante gleichermaßen als Tarnkappe und willkommene Partyidentität diente. Als ich irgendwann selbstsicherer und weniger darauf bedacht war, zu gefallen oder mich zu beweisen, mochte ich die Distanziertheit und die daraus entstehende Freiheit, die das Sprechen in einer anderen Sprache mir gewährte. Es war kein Zufall, dass ich mich auf Französisch, lange bevor es auf Englisch der Fall gewesen war, mühelos einer derben Sprache bedient oder dass ich auf Französisch den Mut gehabt hatte, Leuten die Freundschaft zu kündigen oder beim Radfahren Impulsen zum Verkehrsrowdytum nachzugeben. Kurz gesagt, ich war weniger beteiligt. Wörter hatten nicht dieselbe Macht über mich wie im Englischen, und so konnte ich entspannter damit umgehen.

Während Léo eine weitere filterlose Camel aus der Schachtel gleiten ließ und mir in dem Zuge auch eine anbot, fing er an zu erzählen, dass er in Oxford gelebt habe und Ruderer gewesen sei. Ob ich mir je das Boat Race angeschaut habe, wollte er wissen. Als ich verneinte, begann er unverzüglich, mir mit dem Genuss eines Romanciers das Spektakel zu beschreiben, hielt dann mittendrin inne, um zu fragen, ob ich ein Glas Wein möchte (die Tageszeit dafür sei es jedenfalls), und verschwand vorübergehend in seiner Papierhöhle, nur um kurz darauf mit einer staubigen alten Flasche und drei Gläsern wieder aufzutauchen. Er stellte alles auf seinen Behelfstresen (einen Stapel dicker Wälzer über Lascaux) und schenkte ein: ein Glas für mich, eins für ihn und eins für seinen Freund François, der bald eintreffen und *saucisson* mitbringen sollte. Mein Kopf war schon leicht benebelt vom Tabak, der ungehindert durch meine Kehle zog. Wenigstens, sagte ich mir, würde ich beim Abendessen in angeregter Stimmung sein.

»Hal-*looo*!«, gurrte Anna, während sie mich auf der Türschwelle mit übertriebenen *bises* bedachte. »Du siehst großartig aus! So gefallen mir deine Haare.«

Meine Haare sahen aus wie immer. »Ich habe gestern Abend Kokosöl benutzt.«

»Ja! Genau das ist es. Das sieht richtig gelackt aus!«

Unsicher, ob das wirklich ein Kompliment war, folgte ich ihr in die Wärme der Wohnung. Die junge Frau, von der ich annahm (oder besser gesagt, nach ausgiebiger Recherche in sozialen Netzwerken wusste), dass es Clarissa war, lag ausgestreckt auf dem orangefarbenen Sofa. Sie war auf eine unverkennbar englische Weise attraktiv. Ihr dickes blondes Haar war auf halber Höhe zwischen Ohrläppchen und Schultern gerade geschnitten, und ihr Gesicht so hübsch (blassblaue Augen, Nase wie nach operativer Korrektur, kräftige dunkle Augenbrauen), dass sie in ihrer ausgebeulten, wenig schmeichelhaften Levi's 501 und dem unförmigen Acrylpullover umwerfend aussah. Ich hatte sofort das Gefühl, mich in ihrem Territorium zu befinden, und wandte die einzige Taktik an, die ich kannte – respektvolles Strahlen.

»Hi!«, flötete ich mit ungezügelter Begeisterung. »Ich freue mich, dich endlich kennenzulernen!«

Sie lächelte zurück, ohne die Zähne zu entblößen.

»Siehst du, Michael!«, rief Anna in die Küche, womit sie Clarissas radikal nonverbaler Reaktion die Spitze nahm. »*Kennenzulernen.* Sie kennen sich also definitiv noch *nicht.*« Sie wandte sich ihrer Stieftochter zu. »Wir haben dir ja erzählt, dass dein Vater überzeugt war, Leah sei eine deiner Freundinnen von der Uni.«

Clarissa grinste. »Stimmt, als ob Dad *irgendeine* meiner Freundinnen von der Uni kennen würde.«

Trotz der Verlegenheit behielt ich mein Strahlen bei und sagte geistlos: »Du bist in Cambridge aufgewachsen, stimmt's?«

Michael zerschnitt unseren dünnen Gesprächsfaden, um mich zu begrüßen.

»Heute bist du ja ausnahmsweise mal nicht zehn Minuten zu früh, Leah«, sagte er. »Was hat dich aufgehalten?«

Er hatte bemerkt, dass ich immer zu früh vor der Tür gewartet hatte? Ich erklärte, ich sei von Léo unten abgelenkt worden.

»Dieser griesgrämige alte Sack? Für mich ringt er sich nicht mal ein *bonjour* ab, und ich habe ein ganzes Vermögen dort gelassen, für irgendein Buch über Gropius für die da«, sagte er, auf seine Tochter deutend.

»Das liegt daran, dass du keine junge Frau bist, Dad«, sagte Clarissa. »Alte weiße Franzosen sind grundsätzlich die allerperverseste Gruppe innerhalb der Gesellschaft.« Gerade als mir klarwurde, wie ich litt, drehte sie sich mit einem Funkeln der Solidarität in den Augen zu mir und sagte: »Ganz im Ernst, es war nur meine Unfähigkeit, Französisch zu sprechen, die mich davor bewahrt hat, ihm in die Falle zu gehen. Er hat mir angeboten, meinen Koffer zu tragen. So was würde man in London nicht erleben.«

Beim Essen herrschte eine angespannte Atmosphäre, die noch peinlicher wurde durch den Dialog, der sich als Reaktion auf das nahezu durchgängige Schweigen von Vater und Tochter zwischen Anna und mir entspann. Anna versuchte tapfer, die beiden ins Gespräch zu locken, was Michael mit Einsilbigkeit und Clarissa mit weitgehender Nichtbeachtung beantworteten. Teilweise sprach Clarissa mich an, wobei sie mir leicht verletzende Nadelstiche versetzte, die sie in ein strahlendes, entwaffnendes Lächeln verpackte: »Ich finde es wirklich wunderbar, dass du gar nicht erst den Versuch unternimmst, Karriere zu machen«, oder gar: »Im Endeffekt ist London für manche Leute einfach etwas zu intensiv.« Mein persönlicher Favorit war ihre Äußerung, sie sei tatsächlich »ziemlich eifersüchtig, dass du einfach die Gelegenheit hast, in einem Café zu arbeiten. Ich wünschte, mein Job wäre so entspannt, dass ich mein Gehirn abschalten könnte, um mich auf das konzentrieren zu können, was ich wirklich machen will, verstehst du?« Ich fragte sie nicht, was genau sie damit meinte.

Erst später, als wir beide in der kleinen Küche allein das Geschirr aufräumten, zeigte sie ein ganz klein wenig Herzlichkeit oder echtes Interesse.

»Und was machst du gleich noch?«, fragte sie mit leiser Stimme, nachdem sie die letzten Tropfen aus einem Weinglas getrunken hatte. »Ich muss hier raus. Anna macht mich so was von wahnsinnig.«

Ich musste mir schnell etwas einfallen lassen. Am nächsten Morgen um sieben musste ich arbeiten und hatte eigentlich nichts Spannenderes vor, als nach Hause zu gehen und meinen Instagram-Feed durchzuscrollen. Zu allem Unglück brachte Clarissa etwas von der nervösen Achtzehnjährigen in mir zum Vorschein, und ich wollte unbedingt, dass sie mich für cool genug hielt, um mich als ebenbürtig zu betrachten.

Ich zuckte die Achseln. »Keine Ahnung. Ich muss ziemlich früh zur Arbeit. Ich habe ein paar Freunde, die zu Hause was trinken, aber um ehrlich zu sein, kann ich irgendwie nicht …«

»Das klingt doch perfekt!«, sagte sie. »Lass uns gehen, am besten so schnell wie möglich. Diese Wohnung bringt mich noch um.« Offenbar meinen Gesichtsausdruck erfassend, fuhr sie fort: »Mach dir keine Sorgen, dass das unhöflich aussehen könnte; Anna wird einfach nur froh sein, dass wir uns verstehen, und Dad ist es sowieso scheißegal.«

Ich suchte verzweifelt nach einer Ausrede. Besagte Freunde, die sich da zusammenfanden, waren kaum eine einladende Aussicht – genau genommen war es eine Freundin, Salomé, die ich zugunsten dieses Abendessens bereits versetzt hatte, und der Gastgeber war ein Typ, mit dem ich einmal ein kurzes, meiner Selbstachtung nicht zuträgliches Techtelmechtel gehabt hatte.

»Ich kann nur mein Fahrrad nicht hierlassen, ich muss ja morgen früh zur Arbeit.«

»Jetzt hör aber auf«, sagte sie. »Du kannst doch morgen mit der Métro herkommen und es abholen.«

Ich spürte den schwachen Impuls, zu widersprechen, wusste aber, dass ich ihr am Ende würde Recht geben müssen.

»Außerdem ist es *echt* weit weg«, sagte ich. »Sie wohnen in diesem alten Lagerhallending außerhalb des *bord périphérique* in Aubervilliers.«

»Paris ist winzig«, sagte sie entschieden und mit einem Ausdruck von Strenge. »Nichts ist weit weg.«

Zum zweiten Mal rief ich Salomé an.

»Hugo sagt, er kommt gleich und holt euch ab. Bleibt, wo ihr seid! Ihr seid doch an der Tankstelle, oder?«

Die halbe Stunde, seit wir aus der Bahn gestiegen waren, hatten wir damit verbracht, in einer Gegend am Rand von Paris umherzuwandern, die wie ein dystopisches Industriegebiet wirkte, mit den fettigen, neonbeleuchteten *chickin*-Läden und dem einen oder anderen heruntergekommenen *tabac*: von der Sonne gebleichte braune Markisen und schmutzige kleine Terrassen mit Plastikstühlen, wo Erfrischungsgetränke angeboten wurden; Männer, die schweigend rauchten, Lotto spielten und sich endlose stummgeschaltete Fußballspiele anschauten.

»Ist das hier so was wie das Pariser Pendant zu Deptford?«, fragte Clarissa.

»Ist auf dem Weg dahin«, antwortete ich und wünschte mir sehnlichst, dass Hugo auftauchte und sie das laute Sprechen auf Englisch einstellte. Der Mann an der Zapfsäule starrte uns an, während er mit offenem Mund grinsend Kaugummi kaute. Hin und wieder richtete er ein einzelnes betontes Wort oder einen Satz in gebrochenem Englisch an uns: *Schönheit Mädchen,* oder W*ie geht es euch* oder, noch misstönender: *O mein Gott!* Ich schäumte innerlich und nickte höflich.

Endlich erschien Hugo, irre attraktiv, auf seinem alten blauen Peugeot Fixie. Seit ich ihn das letzte Mal gesehen hatte, hatte er sich den Kopf kahl geschoren, aber er hatte so ein gutes Gesicht, das eines echten Galliers – olivfarbene Haut, volle Lippen, Kinn unglaublich kantig –, dass ihn das nur noch sexyer aussehen ließ.

»*Léa*!«, rief er, elegant auf einem Pedal stehend. »Du solltest dir wirklich ein Fahrrad zulegen!«

Ich spürte, dass das eine Nacht des inneren Schäumens werden würde.

Aus Rücksicht auf Clarissa sprachen wir Englisch, auch wenn ich kaum Zweifel daran hatte, dass die Jungs sich hauptsächlich damit produzieren wollten. Als Clarissa Hugo ein Kompliment für seine sprachlichen Fähigkeiten machte, zuckte er die Achseln und sagte: »Na ja, um ehrlich zu sein, ist es in der heutigen Zeit völlig daneben, *nicht* Englisch sprechen zu können. Was glauben die Leute denn, wie sie so in der Welt klarkommen? *Jeder und jede* sollte Englisch sprechen.«

Salomé und ich sahen uns mit großen Augen an. Klar, dass Hugo nicht verstehen konnte, warum Leute kein Englisch konnten – als Diplomatensohn war er auf internationalen Schulen gewesen. Sein Mitbewohner Clément nickte ernst. *»Ouais. Grave.«*

»Vielleicht ist die Weigerung, Englisch zu sprechen, eine Form von Widerstand«, sagte Salomé, deren anderer Muttersprache, dem Kreolischen, diese Art von Ansehen nicht gewährt wurde.

In dem eiligen Bemühen, seinen fortschrittlichen Ruf zu demonstrieren, hätte Clément um ein Haar seine Zigarette verschluckt, als er mit Nachdruck feststellte, er könne ihren Standpunkt total verstehen, aber in Zeiten von Nationalismus und politischer Zersplitterung müssten wir doch den einfachsten Kommunikationskanälen den Vorzug geben.

»Am einfachsten für alle«, sagte Salomé nüchtern. Die Ironie ging an Hugo vorbei.

»Ich mag diese Musik«, sagte Clarissa, während sie die Umgebung auf sich wirken ließ. Die Jungs wohnten in einem umgebauten Industriegebäude, einer weiten offenen Fläche mit zwei Bühnen und ein paar durch Vorhänge abgetrennten Räumen, die den Eindruck von Privatsphäre vermitteln sollten. Auf dem Betonboden waren verschossene Perserteppiche verteilt, und an mächtigen Balken baumelten Hängepflanzen. Überall gab es Schallplatten und Fahrräder. Die Lautsprecher waren Profigeräte. Clément war natürlich Künstler-Schrägstrich-Produzent. *»Il y a un peu trop de basse par contre, Hugo«,* sagte er in einer theatralischen Nebenbemerkung, ehe er sich Clarissa zuwandte. »Ja?«, sagte er. »Danke – das Set ist von mir.«

Ich stand mit einem Glas billigem Wein in der Hand am Bücherregal und durchstöberte es ungeniert. Plötzlich spürte ich jemanden in meinem Rücken.

»C'est fou«, sagte Hugo leise, »wir haben uns seit Jahren nicht mehr gesehen.«

Herrgott, ich weiß, dachte ich, und wie sehr hatte ich gehofft, es würde dabei bleiben. Unsere letzte Begegnung war tragisch verlaufen. Er hatte mich zu sich in die Wohnung eingeladen, um Margaritas zu machen, worunter ich mir damals naiverweise vorgestellt hatte, wir würden Pizza backen gehen. Nach drei Cocktails war ich so betrunken gewesen, dass ich die Kontrolle über meine Gliedmaßen verlor, und das Letzte, woran ich mich erinnere, war, dass ich ihn anflehte, »Gracias a la vida« aufzulegen, und dass ich zusammengesackt auf seinem Wohnzimmerboden saß, auf Spanisch mitzusingen versuchte und zwischendrin immer wieder losheulte – teils wegen der Musik, hauptsächlich aber, weil mir gerade klargeworden war, dass er auch mit meiner Mitbewohnerin geschlafen hatte.

Ich blickte lächelnd zu ihm auf und fuhr mir nervös mit einer Hand durchs Haar. »Es ist schon eine Weile her.«

Schamlos und unverwandt starrte er mich an. »Ich hab dich vermisst«, sagte er und berührte leicht meinen Arm.

Ignoriere die Elektrizität, ignoriere die Elektrizität, beschwor ich mich selbst; Herrgott noch mal, ignoriere die Elektrizität.

»Hey *mec*«, rief Clément, »sollen wir noch einen *pétard* bauen?«

»Ich hab eine bessere Idee«, sagte Hugo, ohne den Blick von mir abzuwenden. »Lasst uns ein paar Lines legen.«

Ich habe bei Clarissa *voll* eingeschlagen, erzählte ich meinem Gegenüber im Badezimmerspiegel, einem Gegenüber, das trotz des zusammengepressten Kiefers und der geweiteten Pupillen wirklich ungemein attraktiv war. Kurz zuvor hatte ich vom schmutzigen, zugemüllten Couchtisch der Jungs noch eine Line gezogen und spürte jetzt, wie der bittere Tropfen mir hinten die Kehle hinunterrann. Nebenan konnte ich sie lachen hören. Sie dachte, ich sei rebellisch und außergewöhnlich und frei, mit coolen Freunden, die in Industriegebäuden wohnten und dienstagabends Kokain schnupften. Ich merkte, dass mein Gegenüber mir die Zähne zeigte, und ordnete meine Gesichtszüge neu, so dass ich mich noch verführerischer und unwiderstehlicher fühlte. Hugo wollte unbedingt mit mir schlafen. Er war ein solcher Idiot, dass er an meinen Lippen hing, während ich unzusammenhängend darüber monologisierte, dass die Existenz Gottes sich in bestimmten Färbungen des Sonnenuntergangs und musikalischen Phrasen beweisen ließ. Mit ihm zu schlafen und nichts zu fühlen wäre sicherlich ein Akt erhabener Rache im Namen meines vierundzwanzigjährigen Ichs. Im Grunde genommen war es sogar meine Pflicht als Feministin. Ich band meine Haare zu einem hohen Dutt zusammen und löste ein paar Strähnen daraus, so dass ich kunstvoll zerzaust aussah. Ich war jung und brauchte vor der Arbeit nicht zu schlafen.

Ich ging zurück zu den anderen. Clément war dabei, Clarissa und Salomé voller Eifer einen Haufen Kugelschreiber und ausgerissene Werbeseiten für Lebensversicherungen zu präsentieren, den er den Beginn seiner Installation nannte. »Du arbeitest also in einer Galerie in London?«, hörte ich ihn zu Clarissa sagen. »Das ist ja echt cool.«

»Was genau ist dein künstlerisches Manifest?«, antwortete sie wie aus Gewohnheit.

Hugo saß am Laptop und steuerte die Musik. »Komm, setz dich zu mir«, befahl er. Ich gehorchte. »Dieses Koks ist ganz schön gut, was?«

Ich nickte energisch. »Und wie! Es erinnert mich an das Koks, das wir in London immer von diesem Typ bekamen, von Dozer, der hat das Zeug in seinen Ohr-Stretchern aufbewahrt.« Dabei sprach ich so schnell, dass ich vermutlich genauso high klang, wie ich mich fühlte.

Hugo grinste und hob eine Hand an meine Wange. »Du bist immer noch so süß und hinreißend«, sagte er, während er mein Gesicht zu sich zog. Er roch nach billigem Bier und Tabak. Sein Atem war warm an meinem Ohrläppchen. »Ich denke immer noch oft an dich, weißt du«, flüsterte er. Wir wussten beide, dass er log. Auf Facebook hatte ich gesehen, dass er fast die ganzen letzten vier Jahre in einer Beziehung mit einer attraktiven blonden Frau gewesen war.

»Ich auch an dich«, log ich halb – ich dachte immer noch an die meisten Jungs, mit denen ich geschlafen hatte.

»*Petit soleil.* Ich glaube, du solltest einfach heute Nacht hierbleiben«, sagte er, küsste mein Ohrläppchen und vergrub seine Finger in meinen Haaren.

Später. Wir kamen alle langsam wieder runter, Hugo drehte einen Joint.

»Es fühlt sich hier ein bisschen schräg an, die Atmosphäre«, sagte Clarissa, während sie einen tiefen Zug von Cléments Zigarette nahm. »Irgendwie überall Polizei und die Leute, die deine Taschen kontrollieren …«

»Wir sind inzwischen der reinste Polizeistaat, darum«, schnaubte Clément. *»13 Novembre – putain de Nuit des Longs Couteaux.«*

Hugo fügte, zappelnd und herumrutschend und die Hände ringend, hinzu: »*Non, mais,* im Ernst, Frankreich ist *am Arsch.* Wir alle sind am Arsch. Global Governance, Mann. Europa ist *so was von am Arsch.* Ich hoffe wirklich, dass Großbritannien für den Austritt stimmt. Scheiß auf die EU, scheiß auf den IWF … Scheiß auf internationale Organisationen, verstehst du?«

Salomé stöhnte. »Non, mais Hugo, t'es vraiment trop con quoi …«

»*Ich* bin ein Idiot? Ist das dein Ernst? Verstehst du überhaupt irgendwas von dem, was gerade in der Welt abgeht?«

Ich fühlte einen für mich untypischen Ärger wie eine Blase in meiner Brust aufsteigen und sagte: »Ja, aber besteht denn die Antwort wirklich darin, das Land einem Haufen Faschisten zu überlassen?«

Er bedachte mich mit einem herablassenden Blick. »Was meinst du denn, wer es jetzt sowieso schon regiert, *ma poule?«*

Clément nickte selbstgefällig. *»Voilà«,* sagte er. »Falls Großbritannien aus der EU rausgeht, wird das ein wichtiger Schritt zur Zerschlagung eines korrupten Systems sein.«

Ich zog an dem Joint, den Hugo mir gerade gereicht hatte. »Leute, es wäre nicht mal im Ansatz eine gerechte Revolution gegen den Kapitalismus; es wäre das letzte arrogante Aufschwingen einer verkümmerten Nation, die sich an ihre peinliche kolonialistische Vergangenheit klammert, weil sie glaubt, daraus irgendeine Art von Status ableiten zu können.« Ich nahm noch einen Zug und war irgendwie stolz auf mich.

Hugo funkelte mich an. »Ich glaube, ihr Mädchen versteht einfach nicht, was hier los ist«, sagte er. »Wenn ihr in den Lagern gewesen wärt …«

»Quoi, comme vous?«, gab Salomé lachend zurück.

»Und was genau macht *ihr?*«, fragte er anklagend. »*Léa,* du redest von Faschisten in deinem Land; also, ich weiß, was ich machen würde, wenn Marine Le Pen hier an die Macht käme …«

»Einen Scheißdreck würdest du machen.« Schließlich äußerte sich Clarissa. Sie betrachtete ihn kühl. »Du würdest hier in deiner kleinen utopischen Kommune sitzen, für die Mama und Papa zahlen, würdest Gras rauchen und über die Baader-Meinhof-Truppe diskutieren.«

Eisiges Schweigen senkte sich über den Raum. Clarissas Blick begegnete meinem, und ich war mir hundertprozentig sicher, dass ich ihre Freundin sein wollte. Sie hatte die Jungs mit ihrem scharfen Einwurf zum Schweigen gebracht.

Clarissa gähnte. »Soll ich uns mal ein Uber rufen? Ich bin wirklich wahnsinnig müde, und jetzt, wo ich runterkomme, werde ich auch so richtig ungesellig.« Entschlossen stand sie auf und lächelte auf eine Weise gelassen, die mich an Anna erinnerte. »Danke trotzdem für die Gastfreundschaft. Hat Spaß gemacht.«

Das Lächeln war ganz wie Annas, aber als sie Hugo zur Schnecke gemacht hatte, war mir mit einem Mal viel von Michael in ihrem Gesicht aufgefallen.

Erschöpft von einer zehnstündigen Schicht nach ungefähr einer halben Stunde Schlaf, begab ich mich am darauffolgenden Nachmittag wieder nach Denfert, um mein Fahrrad zu holen. Am Sattel steckte eine Nachricht in einer Handschrift, die ich nicht kannte: *Vielen Dank für letzte Nacht! Schade um das Ende, aber es war wirklich lustig (auch wenn Cléments »Kunst« zutiefst fragwürdig war …). Wir sehen uns in Saint-Luc. xxx*

Ich habe sie ganz und gar geknackt, dachte ich, bevor mir das Bild von ihrem ersten Lächeln mit den geschminkten, geschlossenen Lippen durch den Kopf schoss.

6
Michael

Mit Ausnahme des Morgenrock-Zwischenfalls war dies das erste Mal, dass ich sie in etwas anderem als ihrer Kellnerinnenuniform sah. Sie trug einen blassblauen, maßgeschneiderten Mantel mit einem übergroßen Pelzkragen und hatte ihre Augen mit Kajal umrandet, was sie noch mehr nach Bambi aussehen ließ als sonst. Sie lehnte am Parkgeländer und wartete auf mich. Ich war zwölf Minuten verspätet. Ich blieb stehen, um sie zu beobachten, bevor sie mich entdeckte. Außerdem war es das erste Mal, dass ich sie im Dunkeln sah. Es war inzwischen Ende September, und die Tage (schillernd und grau) bleichten immer früher zu nächtlicher Dunkelheit aus. Ihr blasses Gesicht wurde vom Laternenlicht erhellt, und ich bemerkte, wie traurig ihre Züge aussahen, wenn sie so ruhig dastand. Ich hatte sie mir so oft vorgestellt: in ebensolches Zwielicht getaucht, das Haar auf dem Kopfkissen ausgebreitet und den feuchten Mund halb geöffnet vor Lust. Ihre Augen waren immer geschlossen. Ich hatte nie daran gedacht, wie Laternenlicht sich darin spiegeln würde. Sie entdeckte mich und strahlte mich mit einem entwaffnenden, kindlichen Lächeln an, das nur aus Zähnen bestand. Ich entschied, mich nicht für meine Verspätung zu entschuldigen.

»Also, wo gehen wir hin?«, fragte sie. Die Melancholie war verschwunden, und sie sah (wie ich triumphierend feststellte) aufgeregt aus. Ich hatte vorgehabt, mit ihr zur Students' Union zu gehen, wo die Band eines Freundes spielte, doch als ich sie so sah, wurde mir klar, dass sie für mich noch keine greifbare Realität werden sollte. Ich wollte nicht, dass ihr Name durch die Münder der echten, irdischen Personen, die in meinem Leben vorkamen, konkret gemacht wurde.

»Magst du Jazz?«

»Ja klar«, erwiderte sie, was mir gefiel, denn ich verband schon jetzt eine gewisse Nostalgie mit ihr – ich stellte sie mir gern als ein Gespenst aus dem vergangenen Jahrzehnt vor, eine Tochter der vorbildlichen Fünfziger.

»In der Old Compton Street gibt es einen Jazzclub, in den wir gehen könnten. Da sind lauter Leute im Alter unserer Eltern, die alte Standards spielen und erzählen, wie sie mal Charlie Parker in New York gesehen haben, obwohl sie offensichtlich nie weiter westlich als Slough waren.«

Sie kicherte. »Das klingt perfekt.«

Ich lächelte und nahm ihre Hand, die, wie mir auffiel, ein wenig feucht war. Wie liebenswert.

»Ich finde einfach, diese Version ist ein bisschen über-arrangiert. Das ist alles.«

»Billie Holiday? *Über-arrangiert*?« Ich war schockiert.

»Ich meine, natürlich ist Billie eine Göttin, da kommt niemand ran ... Aber das Tolle an der Chet-Baker-Version ist, wie einfach sie ist. Ich liebe diesen Moment, wenn die Percussion einsetzt, die Besen auf der Snare ... Da krieg ich Gänsehaut!«

Auf unserem Spaziergang zur Old Compton Street hatte sie verlegen geschwiegen, was mir bestens gepasst hatte. Dann, sobald wir von der Straße in den dunklen, verrauchten Keller gestiegen waren, hatte sie augenblicklich in ihrem

Element gewirkt. Sie war durch die Menge direkt zur Bar gegangen und hatte einen ordentlichen Scotch bestellt, bevor sie sich an mich wandte und mir zurief (mit breitestem Cockney-Akzent): »Was trinkst du denn?«

Nach den ersten beiden Whiskys hatte sie noch immer nichts gesagt, doch dies war alles andere als ein schüchternes Schweigen. Sie saß auf dem Barhocker, mit geschlossenen Augen, und lauschte begeistert der Musik. Das war eine Art von Versonnenheit, die ich ihr gar nicht zugetraut hätte.

Als ich mir eine Zigarette ansteckte, sagte sie schließlich etwas: »Ach komm – gib mir mal eine!«

»Du rauchst?«

»Nur in Teilzeit«, raunte sie mir zu. »Mein Dad hat mir immer die Hölle heiß gemacht, wenn er mich erwischt hat. Er hat gesagt, es ruiniert meine Stimme.«

Ich reichte ihr eine Zigarette.

»Seine Freunde haben aber alle gesagt, das würde meine Stimme nur besser machen, und dass ich sonst zu süßlich klinge. Aber bei Dad muss immer alles so laufen, wie er es will.«

»Also ist dein Vater Jazzer?«

»Na ja, mein Dad ist Schreiner«, lachte sie, »aber in erster Linie ist er Trompeter, ja. Er hat meine Mum kennengelernt, als er mit seiner Band in der U-Bahn gespielt hat, in Bethnal Green, während des Kriegs. Sie haben jede Nacht ihre Instrumente geschnappt und gespielt, während über der Erde die Bomben fielen.«

Plötzlich bereitete es mir Übelkeit, wie absolut zu Hause sie sich fühlte. London war Teil ihrer DNA. Ich erinnerte mich daran, wie ich hergezogen war, nach einer langweiligen Kindheit im Norden Englands und drei Jahren in Oxford. Damals wollte ich nichts dringlicher, als London zu verschlingen und von der Stadt verschlungen zu werden. Ich wollte in der Themse getauft werden und in derselben Erde Wurzeln schlagen wie die omnipräsenten Platanen. Ich wollte eine Stimme, bei der die Vokale und Pausen und Kadenzen nach Pepys klangen, nach Dickens, nach Gentlemen's Clubs in St James und nach Straßenhändlern und den Glocken von Old Bailey. Kurz gesagt, ich wollte wie Astrid sein. Hinzu kam, womit ich absolut nicht gerechnet hatte, ihre Vertrautheit mit dieser Musik. Ich hatte ihr etwas beibringen wollen, doch sie konnte bei jedem einzelnen Lied mitsummen. Nach ein paar gezupften, dunklen Tönen am Kontrabass beugte sie sich zu mir vor (seit wann war sie so selbstsicher?), bis ihre Lippen meinen Wangenknochen berührten, und seufzte: »Oh, das hier *liebe* ich; das ist mein Lieblingsstück.«

»Billie Holiday«, murmelte ich zustimmend. »Klassiker.«

»Nein«, seufzte sie. »Chet, ganz klar.«

Ich wollte nicht zugeben, dass ich mit dieser Version nicht wirklich vertraut war, und sie verstand mein Schweigen als Widerspruch.

»Aber als ich klein war, hab ich immer versucht, es so zu singen wie Billie.« Sie rutschte nervös auf ihrem Hocker herum, peinlich berührt, dass sie meine Sicht der Dinge in Frage gestellt hatte.

Jetzt sang die Sängerin davon, wie sehr ungeküsste Lippen schmerzten. Das war mein Stichwort. Ich nahm ihr die Zigarette aus der Hand und drückte sie in dem kleinen Ricard-Aschenbecher aus.

Ich hatte erwartet, perverserweise, dass sie nach Erdbeeren schmeckte – die Tess-Fantasie hatte sich in meinem altklugen (und unreifen) Hirn festgesetzt, und ich hatte mir gewünscht, dass sie nach Früchten schmeckte, die in der warmen Sonne von Dorset fett geworden waren. Fast hatte ich erwartet, kleine Samenkörner zwischen ihren Zähnen zu finden. Stattdessen: Tabak, Whisky, das aufdringlich synthetische Vanillearoma ihres Lippenbalsams. Erst küsste ich sie zurückhaltend – ein weicher Kuss, mit geschlossenem Mund. Doch dann öffnete sie, ohne jedes Drängen, sanft ihre Lippen (voll, weich, pornografisch) und erwiderte meinen Kuss. Nervöses Vergnügen huschte über ihr Gesicht und sie griff verstohlen nach meiner Hand. Ich spürte, wie ich unwillkürlich zu grinsen begann. Ich wollte sie unbedingt noch einmal küssen. Sie sah mich herrlich ungläubig an. Ich zog sie an mich, stützte sie, damit ihr Hocker nicht kippte, und küsste sie auf die Stirn.

»Ich bin ganz deiner Meinung, was das Chet-Baker-Arrangement angeht«, sagte ich.

Jahre später, in einem kleinen Kino nicht weit von dem Jazzclub, sah ich den Bruce-Weber-Film über Chet Baker. Der Jazzclub hatte sich in eines der großen Monster der Achtziger verwandelt, eine Weinbar, und als ich das letzte Mal daran vorbeilief, war es ein nur-beinahe-trendiger Burgerladen, vollgepackt mit Horden junger Leute. Ich saß allein in der letzten Reihe des Kinos und ließ die schmerzhaften Schwarzweiß-Aufnahmen auf mich einprasseln. Ich sah zu, wie eine Abfolge von Chets betrogenen Liebschaften Puzzlestücke ihrer tragischen Geschichten mit dem Publikum teilte, und dann war da, eingesetzt zwischen ihnen und Fragmenten seiner eigenen goldenen Vergangenheit, der Mann selbst, ein zahnloser alter Junkie; ein verblichener Soziopath. Genau wie seine im Stich gelassenen, sprachlosen Kinder mit den abgeschwächten Spuren seiner Schönheit in ihren Gesichtern; genau wie seine ihn verehrende Mutter und wie jede der abgelegten Geliebten und Freunde, fühlte auch ich mich von ihm absolut in den Bann geschlagen, trotz seiner leeren, glasigen Augen und der gedehnten, verwitterten Sprechweise. Er war Apollo. Er war ein Liebling der Götter und ihr Freund geworden. Ich war sein williger Gehilfe.

7
Leah

Als ich an meinem vorletzten Morgen in Paris aufwachte, war mein kleines *chambre de bonne* von sanftem blauem Licht durchflutet, der Schatten des französischen Balkons fiel in verschwommenen Schnörkeln über das leicht abschüssige Parkett, und ein Schimmer von Regenbogen schnitt ein Stück aus der abblätternden Tapete über meinem Bett. Die Fenster standen sperrangelweit offen, und ich war in der Nacht schier totgestochen worden. Nach wochenlangem Schmuddelwetter nahm der Sommer die Stadt jetzt wieder in Besitz. In Vierteln wie meinem leerten sich mit dem alljährlichen bürgerlichen Exodus langsam, aber sicher die Straßen. Nur die Zuwanderer, die sich das Verreisen nicht leisten konnten, blieben über die erste Augustwoche hinaus da, und an der Biegung meiner Straße waren als Ausdruck des alljährlichen Bemühens, das prächtige, alternde Gesicht des *quartier* aufzufrischen, über Nacht massive Gerüstkäfige aufgetaucht. Mir war aufgefallen, dass die *boulangerie* an der Ecke glücklicherweise erst einen Tag nach meiner geplanten Abreise für den Sommer zumachte, und sobald ich von der Straße her das Klappern des Gitters davor hörte, schlüpfte ich in meine Espadrilles und raste hinunter. Die polnischen Bauarbeiter draußen begrüßten mich mit starkem Akzent auf Französisch:

»Miss! T'es pas encore partie?«

»*Non*«, antwortete ich vergnügt. »*Demain.*«

Obwohl ich mich ein bisschen wie eine Verräterin fühlte, war ich in Wirklichkeit doch ziemlich erleichtert, dass ich mich in die lokale Bourgeoisie einreihen würde. Paris im August war für mich immer nur eine Platzangst auslösende Einöde der Selbstanalyse und Schlaflosigkeit gewesen. Die blanke Kulisse der menschenleeren Stadt und die bedrückende Gluthitze intensivierten die qualvollen Stunden noch, die langsam dahintröpfelten. Zu viel Raum, um darin zu denken, und doch waren sämtliche Gedanken durch die Haussmann'sche Echokammer eben dieser Stadtplanung zugleich eingeengt. Die sozialen Medien wurden zum Spiegel einer unerträglichen Zurschaustellung meines eigenen Mangels an Leistung. Warum radelte ich nicht mit meinem feinsinnigen und dennoch praktischen Langzeitfreund durch die Toskana oder schrieb unsägliche Oden an mexikanische Avocados, die ich mit einem fotogenen einheimischen Kind zum Frühstück gegessen hatte? Seit Beginn meines Studiums hatte ich jeden Sommer in der stickigen Hitze entweder von London oder von Paris verbracht; ständig alkoholisiert, unweigerlich kellnernd und ausnahmslos in eine zum Scheitern verurteilte, unvernünftige Beinahe-Beziehung verstrickt.

In den Wochen vor meiner Abreise war ich ungewöhnlich gut organisiert gewesen. Ich hatte es geschafft, eine Zwischenmieterin für meine Wohnung zu finden, eine erschreckend offenherzige Amerikanerin. Als ich ihr vierzehn Tage zuvor die Tür geöffnet hatte, hatte sie beim Anblick meiner Behausung einen regelrechten Freudenschrei ausgestoßen.

»Taylor?«, hatte ich etwas perplex gesagt.

»Oh. Mein. *Gott!*« Vor Entzücken hatte sie ihre hübsch manikürten Hände ineinander verschränkt. »Das ist ja hier wie bei den *Aristocats!*«

Ich hatte manisch gegrinst, bemüht, mich ihrem Eifer anzupassen, und unbeholfen mein Gewicht zwischen den Füßen hin und her verlagert, während sie sich begeistert im Zimmer umsah. Ich hatte ihr ein Glas Wein angeboten.

»Oh, nein danke.« Sie hatte strahlend gelächelt. »Ich mache gerade eine Detox-Kur!«

»Ach so«, hatte ich, Verständnis vortäuschend, erwidert.

»Ich habe auf einem Biohof in Italien gearbeitet und jede Menge Mozzarella gegessen, und irgendwie war es unglaublich, weil ich mich der Kultur so richtig geöffnet habe – meine Ururgroßmutter kam nämlich aus Sizilien, und ich schwöre bei Gott, ich konnte es ganz und gar in meinem Blut fühlen – du siehst es jetzt vermutlich auch, oder? Alle sagen, um die Augen herum sähe ich richtig italienisch aus!«

Ich nickte und summte ein paar zustimmende Konsonanten.

»Jedenfalls hab ich diesen ganzen Käse gegessen, was für mich etwas merkwürdig ist, weil ich normalerweise fast vollständig vegan lebe, aber du weißt ja: Bist du in Rom, mach's wie die Römer, stimmt's? Hahaha, *buchstäblich* in Rom! Na ja, natürlich nicht *buchstäblich*, denn eigentlich war ich ja nicht *in* Rom ...«

Sie schob sich sandfarbene Haarsträhnen hinter die Ohren und redete weiter, während ich diskret mein Glas leerte.

Ja, mein allgemeines Gefühl war das der Erleichterung gewesen. Ich musste an Michaels Beschreibung des Hauses denken, an die *schreckliche englische* Bobo-*Familie, die Gäste und Kinder und betrunkene Freunde mitschleppt*. Das war der Sommer, von dem ich seit meiner Jugend geträumt hatte. Die Sommer meiner Jugend waren geprägt gewesen von Saufgelagen auf dem Tesco-Parkplatz oder einem Feld irgendwo draußen; von Jungs mit fragwürdigen Frisuren, die »Wonderwall« schrammelten; von süßen, synthetischen, fluoreszierenden Eislollis, die im Bushäuschen gelutscht wurden, in dem wir uns bei Regen unterstellten, und von *Vorfreude*: Vorfreude auf den Augenblick, in dem das Leben beginnen würde.

»Es ist wirklich komisch, dass du das sagst, mein Leben geht nämlich gerade auch den Bach runter, ha-ha-ha.«

Es war kurz nach Mitternacht, und in der kleinen, verqualmten Wohnung waren alle entweder sternhagelvoll oder bis obenhin mit Koks zugedröhnt. Ich war in die Falle geraten, als ich versuchte, meinen Plastikbecher mit sündhaft teurem Ti Punch nachzufüllen. Sie hatte ein Mondgesicht, war unverkennbar Engländerin und erzählte mir (unerschrocken, den Kiefer in einem neurotischen Lächeln erstarrt) alles über ihr Leben.

»Es ist einfach *absurd!*«, bellte sie. »Ich sage mir immer, ich habe einen Super-Abschluss von Edinburgh und die letzten zwei Jahre damit zugebracht, für Grafikdesigner Caipirinhas zu mixen! Ha-ha-ha.«

Ich suchte den Raum nach Unterstützung ab, fand aber niemanden, den ich kannte. Diejenigen von uns, die noch in der Stadt waren, hatten den Abend mit einem flüssigen Picknick am Canal de l'Ourcq verbracht und waren auf unerklärliche Weise bei der *pendaison de crémaillère* eines völlig Fremden in der Nähe der Buttes-Chaumont gelandet. Rhian (Oder hieß sie Bethan? Oder Megan? Auf jeden Fall hatte sie einen walisischen Namen, den sie jedoch auf betont englische Weise ausgesprochen hatte) zog entschlossen an ihrer Zigarette und griff nach meiner Hand.

»Hey, weißt du vielleicht, wo ich ein bisschen Koks herkriegen könnte?«, fragte sie und inhalierte wie wild. In der Hoffnung, sie auf diese Weise loszuwerden, begann ich unter großem Tamtam die Nummer von Papa rauszusuchen, dem Typen, bei dem ich mir früher immer mal was abgeholt hatte und der mir inzwischen wöchentliche Werbenachrichten für seine *nouveaux promos* schickte.

Unbeirrt nahm Rhian den Faden ihres Monologs wieder auf. »Jedenfalls denke ich daran, vielleicht hier einen Master zu machen, ist ja kostenlos ... in *communications* oder so was ...«

In dem Moment fiel mir auf, dass ich vom anderen Ende des Raums aus beobachtet wurde. Er war groß und drahtig mit betonten Wangen und schlanken, muskulösen Armen, die ganz aus Sehnen zu bestehen schienen. Er war auf eine erschöpfte Art und Weise gutaussehend. Ich nutzte aus, dass meine neue Freundin Luft holte, um mich zu entschuldigen: »Sekunde mal, Bethan, ich habe da hinten gerade einen Freund von mir gesehen.«

»Ist doch *überhaupt* kein Problem!«, flötete sie gezwungen. »Bis gleich!«

Bitte nicht, flehte ich innerlich, und ging, mit einer Hand so durch mein Haar fahrend, wie meine Schwester es mir mit fünfzehn gezeigt hatte (»damit du nicht aussiehst wie das Mädchen aus diesem einen Horrorfilm«), auf ihn zu.

»On se connait déjà?«

»Hi.«

»Du bist *Engländer?*«, fragte ich, etwas ungläubig.

»Sollte ich nicht?« Er lachte kurz auf.

»Na ja, du hast einen sehr direkten Blick. Das ist sehr ... typisch französisch«, sagte ich.

Er zuckte die Schultern. »Die englische Fraktion ist hier heute Abend ganz schön stark vertreten, was?«

»Ich glaube, einer der Bewohner kommt aus Manchester oder so.«

»Stimmt! Ich hab den Typ gerade aus dem Bad kommen sehen und förmlich sagen hören: *He, pass auf, kipp mir nicht dein Bier übers Hemd!*«

Ich zuckte zusammen: Südengländer, die versuchten, mit nordenglischem Akzent zu sprechen, klangen immer wie Joseph aus *Die Sturmhöhe*. Ich fragte ihn noch einmal, ob wir uns schon mal begegnet seien, diesmal auf Englisch.

»Nicht, dass ich wüsste«, sagte er, während er erneut ausdruckslos meine Gesichtszüge musterte, und schob mit einem Lächeln nach: »Ich glaube, unser Umfeld hier hat mich einfach zu typisch französischem Verhalten animiert.«

Lachend blickte ich mich in dem Raum um. Es fühlte sich an, als glitte ich in einem unebenen Tunnel durch Zeitschichten hindurch direkt zurück zu einer Uniparty. Die Pariser hoben sich ab, als wären sie erleuchtet, vor allem durch ihre ungebrochene Fähigkeit, aufrecht zu stehen. Ansonsten war der Raum gerammelt voll mit Leuten aus dem Ausland: zwei Jungs mit glatten, halblangen Haaren in Rugby-Hemden; zweifellos englische Mädchen mit ihrem verräterischen bühnenhaften Make-up und High-Waist-Jeans oder die Mutigeren mit ihrer schrägen und tollen, letztlich aber entstellenden Kleiderwahl (Kunststudentinnen). Neben ihnen eine Osteuropäerin in gemusterter Strumpfhose, die Haare pflaumenrot gefärbt; dann Amerikaner, putzmuntere, dreiste Amerikaner, die vor ermüdender Gesundheit nur so strotzten.

Ich beschloss, es zu riskieren. »Lust ... zu gehen?«

Er grinste. »Ich sehe, der Geist von *la française* bewegt auch dich.«

Seine schlechte Aussprache deutete mit einiger Sicherheit darauf hin, dass er im Urlaub hier war.

»Komm, ich zeige dir ein bisschen von Paris«, sagte ich und deutete auf die Tür.

Draußen war die drückende Hitze des Tages einer klaren, kalten Nacht gewichen. Die Straßen des 19. waren leer. Ich brachte uns (vom Nebel des Alkohols leicht schwankend) an die Stelle am Rand des Parks, wo ich mein Fahrrad angeschlossen hatte. An der frischen Luft merkte ich, dass ich definitiv ziemlich betrunken war.

»Wie heißt du überhaupt?«, fragte ich, während ich umständlich mit dem Bügelschloss herumhantierte.

»Lal«, antwortete er und nahm mir den Schlüssel aus der Hand. Spitznamen, die klangen wie von Fünfjährigen erfunden: eindeutig Oberschicht. Wir machten uns auf den Weg den Hügel hinab und hielten auf das Rathaus des 19. und das stille schwarze Wasser des Kanals zu.

»Warte mal kurz.« Er setzte sich auf die breiten Stufen des Rathauses und zog eine Whiskyflasche aus der Innentasche seiner Jacke. »Drink?«

Ich klappte mehr oder weniger neben ihm zusammen.

»Du hast keine Freundinnen mehr da drin, oder?«

»Doch, irgendwo«, sagte ich geistesabwesend, verschwieg aber, dass ich durchaus dazu neigte, meine Freundinnen zu versetzen, wenn plötzlich ein attraktiver Mann auftauchte. »Und du?«

»Nur diesen Typ aus Manchester. Der eigentlich aus Leeds kommt. Er ist der kleine Bruder von meinem besten Kumpel.«

»Oh«, sagte ich und wischte mir mit dem Handrücken über den Mund, während der Whisky mir in der Kehle brannte, »verstehe.« Ich trank noch etwas. »Du bist also für die Einweihungsparty beim Bruder deines Kumpels nach Paris gekommen?«

Nachdem er selbst einen Schluck genommen hatte, spottete er: »Offensichtlich nicht«, und mit einem Ausdruck arroganter, gekünstelter Rätselhaftigkeit: »Ich bin irgendwohin unterwegs.«

Ohne den Köder aufzunehmen, verdrehte ich die Augen und zog ihn in den Stand hoch. »Wir jetzt auch!« Ich sang fast. *»Viens, vite!«*

Wir gingen zu meinem Ausgangspunkt zurück – dem Canal de l'Ourcq, an dessen Ufer selbst um diese Zeit noch zahllose Gruppen in Spiralen um Picknickdecken herumlungerten, die mit unzähligen Weinflaschen und einem zusammengestückelten Festmahl aus Käse, Wurst und Schüsseln mit Hummus und Tabbouleh bedeckt waren. An Sommerabenden war das mein bevorzugter Ort. Auf dem Sandstreifen entlang des Quais standen *pétanque*-Spieler in einem immerwährenden Zustand sonnentrunkenen Vergnügens herum, der bis weit in die Nacht anhielt. Die Luft war erfüllt von der Musik einer Truppe angegrauter Antifa-Hippies: ein Geiger, ein Gitarrist und natürlich die allgegenwärtigen Bongos. Wir sahen grinsend zu, wie einer von ihnen versuchte, unbeteiligte Passantinnen in schludrig, aber beschwingt getanzte Walzer hineinzuziehen. *»Mam'zelle!«*, rief er, die Selbstgedrehte schlaff zwischen den Lippen. *»Vous voulez danser?«*

Schließlich zog ich Lal sehr zu seinem Leidwesen hinein und bewog ihn, zu ein paar Nummern von Georges Brassens zu tanzen.

»Mais qu'est-ce que vous êtes beaux, les jeunes!«, rief einer der alten Hippies, der Lal begeistert anspornte, mich um meine eigene Achse zu drehen.

Über allem ertönte unentwegt der Refrain der Männer, die in Supermarkttüten voller Eis transportierte Heineken aus Multipacks verkauften. »*Bières fraîches! Bières fraîches! Deux euros, la bière fraîche!*« Lal machte den unbeholfenen Versuch, eins zu erwerben. Er war jetzt auch betrunken, stellte ich mit Erleichterung darüber, dass er aufgeholt hatte, fest. Während er sein Bier öffnete, zog er mich aus dem Gedränge hinaus an den Rand der betonierten Uferbefestigung. Wir setzten uns und ließen über dem Wasser, das schwarz, aber mit goldenem Licht gekräuselt war, die Beine baumeln.

Später rannten wir vom Kanal aus westwärts auf den stählernen Brustkorb aus Eisenbahnbrücken zu, die im Zickzack vom Gare du Nord heraufkamen. Lal war inzwischen, entgegen seinem anfänglichen Bemühen, kühl und distanziert zu wirken, laut und lebhaft.

»Eigentlich mag ich Paris ganz gern!«, erklärte er. »Ich habe es immer ignoriert. Hab immer gedacht, da gibt's nur blöde Akkordeons und Plastikvorhängeschlösser, aber *das*«, mit einer ausladenden Geste zeigte er auf die stickigen, grellbunten Dönerläden und schmierigen *tabacs*, »das ist irgendwie cool!«

Als wir auf die Brücke kamen, schien es leise und relativ windstill zu werden. Wir gingen bis zur Mitte, wo man so hoch oben ist, dass sich einem vor schwindelerregendem Entzücken alles dreht. Der dunkle blaue Fleck der Nacht verblasste ungleichmäßig zu einer fahlen, lila gesprenkelten Morgendämmerung. Die Metallrippen der Brücken, die Drahtzäune und die seilartigen Stromleitungen waren auf den lichten Horizont geprägt wie die schwarzen Federstriche auf einem japanischen Kunstdruck. Unter uns kilometerweite Ödnis: Stacheldraht, Bahngleise, nickende Blütenköpfe des Sommerflieders, der sich zwischen verlassene Güterwagen gedrängt hatte. Das war Grenzgebiet, die Landschaft des Übergangs, wo man das Gefühl hatte, nur lose mit der realen Welt verbunden zu sein. In der Ferne wurden undeutlich die grauen Wohnsilos sichtbar. Wir lehnten uns beide an das Schutzgitter.

»So viel Platz.« Lal stieß einen Pfiff aus. »Ich hätte nicht gedacht, dass es in Paris Platz gibt. In London und in Berlin ist jede Menge Platz.«

Ich stimmte ihm zu. »Das ist wahr – Parkplätze und Tankstellen und Straßen nur mit Einfamilienhäusern, Gärten ...«

Unsere Stimmen klangen hohl und laut, und wir verfielen beide automatisch in respektvolles Schweigen. Dann unter uns das dröhnende Rumpeln eines Zuges.

Lal blickte mich mit der Andeutung eines Lächelns an. »Du bist sehr schön«, seufzte er betrunken und fummelte dabei an den Bündchen seines ausgefransten Pullovers herum.

In der Erwartung, von ihm geküsst zu werden, schloss ich die Augen, um sie, ziemlich verlegen, da er es de facto nicht getan hatte, kurz darauf wieder zu öffnen und festzustellen, dass er den Blick erneut hinunter auf die Bahngleise richtete.

»Das gibt es doch gar nicht, dass du mich nicht geküsst hast!«, rief ich empört. »Dabei habe ich dir buchstäblich das Gesicht hingehalten!«

Er lachte und murmelte irgendetwas Unverständliches. Als das Rumpeln des Zuges endlich verklungen war, fragte er mich unverblümt: »Wohnst du hier in der Nähe? Kann ich bei dir übernachten?«

Leicht perplex sagte ich, dass er das könne, ich aber nach einer solchen Demütigung *ganz bestimmt nicht* mit ihm schlafen würde.

Er stieß einen ärgerlichen Seufzer aus. »Du bist *so* dicht, Mädchen.«

Durch die kleinen Hintergassen von Château Rouge machten wir uns auf den Weg zu mir nach Hause. Ich beobachtete, wie er die Gruppen gelangweilter Prostituierter wahrnahm; Teenagerinnen in Plateauschuhen und Leggings, die kichernd zusammenstanden oder ausdruckslos auf ihren Smartphones herumscrollten. Die Älteren lehnten mit glasigen Augen am Geländer der Métro und warteten darauf, dass es sieben Uhr wurde. Ihr Zuhälter lungerte, gemächlich einen Joint rauchend, in einem Eingang herum. Nachdem wir den Boulevard überquert hatten, veränderte sich die Umgebung merklich. Handyshops und Lebensmittelmärkte wichen Feinkostgeschäften, italienischen Restaurants und Keramikläden.

»Jetzt sieht es wieder wie Hollywood-Paris aus«, sagte Lal und stieg einige der Stufen hoch, die den Hügel aufwärts nach Montmartre und zum Sacré-Cœur führten. Montmartre: spindeldürre Laternenpfähle aus der Belle Époque, mit Kopfstein gepflasterte Straßen, die einst zu bäuerlichen Anwesen gehörten – das fortwährende sanfte nostalgische Summen der Vergangenheit. »Ich meine, guck dir das doch mal an, das ist doch wie bei den verdammten *Aristocats.*«

Das Bild von Taylor schoss mir durch den Kopf. »Sei nicht so ein zynischer Idiot!«, schnaubte ich. »Das ist großartig.«

»Diese Treppen sind in der Tat ziemlich cool«, gab er zu. Er nahm mir das Fahrrad ab und hängte es sich am Rahmen etwas wacklig über die Schulter. »Ich nehme dein *vei-lo*, lass uns hochgehen!«

Mit seinem langen, schwungvollen Schritt nahm er mehrere Stufen auf einmal, schwenkte unbeholfen um einen weiteren Laternenpfahl und wäre fast gegen das Geländer geknallt, worauf er prompt mein Fahrrad fallen ließ. Oben an der Treppe angelangt fing er an, lallenderweise die Eröffnungszeilen von »Tonight«, dem Hit aus *West Side Story*, zu heulen.

»O Gott ... *Lal!*«, zischte ich. Bürgerliche Pariser hatten für nächtliche Ständchen nicht viel übrig, wie überhaupt für jede Art von Lärmbelästigung. Er machte trotzdem weiter und warf mir zwischen zwei Phrasen einen theatralisch überzeichneten Kuss zu. Zugegeben, seine Stimme war gar nicht übel. Wahrscheinlich war er in seiner vornehmen Mittelschichtschule früher im Chor gewesen. Einen *Theaterfachbereich* hatte es da sicher auch gegeben.

»*Klar,* dass der Junge, der das ›ungeschönte Paris‹ sucht, mit Musical-Partituren vertraut ist.« Dass ich seine Performance insgeheim toll fand, wollte ich mir nicht anmerken lassen.

Er ignorierte mich, während er in einer vermeintlich graziösen Nachmache von einem der Jets umhersprang (aber eher wie ein übereifriger Monty-Python-Imitator rüberkam). Er besang das Schicksal, die Vorsehung, die Sterne, mein Gesicht ...

»Lal!«

Sein beeindruckender, wenn auch lallender Tenor drang durch die Nacht, und Lal kam die Treppe wieder heruntergerannt, um meine Hand zu ergreifen. Ich schrie auf. In seinen Augen spiegelte sich das Laternenlicht, so dass sie glänzten wie die eines ekstatischen Fernsehpredigers mit Messias-Komplex und Alkoholproblem. Er zog mich eng an sich und wirbelte mich wieder weg. Um ein Haar wäre ich gestürzt. »Du solltest sowieso ein französisches Stück singen«, murrte ich gespielt pampig, um dann etwas beunruhigt – und schließlich leicht entsetzt zuzusehen, wie er anfing, auf das Eisengeländer zu klettern.

»MARIA!«, tönte er.

In sein großes Finale platzte das Geräusch eines Fensters, das über uns aufgerissen wurde.

»MAIS TU VAS ARRÊTER TON BORDEL LÀ! FILS DE PUTE!«, brüllte eine ältere Frau, ehe sie aus ihrem Fenster im fünften Stock einen vollen Wassereimer auskippte. Kreischend sprang ich dem Wasserstrahl aus dem Weg. Lal stand, ganz der durchgeknallte Musical-Märtyrer, mit ausgestreckten Armen wie gekreuzigt da und wurde im nächsten Moment pitschnass.

»Ouais, ferme-la, connard, 'ricain!«, gackerte die alte Frau und schlug ihr Fenster zu.

Für einen Moment standen wir beide in fassungslosem, durchnässtem Schweigen da, bevor ich vor Lachen aufjaulte.

»Scheiße«, zischte Lal. *»Scheiße«*, diesmal durch zusammengebissene Zähne. *»Scheiß* auf die verdammte *bitch*, das ist *kalt!«*

Ich wollte erst zu ihm hinübergehen, blieb dann aber wie angewurzelt stehen. Er kletterte von dem Geländer hinunter und kam als klägliches Häufchen auf. *»Verdammte. Alte. Bitch!«* Die Haare klebten ihm im Gesicht. Mein Japsen war jetzt zu einem kaum unterdrückten Glucksen abgeflaut. »Wie hat sie mich genannt?«, fragte er.

»Arschloch, Vollidiot, Ami ...«

Er stolzierte, die Haare ausschüttelnd, zu meinem verlassenen Fahrrad.

»Ich habe mal um vier Uhr morgens mit meinen Freundinnen vor einer Kneipe gestanden und geraucht, da hat eine der Verrückten, die obendrüber wohnten, eine Schüssel mit Fischinnereien auf den Bürgersteig gekippt«, erzählte ich ihm.

»Du bist so trocken!«, maunzte er.

Irgendwie drehte sich die Welt. »Ich bin so *dicht*«, ächzte ich.

Er streckte mir seine kalte, feuchte Hand hin.

Am nächsten Morgen wurde ich wach (gnadenloses Sonnenlicht strömte durchs offene Fenster, und die Hitze des Tages begann schon wie ein Briefbeschwerer zu drücken) und fand mich an Lals pulloverlosen Körper geschmiegt. Knirschend und knarrend wie eine dieser altmodischen Münzzählmaschinen setzte sich mein Gehirn in Gang. Kannte ich diesen Mann? Haken dran. War ich zu Hause? Haken dran. War es etwas Positives, dass ich nichts als einen knappen, schwarzen Slip am Leib hatte? Haken dran.

Nachdem ich mich von ihm gelöst hatte, rollte ich benommen aus dem Bett. Mein Spiegelbild war zufriedenstellend, befand ich, erleichtert darüber, dass ich ordentliche Unterwäsche getragen hatte. Während ich zum Wasserkocher wankte, versuchte ich, Einzelheiten von etwas zu rekonstruieren, was sich im Grunde nur wenige Stunden zuvor zugetragen haben musste. Hatte ich mit ihm geschlafen? Blitzartig schoss mir ein Bild durch den Kopf, wie wir beide durch meine Wohnungstür fielen und ich mit der Stimme eines alkoholkranken Schulpräfekten wiederholt hatte, dass ich nach »dieser regelrechten Demütigung« wirklich *nicht* mit ihm schlafen würde, und mich dann prompt vor seinen Augen auszog und auf dem Bett fast in Ohnmacht fiel.

Das Wasser kochte. Ich blickte zu ihm hinüber, fühlte mich dahin, wo mein Körper gerade noch gewesen war. Ich erinnerte mich an den zarten Augenblick, als er im Traum den Arm ausgestreckt und seine Hand um mein Kinn gelegt, mich dann mit der anderen eng an sich gezogen und mir liebevoll den Schenkel gestreichelt hatte. Ich fragte mich, von wem er geträumt hatte.

Als der Tee fertig war, ging ich zum Fenster und setzte mich im Schneidersitz auf den Boden. Später am Nachmittag musste ich zum Gare de Lyon, um meinen Zug nach Marseille zu nehmen. Auf meinem Handy fand ich eine Nachricht von Anna – *Jenny holt dich heute Abend am Bahnhof ab, Schätzchen, Pastis steht bereit!* – und eine von Emma: *Lebst du noch?*

Als ich aus der Dusche kam, ruckelte sich Lal endlich zurück ins Leben.

»Oh«, sagte ich. »Guten Morgen.« Ich band mein feuchtes Haar oben auf dem Kopf zu einem Knoten zusammen.

Er blinzelte, und ich sah, wie die Fakten der vergangenen Nacht sich allmählich auf seinem Gesicht niederschlugen.

»Möchtest du eine Tasse Tee?«, fragte ich, in Gedanken damit beschäftigt, dass ich mich in dem ganzen Zimmer nirgendwo anziehen konnte, ohne komplett in seinem Sichtbereich zu sein.

»Tee. Ja«, grummelte er. »Ja bitte.«

»In ungefähr einer Stunde muss ich übrigens los«, sagte ich verlegen.

»Ja, natürlich«, bemerkte er, ernst und höflich. »Ja, ich auch, um ehrlich zu sein. Ich muss zu der Wohnung von letzter Nacht zurück, um meinen Freund abzuholen.«

»Milch?«

Er betrachtete mich argwöhnisch. »Du bist schon zu lange in Frankreich.«

Ich sah zu, wie die Wolken aus Weiß sich entfalteten und die Flüssigkeit langsam trüb werden ließen. »Wo genau musst du eigentlich hin?«

Als ich mich neben ihn aufs Bett setzte, löste ich absichtlich meine feuchten Haare wieder, in der Hoffnung, dass sie mir wie bei einer Art attraktiver Wassernymphe um die Schultern fallen würden.

»Italien«, sagte er. »Ein Freund von mir hat ein Haus in der Toskana.« Das passte; er war genau der Typ Mensch, der einen Freund mit einem Haus in der Toskana hatte.

»Schön.«

Als er auf meinen beherzten Versuch, Blickkontakt herzustellen, nicht reagierte, starrte ich mit ihm zusammen die Tapetenfetzen an, die sich, toter Haut ähnlich, um mein Fenster herum ablösten.

»Also. Kein Frankreich mehr für dich«, sagte ich.

Er zuckte die Schultern, und ich stand auf und stellte mich ans Fenster, um etwas Abstand zwischen uns zu bringen. Es war Zeit für erzwungene Heiterkeit.

»Vielen Dank jedenfalls für die spektakuläre Performance.«

Er verzog in gespielter Verlegenheit das Gesicht. »Zum Glück hatte die alte Frau nicht gerade *poisson* ausgenommen.«

In der Métro zum Gare de Lyon tröstete ich mich mit der Tatsache, dass er als Engländer im Bett wahrscheinlich sowieso nichts getaugt hätte. Gemäß der Weisheit der Frauenfeinde, die ich begierig aufgesaugt hatte, um mein katastrophales Liebesleben zu verklären, gab es zwei Typen von Frauen. Da waren feste *Freundinnen* – solche wie Emma, die ihren Eltern sensible und verständnisvolle Männer mit Sinn für Konversation und Leonard Bernstein vorstellten. Dann gab es Frauen wie mich, die neben anderen fragwürdigen Verehrern Drogendealer, ungebildete, aber lautstark auftretende Dissidenten, Soziopathen, Stalker und Männer, die auf öffentlich praktiziertes Japan-Bondage standen, aneinanderreihten. Lal, sagte ich mir, war viel zu sprachgewandt und vernünftig, um einen wiederholten Kontakt mit mir zu suchen.

Das gleißende Licht des strahlend hellen Morgens ließ den Bahnhof frisch gewaschen erscheinen, und ich hatte, wie so oft am Gare de Lyon, das Gefühl, als hätte ich Paris schon weit hinter mir gelassen und führe jetzt an den blauen Rändern des Mittelmeers entlang. Für einen Augenblick war ich Zuschauerin in meinem eigenen Leben. Die Massen von Menschen, die sich um mich herum schoben, waren verwaschene Kleckse beweglicher Tinte auf einer Laterna magica. Hellblau. Weiß. Hunderte Stimmen überlagerten sich willkürlich und zögernd in dem ausgedehnten Raum über den Bahnsteigen. Die vertrauten Töne der SNCF-Erkennungsmelodie erklangen über dem Gedränge und trugen mich vorwärts zum Bahnsteig. Zwei dicke Tauben stritten sich am Drehkreuz. Ich war fünf Stunden von Möwen entfernt.

Zwei

SAINT-LUC

Sie wäre vielleicht gar nicht in der Lage gewesen, sie richtig einzuschätzen. Denn damals kamen ihr alle Menschen, die nicht aus Northam stammten, auf den ersten Blick gleich klug vor, alle umgeben mit dem gleichen verwirrenden Schleier eines blendenden, unklaren Charmes.

Margaret Drabble, *Jerusalem – goldene Stadt*

8
Michael

»Ich weiß schon genau, was für eine Geschichte Sie schreiben werden«, sagte ich zu der attraktiven Journalistin, die mir gegenüber saß. »Promi-Porträts folgen immer demselben Muster – vor allem die, die in Hotels geschrieben werden.«

In ihren Augen blitzte kokette Boshaftigkeit auf. »Dann mal los«, sagte sie. »Wenn Sie so vertraut mit der Formel sind, porträtieren Sie doch mich.«

Ich nahm einen Schluck von dem Scotch, den ihre Zeitung bezahlt hatte, stellte das Glas auf den Tisch zurück und sah sie, von diesem freundlichen Hin und Her ermutigt, unverhohlen an.

»Ich treffe in der opulenten Lounge der ikonischen Piccadilly-Instituition ein und entdecke Joanna Pritchard, wie sie mit angewinkelten Beinen dasitzt, die dunklen Haare zu einem schlichten, aber modischen Pferdeschwanz gebunden. Sie trägt nur einen Hauch Make-up, doch sie strahlt dieses beneidenswerte Leuchten berühmter Menschen aus, betont durch den klassisch-eleganten schwarzen Kaschmirpullover und …«

»Ich bin Journalistin, nicht Cindy Crawford«, spottete sie.

»Ja, aber Sie sind trotzdem eine Frau, also bin ich verpflichtet, über Ihre zurückhaltende, aber umwerfende Erscheinung zu sprechen, und darüber, dass Sie es auf wundersame Weise schaffen, Ihre Figur zu halten, obwohl Sie in meiner Gegenwart ein riesiges Club Sandwich verdrücken.«

Sie erlaubte sich ein nachsichtiges Grinsen. »Na gut, und was werde ich über Sie schreiben?«

»Lassen Sie mich kurz in Ihre Notizen gucken.«

»Nicht Ihr Ernst.« Sie verschränkte gespielt patzig die Arme.

»Sie werden schreiben, dass ich schlank und hager aussehe, und dass ich schon um elf Uhr morgens Whisky trinke – Ihr liebt doch alle diesen *enfant terrible*, Rock 'n' Roll-Autor-Quatsch: die Prosa von Martin Amis, der Habitus von Michael Hutchence.«

Sie hob die Augenbrauen. »Angesichts Ihrer kürzlich erfolgten Hochzeit wird unsere Leserschaft davon ausgehen, dass *diese* Inkarnation der Vergangenheit angehört.«

»Wie überaus spießig«, höhnte ich, während ich in meiner Hemdtasche nach einer Zigarette suchte.

»Was macht Diana überhaupt?«, fragte sie, mich fixierend.

»Sie zieht die Latzhose nicht mehr aus.«

»Das Tapsen kleiner Füßchen?« Sie lächelte mich an.

»Woher kennen Sie meine Frau noch gleich?«

»Tu ich gar nicht. Sie ist mit meiner großen Schwester zur Schule gegangen. Sie haben mich beim Spielen von *Kampf um die Insel* nie mitmachen lassen. Und wenn doch, musste ich immer der bescheuerte Roger sein.«

Diana kannte sie alle: Jungs (und es waren tatsächlich noch Jungs – ich spürte den Altersunterschied überdeutlich, wenn ich sie sah) mit weiten Pullovern und aufgesetzten Akzenten, die für aggressiv coole Magazine arbeiteten; Scharen von Westlondoner Upperclass-Typen mit pferdeähnlichen Profilen und in pastellfarbenen Cardigans, für die sie sich zu schämen vorgab; unerträgliche Theatertypen, die ohne jede Spur von Ironie Baskenmützen trugen und unter denen unverzeihlicherweise auch Stand-up-Comedians waren. Ich hatte eine Welle der Erleichterung verspürt, als der Drehort des Films verkündet worden war. Sechs Wochen auf irgendeiner gottverdammten Felsklippe am äußersten Ende Schottlands. So ein Pech, dass ich einen Roman zu bewerben hatte.

»Wenn Sie noch Kontakt zu ihr hätten, wüssten Sie natürlich, dass sie gerade in Loch Grässlich ist und mit Burschen in Kniehosen herumspringt.«

»Oh, das weiß ich«, sagte Joanna kühl, ohne den Augenkontakt abzubrechen.

Ich ließ ihre Andeutung einen Moment lang schweigend im Raum stehen, bevor ich mich demonstrativ in meinem Sessel zurücklehnte. Ich rauchte weiter.

»Was werden Sie heute Mittag essen?«

»Mir fallen andere Dinge ein, die ich lieber machen würde als essen.«

Ich konnte bei diesem Typ Frau nie sagen, ob ihre Direktheit antrainiert oder authentisch war, aber unabhängig davon war ich immer dankbar dafür gewesen. Ficken ohne Schuldgefühle. Komplizen auf Augenhöhe. Waffenbrüder. Ich betrachtete mich selbst als Feministen. Verdammt, es war 1987. Es war allgemeiner Konsens, dass die Frauen ganz genauso scharf darauf waren. Flüchtig kam mir eine schöne Erinnerung in den Sinn, Janice Jarman, nach dem Schulball der Mädchen. Burtley Common; das Gras war schon feucht vom Tau, es war halb elf, meine hitzigen Jungshände schoben sich verzweifelt ihr blassblaues Satinkleid hinauf, nur um prüde von ihr weggestoßen zu werden. Meine Erektion drückte unangenehm gegen das glänzende Polyester des Anzugs, den ich mir von meinem großen Bruder ausgeliehen hatte. Zwei Jahre waren seit Larkins »Annus Mirabilis«

vergangen, doch Sex war offenbar weiterhin etwas, das siebzehnjährige Oberschüler in Yorkshire noch vor sich hatten.

»Sie erinnern mich an mich selbst«, sagte ich.

»Dann hoffe ich, dass Sie genauso schockierend narzisstisch sind, wie meine Kollegen es behaupten.«

»Was machen Sie heute Abend?«

»Recherchieren«, sagte sie. »Ich porträtiere einen Schriftsteller in seinem Zuhause.«

»Nein. Nicht bei mir. Ich will ausgehen.«

»Schön«, gab sie nach. »Freud, zehn Uhr, und dann sehen wir, wohin die Nacht uns verschlägt.«

Für eine Toilettenkabine war es vergleichsweise sauber. Alles schien mit doppelter Geschwindigkeit abzulaufen, weil mir der Kopf vom Kokain schwirrte, vom gedämpften Wummern der Musik und von ihrer beschleunigten Atmung. Ich zog ihr das Shirt über den Kopf und fixierte ihre zarten weißen Arme über ihr. Ihre Haut leuchtete bläulich weiß im ultravioletten Licht, und ich spürte, wie sie nach den Knöpfen meiner Jeans tastete. Ich drückte sie mit meinem Körper an die klamme Wand, und wir küssten uns. Ihre Augen leuchteten, als sie sich von mir löste, und sie hielt mir ihren nackten Hals hin. Ich spürte die Wärme ihres Atems, als sie lustvoll in mein Ohr keuchte. Sie war so unglaublich sexy. Was konnte da bloß schiefgehen?

»Oh.« Enttäuschung blitzte in ihrem Gesicht auf, als ihre Hände meine Jeans aufknöpften, doch dann sank sie, unbeirrt, auf die Knie hinab. Ich schloss die Augen, lehnte mich zurück und schmolz in der Wärme ihres Mundes dahin – *dahinschmelzen* war leider genau der passende Ausdruck. Schließlich gab sie es auf, lächelte mich verlegen an und stand auf, um mich zu küssen, wobei sie leise stöhnte – vermutlich, um mich zu ermutigen. Ich versuchte, selbst nachzuhelfen. Sie nahm meine freie Hand und presste die Finger gegen die Spitzenborte ihrer Unterwäsche.

Schließlich räusperte ich mich. »Also«, sagte ich, »das ist jetzt peinlich.«

Sie seufzte. Sie biss die Zähne zusammen und ihre Augen, rötlich und mit schwarzem Kajal verschmiert, waren groß wie Untertassen. »Du warst so hart, als wir da draußen getanzt haben.«

»Das hat wirklich nichts mit dir zu tun.«

»Das weiß ich.«

Einen Moment lang standen wir schweigend da. Sie blickte entschlossen zu Boden. Außerhalb der Kabine wurde gequietscht und gejohlt: »Mit dieser Frisur sieht er aus wie Tracey Thorn, aber ohne ihr scheiß Talent!«

»So was passiert mir normalerweise nicht«, behauptete ich.

»Ach, Schätzchen, das kann den Besten mal passieren.«

Joanna lächelte mich verständnisvoll an, fast schon mütterlich. Sie glättete ihren Rock und versuchte vergeblich, sich das Schwarz unter den Augen wegzuwischen.

»Na dann«, sagte sie. »Gehen wir wieder raus?«

Der Sonnenuntergang hatte das Wasser perlmuttartig und grau gemacht, wie eine schimmernde Auster. Graues Wasser, durchsetzt von Streifen verblassenden Lichts bis zu der Stelle, wo es mit dem durchscheinenden Lila und Orange des Horizonts verschmolz. Ich starrte auf die dunkle Weite des Meeres hinaus. Ich war weit genug den Strand hinuntergelaufen, dass ich den Lärm vom Haus nicht mehr hörte. Nur noch das perkussive Trommeln der Zikaden.

Seit die anderen eingetroffen waren, hatte ich mir angewöhnt, unter dem Vorwand, zu arbeiten, hierherzukommen, doch in meinem Kopf herrschte natürlich nichts als Leere.

»Ach, Michael. Sei doch nicht so verdammt unsozial. Tom macht Spritz, bleib doch auf ein Getränk.«

»Nein, Jenny, lass ihn!« Anna, mit der Stimme einer gutmütigen Schlange. »Er *arbeitet*.«

Dieser kastrierende Tonfall und die Andeutung verschwörerischer Belustigung: ihr so lange gehemmter, blockierter Ehemann *arbeitete* wieder. Ich grub meine Zehen tiefer in den kühlen Sand. Im Laufe einer ganzen Stunde hatte ich es geschafft, eines aufzuschreiben: 1970. Die vier nackten Zeichen ließen die ansonsten unbeschriebene Seite nur noch leerer erscheinen. In der zweiten Märzwoche 1970 hatte ich sie zuletzt gesehen. Mein siebzigster Geburtstag stand erschreckend kurz bevor, und doch hatte ich in den letzten paar Monaten, seit ich Leah begegnet war, das Gefühl, als würde sich die Zeit zusammenziehen; die Jahrzehnte quetschten sich aneinander wie die Bälge eines Akkordeons, so dass ich beinahe berühren konnte, was auf der anderen Seite war. Ich trank einen Schluck Pastis und schloss die Augen.

Die Siebziger waren ein einziger orgiastischer Rausch gewesen. Gegen Ende des Jahrzehnts jedoch hatte ich wirklich angefangen zu schreiben, und nachdem *Richards Fall* ein so astronomischer Erfolg geworden war, hatte ich eine Zeitlang eine gewisse Stabilität erlangt. Es gab immer noch viele Partys, aber diese waren anders. Jetzt ging es ums Networking. Dies war eine neue Art des Hedonismus: zielgerichtet, ambitioniert, erfolgsorientiert. Als Lawrence geboren wurde, empfand ich die raffinierte Duplizität, mit der ich meine verschiedenen Leben koordinierte, als aufregend. In den ersten paar Jahren hielt ich den Schein aufrecht, ein

Vorzeigevater zu sein; ich hatte (mit vergleichsweise großer Leichtigkeit) die beiden Romane produziert, die jetzt als meine reifsten galten, und es war mir gelungen, mir eine heimliche Freiheit jenseits der Kenntnis meiner Frau zu bewahren. Als alles in die Brüche ging, blieb mir nur noch das. Wie sonst hätte es auch kommen sollen? Ich hatte eine gute Zeit gehabt, und ehrlich gesagt war ich nicht unglücklich, als Diana mich zu gehen bat.

Wie soll ich diese erste Ehe erklären? Es war nie so, dass ich Diana *nicht* geliebt hätte. Sie war unwiderstehlich. Sie war witzig und schön und klug. Ich war mit eintausend Janice Jarmans aufgewachsen; Mädchen, die sich über Rabattgutscheine unterhielten und Gameshows guckten und der Meinung waren, Marks & Spencer sei ein ehrgeiziges Karriereziel. Mädchen, die vor ihrer Hochzeit kicherten und danach das Gesicht verzogen. In Oxford hatte ich eine gänzlich neue weibliche Spezies entdeckt. Diese Frauen hörten Françoise Hardy (und verstanden die Texte). Sie wollten bis vier Uhr morgens wach bleiben, Joints rauchen und über Artaud reden.

Als ich Diana kennenlernte, frisch von der Schauspielschule und die Zweitbesetzung in einer Inszenierung von *Richards Fall*, war ich bereits mit diesem Typus vertraut. Ich war wie sie. Ich hatte gelernt, mein Messer nicht wie einen Stift zu halten, und dass *tea* ein Snack war, den man um halb fünf einnahm und zu dem, nun ja, auch *Tee* gehörte. Später hatte ich gelernt, all das sorgfältig angesammelte Wissen wieder zu vergessen und eine höfliche Spur Yorkshire wie ein Abzeichen in meinem Akzent zu tragen, das mir Glaubwürdigkeit verlieh. Ich hatte mein Leben an den Rändern einer Gesellschaft verbracht, deren Teil ich beinahe war. Für meine Familie war ich ein Fremder gewesen – eine arrogante, flirrende Erfindung einer anderen Welt. Die Distanz hatte es mir erlaubt, sie meinerseits auch interessiert zu beobachten, und in Oxford, in London, in jeder Phase meines Lebens, hatte ich mich wie ein begeisterter Zuschauer dieses sich immerzu wandelnden Spiels gefühlt. Die Besetzung rotierte fortwährend über die Bühne, manche wurden von der plötzlichen, einnehmenden Klarheit des Scheinwerferlichts beleuchtet, andere verblassten widerstandslos zu bloßen Typen. Es war angemessen, sagte ich mir damals, eine Schauspielerin zu heiraten.

Das leise Tappen von Schritten, das Klatschen einer Sandale auf den Sand, das das Surren der Zikaden übertönte. Jenny kam den silbernen Hang des Strandes herab auf mich zu.

9

»Also, ich dachte, ich stell sie zuerst dir vor, weil du die Großzügigste bist«, sagte ich zu Jenny, als wir in die Wardour Street einbogen. »Ich will, dass du sie vor morgen Abend erst mal gründlich durchleuchtest.«

»Sie *durchleuchten*?«, fragte Jenny, ein wenig verärgert. »Und wenn sie mir nicht passt, lässt du das arme Mädchen einfach sitzen?«

»Ach komm schon, Jen. Tu nicht so, als wär das nicht wichtig.«

»Ich bin nur aus einem Grund hier. Du hast mir Spaghetti Carbonara versprochen, und wenn ich noch einen einzigen laschen Steak and Kidney Pie in der Kantine essen muss, dann sterbe ich. Hier geht's um meine Gesundheit. Ich brauche ein Heilmittel.« Sie sah mich streng an. »Außerdem will ich mir deine neueste Eroberung ansehen.«

»*So-gut-wie*-Eroberung.«

Ich hatte Jenny in meiner ersten Uniwoche kennengelernt und sie in der Folge aus der Distanz beobachtet. Sie studierte moderne Sprachen und beherrschte offensichtlich bereits Französisch und Italienisch. Ich hatte vage Gerüchte gehört, dass ihre Mutter im Krieg aus irgendeinem Land auf dem Festland geflohen war, und hatte darüber hinaus herausgefunden, dass ihre Eltern Intellektuelle waren, möglicherweise sogar Sozialisten. Sie schwebte in Fischerhemden, schwarzen Zigarettenhosen und Bernsteinschmuck über den Campus. Gegen Ende des Herbstsemesters fasste ich mir ein Herz und sprach sie im Pub an.

»Jenny, richtig?« Ich stellte mein Pintglas energisch auf die Theke.

»Richtig.« Sie starrte weiter die Spirituosen an, die sich über dem fleckigen Spiegel drängten.

»Wir haben uns schon mal gesehen«, machte ich tapfer weiter, »auf Hal Pickfords Party zu Beginn des Semesters.«

»Ja«, sagte sie. »Du bist der, der diese fiese Besprechung zu Tony Dyers Auftritt im *JCR* geschrieben hat, stimmt's?«

Ich zuckte zusammen. »Du kennst Tony?«

»Ja.«

»Ich war ja nicht nur kritisch.«

»Hmm«, machte sie mit starrem Blick, »wobei du ihn als ›eine mickrige kleine Kröte, die niedliche drei-Akkord-Songs über Ringelblumen singt‹ beschrieben hast.« Ihr Kinn ruhte auf ihrem aufgestützten Handgelenk. »Am meisten hat ihn getroffen, dass er der beste Protestsänger von Turnbridge Wells sei.«

Ich protestierte mit einem schwachen Maunzen. »Ich hab aber auch gesagt, dass das schöne Geschlecht ihm zu Füßen liegt.«

»Ja – und es geschafft, das wie eine Beleidigung für das schöne Geschlecht klingen zu lassen.«

Unbeirrt hatte ich mir den leeren Hocker herangezogen und weitergeredet, bis sie schließlich nachgab und sich von mir verzaubern ließ. Tony sei ihr komplett egal, erzählte sie mir später; nur traute sie zunächst einmal niemandem, der »so mit Worten um sich schmeißen« konnte. Ich hatte mich daran gewöhnt, dass Mädchen wie Jenny Spaß an bissigen Unterhaltungen hatten, und was mich an ihrem Charakter am meisten überraschte, war, dass ihr definierendes Merkmal Freundlichkeit zu sein schien. Als die Weihnachtsferien kamen, war sie zu meinem ersten weiblichen Freund geworden. Als sie in ihrem dritten Studienjahr nach Bologna ging, fehlte sie mir sehr. Dann, gegen Ende jenes Jahres, tat sie etwas so absurd Selbstsicheres (das war die Art, wie Jenny ihr Leben gestaltete), dass ich es, mit meiner öden und konventionellen Erziehung, nicht glauben konnte. Sie entschied, »eine Pause vom Studieren zu machen« und »ein bisschen zu leben«. Offenbar konnten Leute wie Jenny so etwas tun. Sie zog Ende September nach London zurück und suchte sich einen langweiligen Verwaltungsjob bei der BBC. Seitdem bestanden unsere Gespräche zu großen Teilen aus ihren Klagen über blutarmen Kartoffelbrei. Als ich sie Astrid in deren Terrain vorstellen wollte, hatte die Situation nur minimalen Organisationsaufwand meinerseits erfordert.

»Also *arbeitet* sie hier?« Wir näherten uns der flaschengrünen Markise von Giorgio's. Es war ein kühler, heller Tag, und an den kleinen Tischen auf dem Gehsteig herrschte reges Treiben.

»Ja.«

Für Jenny war die Vorstellung, dass jemand einen so simplen Beruf wie das Kellnern ausüben könnte, absolut befremdlich. Ich schob die beschlagene Tür auf.

»Aber sie ist außerdem Model? Nein ... Sängerin? Schauspielerin?«

»So was in der Art«, murmelte ich, während ich ihr einen kittfarbenen, fleckigen Stuhl heranzog und mich dann selbst hinsetzte. Auf einmal war ich nervös. Anders als ich war Jenny es nicht gewohnt, leise zu sprechen, und ihre betont britische Sprechweise schien den gesamten Raum auszufüllen. Ich spürte, dass ihre Gesellschaft (die mich doch immer zum Insider gemacht hatte) einen Aspekt meines Charakters offenbarte, den ich an diesem Ort noch nicht gezeigt hatte.

»Was ist denn?«, fragte sie und sah mich stirnrunzelnd an.

»Nichts.«

»Doch, klar. Du versinkst wieder so in deinem Mantelkragen. Ich seh nicht mal dein Kinn.«

»Mache ich gar nicht.«

»Du bist nervös! Du bist echt nervös, stimmt's? Du willst wirklich was von dieser schwedischen Sirene …«

»Noch mal, sie kommt nicht aus Schweden.«

»Ein *Model*. Ich seh sie vor mir …«

»*Jenny*.« Ich hatte Astrid entdeckt, die sich zwischen den Tischen hindurchschlängelte und die Stammkunden mit aufrichtiger Herzlichkeit anlächelte. Ihre Wangen waren gerötet von der Kälte. Sie trug den blassblauen Mantel mit dem Pelzkragen, und Strähnen ihres dunklen Haars hatten sich aus einem farblich dazu passenden Pillbox-Hut gelöst. Sie entdeckte mich und winkte uns stakkatoartig. Ich sah, dass Jenny das Winken erwiderte, und spürte von Neuem große Erleichterung, dass ich sie als Erste mit Astrid bekannt machte. Die anderen würden eine größere Herausforderung sein. Ich stand auf, um Astrid einen Stuhl anzubieten, und war jetzt zuversichtlich, dass Jenny nett zu ihr sein würde. Ich fasste sie an den Schultern und betrachtete die Details ihres Gesichts. Mit ihr zusammen zu sein war manchmal so, als befände man sich in der Nähe einer wärmeausstrahlenden Substanz. Sie schien das Glück beinahe anzuziehen.

Jenny gab mir grünes Licht für Astrid (und schnauzte mich dann an, als ich diesen Ausdruck ihr gegenüber verwendete), und so wandte ich mich, nachdem wir Erstere in Portland Place abgesetzt hatten, ganz beiläufig an Letztere und lud sie für den nächsten Abend zu Julians Party ein. Sie versuchte gar nicht erst, ihre offensichtliche Freude zu verbergen.

»Ja, ist nichts Besonderes«, sagte ich. »Nur ein kleines Treffen, ein paar Leute. Freunde von uns haben eine Band, die vielleicht spielen wird ...« Ihren Gesichtsausdruck zu sehen löste die Art von Begeisterung in mir aus, die ich normalerweise um jeden Preis zu verstecken versuchte. »Und Julians Wohnung ist unglaublich. Seine Mutter gehört zum niederen Adel – seine Großmutter war ein uneheliches Kind von Edward VII. und eine berühmte Gastgeberin in Bloomsbury oder irgendwas in die Richtung. Keine Ahnung, was ...«

Sie unterbrach mich und reckte sich, um mich zu küssen, während sie mich etwas ungläubig anstrahlte.

»Alles läuft so gut«, sagte sie. »Guck mal, sogar die Sonne scheint. Als wäre der Welt gar nicht klar, dass gerade November ist.«

In dem blassblauen Licht dieses Nachmittags liefen wir zum Regent's Park und spazierten Hand in Hand umher, bis die wässrige Herbstsonne von der Dämmerung geschluckt wurde. Wir tranken ein Pint in einem Pub in St John's Wood und verzogen uns unauffällig in ein Kino, aber nicht, um uns einen Film anzusehen. Wir blieben auch noch für die zweite Vorführung, und später lief ich wie auf Wolken zur Charlotte Street zurück und stellte mir beim Einschlafen Astrid nackt vor.

Am nächsten Abend trafen wir uns am Eingang zum Royal Court; Julians Wohnung war nicht weit von der King's Road entfernt.

Nicht Julian öffnete uns die Tür, sondern einer seiner

zahlreichen weiblichen Satelliten. Ihr Gesicht kam mir vertraut vor, und ich hatte das schreckliche Gefühl, sie könnte eine von Kathys Freundinnen sein, was durch das laute, übertriebene Seufzen bestätigt wurde, das sie ausstieß, als sie mich erkannte, und durch die Blicke, mit denen sie mich und Astrid durchbohrte.

»Michael«, begrüßte sie mich mit gespielter Freundlichkeit. »Lange nicht gesehen.«

»Sarah …«

»*Sara.*«

Ich verzog das Gesicht.

Sie lächelte Astrid falsch an und hielt ihr die Hand hin.

»Astrid.«

»*Sara*«, sagte ich laut. »Na, das ist ja nett. Wo ist denn Julian?«

Sobald ich diese Worte ausgesprochen hatte, stand Julian auch schon im Flur. »Micky!«, rief er gutgelaunt, stellte sich hinter Sarah-die-eigentlich-Sara-hieß und schlang einen Arm um ihre Taille. Sie befreite sich unter dem Vorwand, sich etwas zu trinken holen zu wollen, obwohl sie bereits ein Bier in der Hand hielt. Julian winkte uns hinein. Ich sah, wie er Astrid musterte. »Hallöchen«, sagte er affektiert. »Ein *Vergnügen.*«

Ich versuchte, Julian so zu sehen, wie Astrid ihn wahrnehmen musste. Jenny hatte ihn einmal als aalglatt, aber teuflisch charmant beschrieben. Er war groß und blass, mit einem auffallend kantigen Gesicht, zu dem vor kurzem erst schulterlanges pechschwarzes Haar gekommen war sowie ein Schnurrbart, der dem Lord Kitcheners gefährlich nahe kam. Als ich ihn kennenlernte, hatte sein Stil irgendwo zwischen englischem Exzentriker und Beat-Poet gelegen. Doch seit er den Sommer in San Francisco verbracht hatte, hatte er sich eine erstaunliche Anzahl an Paisley-Hemden und hautengen Schlaghosen zugelegt. Jenny war sich ganz sicher, dass er sich den Schritt ausstopfte.

»Willkommen in *mi casa*«, schnurrte er, während er uns in die Küche führte, um uns »zu versorgen«. Er hatte sämtliche Lampenschirme mit Chiffonschals verhängt und irgendwo ein paar rote Glühbirnen mitgehen lassen, um die passende Atmosphäre zu schaffen. Dabei wäre das kaum nötig gewesen. Das riesige Wohnzimmer war eine wahre Aladinhöhle voller verschlissener Perserteppiche, üppigem Brokat und lächerlichem Samt – von den breiten Indigovorhängen bis zu den leuchtend roten Polsterhockern.

»Willkommen in Kubla Khans Opiumhöhle!«, hatte er gerufen, als er Jenny und mir die Wohnung zum ersten Mal gezeigt hatte.

»Sieht aus wie der Umkleidebereich bei Biba, Schätzchen.« Jenny hatte mich stirnrunzelnd angesehen und sich die Pfauenfedern von ihrem Hemd gewischt.

»Dann hoffen wir mal, dass hier genauso viele Mädchen ihre Klamotten ausziehen!«, hatte Julian anzüglich grinsend erwidert und mir zugezwinkert.

Die Küche war von seiner Mutter eingerichtet worden und vollgestopft mit Dingen: Plunder aus dem Haus der Familie in Griechenland; teure, vierfarbig gedruckte Kochbücher; beeindruckend moderne und Respekt einflößende Gerätschaften, von denen die meisten Staub ansetzten oder komplett zweckentfremdet worden waren. Außerdem ein Küchentisch, der als gut ausgestattete Bar diente. Julian nahm zwei Kristallgläser und drückte seine Zigarette in einem Mörser aus.

»Also«, sagte er, während er den Gin abmaß. »Astrid, Astrid. A*strid*. Stockholm?«

»Bow.« Ihre Stimme war ausdruckslos.

Julian lachte gackernd und reichte uns unsere Getränke. »Und was machst du da so in *Bow*? Du musst doch ein Model sein.«

Aus dieser komplett neuen Perspektive fing ich an, Jennys Meinung von unserem Freund ein wenig besser zu verstehen.

»Du bist aber keine Sekretärin, oder?«

»Ich bin Kellnerin«, sagte sie.

»Und Sängerin«, fügte ich hinzu. »Sie hat gerade einen regelmäßigen Gig in einem Club in der Denmark Street bekommen.«

»Ah. Eine *chanteuse*. Stimmt, sogar wenn du sprichst, ist das Timbre deiner Stimme so ... *sinnlich*.«

Ich sah, wie Astrid sich beinahe an ihrem Gin Tonic verschluckte. Jenny, die bereits sichtlich betrunken war, kam in die Küche getänzelt. »Jules, mein Glas ist leer!«

Er füllte ihr Glas mit purem Gin, den Blick weiter auf Astrid gerichtet. Jenny stellte sich zwischen uns, verteilte extravagante Küsse und bestand darauf, nachdem sie ihr Glas noch einmal gefüllt und eine Zigarette geschnorrt hatte, dass Astrid *unbedingt* auf der Stelle mitkommen und *absolut jeden Einzelnen kennenlernen* müsse. »Komm jetzt«, sagte sie in der Stimme einer strengen Pfadfinderleiterin. »Trink aus und hol dir noch ein Glas, solange du hier bist. Die können es alle gar nicht erwarten, dich kennenzulernen.«

Astrid ließ sich nervös lächelnd davonführen und drückte beim Gehen meine Hand.

»Ich komme sofort nach«, versicherte ich ihr.

»Nein, wirst du *nicht*.« Julian steckte sich eine weitere Zigarette an und bot mir auch eine an. »Das ist die heiße kleine Kellnerin aus dem italienischen Siffladen?«

Ich nickte. Er stieß einen Pfiff aus. »Jesses! *Bellissima!*« Er zog dekadent an seiner L&M. »Spricht sie auch?«

»So viel, wie sie muss«, sagte ich. Ich verspürte den schmerzhaften Drang zu heftigem Widerspruch, aber wenn ich mit Julian zusammen war, konnte ich nicht anders.

»Aha!«, lachte er. »Also hast du's getan?«

Ich zuckte mit den Schultern, aber grinste dabei verschlagen genug, um ihn wissen zu lassen, dass ich es ganz sicher getan hatte. Natürlich hatte ich nicht.

»Boah«, sagte er. »Du darfst ruhig alle ihre Kolleginnen einladen. Die können nach ihrer Schicht in ihren Schürzen vorbeikommen.«

»Die Kollegen sind alles Kerle«, sagte ich. »Mit nicht weniger Haaren im Gesicht als du, Mann.«

Er schnaubte. »Du machst dich drüber lustig, aber diese Bumsgriffe haben mir in Kalifornien Bräute ohne Ende verschafft. Ich sag's dir, ich kann's kaum erwarten, wieder in den Staaten zu sein. Mit diesem Akzent bist du da der verdammte Casanova.« Julian studierte an der London School of Economics und war gerade dabei, sich Fördergelder für seine Promotion in Stanford im kommenden Herbst zu sichern. »Und die Weiber sind total scharf drauf. Freie Liebe.« Er seufzte. »Der amerikanische Traum.« Er stieß sich von der Arbeitsfläche ab, an die er gelehnt hatte, und zog mich mit sich. Im Türdurchgang klopfte er mir auf den Rücken, verfiel für einen kurzen Moment wieder in den Eton-Akzent, den er so mühsam abgeschüttelt hatte, und sagte: »Aber bei der musst du aufpassen, alter Junge. Ein Fehltritt und du hockst jeden Sonntag bei den Schwiegereltern und isst Fischstäbchen in Whitechapel.«

Gekränkt folgte ich ihm in den Flur.

Als ich in Oxford angenommen worden war, hatte meine Mutter sich genauso verhalten wie damals, als ich mit elf Jahren die Grundschule geschafft hatte. Sie faltete ihre blassen, knochigen Hände und klopfte sie sich an dem hässlichen und verblichenen Rosenmuster ab, das in einem anderen Leben einmal den mutigen Versuch angetreten hatte, ihre Schürze zu schmücken. Dann machte sie unnatürlich spitze Lippen – als fiele es ihr wirklich schwer, den passenden Gesichtsausdruck zu finden – und sagte: »Na. Du warst ja schon immer ein kluges Kerlchen, stimmt's?«

Während sie die automatischen Bewegungsabläufe des Wasserkochens für eine Kanne Tee absolvierte, fiel mir auf, dass ihre Hände leicht zitterten. »Hol mir doch bitte Dads Tabak, ja?«

Ich spürte, wie sich mehr und mehr Schuldgefühle, die ich nicht recht einordnen konnte, in mir sammelten und für Übelkeit sorgten, während ich zur Kommode schlich und seine Schublade durchsuchte. Mum verachtete Dads Raucherei – und noch mehr, dass er seine Zigaretten selbst drehte. Sie rauchen zu sehen hatte etwas vage Abstoßendes, und ich war froh, dass sie es nur selten tat. Wenn Frauen wie Lauren Bacall in Filmen rauchten, ließ der federleichte Rauch des Tabaks (schwebend, durchscheinend) und die lässige Art, wie sie die Zigarette hielten, sie so aussehen, wie ich mir vorgestellt hatte, dass Jazzsängerinnen oder Leute rauchten, die wussten, was Existenzialismus bedeutet, an Orten wie New York oder Paris. Meine Mutter saugte das krumme gelbliche Stängchen (irgendwie schlaff, wie ein Bandwurm) direkt in sich hinein. Ich musste an die alte Schachtel aus *Schneewittchen* denken, was ein bisschen unfair war, weil ich glaube, dass Mum einmal recht hübsch gewesen sein muss, bevor ihre Persönlichkeit ihr Gesicht verformt hat. Ihr hastiges Inhalieren war alles andere als flüchtig und vage. Der Rauch stand um sie herum, als dichte gelbliche Wolke. Ich reichte ihr den Aschenbecher.

»Na ja, zumindest wird dein Bruder noch hier sein. Ist ja ein Glück, dass sie euch Stipendien geben, sag ich mal, damit ihr es an so Orte wie Oxford schafft.«

Da war es wieder – das leichte, unerklärliche Stechen des Verrats, das Gefühl, etwas Falsches zu tun. Sie drückte ihre Zigarette aus – wenig effektiv, so dass sie weiter glimmte.

»Du weißt ja, dass sie da jetzt auch Inder und sonst was nehmen, oder?« Sie hielt meinem Blick mit einer Art trotzigem Vergnügen stand, als habe sie mich mit ihrem Kommentar herausfordern wollen, und ich erinnere mich noch ganz genau, wie ich mich in diesem Moment in der spießigen kleinen Küche umsah und genau die Art von schwindelerregender, atemberaubender Freude empfand, die man erlebt, wenn man weit aufs Meer hinaus schwimmt, an Tagen, wenn das Wasser so rau und zerklüftet ist wie Stacheldraht.

»Das hatte ich gehört, ja.«

10
Leah

Als ich an dem kleinen Bahnhof ankam, war die Sonne bereits untergegangen und der Bahnsteig vom schimmernden Blau der Dämmerung überzogen. Ich hatte das Gefühl, tagelang unterwegs gewesen zu sein. Im Laufe des Nachmittags (und der langsamen Entfaltung meines Katers) hatte ich zugesehen, wie sich die veränderliche Landschaft Frankreichs vor mir entwickelte wie ein Film: kilometerweit flaches grünes und bräunliches Ackerland; elegante schlanke Pappeln und Kirchtürme; goldene Streifen mit Weizen, die sich bis zum lavendelfarbenen Horizont erstreckten. Sonnenblumenfelder. Dann Berge – schroff, beeindruckend, majestätisch – und danach ein neues Land: Terrakottadächer und gelbbraun gestrichene Mauern; dichte grüne Olivenhaine; kurvenreiche staubige Straßen; Geranien; seichte Tümpel entlang der Küste und die zartrosafarbenen Silhouetten von Flamingos.

Marseille am späten Nachmittag war ein Kopfsprung gewesen – ein Schock – erfrischend. Auf den Stufen von Saint-Charles, auf die ich mich gesetzt hatte, um zwischen meinen beiden Zügen eine Zigarette zu rauchen, wimmelte es von Menschen, und das Stadtgebiet unterhalb des Bahnhofs war unvorstellbar groß, antik. Die Stimmen über Lautsprecher klangen wie Beschwörungen. *Montpellier Saint-Roch, Perpignan, Sète, Barcelone, Genève.* Ich war ein Staubkörnchen dort. Von Marseille aus war es weitergegangen in einem klapprigen alten Nahverkehrszug, voll mit Familien und Teenagern, die in verschiedene Trabantenstädte und Dörfer unterwegs waren, und zu dieser Jahreszeit auch mit ausgebürgerten Gruppen goldener Pariser in Leinen und Espadrilles. Ich hatte eine Weile gedöst, und als ich wach geworden war, sank die Sonne gerade in den orangefarbenen Horizont. Der Zug war nahezu leer.

Es gab zwei Bahnsteige, und beide waren verlassen, so dass ich aus dem Bahnhof hinaus auf den Parkplatz ging. Die Luft war erfüllt vom Zirpen der Zikaden. Ich warf einen Blick auf mein Handy. Eine weitere Nachricht von Emma, und dann noch eine von einer unbekannten englischen Nummer mit den typischen Tippfehlern und der schlechten Interpunktion eines älteren Menschen, die mich an die Facebook-Einträge meines Vaters erinnerten. *Hi leah. anna hat mir deine Nummer gegeben und komme dich am Bahnhof abzuholen Jenny.* Warum eloquente, redegewandte und weitgehend gebildete Menschen ab einem bestimmten Alter ihre Fähigkeit, angemessen zu schreiben, vollständig verloren, wenn sie es auf einem Handy taten, wird mir ewig ein Rätsel bleiben.

Ich saß auf meinem Koffer und wartete. Der Parkplatz war leer und nur notdürftig von einer einsamen Straßenlaterne beleuchtet. Es war unglaublich, wie schnell ich mich, obwohl ich meine prägenden Jahre in der tiefsten Provinz verlebt hatte, an das ständige Menschengewühl in der Stadt gewöhnt hatte. Ich blickte zu den Tausenden von Sternen auf (vermutlich dieselben, zu denen ich jede Nacht meiner Kindheit hinaufgeblickt hatte) und schauerte unwillkürlich. Ein paar Minuten lang gab es nichts als das Getöse der Insekten und das Rascheln der Pinien im leichten Wind, und dann, ganz plötzlich, die stotternde Explosion in einem Motor und ein Paar strahlende Scheinwerfer, die die Nacht zerrissen.

Jenny hupte (unnötigerweise; ich hätte sie schlecht verpassen können), kurbelte dann das Fenster ihres verbeulten alten blauen Citroëns herunter und streckte den Kopf heraus. »*Coucou!*« Ihr Französisch klang überzeugend.

Mit entsprechender Begeisterung winkend, nahm ich meinen Koffer. Sie beugte sich über den Beifahrersitz, um die Tür aufzustoßen, und ich kletterte unbeholfen in das Auto. In dem knisternden alten Kassettenrekorder lief Thelonious Monk.

Sie wandte mir den Blick zu. »Großer Gott, du siehst ja genauso aus wie …«. Sie schluckte und sagte, um Fassung ringend, mit erzwungener Heiterkeit: »… eine alte Freundin von mir.« Sie lachte kurz auf. »Herrgott. Ich komme mir vor, als hätte ich ein Gespenst gesehen! Entschuldige.« Jetzt ergriff sie voller Herzlichkeit meine Hand. »Das Alter, was? Jenny. Schön, dich endlich kennenzulernen.«

»Leah«, sagte ich lächelnd. Sie strahlte Freundlichkeit aus. In ihrer Gegenwart fühlte ich mich sofort und auf unerklärliche Weise wohl.

Jenny war recht hübsch, das dicke glatte Haar zu einem unordentlichen grauen Nackenknoten hochgesteckt. Sie hatte ein schönes, markantes Gesicht und trug ein zerschlissenes altes Sweatshirt mit Rundhalsausschnitt, akzentuiert durch eine Bernsteinkette und silberne Ohrhänger. Ihre Hände, die jetzt, als wir losfuhren, das Lenkrad umfassten, waren groß und elegant – Hände, die arbeiten konnten.

»Und wie war die Fahrt?« Bei ihr fühlte sich die Frage aufrichtig und überhaupt nicht nach beliebigem Smalltalk an.

»Gut«, sagte ich. »Zugfahrten gefallen mir eigentlich immer. Ich beobachte gerne, wie das Land sich verformt und verwandelt. Es ist so ... meditativ ... *genussvoll* ...« Besorgt, ich könnte hochtrabend klingen, hielt ich inne, sah aber, dass sie mir überschwänglich zustimmte, wozu sie, wie ich noch feststellen würde, einen Hang hatte.

»Ich mag Überlandreisen auch – und ich habe Glück gehabt. Ich konnte den Hippie trail machen, damals, als das noch möglich war. Bin quer durch Europa und den Nahen Osten gefahren, per Anhalter und mit dem Zug.«

»Wow.«

»Ja. Bryan – mein Mann – und ich haben die Reise gleich nach unserer Hochzeit 1976 gemacht. Haben dadurch allerdings den heißesten Sommer, den es im Vereinigten Königreich je gab, verpasst. Das ärgert mich jetzt noch.« Sie lachte. »Du wirst Bryan heute Abend kennenlernen. Er ist auch hier und unser Sohn Tom.«

»Woher kennt ihr Michael und Anna?«, fragte ich.

»Mikey und ich waren damals in der Steinzeit zusammen in Oxford, und seitdem habe ich es trotz aller Mühen nicht geschafft, ihn loszuwerden.« Sie blinzelte, beugte sich vor und trat auf die Bremse. »Diese verflixten Landstraßen.«

Das blasse Schild vor uns leuchtete im Scheinwerferlicht auf. *Saint-Luc-sur-Mer.*

»Ja, perfekt, wir sind richtig – ich bin doch noch nicht senil!« Sie brachte das Auto ruckweise wieder in Bewegung. »Bald«, sagte sie, »wirst du das Meer hören können.«

Das Dorf bestand, Jenny zufolge, aus einem kleinen Platz mit zwei Cafés (dem Café de la Poste und dem Le Bastringue), einer Brasserie, einem *tabac*, einer *boulangerie*, einem Postamt und einem Zeitungskiosk, gleich neben dem Kriegerdenkmal. Am oberen Ende, dem hoch über dem Meer gelegenen Aussichtspunkt, stand eine Kirche, und rund acht

Kilometer außerhalb des Dorfes gab es einen Carrefour-Supermarkt.

»Neun Monate im Jahr ist hier nicht gerade der Teufel los. Um ehrlich zu sein, eher tote Hose«, hatte sie gesagt. »Über den Sommer dagegen wimmelt es hier natürlich von Touristen. Mit dem Zug sind wir nicht so weit von Montpellier oder Marseille entfernt, und entlang der Küste gibt es eine Menge süßer kleiner Orte, die gut mit dem Fahrrad zu erreichen sind.«

Das Haus lag außerhalb des Dorfes in einem kleinen, für Autos gar nicht so leicht zugänglichen Tal (passend zu ihrer direkten Art war Jenny eine extrem gute Fahrerin). Von der Hauptstraße her nicht zu sehen, stand das Haus in einem dichten Pinienhain, dessen süßer Duft, gemischt mit der salzigen Brise, berauschend wirkte, während wir die Auffahrt entlangzuckelten.

»Das ist ja wirklich ein Traum hier, oder?«

Jenny machte ein zustimmendes Geräusch. »Ein Stückchen Himmel«, murmelte sie, während sie am Lenkrad riss, um die scharfe Kurve zu nehmen. Schließlich kam das im Mondlicht silbern erscheinende Haus in Sicht. In der relativen Dunkelheit konnte ich gerade mal die bleiverglasten Sprossenfenster erkennen; und die offenen und von Efeu berankten Fensterläden vor der weißgetünchten Steinfassade. Der schwindsüchtige Motor stieß einen letzten tapferen Atemzug aus, ehe er ins Nichts hinein verstummte, und in der plötzlichen Stille befiel mich ein ziemlich mulmiges Gefühl. Ich stellte sie mir alle um einen Küchentisch oder auf der Terrasse sitzend und Spritz trinkend vor – Michael, Anna und jetzt auch noch Bryan und Tom. Dazu die Jahrzehnte ihrer gemeinsamen Geschichte und Insiderwitze; die Anekdoten über Kontinente und Hauptstädte, die ich noch nie besucht hatte, über Ausstellungen und Geburtstagspartys von Freunden. Ich war nicht besonders schüchtern, hatte aber immer ein ausgeprägtes Gespür selbst für das geringste Maß an sozialer Unbeholfenheit besessen. Ich versuchte, jegliches Gefühl nervöser Vorahnung zu unterdrücken, und lächelte Jenny höflich zu. »Vielen Dank fürs Abholen.«

»Keine Ursache«, erwiderte sie fröhlich. »Jetzt wollen wir dir mal einen Drink organisieren!«

Ich nickte mit etwas, das nach Begeisterung aussehen sollte, und stieß mit einem Ruck an dem arthritischen Griff die Autotür auf.

Jenny führte mich um das Haus herum (»Den Vordereingang benutzen wir nie«) nach hinten, und als wir auf die Terrasse traten, die durch eine amateurhaft errichtete Holzüberdachung und bewachsene Rankgitter geschützt war, drang Musik von einer knisternden Schallplatte durch die frische Nachtluft. Ich erkannte die sanfte Stimme von John Martyn. Der Tisch war noch übersät mit den Überresten des Abendessens, die quer geteilte Tür stand weit offen, und als wir näherkamen, war über die Musik hinweg Annas Stimme zu hören. Ich wappnete mich.

Die Hintertür führte direkt in die Küche, und mein Herz setzte für einen Schlag aus, als ich sah, wie perfekt der Raum dem entsprach, was ich vorausgeahnt hatte: von alten Töpfen und Pfannen gesäumt, ungleichmäßig mit abgetretenen Terrakottafliesen ausgelegt und auf charmante Weise an der Grenze zum Heruntergekommenen. In den schäbigen Steinwänden waren Löcher und Risse, und die Küche war die Art von altem Raum voller Ecken und Nischen, in dem Schatten unbekümmert über Arbeitsplatten und bleiverglaste Flügelfenster fallen können.

»Coucou!«, sang Jenny wieder und warf den Autoschlüssel auf den Küchentisch.

»Da bist du ja wieder!« Anna, die Sekunden später in der Tür erschien.

In den paar Wochen seit unserer letzten Begegnung war sie beneidenswert braun geworden und hatte jetzt das strahlend gesunde Aussehen, von dem man als Stadtbewohnerin ganz vergaß, dass es überhaupt möglich war. Sie zog mich in eine ihrer typischen Umklammerungen nebst einer Wolke aus süßer Feige und dem Geräusch klimpernden Schmucks.

»Apéro?«, fragte Jenny über unsere Begrüßung hinweg.

»Bitte!«, antwortete ich, etwas zu eifrig: ein Konterdrink, Mut antrinken etc.

Nachdem die Drinks gemixt waren, gingen wir weiter ins Wohnzimmer, das ebenfalls nahezu eine Kopie dessen war, was ich mir vorgestellt hatte. Es wurde beherrscht durch einen dieser großen altmodischen Plattenspieler, der in einen Ständer aus poliertem Holz eingebaut und von Schallplattenstapeln umgeben war. Grobe Steinwände. Abgewetzte, nicht zusammenpassende Sofas und riesige, mit orangefarbenen und olivgrünen Überwürfen drapierte Sessel. Ein mit zerlesenen Taschenbüchern bestücktes Regal neben dem anderen.

Als wir ins Zimmer kamen, brachen die drei Männer ihr Gespräch ab, und ich fühlte mich etwas unsicher, bis der eine, den ich für Bryan hielt, aufstand und mir mit derselben Herzlichkeit wie zuvor seine Frau die Hand schüttelte. Er war klein und stämmig und hatte einen grauen Bart und Lachfältchen, die sich in die Winkel seiner freundlichen blauen Augen eingegraben hatten. Er sprach mit einem leichten westenglischen Akzent. Neben ihm saß Tom, den ich bei Mitte dreißig ansiedelte und der kurz geschnittene

Haare und eine kleine silberne Creole im rechten Ohrläppchen hatte. Er bewegte sich so anmutig wie ein Tänzer. Er war einer der Menschen, die oft und großzügig das Wort *interessant* benutzten und denen ihre Hände beim Sprechen als Erweiterung dienten.

Michael saß in einem Sessel in der Ecke und wirkte leicht grantig. Als ich zu ihm ging, um ihn zu begrüßen, wurden seine Gesichtszüge weicher. »Gute Fahrt gehabt?«, murmelte er und küsste mich auf die Wange. Ich spürte die brennende Neugier, mit der Jenny uns vom anderen Ende des Raums aus beobachtete. Mit dem Gefühl, beurteilt zu werden, ließ ich mich auf einem der alten Sofas neben Tom nieder, der, wie sich herausstellte, Dokumentarfilmer war (so jemand war nie Buchhalter oder Handyverkäufer). Auch er würde bis Ende des Monats hier sein, denn sein Zimmer in Seven Sisters hatte er untervermietet, um Geld für etwas zu sparen, wovon er vage als seinem nächsten Projekt sprach.

»Dann kommt noch Clarissa, und dann Lawrence und wen immer er dieses Jahr mitbringt.«

»Vielleicht bringt er ja eine Frau mit!«, sagte Anna mit gespieltem konspirativem Vergnügen.

»Das bezweifle ich«, brummte Michael, der bis dahin kaum gesprochen hatte. »Er bringt sie nie mit nach Hause.«

»Das stimmt nicht«, sagte Jenny, »eine Zeitlang gab es Lisa. Und was ist mit dem Mädchen, das Fischschmuck machte?«

Innerlich entzückt, nahm ich mir vor, das mit Emma zu teilen.

»Tabby«, seufzte Anna. »Das war nicht von langer Dauer.«

»War das die irrsinnig Reiche?«, fragte Tom.

Ich unterdrückte den Impuls, einen Kommentar loszulassen, und zog im selben Moment unbeabsichtigt Michaels

Blick auf mich. Einen Moment lang hätte ich schwören können, dass er es verstanden und insgeheim denselben Impuls gehabt hatte. Er warf mir ein diskretes verschmitztes Lächeln zu, das ich erwiderte, bevor ich den Blick verlegen wieder auf meinen Schoß sinken ließ.

»Und wie wär's mit Leah?«, rief Anna aus. Ich lachte höflich.

»O Gott, versuch bloß nicht, das arme Mädchen zu verkuppeln«, stöhnte Jenny.

»Schon gar nicht mit Lawrence«, sagte Tom, ehe er zu Michael blickte und verlegen hinterherschob: »Na ja, weißt du … Entschuldige.«

»Keine Sorge, Mikey macht das nichts aus«, sagte Jenny gelassen. »Er war ganz genauso.«

»Was immer das bedeutet«, entgegnete Michael schulterzuckend.

Den ganzen restlichen Abend verlief das Gespräch mehr oder minder in dieser Weise – man veräppelte sich gegenseitig, ließ mich als neu Hinzugekommene aber außen vor; man verfiel in Insiderwitze und alte Geschichten, bis man entweder von Anna oder von Jenny geschickt in ein höfliches Terrain zurückgelotst wurde. Beide Frauen waren gut darin, einem das Gefühl zu geben, man würde alle Anwesenden selbst auch schon ewig kennen und wäre voll im Bilde. Man war unwiderstehlich charmant. Man war offen und witzig und klug und hielt sich für vollkommen normal, als wäre jeder Mensch auf dem Planeten so umwerfend, wie man selbst es war.

Ich hatte meinen Drink als gesellschaftliche Krücke benutzt, und nach ein paar Stunden merkte ich, dass sich ein trüber Schleier auf meine Sinne gelegt hatte. Meine Augenlider schien er verklebt zu haben, und mir fiel wieder ein, wie wenig ich die Nacht zuvor geschlafen hatte. Ich war erleichtert, als Jenny mit der Bemerkung, sie sei zu alt, um bis spät in die Nacht aufzubleiben, einen allgemeinen schleppenden Aufbruch einleitete.

»Komm und sag mit mir dem Strand gute Nacht.« Tom streckte mir die Hand hin und zog mich von dem Sofa hoch. Mir war bewusst, dass Michael uns beobachtete.

»Er ist ein mürrischer alter Sack«, flüsterte Tom an der Küchentür, »aber ich glaube, irgendwo unter dieser ganzen Menschenfeindlichkeit ist auch ein gewisser Sinn für Humor vergraben.«

»Weißt du«, begann ich, als wir auf die Terrasse hinaustraten, »zu mir ist er sogar ziemlich nett.«

Tom gab ein skeptisches, immerhin halbwegs zustimmendes Geräusch von sich. »Versteh mich nicht falsch. Ich kenne Mick schon mein ganzes Leben; er ist mein Patenonkel. Bei meiner Taufe habe ich auf ihn erbrochen und bei meinem Einundzwanzigsten um ein Haar noch mal. Jedes Jahr hat er mir ein anderes Buch gekauft, das er selbst in dem Alter verschlungen hatte. Da er mir nie besonders viel zu sagen hatte, ist er, um seine Ruhe zu haben, mit mir ins Kino gegangen. Ich war eins dieser Kinder, die Schweigen nicht ertragen konnten. Meine soziale Unbeholfenheit, vor allem in Gegenwart von Erwachsenen, war mir immer schmerzlich bewusst.«

»Mir auch«, stimmte ich sofort zu. »Sogar jetzt noch. In Gegenwart der Eltern von Freunden rede ich so viel Mist, weil ich unbedingt zeigen will, wie eloquent ich bin. Eigentlich mache ich das bei allen Leuten.«

Er hob ein Gewirr aus Brombeerranken über meinen Kopf, um mich durchzulassen. »Hast du Clarissa und Lawrence schon kennengelernt?«

»Clarissa schon.«

»Hmm.« Er lachte. »Sie kann ein bisschen furchterregend sein, aber das liegt nur daran, dass sie eine ziemliche Prinzessin ist. Im Grunde ist sie aber wirklich in Ordnung. Sie markiert nur manchmal die Schulsprecherin.«

»Und was ist mit Lawrence?«

»Er ist witzig. Supercharmant. Allerdings auch ein ziemlicher Chaot. Sein Leben ist ein Riesenschlamassel, voller Katastrophen und schrägen Entscheidungen.«

»Hmm«, grummelte ich. »Kenne ich irgendwoher.«

Wir kamen ins Dickicht, und ich atmete den Holzduft ein. Tom benutzte sein Handy als Taschenlampe, wodurch sich um seine rechte Hand ein kleiner bläulicher Lichtfleck bildete. Als wir zwischen den Bäumen hinaustraten, strich mir der Wind übers Gesicht. Seins war blass im Mondlicht, und unter uns konnte ich die wogende marmorne Fläche des Meeres sehen, die kleinen Wellen, die auf den silbernen geschwungenen Strand schlugen. Ich jauchzte vor Freude.

»Jetzt bist du wieder wach«, sagte er.

Ohne ihn zu beachten, zog ich mir die Schuhe aus und rannte los.

Michael

Ich lungerte in der Küche herum, im Glauben, alle seien bereits im Bett, als ich plötzlich Jennys Stimme hörte.

»Michael? Was machst du hier ganz alleine im Dunkeln?« Sie knipste die kleine Klemmleuchte am Bücherregal an, die einen Strahl Bühnenlicht auf meine Ecke des Raumes fallen ließ.

»Rauchen«, sagte ich.

Sie war so nett, das Fehlen jeder Art von Rauchutensilien nicht anzusprechen, vielleicht war ihr die Lüge auch zu egal, um sie zu kommentieren. Sie sah mich einen Augenblick lang an und suchte nach meinem Gesicht, dann hockte sie sich auf den Sessel mir gegenüber. Es war nicht die Art von Sessel, auf der man hocken konnte, sondern einer, in dem man versank; wir nannten ihn den Sessel des Todes. Ihr entschlossener Widerstand dagegen ließ mich glauben, dass sie nicht vorhatte, lange zu bleiben, doch dann ließ sie sich zurücksinken, legte ihre Füße auf den Ofen und stieß einen hörbaren Seufzer aus.

»Was spielst du hier für ein Spiel, Michael?«

Ich gab vor, nicht zu wissen, was sie meinte, und wünschte mir jetzt, ich hätte eine Zigarette zum Festhalten gehabt. Sie drehte ihren Ehering um den Finger, ein Tick, den sie schon fast ein halbes Jahrhundert hindurch kultivierte.

Keiner von uns sprach, und dann schließlich sagte ich: »Ich schreibe wieder«.

Ihr Gesicht blieb regungslos, halb im Schatten verborgen, und ich dachte an all ihre unterschiedlichen Gesichter, die ich je gekannt hatte, alle übereinandergelegt. Kaum wahrnehmbare Zeitschichten, jede für sich ganz und gar einzigartig und doch untereinander identisch und aus demselben Stoff gewebt. Wenn ich von ihr träumte, waren die einzelnen Abschnitte flüssig, und ich konnte die älteren, vergrabenen Schichten wieder hervorholen. Ich versuchte, mich an ihre Haut zu erinnern, als sie so fest gewesen war wie unreifes Obst.

»Ich hatte fast einen Anfall, als sie am Bahnhof ins Auto gestiegen ist«, flüsterte sie und legte sich nervös die Finger an die Lippen, als würde sie rauchen. Vielleicht hätte sie auch gerne eine gehabt. Ihre Muskeln erinnerten sich automatisch an die einst gewohnte Bewegung. »Wie viele Jahre ist das eigentlich her?«, überlegte sie. Sie ließ ihre Hand in ihren Schoß fallen und sah mich direkt an, unnachgiebig. »Ach komm, Mikey. Tu nicht so, als wüsstest du nicht, wovon ich rede.«

Ich erwiderte ihren Blick und sagte noch einmal, mit fester Stimme: »Ich schreibe wieder, seit ich sie getroffen habe.«

Sie schüttelte zweifelnd den Kopf, und als die Stimmen von Tom und Leah, die sich durch den Garten näherten (angetrunken, rennend), das Band des Schweigens durchtrennten, stand sie auf, um den Raum zu verlassen.

»Mach das Licht aus, ja?«, sagte ich, als sie ging.

11
Leah

Ich war schon immer eine Frühaufsteherin gewesen, eine Gewohnheit, die sich durch jahrelange Sieben-Uhr-Schichten im Café noch verstärkt hatte. Ich hatte ein Gefühl von Eigentumsrecht am Morgen und an der Art und Weise, wie diese blassen, reichen und stillen Stunden sich entfalteten – hohl und voller Potenzial. Ihre Rhythmen und Kadenzen gehörten mir. An diesem ersten Sonntag in Saint-Luc wurde ich um halb sechs wach, als schon gezackte Sonnenstrahlen über die weißgetünchten Wände und den Holzboden meines Zimmers fielen. Das Fenster stand weit offen, und die Luft war voll vom Zirpen der Grillen, dem Murmeln der Wellen, die auf den Strand schlugen, und über allem klang das ungleichmäßige Geschrei der Möwen.

Meine Augen fühlten sich noch zu schwer an, um sich ganz zu öffnen, und so blinzelte ich in die Helligkeit des Raums. Als mir klarwurde, wo ich war, fuhr mir ein Schauer der Erregung durch den Körper. Ich erinnerte mich an den kühlen Sand unter meinen Füßen in der letzten Nacht – wie ich Hände voll Salzwasser zum Schmecken an die Lippen geführt hatte. Ich tappte zum Fenster hinüber. Da war es, rollte sich dort unten aus: das Meer.

Um Teewasser aufzusetzen, lief ich hinunter in die Küche. Sonst war niemand wach. Das war ein weiteres Privileg meiner inneren Uhr – Häuser bei Tagesanbruch. Jedes Zuhause nimmt in den makellosen frühen Morgenstunden einen völlig anderen und einzigartigen Charakter an. Der Geruch ist anders; die Art, wie Licht durch Fenster und offene Türen scheint; wie Räume und Gegenstände miteinander interagieren; wie Staub sich auf Oberflächen niederlässt. Ich machte mir eine Kanne Tee und ging hinaus auf die Terrasse, um zu lesen. Für Stunden würde niemand sonst auftauchen.

Kurz vor acht jedoch hörte ich aus der Küche das unmissverständliche Klappern von Leben, und bald darauf hatte ich den unverwechselbaren Duft von Kaffee in der Nase. Dann erschien Michael in der Tür – zunächst eine Silhouette, die zu einem konkreten Menschen wurde, als er in das Sonnenlicht hinaustrat, das sich auf den Steinplatten sammelte.

»Scheiße«, murmelte er vor sich hin.

»Tut mir leid«, sagte ich automatisch.

»Nein, nein, keine Sorge, hat nichts mit dir zu tun. Es ist nur«, er hielt eine Zigarette hoch, »*das*. Normalerweise ist um diese Zeit niemand wach. Anna denkt, ich hätte schon vor Jahren aufgehört.«

Er ließ sich in den Liegestuhl neben mir fallen und streckte die Hand nach unten, um auf den Platten ein Streichholz anzuzünden. »Du darfst es niemandem erzählen.«

»Ich werde es mit ins Grab nehmen«, sagte ich in gespieltem Ernst.

Seufzend lehnte er sich zurück und zog tief an seiner Zigarette, während er sich zum Schutz vor der Sonne einen Arm über die Augen hielt. So entspannt hatte ich ihn noch nie gesehen. Er ließ die Arme schlaff zur Seite fallen und schloss die Augen. Keiner von uns sagte ein Wort. Es kam mir nicht angemessen vor. Als er fertig geraucht hatte, drückte er den Stummel auf dem Terrassenboden aus, entfernte akribisch die Asche und ließ alles zusammen in einer Chipstüte verschwinden, die er sich vom Tisch geschnappt hatte. Er drehte sich um und sah mir auf seine verunsichernde Weise direkt ins Gesicht, schüttelte dann den Kopf und wandte den Blick ab.

»Also«, sagte er, »was denkst du?«

»Worüber?«

»Na ja, über all das hier.« Er machte eine unbestimmte Geste, von der ich annahm, dass sie unserer Umgebung galt. Ich ließ die entsprechenden schwärmerischen Geräusche vernehmen.

»Von Yorkshire ist das sicherlich weit entfernt«, sagte er.

»Geografisch gesprochen?«, murmelte ich verlegen.

Er grinste. »Ich bin nämlich nicht so aufgewachsen wie meine Kinder.«

Ich hatte die sehr vage Empfindung, dass er seinen Akzent gezielt einsetzte, und fragte mich, was er zu beweisen versuchte. Wir unterhielten uns eine Weile, und ich dachte noch einmal an das, was Tom in der Nacht zuvor über ihn gesagt hatte. Es stimmte, mir gegenüber war er anders. Ich hatte erlebt, wie er in Gegenwart seiner Tochter in verdrossenes Schweigen verfiel; oder im Umgang mit seiner immer auf Wirkung bedachten Frau eine Gleichgültigkeit an den Tag legte, die schon an Verachtung grenzte. Ich hatte mit angehört, wie er unerwünschte Anrufe entgegennahm und es schaffte, selbst seinem steifen und begrenzten Französisch noch Zorn zu entringen. Bei mir dagegen war er fast nachsichtig. Er behandelte mich wie eine Verbündete.

Nach dem Frühstück wurde beschlossen, dass Tom und ich einen Ausflug in den Ort machen und Brot und Gemüse kaufen sollten.

»Ist denn sonntags nicht alles zu?«, fragte ich hoffnungsvoll.

»Nicht die *boulangerie*«, sagte Jenny. »Und in einer Haltebucht steht ein Mann mit seinem Renault und verkauft aus dem Kofferraum Obst und Gemüse. Ich will heute Abend eine große Ratatouille machen, und wir haben keine einzige Zucchini mehr.«

Da sich alle so einhellig dafür aussprachen, dass ich das Dorf kennenlernen sollte, brachte ich es nicht übers Herz, zuzugeben, dass ich am liebsten nackt am Strand liegen wollte, bis die Mittelmeersonne alle noch verbliebenen Spuren von Paris aus mir hinausgebleicht hatte.

Als wir den kleinen Platz betraten, kamen gerade die alten Einwohner aus der Kirche, und mit einem Mal war überall Geplapper und Aktivität. Abgesehen von einer Familie von ernsten, langgliedrigen Belgiern, die in Shorts mit vielen Taschen und robusten Sandalen steckten, mussten die Saisonbesucher es wohl erst noch vor die Tür schaffen. Bei Tag war das Dorf ausgesprochen hübsch, und in der Schlange vor der Bäckerei empfand ich es als angenehm, dass sich der warme Sonnenschein nach und nach in meinem dunklen Haar verfing. Während Tom redete, beobachtete ich, wie die älteren Einheimischen schnauften und sich die gebräunten ledernen Gesichter vor Vergnügen in unzählige Falten legten. Die Leute sprachen mit Akzenten, die ich nur mit Mühe und Not verstand, und wenn die Unterhaltung stockte, musterten sie uns mit unverhohlener Neugier.

Nachdem das Brot gekauft war, beschlossen wir, auf der Terrasse des Le Bastringue einen Kaffee zu trinken. Kaum hatte ich mich auf dem Rattanstuhl niedergelassen, befiel mich ein lange vergessenes Gefühl, eins, das meine dörfliche Jugend geprägt hatte: die merkwürdige, schockartige

Erschütterung, wenn man andere junge Leute sah, die man noch nicht kannte; das spannende, wunderbare Potenzial eines Fremden. Davon gab es hier drei, die mit dekadenter und selbstbewusster Lockerheit um einen Tisch herumhingen. Die Beine weit auseindergestellt, die Hände hinter entspannt zurückgeneigten Köpfen verschränkt und Zigaretten, die lose aus Mundwinkeln hingen. Ich versuchte, sie nicht dabei zu beobachten, wie sie mich beobachteten. Tom nahm ihre Anwesenheit gar nicht wahr.

»Die Sache ist nämlich die«, sagte er gerade, »ich kann einfach nicht glauben, dass sie ein Tory ist. Sie war doch immer so besonnen gewesen. Jetzt bumst sie wahrscheinlich Boris Johnson. Oh – *un allongé, s'il vous plaît*«, fügte er hinzu, als der Kellner an uns vorbei hastete.

»Pareil«, murmelte ich. Gegenüber von mir nahm einer der jungen Männer seine Sonnenbrille ab und warf mir ein gewinnendes Lächeln zu.

»Ça va?«

»Ça va«, antwortete ich und lächelte zurück. Tom drehte sich rasch um und bedachte die drei mit einem kurzen (und ungebetenen) Kopfnicken. »Hah«, bemerkte er, »Franzosen.«

»In dem Interview hat sie nie ausdrücklich gesagt, dass sie eine Konservative ist ...« Ich verstummte mitten im Satz, während ich den Fremden beobachtete, der immer noch offen in meine Richtung lächelte. Am Tisch fing Toms Handy an, wie verrückt zu vibrieren. »Oh, verdammter Mist, das ist mein Toningenieur. Sekunde mal.«

Ich nutzte die Gelegenheit, um den Blickkontakt mit meinem attraktiven Nachbarn wiederherzustellen.

»Dylan, ich verstehe kein Wort«, brüllte Tom wie mein Vater am Telefon. »Der Empfang hier ist bescheiden ... Ja, ich bin immer noch in diesem kleinen Ort ... Hier, warte mal kurz.« Die Hand auf dem Mikrofon seines Smartphones, blickte er entschuldigend zu mir.

»Das ist ziemlich wichtig. Ich muss wohl versuchen, hier irgendwo besseren Empfang zu bekommen – dauert nicht lang. Tut mir leid.« Auf unelegante Weise hechtete er über die Stühle und nahm beinahe einen mit. Er war kaum außer Hörweite, als mein neuer Freund zu mir herüber rief.

»Alors, c'est ton mec?«

Ich spielte die Entrüstete und antwortete, Tom sei nicht mein Freund, eine Auskunft, die ihn dazu veranlasste, über die Gruppe von Tischen zu steigen (was er wesentlich souveräner bewerkstelligte als Tom) und dessen Platz einzunehmen.

»Américaine?«, fragte er.

»Anglaise«, erwiderte ich automatisch.

»Jérôme«, sagte er und, auf seine Freunde zeigend: »Camille, Nico.«

»Leah.«

»Wohnst du in Saint-Luc?«

»Unmittelbar außerhalb«, sagte ich. »Ich arbeite für eine englische Familie.«

»Ah, ja – der Schriftsteller. Aber du sprichst Französisch.«

»Ich lebe in Paris.«

Er nickte begeistert. *»Ça s'entend«,* sagte er. »Ich lebe jetzt in Marseille, bin aber hier aufgewachsen. Deshalb kenne ich deinen Schriftsteller. Er kommt jeden Sommer her, und hier kennt jeder jeden.«

Ich nickte wissend. »Ich komme auch aus einem Dorf.«

»Und was machst du in Paris?«

»Das Erwachsenenleben vermeiden.«

Er lachte. *»Moi aussi un peu.«* Er zündete sich eine Zigarette an. »Ich bin Musiker, aber ich arbeite in einer Bar.«

So lief das bei den Jungs immer. Sie bezeichneten sich selbst unverfroren als Künstler statt als Amateure.

»Je peux te piquer une clope, s'il te plaît?«, fragte ich.

Er schnippte eine Zigarette aus seiner Hemdtasche und zündete sie an, während ich sie mir an die Lippen hielt. Seine Augen waren dunkel, fast schwarz, und seine Nase schien direkt von einer römischen Münze zu stammen.

»Ich bin noch ein paar Tage in Saint-Luc«, sagte er. »Wir sollten was zusammen machen. Ich kann dir die Sehenswürdigkeiten zeigen.«

»Ich hab gehört, dass es einen sehr beeindruckenden Carrefour gibt?«

»*Ah, merde,* dann warst du also schon im Touri-Büro?«

Ich lachte.

»Nein, Scherz. Bei meinen Eltern zu Hause gibt's morgen Abend einen *apéro*. Du solltest kommen.«

Neben dem Zeitungskiosk konnte ich Tom wild gestikulieren sehen.

»Gerne«, sagte ich.

Wieder warf Jérôme mir ein Lächeln zu – eine Reihe weißer Zähne und eine dieser breiten Unterlippen, die mich, als ich gerade nach Frankreich gezogen war, regelmäßig zum Schmelzen gebracht hatten. »Was machst du heute Nachmittag?«

Gegen siebzehn Uhr kam ich zum Haus zurück, nachdem ich den Nachmittag mit den drei Jungs verbracht hatte. Tom hatte noch auf der Terrasse mit uns zu Mittag gegessen, was sich durch sein sehr begrenztes Französisch und das sehr begrenzte Englisch der Jungs ein bisschen schwierig gestaltet hatte, auch wenn er ein bemerkenswertes Talent für die Verständigung mit den Händen besaß. Als er ging, beharrte er darauf, dass ich noch blieb. »Niemand wird dich für unhöflich halten«, sagte er. »Schließlich bist du noch den ganzen Monat da.«

Zwei Stunden vertrödelten wir an Ort und Stelle, bis am Ende beschlossen wurde, zum Strand hinunterzugehen, wo wir in den Dünen lagen, rauchten und House hörten, wobei die Musik aus dem blechern klingenden Lautsprecher des Handys von einem der drei kam. »Das ist einer meiner Mixes«, erklärte mir Jérôme, augenfällig rot vor Stolz, aber coole Lässigkeit vortäuschend.

Obwohl ich manchmal das Gefühl hatte, die letzten fünf Jahre nichts anderes getan zu haben, als Jungs zu ihren Mixes zu gratulieren, antwortete ich mit echter Begeisterung: »Dieser Teil gefällt mir. Ist der arabisch?«, merkte aber erst, als die Worte meinen Mund verlassen hatten, wie hoffnungslos simpel ich klang.

Meine Verlegenheit nahm er offenbar gar nicht wahr. »Meine Mum ist Algerierin«, sagte er. »Das ist ein Sample von einer Schallplatte, die meine Großeltern immer gespielt haben, als ich noch klein war.«

Den ganzen Nachmittag über versuchte er immer wieder, Situationen so zu arrangieren, dass wir beide allein sein würden, und jedes Mal machten seine Freunde ihm einen Strich durch die Rechnung. Ich erbarmte mich und bat ihn schließlich, mich zum Haus zurückzubegleiten. Er ging mit mir bis auf die Hügelkuppe am oberen Ende der Einfahrt, und für den Rest des Abends behielt ich ein Bild seines hübschen Gesichts im Kopf, eingeblendet in das gelbstichige Blau des Himmels und die grünen und gelben Pinselstriche der Pinien und des hohen trockenen Grases. Als er mir die *bises* gab, blieb seine Hand für einen Moment auf meinem Rücken liegen.

Auf der Terrasse traf ich auf Jenny, die, das Haar auf dem Kopf zusammengebunden, professionell aussehende Gartenhandschuhe trug und eine Gartenschere schwang.

»Guten Tag!«, sang sie auf Deutsch, und dann, den Blick von ihrem Haufen welken Unkrauts hebend: »Ich habe gehört, du hast dich als Hosenjägerin betätigt.«

Ich nahm mir vor, diesen Ausdruck wiederzuverwenden, und erzählte ihr ohne zu zögern, dass ich tatsächlich einen sehr hübschen Jungen kennengelernt hätte.

»Oh, *gut*«, sagte sie genüsslich.

»Kann ich dir helfen?«, fragte ich, auf die Haufen spröder brauner Pflanzenteile deutend.

»Bist du Gärtnerin?«

»Ich bin ein Mädchen vom Land!«, sagte ich, in der Hoffnung, der Stolz möge von dieser Frage ablenken.

»Wir haben nur ein Paar Handschuhe. Wie man sich schon denken kann, sind weder Anna noch Michael große Freunde der Gartenarbeit.«

Also wurde ich in den Garten geschickt, um Rosmarin, Thymian und Lorbeerblätter zu pflücken. Der Nachmittag war erfüllt vom Rasseln der Insekten, und der Duft des Majorans schwängerte die Luft, als ich ihn unter den Füßen zerquetschte – der Boden war voll davon, der Majoran wuchs hier überall wild auf dem Rasen. Feine Netze von wildem Fenchel machten sich in den Terrakottakübeln mit Geranien und dem pikanten Zitronenthymian breit. Die Hände voller Kräuter ging ich zu Jenny zurück, die inzwischen am Tisch Gemüse schnitt. Mich ließ sie die Auberginen würfeln.

»Hmm, ich glaube, du wirst diesen Monat eine prima Souschefin abgeben«, sagte sie und schnappte sich ein Stück glänzende rote Paprika vom Brett.

»Bist du denn die Einzige, die hier kocht?«

»Das ist ja mehr oder weniger mein Job.«

»Du bist Küchenchefin?«

»Gastrojournalistin.«

»Das ist ja cool«, schwärmte ich. Ihre Entwicklung zu meinem absoluten Idol war jetzt abgeschlossen. »Wie bist du da gelandet?«

»Ich war so was wie das schwarze Schaf in meiner ziemlich leistungsorientierten Familie. Ich hab mein Studium in Oxford abgebrochen, weil ich einfach keine Lust mehr darauf hatte, und dann hatte ich keinen Schimmer, was ich mit meinem Leben anfangen könnte. Einer meiner älteren Brüder arbeitete bei der BBC, und so habe ich schließlich meine Unterlagen hingeschickt und eine Zeitlang dort gearbeitet.«

Weitere Goldnuggets zum Verschicken an Emma, dachte ich.

»Wie auch immer, nachdem ich eine Weile mit dem Abheften von Sachen im Fegefeuer zugebracht hatte, wurde ich wie erwartet in die *Woman's Hour* gesteckt, wo wir immer kleine Kochbeiträge brachten, und Essen wurde quasi zu meinem Fachgebiet – vor allem die italienische Küche, die damals ziemlich in war.«

Ich nickte heftig.

»Da hat vermutlich alles angefangen. Meine Eltern waren schrecklich enttäuscht, auch wenn ich die verwöhnte Jüngste war. Sie waren beide so *ernste* Menschen. Mamá war Spanierin, und sie lernten sich kennen, als mein Vater mit der Internationalen Brigade nach Spanien kam. Mein ältester Bruder wurde am Ende Kriegsberichterstatter; der andere ist in die Politik gegangen. Meine Schwester ist in die Staaten gezogen und in der akademischen Welt gelandet.« Sie zuckte die Schultern. »Und dann war da noch ich, Klein-Jenny, mit ihrer Radiosendung über Tomaten.«

»Mein Bruder und meine Schwester sind zum Glück völlig normal«, sagte ich. »Für meine Eltern ist das Leben im Ausland alleine schon eine respektable Leistung.«

»Nun, für mich ging es dann doch noch etwas bergauf. Ich habe Bryan kennengelernt, der ein totaler Hippie war. Frisch von der Kunstakademie – ein Keramiker. Meine salonkommunistischen Eltern waren begeistert. Für sie war es eine klare Sache, dass er sich gegen die schönen Künste und für ein Leben als Handwerker entschieden hatte. Am Ende entsprachen wir absolut den Klischees unserer Generation. Ich bin für eine Weile vollständig aus diesem ganzen Karriereding ausgestiegen. Wir sind viel gereist, haben viel gegessen, und die ganze Zeit habe ich darüber geschrieben. Als ich dann schwanger war, hat sich das alles zu einem großen Ganzen gefügt.« Sie wischte sich die Hände an einem Geschirrtuch ab. »Und daraus wurde mein erstes Buch.«

Erst jetzt wurde mir ihre Identität bewusst, und ich realisierte, dass ich als chronisch gelangweilter Teenie jeden Sonntag ihre Zeitungskolumne gelesen hatte. Mein Kopf fing unwillkürlich an, all die Bilder abzurufen, die ich an endlos langen, leeren Nachmittagen auf dem Boden unseres Wohnzimmers liegend erfunden und im Kopf abgespeichert hatte. Gesichtslose Frau (war sie wirklich gesichtslos gewesen? Bestimmt hatte ich auch für sie in meiner Fantasie ein Gesicht entworfen, so wie für Tausende von Figuren in all den Romanen, die ich je gelesen hatte), die am Strand einer entlegenen griechischen Insel Fisch grillt oder sich auf verlassenen Parkplätzen in Hackney Wick mit Guerrilla-Imkern trifft.

Ich tat, als wüsste ich davon nichts, und zerschnitt weiter das feste, fette Fleisch der Aubergine.

Am nächsten Morgen nach dem Frühstück nahm Michael mich mit in den Schuppen ganz unten im Garten, den er als sein Arbeitszimmer in Beschlag genommen hatte. Für mich rochen Schuppen für gewöhnlich nach Benzin, Sägemehl und Schweiß und waren zugehängt mit vollbusigen Bräuten, die ihre zerrissenen Karohemden fast sprengten und rittlings auf Motorrädern saßen oder Kettensägen schwangen (entsprechend fragwürdig war mein nachhaltig prägendes Schönheitsideal gewesen). Das hier war ganz eindeutig kein Schuppen. Jemand hatte die Fassade irgendwann in britischem Renngrün gestrichen, und die Fenster waren ebenfalls grünlich gefärbt. Drinnen war es kühl und muffig, und mit der Weinflaschentönung vermittelte der Raum mir ein merkwürdig wogendes Gefühl, so als würde ich buchstäblich in das Gedächtnis einer Person eintreten. Der Schreibtisch, eine lange, auf Böcken liegende Platte, erstreckte sich über eine ganze Wand und war ein einziges Chaos: Stapel aus Papier und Notizbüchern; Zeitungsausschnitte und Post-its, die in rostige alte Tee- und sonnengebleichte Pralinendosen gestopft worden waren, Nippes, Postkarten und Fotos mit sich einrollenden Kanten. Insgeheim freute ich mich über den Anblick einer alten Tragetüte von Woolworth, die gleichsam auf direktem Weg aus meiner Kindheit hierher gelangt war.

»Ich bin ein Sammler«, bemerkte Michael. Er hatte mir jetzt den Rücken zugewandt und fuhrwerkte mit einem störrischen Feuerzeug, einem Campingkocher und einem Wasserkessel herum. »Tee?«

»Ja, bitte.«

Nachdem er es schließlich geschafft hatte, die Flamme zu entzünden, drehte er zwei alte Weinkisten um und forderte mich mit einer Handbewegung auf, mich auf eine zu setzen.

Seufzend rang er die Hände. Er kaute jetzt an den Fingernägeln. »Ich schreibe hier drinnen, so bin ich den größten Teil des Tages allein. Wenn du mich wirklich brauchst, kannst du reinkommen und mich unterbrechen.«

»Okay«, sagte ich.

Er setzte sich auf die andere Kiste. »Also, neben dem, was du bisher schon gemacht hast – Verwaltungskram, lesen, E-Mails schreiben –, glaube ich, dass wir inzwischen eine so gute Beziehung entwickelt haben, dass du mit dem nächsten Projekt anfangen kannst. Offen gesagt, Leah, du wirst mich für verrückt halten. Mein Verleger hält mich für verrückt. Meine Frau hält mich für verrückt. Meine Kinder halten mich für verrückt ... Nicht verrückt im Sinne eines kreativen Genies, sondern im Sinne des alten Mannes, der durchdreht. Ich kenne dich kaum und bewege mich hier mit einem großen Vorschuss an Vertrauen. Vertrauen und ... Gefühl.« Bei dem Wort schauderte es ihn merklich, so als wäre es für seinen Mund zu groß. »Vertrauen und Gefühl. Konzepte, die ich normalerweise meide.«

In der gegenüberliegenden Ecke standen gestapelte Pappkartons. Er zeigte darauf. »Diese Kartons sind mein Leben zwischen 1968 und 1970. Das ist Zeug, das nie das Licht der Welt erblickt hat. Das meiste davon ist sehr privat – quälend privat; vieles ist vermutlich völliger Schrott. Ich möchte, dass du es chronologisch ordnest, dann liest und alles abtippst.«

»Okay«, sagte ich wieder.

»Am Ende des Monats wirst du mich – oder den, der ich war – ziemlich gut kennen. Ich hoffe, du wirst nicht über mich richten, und, unnötig zu sagen, deine Diskretion setze ich voraus.«

»Selbstverständlich.«

Er seufzte. »Betrachte das, was du liest, als wäre es Prosa. Letztlich ist ein Tagebuch ja genau das.«

Das schrille Pfeifen des Wasserkessels zerriss die Luft, und er stand auf, um den Tee zuzubereiten.

Ich beschloss, die Kartons in mein kleines Zimmer hinaufzuschleppen. Erst als ich sie absetzte, wurde mir bewusst, wie ihr ganzes Gewicht meinen geborgten intimen Raum einnahm. Insgesamt gab es drei Kartons, und die ersten fünf Minuten brachte ich es nicht einmal fertig, sie aufzumachen, sondern saß nur auf dem Boden und betrachtete sie, als erwartete ich eine spontane Selbstentzündung. Ich schickte Emma eine Nachricht.

Er hat mich tatsächlich eingestellt, um seine Tagebücher zu lesen.

Ich versteh diesen Mann nicht, antwortete sie. *Hat er noch nichts von Digitalisierung gehört? Was noch wichtiger ist: Bist du überhaupt qualifiziert dafür?*

Und dann:

Mit »dafür« meine ich: qualifiziert, seine Psychiaterin zu sein.

Es fühlt sich echt ein bisschen so an, als würde er sich vor mir nackt machen – als wäre das das literarische Pendant zu diesen perversen alten Männern, die in der Métro ihren Pimmel auspacken.

OMG, er ist ein Hirn-Exhibitionist!!!, antwortete sie und schickte einen Strom aus Auberginen-Emojis hinterher.

Allen Mut zusammennehmend, zog ich das Kreppband von dem ersten Karton und atmete den Geruch des Alters ein. Jeder Karton war voll mit identischen dunkelblauen Notizbüchern, jedes Notizbuch wiederum voll mit Michaels eleganter schwarzer Handschrift. Ich schlug eins der Tagebücher an irgendeiner Stelle auf und las ein paar Zeilen.

... totaler Scheißkater im Senate House nicht besser dadurch, dass J auftauchte und mich zum Mittagessen mit seiner Mutter rausschleppte, die sich offenbar die Anwesenheit seines »schlaksigen nordenglischen Freundes« gewünscht hatte. Als Beweis dafür, dass Alkoholismus erblich ist, leerte Mrs Gresford fast zwei Flaschen Gin und ermunterte uns, dasselbe zu tun. Ernsthafte alte Säuferin im Landhausstil: Pferdegesicht, ständiges Einflechten berühmter Persönlichkeiten, die sie angeblich kennt, ein Talent, Gin Tonics auf wundersame Weise verschwinden zu lassen ... versauter Humor ... Bis wir beim Dessert angelangt waren, beunruhigend attraktiv ...

Das Haus von Jérômes Eltern war rund eine Dreiviertelstunde Fußmarsch von dem der Youngs entfernt. Den Rest des Tages hatte ich, auf dem Boden meines Zimmers ausgestreckt, damit zugebracht, alle Notizbücher der Reihe nach aufzuschlagen, sie anhand des Datums des ersten Eintrags nach Jahren zu stapeln und dabei ganz bewusst zu versuchen, nichts davon zu lesen, was sich allerdings schwierig gestaltet, wenn auf jeder zweiten Seite Sätze auftauchen wie: »Wie eine Priesterin, die die heilige Kommunion austeilt, legte Kathy mir die kleine LSD-Tablette unter die Zunge.« Ich war froh, als Michael nicht zum Mittagessen zu uns auf die Terrasse kam. Wenn er der Exhibitionist im beigen Trenchcoat war, dann war ich eher begierige Voyeurin als verstörtes Opfer.

Ich hielt inne, als ich Jennys Stimme aus dem Garten mit der Bitte um Hydrierung hörte.

»Irgendwo auf der Welt ist es jetzt achtzehn Uhr, Bryan!«

Nach meiner Uhr war es halb sechs. Ich ging zum Schwimmen an den Strand und gesellte mich danach auf einen kurzen Pastis zu den anderen. Von Michael war immer noch nichts zu sehen. Um sieben machte ich mich auf den Weg zu dem *apéro*.

Das Haus war einer von mehreren niedrigen braungelben Bungalows etwa anderthalb Kilometer außerhalb von Saint-Luc, jeder mit einem schrägen Terrakottadach und, um das Gefühl von Abgeschiedenheit zu vermitteln, einem Ring dichter grüner Vegetation versehen. Das Haus von Jérômes Eltern stand am oberen Ende einer staubigen und mit braunen Piniennadeln übersäten Einfahrt. Davor parkte ein klappriger roter Renault, auf dessen rostender Motorhaube eine dicke rote Katze lümmelte und in der Abendsonne briet. Ich kraulte ihr den orangeroten Bauch. Aus dem Garten hörte ich schallendes Gelächter und das zyklische Kichern einer Bassline. Die Katze ließ sich herab, ein Reptilienauge zu öffnen, schien kurz irgendeine Art von Bewegung zu erwägen und besann sich dann eines Besseren. Für einen Moment fühlte ich mich der Kreatur zutiefst verbunden.

Insgesamt waren fünf Leute da: Jérôme, Camille, Nico und zwei Mädchen, die mir als Alice und Elisa vorgestellt wurden und nach jahrelanger Erfahrung mit *parisiennes* so warmherzig und freundlich erschienen, dass ich eine ganze Zeitlang ihre herzlichen Begrüßungen und ihr offensichtliches Interesse an mir für eine Art bizarren, sadistischen Scherz hielt.

»Dein Französisch ist *so* gut!«, stieß Elisa hervor.

Seit meinem achtzehnten Lebensjahr war ich von Leuten umgeben gewesen, für die es selbstverständlich war, eine zweite Sprache zu beherrschen. Als ich damals nach London gezogen war, hatte ich gewaltigen Respekt vor all diesen jungen Leuten, die so spielend zwischen mehreren Sprachen hin- und hersprangen. Ich erinnerte mich, wie ich mühsam eine Grimasse unterdrücken musste, als ein Freund, der eine internationale Schule besucht hatte und sich selbst als »Weltbürger« bezeichnete, sagte: »Gott, ich finde es so gönnerhaft, wenn Engländer mir ein Kompliment für mein Englisch machen. Glauben die denn vielleicht, wir wären alle so dumm, dass wir ihre Sprache nicht lernen könnten, oder was?«

»Ich lebe jetzt schon eine Weile in Frankreich«, sagte ich verlegen.

Die fünf hatten ihre Plätze kunstvoll um den Pool herum arrangiert, und die Farben der Szenerie – das Türkis des Wassers wie bei David Hockney, die satte Terrakottafarbe der Fliesen, die kräftigen Töne der Bougainvilleablüten und der leuchtende, glühbirnenartige Schimmer der Pastisflasche auf dem niedrigen Tisch – schienen mit besonders viel Pigment angereichert. Jérôme gab mir ein kleines Glas Ricard.

»Weißt du, dass dein Schriftsteller in Saint-Luc so was wie eine Legende ist?«, begann Alice.

»Tatsächlich?«

»Ja, aber hier eine Legende zu sein ist nicht schwer«, meinte Camille.

Sie waren alle aus Saint-Luc weg und in größere Städte gegangen – Lyon, Montpellier, Nîmes. Die fünf kannten sich seit ihrer Kindheit, aber statt in alte Anekdoten und Insiderwitze zu verfallen, richteten sie ihre volle Aufmerksamkeit auf mich. Sie sprachen über Schüleraustausche mit Manchester und Folkestone (Letzteres war besonders in Erinnerung geblieben wegen einer barbarischen Familie, die sich ausschließlich von *sandwichs aux frites* zu ernähren schien). Sie stellten mir Fragen über London und schimpften mit großem Vergnügen über Paris, erkundigten sich aber vor allem nach den Youngs.

»Sind die Kinder auch da?«, fragte Elisa gespannt.

»Noch nicht«, sagte ich, »aber sie werden beide irgendwann auftauchen.«

»Als wir jugendlich waren, kamen sie uns so schick und extravagant vor. Sie sind jeden Sommer mit Freunden aus London hier aufgekreuzt, und die erste Woche sind wir quasi um sie herum getanzt. Bis jemand …«

»Immer ich«, unterbrach Camille.

»*C'est clair* – bis Camille sie zu einer Party bei jemandem in der größeren Stadt, wo wir alle zur Schule gegangen sind, einlud. Warst du nicht richtig scharf auf die Schwester, Nico?«

»Sie war meine erste große Liebe«, seufzte er, »aber alles, was ich zu ihr sagen konnte, war: ›Ich spiele gerne Fußball im Park und meine Lieblingsband sind die Kooks.‹«

»Und dann kam dieser eine Sommer, als wir vielleicht fünfzehn, sechzehn waren«, machte Alice weiter, »als sie – wie heißt sie noch mal? Claire?«

»Clarissa«, ergänzte ich.

»Clarissa, genau. Also, sie und ihre Freundin kamen mit uns zu dieser Party, und Nico hat sich richtig reingehängt …«

»Damals waren meine sprachlichen Fähigkeiten so weit gediehen, dass ich über Drogenmissbrauch, Filme und die jeweiligen Vorzüge verschiedener erneuerbarer Energien diskutieren konnte. Danke, Highschoolbildung!«

»Nico hatte also wirklich sein Bestes gegeben«, fuhr Alice fort, »als dieses totale Arschloch aus der Klasse über uns, der gerade ein Jahr in Idaho verbracht hatte, oder in irgendeinem Drecksloch im wahren *trou du cul* von Amerika, am Arsch der Welt ...«

»... hereingerauscht kam und sie mir vor der Nase weggeschnappt hat! Alles nur, weil er imstande war, vernünftig mit ihr zu kommunizieren. Idiot.«

»Und danach haben wir sie eigentlich nie mehr gesehen«, schloss Elisa. »Vermutlich hatten sie Besseres zu tun, als in irgendeinem Kaff mit ihren Eltern herumzuhängen, nehme ich an.«

»Obwohl Nico sich natürlich den ganzen Sommer danach mit der wilden Fantasie herumgeschlagen hat, dass Clarissa ganz in der Nähe mit dem Idaho-Typen Liebesakte zelebriert, die er selbst sich nicht einmal in seinem versauten Teeniehirn ausmalen konnte«, sagte Jérôme.

»Fick dich!«, gab Nico in gespielter Empörung zurück. »Für das Mädchen hab ich die Vergangenheitsform gelernt.«

Zwei Stunden lang hingen wir am Pool herum und tranken ziemlich ununterbrochen. Ich hatte vergessen, mit welcher gefährlichen Leichtigkeit das flaumweiche Anisaroma des Pastis einem die Kehle hinabrinnt, bis man beschließt aufzustehen und merkt, dass man sturzbesoffen ist. Es war aber die beste Art von Zechgelage; die Art, bei der ich mich von dieser neuen, schillernden Gruppe von Menschen vollkommen akzeptiert fühlte und mich dabei ertappte, wie ich laut und ungezwungen redete und den Lautsprechern befahl, mehrmals »La Isla Bonita« zu spielen, während ich verkündete, das sei der *beste Popsong aller Zeiten*, und hingebungsvoll tanzte. Schließlich ließ der Überschwang bei allen etwas nach, und es ging langsam andeutungsweise ums Nachhausegehen. Ich machte mich mit Alice auf den Weg, deren Mutter in der groben Richtung von Michaels und Annas Haus wohnte. Als wir uns trennten, sagte sie zu mir:

»Weißt du, Jérôme ist ein richtig guter Typ.«

»*Ça se voit*«, sagte ich, bemüht, ebenso freundlich wie unverbindlich zu klingen, und nachdem ich ihr die *bises* gegeben hatte, verschwand ich in der dichten Pinienwand.

Am darauffolgenden Morgen etablierte ich das, was rasch zu meiner täglichen Routine wurde. Ich wurde früh wach und genoss es, keinerlei gesellschaftliche Verpflichtung zu haben. Ich kochte mir eine Kanne Tee, lag dann lesend auf der Terrasse und ging schließlich an den Strand, um vor dem Frühstück eine Runde zu schwimmen. In meiner Abwesenheit war Jenny im Ort gewesen und hatte Berge von gerade heiß dem Ofen entnommenen Croissants und Brot gekauft. Das Haar vom Meerwasser verfilzt und eine Salzwasserspur um mich herum hinterlassend, die in der heißen Morgensonne in Sekundenschnelle trocknete, schob ich mich neben Tom an den Tisch. Aus der silbernen Mokkakanne goss ich mir den dicken schwarzen Kaffee ein. Er war süßlich und bitter und mit Kaffeesatz. Es schmeckte wie das Mittelmeer. Tom gab mir gähnend eine Scheibe Wassermelone.

»Danke«, murmelte ich.

»Gute Nacht gehabt?« Er grinste.

Jenny blickte uns über den Tisch schmunzelnd an. Bryan war in ein Skizzenbuch vertieft. Anna musste erst noch auftauchen, und Michael hatte sich anscheinend bereits in seinen Schuppen verkrümelt.

Nach dem Frühstück zog ich mich zum Arbeiten in meine Klause zurück – das hier war ja schließlich mein stellvertretender bürgerlicher Sommer. Auch wenn die Menge an E-Mails seit Anfang August nachgelassen hatte, hatte ich immer noch Leseexemplare durchzuackern; überladene experimentelle Romane, todlangweilige Spionagethriller und

Erstlingswerke, die von Literaturagenturen als eine Art Spiegel der »Lage der Nation« und »unerlässlich« propagiert wurden. Am Nachmittag zuvor war ich mit dem Sortieren der Tagebücher in chronologischer Reihenfolge fertig geworden, und an diesem Dienstagmorgen begann ich zu lesen und zu tippen. Wie Michael mir gesagt hatte, fing das erste Tagebuch im Sommer 68 an. Da war er gerade nach London gezogen, um ein Masterstudium anzufangen, aber, ganz ehrlich, die akademische Welt schien ihn nicht sonderlich zu packen. Ich bekam den Eindruck, dass er nach dem Bachelor nur weiterstudiert hatte, weil er immer schlau genug gewesen war, mühelos vorwärtszukommen, und der Master war der direkteste Weg gewesen, so viel Geld hinterhergeworfen zu bekommen, dass er sein lebenslanges Ziel, nach London zu gehen, erreichte (ohne allerdings eine Ahnung zu haben, wozu er, abgesehen von »Größe«, bestimmt war).

Trotz seiner laxen Einstellung zum Studieren war er bei seinen Tagebüchern ohne Zweifel gewissenhaft gewesen. Bis zum Ende dieses Tages war ich mit den Hauptfiguren seines Lebens vertraut, von denen alle außer Jenny mit der giftigen Präzision einer Satirikerfeder gezeichnet waren. Es gab eine unwiderstehliche Besetzung aus halbseidenen Schnorrern aus Soho, angehenden Hippies aus der bürgerlichen Mittelschicht und »schlappen«, »langweiligen« oder sogar »inkontinenten« Mitgliedern des Lehrkörpers der Fakultät. Die Einträge waren höhnisch, witzig, abstoßend und fesselnd zugleich.

Inhaltlich waren die Texte größtenteils ein ununterbrochenes Narrativ pikaresker, hedonistischer West-End-Faulenzerei. Hin und wieder fand sich eine Anspielung auf das jeweils aktuelle Zeitgeschehen, so wie das, was er prätentiös *les évènements* in Paris nannte, oder auf den Vietnamkrieg.

Auch wenn er sich bewusst über seine studentischen Schriftstellerambitionen lustig machte, waren seine Einträge gespickt mit Gedichtfetzen (grauenhaft), Ideen für Geschichten (erhellend) und wirklich amüsanten Limericks (unterste Schublade). Vor allem – und das war vor dem Hintergrund dessen, was Emma einmal die *strukturelle Perversität* des Jobs selbst genannt hatte, ziemlich verstörend – brauchte der junge Michael es permanent. Er war der Inbegriff des intellektuellen Casanovas der sechziger Jahre. Manches in seinen Tagebüchern war aufwühlend erotisch. Manches war nur ein bisschen ekelerregend; ich hätte wirklich lieber meine eigenen Augen aufgegessen, als ihnen zuzumuten, Worte wie *das wohlriechende Parfüm ihrer Fotze* zu lesen. Ich rief mir immer wieder in Erinnerung, dass das hier ein Job war und dass ich nicht zimperlich sein durfte.

In der Regel rief Jenny uns gegen vierzehn Uhr zum Essen, so dass ich mir um halb zwei ein kurzes Bad im Meer gönnte, um mich in die reale Welt zurückzuholen. Die Stimmung bei Tisch variierte, je nachdem, ob Michael aufzutauchen beschloss. Wenn er erschien, war er fahrig und kurz angebunden, und entsprechend vergiftete er die Atmosphäre. Noch ätzender war er, wenn Anna sich zu uns gesellte, was zum Glück ein seltenes Ereignis war. Seit meiner Ankunft war sie ungewöhnlich einzelgängerisch gewesen und hatte die meiste Zeit anderswo verbracht, in Montpellier, wo sie sich mit alten Freunden getroffen hatte, oder in Marseille, wo sie an etwas beteiligt war, das sie geheimnisvoll ihre jüngste Zusammenarbeit nannte. Die scharfen Spannungen zwischen Michael und Anna, an die ich mich in Paris gewöhnt hatte, schienen seit ihrer Übersiedlung in den Süden zu einer ausgewachsenen Feindschaft eskaliert zu sein. Tom brachte offen seine Freude zum Ausdruck, wenn keiner von den beiden zum Mittagessen auftauchte, und nach einer Woche sprach er das Thema sogar mir – der Außenstehenden – gegenüber an, als wir eines Abends auf einen Drink ins Le Bastringue gingen.

»Er war nicht schon immer so«, fing er an, als wir auf dem unbefestigten Weg waren, der sich zwischen den grünen Stoppeln der *garrigue* eingegraben hatte. »Ich meine, ja, missmutig war er schon immer, aber früher war er eben auch lustig und charismatisch. Und er war nie so ... so ... *launisch.* Gut, letztes Jahr war ich nicht hier, habe ihn also nicht erlebt, aber ich weiß, dass Mum sich eine Zeitlang Sorgen um ihn gemacht hat. Wenn du sie fragst, ist er seit unmittelbar vor dem Umzug nach Paris nicht mehr der Alte.«

»Glaubst du, es ist irgendwas mit ihm und Anna?«

Er zog die Augenbrauen hoch. »Oh, ich glaube, es geht viel tiefer als das. Kennst du dich mit der Schreibblockade aus? Dem Künstler, der, nun ja, mangels besserer Analogie keinen hochkriegt ...«

Ich nickte, wollte nicht nachbohren, hoffte aber, dass er bei diesem Typus bleiben und mir mehr erzählen würde.

»Seit dem Jahrtausendwechsel hat er nichts Größeres mehr geschrieben. Es muss um den Dreh gewesen sein, denn ich erinnere mich, dass ich es sonntagabends im Fernsehen gesehen habe.«

»Im Fernsehen?«

»Ja«, überlegte Tom. »Es war sein erstes und einziges Drehbuch – und es kam wirklich supergut an. Danach war eine Weile alles ziemlich abgefahren. Es war nur ein kleines BBC-Drama in Spielfilmlänge, aber er bekam Anrufe von Leuten in Hollywood und von richtig *berühmten* Schauspielern. Es war der Wahnsinn.«

»Und dann?«

»Nun, dann ging er eine Zeitlang nach Kalifornien. Kam wieder zurück. Und dann, tja«, er zuckte die Schultern, »nichts mehr.«

»Hmm«, meinte ich und bückte mich, um ein paar einzelne Stängel Schöllkraut zu pflücken. »Wovon handelte der Film?«

»Na, ein echter TV-Hit: London, die Sechziger, attraktive junge Leute aus der oberen Mittelschicht und da hineingeworfen eine bezaubernde Schönheit aus dem East End, um etwas Leben in die Bude zu bringen. Vielleicht war es tatsächlich Kitsch ... eine Fernseh-Droge für die englische Mittelschicht und selbstgefällige Publicity für das damals schon überrepräsentierte Bildungsbürgertum. In Mums Augen war es Schwachsinn. Ich war damals noch jung und meine Kritikfähigkeit nicht besonders ausgeprägt.«

Als wir später nach Hause kamen, lag Annas Handtasche auf dem Küchentresen, und am Morgen darauf war sie ihr früheres, exaltiertes Ich und spielte wieder die aufmerksame Gastgeberin, die mich nicht einmal selbst meinen Kaffee eingießen ließ.

»Ich werde diese Woche nicht viel hier sein«, verkündete sie, als Jenny für ihre Einkaufsliste die anwesenden Personen durchzählte. »Ich habe in Marseille zu tun. Ach ja, am Freitagabend bin ich definitiv zum Abendessen nicht da, und übrigens werde ich vermutlich schon vor dem Mittagessen losfahren, damit ich möglichst viel von der Fahrt habe.«

»Was für eine *Fahrt?*«, fragte Michael.

»Nach Marseille« seufzte Anna kurz und ließ dabei die Maske der Fröhlichkeit ein wenig sinken. »Um deine *Tochter* abzuholen, die an diesem Abend ankommt.«

»Ah ja«, brummte er, anscheinend ohne Interesse. »Sehr gut.«

Es gab eine Sache von Bedeutung, die sich in diesen ersten paar Tagen ereignete. Ich ging den Küstenpfad entlang, auf dem ich nach meinem frühabendlichen Bad im Meer einen kleinen Umweg genommen hatte, als ich hinter mir Schritte hörte. Unter mir klaffte die schroffe Tiefe des saphirblauen Mittelmeers, das Licht kurz vor Sonnenuntergang ließ die kleinen weißen Segel in der Ferne schimmern; kreisende Seemöwen; kleine Gischtkapillaren, wenn Wellen anwuchsen und brachen. Ich blieb stehen und drehte mich um.

»*Salut*«, sagte ich. Jérôme stand hinter mir.

»Gehst du ein Stück mit mir?«

Ich nickte und folgte ihm, als er vom Pfad abbog.

»Du warst im Meer«, sagte er sanft, während wir einen steinigen Hang hinauf kraxelten. Er bot mir seine Hand an. »Deine Haare sind ganz nass.«

»Wohin gehen wir?«

»Zu meinem Lieblingsplatz.«

»Woher hast du gewusst, dass ich hier sein würde?«

»Hab ich nicht«, sagte er. »Ich bin spazieren gegangen, und das Glück war mir hold.« (Oder etwas in dieser Art; bei einem Teil der Übersetzung erlaube ich mir vermutlich große dichterische Freiheit.)

Wir stiegen immer höher, bis wir zu einem kleinen Gehölz kamen, wo die Luft, die nach Salzwasser und Treibholz gerochen hatte, mit einem Mal dicht, grün und dunkel war. Jérôme schwieg die meiste Zeit, während ich mich in Erinnerung an das Gespräch mit Tom in einen Rausch redete. Ich erzählte ihm von Michael und Anna und von Michaels Verhalten.

»Glaubst du, er will dich vögeln?«, fragte er.

»Wie bitte?«, sagte ich nervös.

»Ich glaube, er will dich vögeln«, wiederholte er, ohne mich anzublicken. »Hier geht's lang.«

Wir traten zwischen den Bäumen heraus und wieder in das beeindruckende kalkige Licht.

»Wow«, hauchte ich.

Wir waren an einen verborgenen Aussichtspunkt gelangt. Jenseits der Bucht konnte ich den Doppelgipfel sehen, an den sich die Kirche schmiegte, deren bescheidener weißer Kirchturm sich in das endlose Blau des Himmels drückte, darunter das tiefblaue Wasser. Blau auf Blau auf Blau, eingefasst vom ganzen Grünspektrum – von jade- bis olivgrün – des Gestrüpps.

»Das ist unglaublich«, flüsterte ich.

Jérôme setzte sich und zündete sich eine Zigarette an. Ich setzte mich mit an die Brust gezogenen Knien neben ihn.

Die Sonne schien dauernd auf sein Gesicht zu fallen – er verströmte regelrecht Sonnenlicht. Seine Haut war von diesem makellosen olivfarbenen Ton und spannte sich über den Muskeln und Sehnen seines geschmeidigen Körpers. Als er an der Zigarette zog, fiel ihm sein dunkles Haar über die dunklen Augen. Er hielt mir die Zigarette hin, und ich nahm sie dankbar, hoffend, das Nikotin würde mein Herz, das an irgendeiner unbekannten Kreuzung zu rasen begonnen hatte, verlangsamen. Als ich ihm die Zigarette zurückgab, hielt er meinem Blick stand und grinste, als wäre er in einen Witz eingeweiht, ich aber nicht. Er nahm sie mir aus der Hand und machte sie aus, dann umfasste er meine beiden Hände, drückte mich sanft rückwärts auf den Boden und hielt mich fest. Sein unwiderstehliches Gewicht lag schwer auf mir, das Gesicht nur Zentimeter über meinem, und er begann zu lachen, wobei eine Reihe gerader weißer Zähne sichtbar wurde. Ich biss mir auf die Lippe.

»Das will ich schon seit Tagen machen«, sagte er und küsste mich, die Art von Kuss, die man im ganzen Körper spürt und die alles in einem irgendwie starr und fließend zugleich macht.

12
Michael

Ich war nicht gut aufgewacht, sagen wir es so. Mein Schlaf war zerrissen worden von diesen elenden Träumen von Astrid, und Gott, sie waren so lebendig, dass ich Astrid hätte berühren können. Ich konnte diese kastige Wildlederjacke riechen, die sie im Oxfam in der Upper Street gekauft hatte und an der noch immer der Zigarrenrauch der Vorbesitzerin haftete. Manchmal, wenn sie nach ihrer Schicht noch Giorgio und Rosa in der Küche geholfen hatte, schmeckten ihre Fingernägel nach Knoblauch – ein Geschmack, der für mich noch immer neu und fremd war, aber mich doch irgendwie, unerklärlicherweise, an etwas aus meiner Kindheit erinnerte. (Jahre später hat es mich auf der Old Moor Road kalt erwischt, als ich gerade auf dem Weg vom Haus meiner Eltern zur Kirche war, wo meine Nichte heiraten sollte. *Allium oleraceum.* Es war Frühling, die Welt erstrahlte in den unverdorbenen Farben dieser Jahreszeit, und über allem lag der Geruch von Bärlauch. Ich setzte mich in meinem Anzug auf einen feuchten Baumstumpf – leuchtend und vor Leben wimmelnd – und starrte auf meine zitternden Hände, in der Erwartung, dass sie sich in ihre verwandelten.)

Im Traum saß ich mit ihr in der Linie 38 Richtung Hackney Central. Sie war wie konserviert und kristallisiert und jung, und sie sagte, dass wir zu einer Party gehen würden. Ich sah immer wieder erschrocken auf meine Hände hinab, die verwittert und prähistorisch aussahen, knotig und mit dicken lilafarbenen Venen. Als wir aus dem Bus stiegen, inmitten von Wettbüros und Cracksüchtigen und überkandidelten Blumenläden, durchströmte mich eine Art von sozialer Phobie, wie ich sie seit Jahrzehnten nicht mehr verspürt hatte. Sie war gekleidet wie Clarissa und ihre Freundinnen, in dicksohligen Doc Martens, einem knappen, bauchfreien Oberteil und einer meiner alten Jeansjacken. Sie klebte an ihrem Telefon. »Was machst du da?«, fragte ich sie.

»Ich frage Julian nach dem Weg«, gab sie monoton zurück, ohne den Blick vom Display zu nehmen.

Als wir das abscheuliche Gewirr ehemaliger Sozialbauten mit unpassend optimistischen und zuckrigen Namen (Cornflower Terrace, Begonia Walk) erreicht hatten, ließ sie mich fast augenblicklich an der Tür allein, so dass ich wie durch ein flirrendes, unwirkliches Fegefeuer in der unnatürlich proportionierten Wohnung umherstrich. Flure dehnten und streckten sich; winzige Räume quollen über vor attraktiven Teenagerkörpern und leerten sich dann in Sekunden. In der Küche stand Lawrence gegen den dreckigen Kühlschrank gelehnt, rauchte einen Joint und trank aus einer Dose Red Stripe, während er sich mit einem Mädchen unterhielt, das sie sein musste. Ich versuchte immer wieder, sie anzusprechen, doch beide ignorierten mich mit offener Verachtung.

Schließlich kam ich zu einem verschlossenen Raum, und von innen hörte ich die Paukenschläge, das ergreifende Tönen der Streicher und die Stimme von Grigoris Bithikotsis, der die Menschen antrieb. »Wenn sie ihre Fäuste ballen«, sang er auf Griechisch. Ich griff nach der Klinke, doch sie ließ sich nicht bewegen. Egal, was ich tat, egal, wie viel Kraft und Entschlossenheit ich aufbrachte, die Tür ließ sich nicht öffnen. Der Lärm nahm immer mehr zu, und das Metall des Türgriffs drückte sich in meine Handflächen wie das Kletterseil in der Schulsporthalle. Je mehr ich mich anstrengte, desto fester saß er. Der Lärm von drinnen war ohrenbetäubend.

Dann spürte ich eine Hand auf meiner Schulter. Es war Leah. Sie gab mir zu verstehen, ich solle zur Seite treten, und öffnete wortlos die Tür. Sie schwang langsam nach außen und Tageslicht von drinnen durchflutete den dunklen Flur. Ich stürmte hinein. Der Raum war leer und still, und das kleine Fenster stand weit auf und bot einen Blick auf die Weite der Ägäis im August.

Man braucht keinen verdammten Psychoanalytiker, um das zu deuten.

Jeden Morgen geht sie gegen Viertel vor acht runter zum Strand, und wenn sie zurückkommt, hat sie ihr Haar in einem salzigen Knoten auf dem Kopf zusammengedreht, der herunterfällt, wenn sie sich auf die Terrasse setzt, für Jenny Orangen auspresst oder sich glänzende kleine Diamanten aus Melonensaft vom Kinn wischt (sie saut sich beim Essen gerne ein, ist mir aufgefallen). Heute Morgen wollte ich sie abfangen – um mit ihr zu reden, um mich zu erklären; doch als ich den Kamm der Düne erreichte, von dem aus es bis zur Bucht hinuntergeht, brachte ich es nicht übers Herz, sie zu stören. Ich sah zu, wie sie durch die komplette Bucht schwamm, und dachte dann darüber nach, was für ein Klischeebild ich doch abgab – ein alter Mann, der ein Mädchen beobachtete, wie es durchs Wasser schlängelte, wie seine langen braunen Beine kleine Wellen lostraten, die sich mit den Strahlen der Morgensonne vermischten.

Sie zog sich auf die Felsen und war erschreckender-, aufreizenderweise nackt – abgesehen von einem schwarzen Bikiniunterteil. Ich wusste, dass dies der Moment war, an dem ich gehen sollte, doch stattdessen blieb ich im Schneidersitz auf der Düne sitzen, die Sandmücken und das spitze Gras nicht wahrnehmend, und verspürte ein wenig von dem Vergnügen, das sie verspüren musste, als sie die Augen schloss, in der unvermittelten Wärme der neuen Sonne.

Was für ein herrliches Gefühl, als ich selbst meine Augen halb schloss und eine ganze Collage aus Bildern vor mir erschien. Astrid, nackt auf dem Balkon in Athen (wie konnte es sein, dass sogar ihre Körper identisch waren? Mit einem Anflug schuldbewusster Erregung wurde mir klar, dass ich ganz genau wusste, wie sich Leahs Brüste anfühlen würden), ihre gebräunte Haut vor dem Grün des Feigenbaums, über die Szene vor mir gelegt. Der Effekt war so ähnlich wie bei den Werbeplakaten an den Tunnelwänden der U-Bahn; ein kleiner Riss im Plakat für die Cézanne-Ausstellung lässt ein Stückchen der makellos weißen Zähne eines Comedians aufblitzen, der im Apollo auftreten wird – glänzende Eckzähne rückkonsumiert von einfachen Äpfeln in der Farbe eines Sonnenuntergangs.

»Ich frage mich, wo Leah bleibt.« Jenny sah auf ihre ramponierte Armbanduhr und mischte den Salat zum gefühlt hundertsten Mal in dieser Minute.

»Mum, ich bin mir ziemlich sicher, dass sie nicht ertrunken ist. Das Meer ist heute Abend wie ein Mühlenteich – sehr wahrscheinlich lebt sie noch.«

Jenny hat schreckliche Angst vor dem Ertrinken, und das schon, solange ich sie kenne. Es passt so gar nicht zu ihrem Charakter, doch das einzige Mal, dass ich sie jemals richtig wütend erlebt hatte – dass sie explodierte, vor Zorn glühte –, war, als Julian sie in den Cherwell geschubst hatte. Ich hatte Tom das Schwimmen beigebracht, ein wunderbarer Beweis dafür, wie sehr ich seine Mutter schätzte, betrachtete man meinen berüchtigten und chronischen Mangel an Geduld. Wir waren in Cornwall. Tom war etwa sechs, denke ich, also muss es Ende der Achtziger gewesen sein. Ja, es war 1988 – Diana war gerade schwanger mit Lawrence, was vermutlich der Grund war, warum man mich für die Meereseinweisungen heranzog, als Versuch, eine Art väterlichen Instinkt in mir zu wecken.

Bryan legte seine Hand auf die seiner Frau. Er kam größtenteils ohne Worte aus, verglichen mit uns anderen. Er sprach selten, doch wenn er es tat, war das Gesagte wohlüberlegt. Als er und ich uns als junge Männer zum ersten Mal getroffen hatten, wurde ich den Gedanken nicht los, dass er mich nicht mochte – mich und meine Posen, mein angeberisches Gefauche, während er dieser Turm erschreckenden Schweigens war. Ich nannte ihn den *Mönch*. Ich hatte Worte zur Verteidigung und als Waffen benutzt, solange ich mich erinnern konnte. Ich wusste sehr lange nicht, wie ich mit seiner Unlust zu reden umgehen sollte.

»Lass uns loslegen, Mum«, sagte Tom. »Sobald wir angefangen haben, wird sie garantiert hier auftauchen – so wie man ewig im Restaurant wartet, und genau in der Sekunde, wo man aufsteht, um pinkeln zu gehen, kommt das Essen.«

Wie aufs Stichwort kam Leah aus Richtung des Strandes angelaufen, ein Bündel nervöser Energie.

»Tut mir leid«, schnaufte sie. »Ich hab komplett die Zeit vergessen. Ich hoffe, ihr habt nicht auf mich gewartet?«

Ihr Gesicht war errötet, ihre Augen feucht und ihr Haar bereits getrocknet.

13

Natürlich war ich zu spät dran; sie hatte sieben gesagt, und als ich aus der Central Line gestiegen war, war es bereits halb acht, und ich rannte die Charing Cross Road hinab, im Versuch, doch noch halbwegs rechtzeitig zu kommen. Der Club war eine unterirdische Kneipe in der Denmark Street und gehörte einem aus Harlem stammenden Jazz-Fanatiker namens Jeremy, der offenbar dazu neigte, regelmäßig seine Pianisten zu feuern, um dann heldenhaft selbst einzuspringen, wodurch die Bar große Teile des Abends hindurch gefährlich unbewacht blieb. Das war die Art von Geschäftsmodell, so nahm ich an, die nur auf der Basis von Charme, Glück und Charisma funktionierte.

Nach einigem hektischen Hin und Her fand ich endlich den unscheinbaren Eingang und dahinter eine rutschige Treppe. Diese eilte ich in den Keller hinab zu einer ominösen schwarzen Tür, durch die das gedämpfte Pochen von Musik und Stimmen drang, ab und an unterbrochen von Gelächter. Ich stieß die Tür auf. Plötzlich war alles spektakuläres Stereo. Wabernde Schwaden blauen Rauchs, durchzogen von leuchtenden Halogenstrahlen und den glimmenden Enden von Zigaretten. Blasse, vergnügte Gesichter schimmerten im Dämmerlicht. Das träge Gähnen einer mit dem Besen gespielten Trommel und der tonale Herzschlag des Klaviers.

Sie saß oben auf der kleinen improvisierten Bühne, auf einem hohen Barhocker, die Beine elegant überkreuzt. Sie trug eine dunkelblaue, gekürzte Zigarettenhose und ein weißes Männerhemd, und sie rauchte und lachte mit dem Kontrabassisten. Sie hatte sich ihren Pony schneiden lassen und trug das Haar hochgesteckt, bis auf die Strähnen, die ihr ins beleuchtete Gesicht fielen. Das milchige Licht umrahmte sie; die weichen Strahlen fixierten sie wie einen aufgespießten Schmetterling.

Ich kaufte einen Gin bei dem Mann, der Jeremy sein musste, und positionierte mich so an der Bar, dass mein Rücken jedem, der auch nur den Versuch unternehmen könnte, ein Gespräch mit mir anzufangen, brüsk zugewandt war. Astrid nahm das Mikrofon und begann zu singen. Ich spürte, wie mir schwindlig wurde. Der Kontrabassist schloss die Augen und nickte dem Drummer anerkennend grinsend zu, und dieser erwiderte das Grinsen. Hinter mir stieß Jeremy einen Pfiff aus.

»Gar nicht schlecht, Mann«, schnaufte ein heiserer Stammgast.

»Hmm«, erwiderte Jeremy. »Aber ich weiß noch nicht, was ich von dem neuen Klavierspieler halten soll.«

Ich war losgelöst von deren Realität. Der Song war zu Ende, der Applaus brach los, und sie strahlte mit unbeholfenem Vergnügen. Als sie mich entdeckte, wuchs ihr kindhaftes Lächeln auf die dreifache Größe an. Ich prostete ihr zu und hatte mit einem Mal das Gefühl, als wären wir zwei ganz allein in diesem überfüllten Raum, so wie Liebende, die sich in einem der alten Hollywoodfilme begegneten, in die meine Schwester mich an Samstagnachmittagen immer mitgenommen hatte. Der Strahl des Projektors band uns aneinander, während alle anderen abseits der Bühne in banaler Dunkelheit verblassten.

Vermutlich war es naiv zu erwarten, dass sie Jungfrau war. Zwei Wochen zuvor hatte Julian im Pub einen Seitenhieb abgesetzt, der beinahe wie ein Kompliment aussah. »Das Beste an Mädchen wie der«, hatte er hämisch bemerkt, »ist, dass sie immer genau wissen, was sie tun. Ich wette, sie ist ein richtiges Luder, stimmt's, Micky?« Jenny, die mitbekommen hatte, wie ich vor Unbehagen winselte (sie schien jederzeit auch noch die kleinste Gefühlsregung zu registrieren), zündete sich eine Zigarette an, starrte auf den scheußlichen Kristallaschenbecher und sagte: »Na, das ist doch gut. Du willst ja keine Jungfrau, die gleich rot wird, oder?«

Ich hatte mir den Moment so oft ausgemalt, bevor es tatsächlich passierte; wenn ich faul in der 68 oder in der Bibliothek saß oder durch die spröden Haufen toter, wie Konfetti aus Pergament raschelnder Blätter in Cartwright Gardens pflügte. Ich träumte von ihrem hübschen Mund, die Lippen geöffnet, die Augen vor Angst und Verlangen zugleich geweitet, und ihre Atmung flach und schnell. Meine Zunge würde ihr Ohrläppchen streifen und ich würde irgendetwas Banales flüstern, was sie unwiderstehlich finden würde, etwas wie *Ich könnte dir niemals wehtun* oder *Du kannst mir vertrauen* – die Sorte Schwachsinn, die bei frigiden Flirts nie zog (hier blitzte kurz das Gesicht von Sarah-die-Sara-hieß auf), aber bei Astrid ganz sicher funktionieren würde. Ich wusste, dass sie es genauso sehr wollte wie ich. Ihre Küsse dauerten immer ein kleines bisschen länger. Wenn sie sich an mich drückte, dann tat sie das mit Dringlichkeit – begierig.

In dieser Nacht waren wir den Rathbone Place entlanggelaufen, Astrid nach ihrem Auftritt auf einer Welle der Euphorie dahingleitend. Wir hatten in einem Hauseingang angehalten und uns unter einer dreckigen, elektrisch-blau leuchtenden Laterne geküsst, und sie hatte mir ins Ohr geflüstert, während sie meine angespannten Schulterblätter ganz fest hielt: »Ich will es heute Nacht«. Wir waren die Treppe zu meiner Wohnung hinaufgestürzt, aufgedreht und außer Atem. Sie hatte mich auf sich gezogen, auf meine harte Singlematratze, und mein Hemd unerwartet mühelos aufgeknöpft.

Anschließend lag sie mit dem Kopf auf meiner Brust, so dass mich ihr dichtes Haar in der Nase kitzelte. Wir teilten uns eine Zigarette.

»Du hast es schon mal gemacht«, sagte ich.

»Du nicht?«, fragte sie ironisch.

»Ich hatte gehofft, das wäre offensichtlich.«

»Hmm.« Sie kicherte und drehte sich um, so dass sich ihr Kinn in mein Schlüsselbein bohrte. »Aber normalerweise ist es nicht *so*, oder?«

»Nein«, stimmte ich ihr zu, »normalerweise nicht.«

»Eine Wahrsagerin!«, verkündete ich triumphierend.

»Warum um alles in der Welt sollte eine Wahrsagerin so eine langweilige Jacke tragen?«, sagte Jenny. Sie wandte sich an Astrid. »Nicht böse gemeint, Schätzchen. Sie ist natürlich überhaupt nicht *langweilig*, aber irgendwie würde man erwarten, dass eine Wahrsagerin nur paillettenbesetzte Paisleykleider trägt – du weißt schon, eher so wie Julian.«

»Ho ho ho! Eine Großmeisterin in Sachen Stil und dazu noch eine echte Komikerin! Was sind wir doch gesegnet, mit dir befreundet zu sein, Jen«, sagte Julian und trank einen Schluck von seinem Pint. »Aber sie hat recht, diese Jacke wurde nie von einer Wahrsagerin getragen. Wenn die einer Wahrsagerin gehört hätte, würde sie nicht nach Zigarren riechen, sondern nach Salbei und Sandelholz.«

»Ach Jules, was bist du denn für ein Anglikaner? So riecht

doch die Hochkirche, nicht die Höhle irgendeiner siffigen Scharlatanin …«

»Genau!«, rief ich. »Das ist der Vibe, den ich meine. So Madame-Sosostris-mäßig. Eine dunkle Ecke im Rotlichtbezirk, kurz nach dem Ersten Weltkrieg. Ein runzliges altes Medium – ehemalige Nutte«, fügte ich an. »Raucht kubanische Zigarren und pennt mit korrupten Bobbies und Vikaren, damit sie das Gesetz auf ihrer Seite hat.«

»In den Zwanzigern hat niemand Swingjacken getragen, Schätzchen«, seufzte Jenny.

»Das ist doch genau der Punkt – sie ist *Wahrsagerin*!«, beharrte ich verzweifelt. »Sie kann die Zukunft der Mode voraussehen!«

Wir vier saßen in einem Pub in der Nähe von King's Cross. Es war der Tag vor Heiligabend, und ganz London schien in einen vorweihnachtlichen Dusel verfallen zu sein. Mein Zug nach Leeds würde in einer Dreiviertelstunde abfahren, und ich hatte seit der Mittagszeit ein Pint nach dem anderen geleert, um das panische Fauchen der Angst abzudämpfen, das mit Reisen in den Norden unweigerlich einherging. Ich hasste sie alle von Herzen – sogar Jenny, bei deren streng säkularen Eltern (jüdischer und katholischer Herkunft) jede Erwähnung »des kapitalischen Festes« verboten war und in deren Leben Dean Martin, Mandarinen und die Unbefleckte Empfängnis einfach überhaupt nicht vorkamen. Sie hatte trotzdem das Glück, hier zu sein, im Zentrum des Universums, auf tolle Partys gehen und Weihnachtssängern in der U-Bahn Geld zuwerfen zu können. Julian würde seine Feiertage auf dem Landsitz verbringen (ich stellte mir Noël Coward vor, weitläuige Gesellschaftszimmer und Scharen betrunkener Verwandter mit fliehendem Kinn) und Astrids Fest würde in Dickens' Haus der Weihnacht selbst stattfinden (Julian hatte sich nicht verkneifen können zu bemerken: »Ist Tiny Tim ein Cousin von dir, Süße?« Ich hatte ihm unter dem Tisch einen Tritt verpasst.).

Je näher King's Cross rückte, desto mehr hatte ich das Gefühl, dass ich nun für alle Zeiten aus dem Leben gerissen würde, das ich mir hier so mühsam aufgebaut hatte. Noch schlimmer – auch wenn ich es niemandem gegenüber zugeben wollte – war die schreckliche Aussicht, fünf Tage lang ohne Astrid zu sein. Seit jenem ersten Mittwoch nach Astrids Gig im Club konnte ich die Nächte, die wir getrennt geschlafen hatten, vermutlich an einer Hand abzählen. Sie wohnte sozusagen bei mir in der Charlotte Street. Wir waren an dem Punkt angelangt, von dem ich bisher nur gelesen und den ich immer mit Spott betrachtet hatte: Wir verbrachten komplette Tage im Bett. Nicht unbedingt, um nur miteinander zu schlafen, sondern wir waren einfach zusammen, so wie in *Die Zeit mit Monika*. Ich sah sie über den Tisch hinweg an, wie sie die Eiswürfel in ihrem Scotch kreisen ließ, und spürte, wie der Schmerz der Unsicherheit von innen gegen meine Brust drückte. Was würden die anderen tun, sobald ich im Zug saß? Vielleicht würde Jenny eine Freundin in Bloomsbury treffen oder ihre Schwester zum Abendessen, irgendwo in der Nähe der Students' Union. Vielleicht würde Julian Astrid anbieten, sie in seinem bescheuerten Cabrio nach Hause zu fahren ...

»Eine Privatdetektivin«, sagte Jenny triumphierend. »Ich bin mir ganz sicher, dass diese Jacke einmal einer Privatdetektivin gehört hat.«

Wir hielten uns für clever. Astrid war strahlend vor Stolz über ihre neue Jacke angekommen, und wir versuchten zu entscheiden, *aus wessen toten Händen Oxfam sie gerissen hatte*.

»Sie hat eine hübsche kleine Wohnung an der Marylebone High Street, und sie raucht Zigarren, wenn männliche Klienten da sind, um sie zu beeindrucken, aber eigentlich steht sie eher auf Sobranies. Sie wurde in Indien geboren, klar, aber ihre Eltern sind …«

»Von Tigern gefressen worden!«, schaltete Julian sich ein.

Jenny verzog ein wenig das Gesicht. »Okay, ihre Eltern sind von Tigern gefressen worden«, gestand sie ihm zu, als müsse sie ein allzu begeistertes Kind bei Laune halten. »Jedenfalls wurde sie auf irgendein ödes Internat verschifft, nach dem – äh – nach der Sache mit den Tigern, und in den Schulferien musste sie bei einer grässlichen unverheirateten Tante in Schottland bleiben …« Ihr Blick begegnete meinem. »Nein«, sagte sie, »noch schlimmer – Yorkshire …«

Julian fing an zu schreien, wie er es häufig tat, wenn ihn etwas unvorbereitet erwischte.

Astrid sah mich an, und es gelang mir, all das auszublenden, was meine Freunde losgelassen hatten. Unter dem Tisch strich ich mit dem Fuß an ihrer Wade entlang.

»Werd dich vermissen«, formte ich mit den Lippen, woraufhin sie in ein breites Lächeln verfiel.

»Ihr beiden seid wirklich widerlich!«, unterbrach Jenny sich selbst. »Komm schon, Jules, lass uns die nächste Runde holen.«

Aus der Jukebox drangen die ersten Töne von »White Christmas« in den Lärm des Pubs.

»Meinst du, in dem Lied geht's um Koks?«, fragte Julian Jenny, während er seinen Stuhl zurückschob.

»Ach Julian, manchmal bist du schon ein echter Idiot.«

»Na«, schnaubte er, »dann wird mein Weihnachten wohl aufregender als deins.«

Eine eisig kalte Nacht im Januar, etwa eine Woche nachdem ich nach London zurückgekehrt war. Sie hatte eine Schallplatte aufgelegt – Dusty Springfield. Der Fensterrahmen war mit Eiskristallen überzogen. Wenn wir sprachen, stand unser Atem sekundenlang in der Luft, wie mattes Glas.

»Ich mag diese Nächte«, flüsterte sie. Ich spürte die Rundung jeder Silbe in meinem Nacken, wenn sie Gestalt annahm, einen Augenblick lang lebendig war und sich dann in meine Haut eingrub. Sie drückte ihre Nase gegen meinen Nacken. Ich griff nach ihrer Hand und führte sie mit meiner empor, zog ihren Körper mit, bis unsere Münder auf einer Ebene waren und unsere Lippen sich beim Sprechen berührten.

»Ich auch.«

Es gefiel mir, keine Heizung zu haben. Es gefiel mir, keinerlei Lust zu haben, die Wohnung zu verlassen. Das metallische Licht von draußen, das die beschlagene Oberfläche des Fensters streifte, sah feindlich und fremd aus. Ich hatte das Gefühl, dass alles, was ich je wollte, genau hier war, versiegelt durch die schlecht gestrichenen Fußbodenleisten.

»Wissen deine Eltern von mir?«, hatte sie zuvor gefragt, an mich geschmiegt, um sich zu wärmen, während wir die Gower Street zur Fish-and-Chips-Bude hinunterspazierten.

»Meine Eltern wissen von nichts irgendwas«, hatte ich gesagt, erstaunt, wie ruhig meine Stimme klang, als ich deren Existenz einräumte.

Ein kurzes, leises *Oh*, kaum wahrnehmbar – vielleicht hörte ich es gar nicht, vielleicht sah ich nur die Spuren, die es in der rauen Nachtluft hinterließ. Die Glocke bimmelte, als ich die Tür aufschob. Schneidendes Acetonlicht. Im Radio das Pferderennen. Fett und Salz.

»Willst du auch Fisch?«

Sie hatte genickt, offenbar auf das schmutzige Linoleum des Fußbodens fixiert. Ich konzentrierte mich auf das Gespräch mit dem Jungen, der uns bediente, weil ich das Gefühl hatte, sie irgendwie verärgert zu haben, und weil ich von dort weg wollte. Der Rennbericht war zu Ende, und ein Mann mit einem unerträglichen Internatsschulakzent sprach über das Five-Nations-Rugby-Match, das Frankreich gerade gegen Schottland verloren hatte.

»Bei uns war heute überhaupt nichts los«, sagte der Junge.

»Zu kalt, oder?« Irgendwas Banales wie das. Ich blickte auf Astrid und trommelte mit den Fingern auf der beschlagenen Theke. »Der klingt wie Jules, oder?« Ich kicherte müde und deutete in Richtung Decke, zur körperlosen Stimme. Sie zuckte mit den Achseln.

»Salz und Essig?«

»Hier, das mach ich selbst«, sagte ich. Sie gaben einem immer zu wenig.

Zurück in der Wohnung, die Finger verschmiert von Druckerschwärze und Fett, fragte sie mich, ob ich mich für sie schämte.

»Wo kommt das denn jetzt her?«, fragte ich erschrocken.

Sie knüllte die Seiten des *Evening Standard* zu einem festen, kleinen Ball zusammen und ging zum Waschbecken, um sich die Hände zu waschen.

»Wieso wissen deine Eltern nichts von mir?«, fragte sie.

»*Darüber* regst du dich auf?«

»Was halten sie denn von deinen ganzen reichen Freunden? Mögen sie Jenny?«

Ich hielt die Hände hoch, die Handflächen nach vorn. »Meine Eltern wissen nicht einmal, dass es Jenny gibt. Sie würde die beiden in der Luft zerfetzen. Und die würden sie wahrscheinlich für eine Kommunistin halten. Oder sie würden ihre Frisur sehen und denken, sie steht auf freie Liebe oder so was.«

Sie sah direkt ins Licht, als versuchte sie, nicht zu weinen.

»Was würden sie von mir denken?«

»Gott. Ich weiß es nicht. Weiß der Henker. Ich bin mir sicher, dass sie dich mögen würden. Mein Dad jedenfalls ... ich weiß auch nicht. Als meine Mutter zuletzt jemanden gemocht hat, wurde vermutlich noch die Butter rationiert.«

Ich wischte mir die Hände an meiner Jeans ab und stand auf. Ich durchquerte das Zimmer, bis ich vor ihr stand und meine Hände auf ihre Schultern legte.

»Hoffentlich werden wir das nie herausfinden müssen. Hoffentlich wirst du sie nie kennenlernen müssen.«

»Ich *will* sie aber kennenlernen«, beharrte sie.

Jetzt sah ich sie an – sah ihre Augen mit den benetzten Iris – und war mir absolut sicher, dass sie der einzige Mensch war, den ich als meine Familie betrachtete. Ich zog sie an mich heran und sprach in ihren Scheitel hinein.

»Du bist meine Familie. Meine Eltern sind mir scheißegal.«

Ich hielt sie lange Zeit so eng und fest an mich gedrückt, und mir wurde bewusst, wie sehr es mir Angst machte, dass sie und ich voneinander separiert und kein einheitliches Wesen waren; dass wir nicht voll und ganz miteinander verbunden waren – verknüpft –, auch wenn es sich so anfühlte. Ich fragte mich, wie fest ich sie an mich drücken musste, damit es so wäre. Noch immer in ihren Scheitel hinein sprechend sagte ich:

»Meine Eltern haben mich mein ganzes Leben lang wie ein verdammten Wechselbalg behandelt.« Ich spürte das Bedürfnis zu rauchen, doch ich wollte sie nicht loslassen. »Als Kind dachte ich, ich wär ein Außerirdischer, und dann bin ich an die Uni gekommen und dachte, ich würde da Leute wie mich treffen, aber überall um mich herum waren nur Leute wie Julian.«

Sie musste lachen.

»Ich liebe Jules und Jenny, aber die wissen gar nichts über mich. Die wissen gar nichts über irgendjemanden. Die leben auf dem Mars ... Ist dir mal aufgefallen, wie die manchmal reden?«

Ich hielt sie wenige Zentimeter von mir entfernt, betrachtete wieder ihre Augen, die Form ihrer Nase.

»Du bist meine Familie«, sagte ich erneut, diesmal noch entschiedener.

Sie grinste mich an, und zum ersten Mal fühlte ich mich für sie verantwortlich. Es war kein unangenehmes Gefühl.

14
Leah

Clarissa hatte nicht übertrieben: Von dem Moment an, als wir vor dem Haus die Autotür zuschlagen hörten, war deutlich, dass in Marseille irgendetwas zwischen ihnen vorgefallen war. Es war zehn Uhr am Samstagmorgen. Eigentlich hätten sie schon am Abend zuvor zurück sein sollen, aber Anna hatte in letzter Minute angerufen, um zu sagen, sie sei zu müde zum Fahren, und ein Freund habe ihnen einen Platz zum Übernachten angeboten.

»Zu müde zum Fahren?«, hatte Tom skeptisch gesagt, worauf Jenny ihm einen strengen Blick zugeworfen hatte. Offenkundig war in meiner Anwesenheit, wenn es um persönliche Dinge ging, noch immer eine gewisse Diskretion geboten. Tom war sich dessen bezeichnenderweise nicht bewusst. »Und wer sind überhaupt all diese *Freunde* in Südfrankreich?«

»Na, du weißt doch, wie Anna ist«, sagte Jenny entschieden. »Sie kennt immer und überall Leute.«

»Hmm.« Tom zuckte die Achseln, und dann, eher indifferent: »Hast du dreizehn senkrecht schon?« Er hatte den Nachmittag damit zugebracht, ein Kreuzworträtsel zu entwerfen, und es mir zum Vervollständigen überlassen mit den Worten: »Scheißgeld, ich muss jetzt weg hier. Dieser Urlaub hat mich um dreißig Jahre altern lassen.«

»Dreizehn senkrecht ist unmöglich. Es fühlt sich an wie ein kryptischer Hinweis«, sagte ich.

»Ah«, grübelte er, »vielleicht, weil es einer ist. Das ist doch das mit Destiny's Child und Alfred dem Großen, stimmt's? Denk mal darüber nach, die Vokale rauszuschmeißen, dann könnte es mehr Sinn ergeben.«

Jenny gab einen gequälten Seufzer von sich und ging Michael suchen. Tom schob mir über den Tisch sein Handy zu.

»Schau mal, was Clarissa mir gerade geschickt hat.« Seine Stimme bebte vor konspirativer Lust.

Was ist verdammt noch mal mit Anna los? Sie kam fast eine Stunde zu spät, um mich abzuholen, und dann benahm sie sich wie auf Prozac. Dann sagt sie, wir übernachten bei diesem Typen zu Hause und es ist wie die Kommune dieses Künstlers ... Ehrlich – ich pack es nicht. Anscheinend fahren wir morgen früh nach Saint-Luc zurück. Ich hab dir so viel zu erzählen, das geht gar nicht. Und Dad? Immer noch schräg drauf? Warum hast du mich nicht vorgewarnt?

Ich schnaubte.

Tom grinste. »Mum glaubt, dass Anna eine Affäre hat.«

»Und was glaubst *du*?«

»Falls ja, ist es so überfällig wie verdient.«

»Was ist mit Michael?«

»Ach, Michael hat so viele Affären gehabt, dass er jetzt einfach mal das Handtuch werfen und zugeben könnte, dass er polyamorös ist.«

»Und wie geht es jetzt weiter?«

»Weiß der Geier. Aber falls Clarissa heute Abend nicht nach Hause kommt, können wir uns dann bitte mit deinen neuen Freunden in Saint-Luc treffen, um der Atmosphäre hier zu entgehen? Und dabei behaupten die, *wir* seien emotional bedürftig.«

»Mach, dass es aufhört«, ächzte Tom, als Clarissa die Autotür zuschlug. Er hielt sich mit beiden Händen den Kopf. »Ich habe einen Geschmack wie tausend Aschenbecher im Mund.«

Ich fühlte mich überraschend munter. Tom und Camille waren am Abend zuvor praktischerweise in ein Gespräch über die abseitigsten Besonderheiten der Kameraführung verwickelt gewesen, was Jérôme und mir erlaubt hatte, uns für den allergrößten Teil des Abends an den Strand abzusetzen. Alles hatte sich wunderbar teeniemäßig angefühlt: die silbrige Tönung seiner Haut unter dem Sternenlicht, der besondere Kick durch die Gefahr, erwischt zu werden – seine Hand auf meinem Mund, als ich kam.

»Ich beneide dich um deine Jugend«, stieß Tom hervor. »Warte bloß, bis du die dreißig erreichst.«

In dem Moment hörten wir ihre Stimmen von der Einfahrt her; zuerst die von Anna, in einem Ton, der nichts von ihrer gewohnten honigsüßen Sanftmut hatte.

»Ich verstehe einfach nicht, warum du deswegen jetzt so eine sture Zicke bist, Clarissa!«

Tom warf mir einen Blick zu.

»Eine sture Zicke?« Clarissa, ungläubig. »Hast du mich gerade eine *sture Zicke* genannt?«

»Ich kann nicht glauben, dass du so zimperlich bist. Wer hat bloß meine obercoole Stieftochter entführt und durch eine Tugendwächterin à la Mary Whitehouse ersetzt?«

»Obercoole Stieftochter!«, formte Tom entsetzt mit den Lippen.

»Hier geht es nicht ums Zimperlichsein, Anna. Es geht darum, dass dieser Typ ein absoluter Widerling ist.«

»Du bist genau wie dein Vater«, brüllte Anna.

Damit hörten wir Schritte auf der Treppe und kurz darauf

von oben das Gurgeln der Dusche, die mit heftigem Strahl zum Leben erwachte.

Als Clarissa erschien, verhielt sie sich, als wäre nichts geschehen. Sie zog Tom in eine ausgelassene Umarmung und dann ziemlich unerwartet mich. Ich fühlte mich geradezu gesegnet von ihrer freundlichen Ausstrahlung.

»Ihr beide seht *blendend* aus«, schwärmte sie. »Ich habe noch meine Brockley-Blässe. Da muss ich ganz schön was nachholen.«

»Wie lange bleibst du?«, fragte Tom.

»Wahrscheinlich bis Ende des Monats. Eigentlich habe ich nur zwei Wochen Urlaub, werde danach also aus der Ferne arbeiten müssen, aber die Galerie ist geschlossen – die Kunden sind alle auf Sardinien auf ihren Jachten oder was auch immer –, und solange ich WLAN habe, geht es mir gut. Im Grunde hängt es wohl davon ab, wie lange ich die ganzen Midlife-Crises hier ertrage.« Sie bedachte Tom mit einem Blick, der wohl vornehm diskret sein sollte, in Wahrheit aber nur zu offensichtlich war. »Und was habe ich sonst so verpasst? Ich meine, neben dem pubertären Verhalten meiner sogenannten Eltern?«

»Leah hat einen neuen Freund«, murmelte Tom.

»Ich habe *keinen* neuen Freund.«

»Wie auch immer. Dass ihr ständig den Videoclip zu ›Wicked Game‹ nachspielt, legt wohl etwas anderes nahe. Er ist so attraktiv, dass es mir in den Augen wehtut.«

»Meine Güte, du legst ja los«, sagte Clarissa mit einiger Bewunderung in der Stimme. »Wer ist er denn? Vielleicht kenne ich ihn ja.«

Ich zuckte innerlich zusammen. »Tust du, irgendwie«, sagte ich und gab die Geschichte wieder, die sie mir am ersten Abend bei Jérôme über Nico erzählt hatten.

»Ach Gott, *der*. Nico war ein heißer Typ. Mit vierzehn war ich wahnsinnig in ihn verknallt, aber er hatte einfach nichts zu sagen, so dass ich annahm, er sei nicht interessiert, und stattdessen mit dem knutschte, der ununterbrochen über sein Leben in Amerika redete. So als hätte er gedacht, ich sei Amerikanerin. Er fragte mich immer wieder, ob ich Corn Dogs vermisse, dabei hatte ich nicht mal eine Ahnung, was das ist.«

»Ich weiß es immer noch nicht«, sagte ich.

»Ja, er war wirklich so ein Schwachkopf. Er versuchte mit mir zu schlafen, und als ich nein sagte, war er empört, und er so: ›*Aber englische Mädchen tun es doch immer.*‹« Sie sprach mit einem lächerlichen Akzent. »Und dann hat er mich nie wieder irgendwohin eingeladen. Ich war so gekränkt, dass ich, als ich im September wieder in Großbritannien war, nach zwei Gläsern Blossom Hill in der Year Ten Disco mit dem erstbesten Kerl ins Bett gestiegen bin, der so tat, als wäre er nett zu mir.«

Ich verzog mitfühlend das Gesicht.

»Und jetzt, nach all den Jahren, erfahre ich, dass der Nette doch auf mich stand! So viel Teenagerdrama und mein leidendes Selbstwertgefühl, das hätte man alles vermeiden können. Wir sollten wirklich mal mit ihnen abhängen«, sagte sie und wischte sich die Haare aus dem Gesicht. Sie hatte sie seit unserer letzten Begegnung schneiden lassen und sah jetzt aus wie ein Supermodel aus den Neunzigern oder die Leadsängerin einer Britpop-Band von der Kunstakademie. Und im grellen Sonnenlicht war er wieder da, dieser Blick von Michael – furchterregend, ungeduldig und vollkommen unwiderstehlich.

Ich hatte schon länger keine Freundin mehr gehabt, die mir ein bisschen Angst einflößte, und bei Clarissa konnte ich gar nicht genau ausmachen, woran es lag, denn seit ihrer Ankunft hatte sie mich behandelt, als wäre ich eine von ihnen.

»Ich finde es so toll, dass du dieses Jahr hier bist!«, sagte sie an diesem Morgen ohne die geringste Spur von Unaufrichtigkeit. »Seit ich ungefähr siebzehn war, bin ich nicht mehr länger als eine Woche hier gewesen, und da alle meine Freundinnen jetzt in chronisch langweiligen Beziehungen stecken, war ich *so* kurz davor, den ödesten Sommer aller Zeiten zu verbringen.«

»Stell dir mal vor, wie es mir geht«, jammerte Tom. »Ich bin Mitte dreißig und *sin amante* in Urlaub mit meinen lieben Eltern, nur um ein bisschen Geld aus meinem gemieteten Lagerhaus-Zimmer zu ziehen, das, wenn ich im September wieder zurück bin, vermutlich plattgemacht und in eine Art pervertiertes Bournville-Bauprojekt für Banker verwandelt wird. Es ist alles so schrecklich typisch Generation Y.«

»Wenigstens musst du nicht nach der Pfeife eines bekoksten ehemaligen YBA-Groupies mit Kindern namens Scarlett und Monk tanzen. Letztens hat sie ungelogen versucht, mich zu deren Grundschule in Stoke Newington zu schicken, weil sie vergessen hatte, Zatar auf ihre Hummustöpfchen zu geben.« Sie seufzte. »Ich kann nur hoffen, dass die einheimischen Kinder sie dafür mobben.«

Nein, ich glaube, was mich bei Clarissa nervös machte, war ihr Verhältnis zu ihrer Familie. Anna verschwand erneut und kam an diesem Samstag nicht mehr nach Hause, und wieder blieb ihre Abwesenheit unerwähnt. Als Michael, wie ein verärgerter Maulwurf in die Nachmittagssonne blinzelnd, zum Mittagessen aus seinem Schuppen auftauchte, war Clarissas Begrüßung kühl.

»Hi, Dad«, sagte sie gähnend und behielt dabei entschlossen ihre Position auf dem Liegestuhl bei. Er ging ohne große Eile zu ihr hinüber und küsste sie mechanisch auf den Haaransatz.

»Hallo, Schätzchen«, murmelte er, und dann: »Was essen wir? Hat irgendjemand irgendwas gekocht?«

»Ich glaube, Mum streikt«, sagte Tom. Das nutzte ich als Vorwand, zu entwischen, und bot an, irgendeine Art von Salat zusammenzuwerfen.

Im kühlen Schatten der Küche hatte ich etwas Zeit, über das wirklich befremdliche Verhalten dieser Familie nachzudenken. Mir fiel mein eigener Vater ein, der jedes Mal, wenn er mich am Bahnhof absetzte, mit glänzenden Augen und einem Lächeln an der Ticketschranke stand. Meine persönliche Version von Küchenpsychologie hatte mich sehr misstrauisch gegenüber Menschen gemacht, deren Eltern so nüchtern sein konnten.

Aus dem Kühlschrank nahm ich ein Schälchen mit prallen Cherrytomaten und ein anderes mit Rucola. Ich fing an, Knoblauch, Chilischoten und rote Zwiebeln kleinzuschneiden, um sie mit Kümmel, Koriander und Kichererbsen anzurösten. In einer alten marokkanischen Schüssel zerbröckelte ich milchweiße Fetawürfel, die mit Olivenöl und dem Saft einer knubbeligen sonnengelben Zitrone beträufelt wurden. Draußen sprachen Tom und Clarissa mit gedämpften Stimmen. Die von Michael war nicht darunter. Träge nahm ich eine Nektarine aus der Obstschale auf dem Küchentisch und bohrte ein Messer in ihr weiches weißes Fruchtfleisch. Als ich meine Zähne in die steinlose Hälfte versenkte, explodierte das intensive Aroma duftenden Sonnenlichts an meinem Gaumen. Zum offenen Fenster geneigt, konnte ich Fetzen von dem hören, was sie sagten.

»Ich werde ihr das nicht übelnehmen, nur weil Dad so ein …«

»Sie kann nichts dafür, dass er ein alter …«

»Meinst du wirklich, dass es das ist?«

»Glaubst du denn, dass sie nicht …«

»Im Grunde ist er einfach ein Relikt, oder? Eine Antiquität.«

»Anna dagegen …«

»Ich werde es ihm nicht haarklein erzählen …«

»Eher nur …«

»Die Saat säen?«

»Aber warum nimmst du es ihr übel …«

»Verhält sich wie …«

Ich versuchte gerade angestrengt zu hören, was für eine Art Samen Clarissa Toms Andeutung zufolge säen würde, als ich hinter mir ein fraglos menschliches Rascheln vernahm. Ich fuhr zusammen und ließ das Messer laut klappernd auf den gefliesten Boden fallen.

»Himmel noch mal!«, stieß ich leise hervor.

»Tut mir leid«, murmelte Michael, sah aber völlig ungerührt aus. Er starrte mich an, und ich fühlte mich fixiert – am Küchentresen festgenagelt.

»Ich röste gerade ein paar Kichererbsen für den Salat«, sagte ich dümmlich, während ich auf das Messer zuging, um es aufzuheben und so meine Hände zu beschäftigen.

Dann kauerte er plötzlich neben mir, die Hand auf meiner, als ich nach dem Messer greifen wollte. Unsere Gesichter waren Zentimeter voneinander entfernt, und an den Schläfen spürte ich das tosende Pulsieren von Blut. Langsam hob er die Hand an mein Gesicht und fuhr mir, während sein Blick mich erneut fixierte, mit dem Daumen über die Unterlippe. Mir stockte der Atem. Dann lächelte er mich an, als wäre sein Verhalten das Normalste auf der Welt, und sagte:

»Du hattest überall um den Mund Nektarinensaft.«

Sein Lächeln war gönnerhaft – milde. Es schien mir sagen zu wollen, dass meine sichtbare Unruhe tölpelhaft und kindisch war; also rang ich mir ein Lächeln ab und stand auf, als wäre nichts geschehen. Lässig lehnte ich mich an den Tresen. Er setzte sich, das Messer in der Hand, an den Küchentisch.

»Es ist komisch«, sagte er schließlich. »Manchmal kommt es mir so vor, als wärst du von einem ganz anderen Planeten als Clarissa und Tom.«

Aus der Gruppe der Jüngeren herausgegriffen zu werden bereitete mir ein unerklärliches Unbehagen.

»Lass dich von ihnen nicht nervös machen«, sagte er.

»Tue ich nicht«, erwiderte ich schmallippig.

Mit der Messerspitze fuhr er den Umriss seiner Hand nach. »Du bist bezaubernd«, sagte er, den Blick nicht auf mich, sondern auf seine Hand und das schwärzliche Silber der Klinge gerichtet.

Jede Antwort, die ich hätte vorbringen können, blieb mir im Hals stecken und fühlte sich ohnehin hohl und sinnlos an. Ich starrte auf den Fußboden.

»Und das ist eine gute Sache.« Wieder spürte ich, dass er mich ansah. Ich wagte es, zu ihm aufzuschauen, doch statt von seinen Augen wurde mein Blick von seiner Hand auf dem Tisch angezogen. Ein Strom von etwas Rotem erblühte auf seiner Handfläche und rann in einem breiten Rinnsal auf das zerkratzte Holz darunter.

»Michael«, stieß ich hervor.

Er blickte gleichgültig nach unten, wo das Blut sich staute und die Linien in seiner Handfläche nachzeichnete.

»Hm«, sinnierte er, während er die Hand zum Mund hob und etwas davon ableckte.

Ich sah ihm verwirrt zu. »Was hast du da gemacht?«, flüsterte ich.

»Du bist ja noch ganz schön feucht hinter den Ohren«, sagte er kichernd. »Ich bin doch nicht gekreuzigt worden.«

Ich versuchte zu sprechen, doch statt Wörter zu formen, öffnete und schloss sich mein Mund nur einfältig wie der eines Goldfischs.

»Ich wollte sehen, wie es sich anfühlt«, sagte er. »Stell dir vor, du bist irgendwo und sprichst mit jemandem, der dich langweilt, und plötzlich überlegst du, was wohl passieren würde, wenn du ihn an den Haaren ziehst oder schlägst. Oder du stehst am Bahnsteig und wartest auf die U-Bahn, und wenn der Zug durch den Tunnel auf dich zugerast kommt, traust du dich, deinen blöden, plumpen Körper einfach direkt davor zu schmeißen. Dieses ganze gleißende Licht und das symphonische *Gebrüll* des Zuges ... Der verrückte Vorwärtsimpuls; vorwärts, vorwärts, *vorwärts*!«

Meine eigenen Handflächen, zu Fäusten geballt, fühlten sich plötzlich kalt und feucht an.

Seelenruhig stand er auf. »Gut«, sagte er, »wenn du dich so davor ekelst, werde ich mal nach oben ins Bad gehen und das hier abwaschen.«

Damit ging er hinaus und ließ mich mit dem Gefühl zurück, dumm, klein und hysterisch zu sein.

15
Michael

Es dauerte einen Moment, bis sie mich bemerkte. Ich sah zu, wie sie in das feste Fruchtfleisch biss, wie ihre hübschen weißen Zähne unter dem Rosa ihres Mundes verschwanden und klebriger Saft ihr Kinn hinablief. Sie fuhr sich mit der Zunge über die obere Lippe (dieser Lippenbogen; hatte ich schon ihren Lippenbogen erwähnt?), leckte sich dann die untere ab, und es war, als steckte mein Herz in einem Schraubstock.

Dann trat ich vor und hob das Messer für sie auf; ich wollte ihr bloß helfen, ich wollte sie nicht verstören. Gott, was für ein Schlag ins Gesicht, dass sie sich so versteifte, als ich sie berührte! Ich war ihr so nah, dass ich den Fruchtsaft auf ihren Lippen glänzen sah. Ich konnte nicht anders, als die Hand auszustrecken und sie zu berühren. Es fühlte sich so richtig an. So war es immer zwischen uns gewesen. Wir mussten einander nie um Erlaubnis bitten, weil so unklar war, wo ich endete und wo sie anfing. Sie hatte es geliebt, wenn ich mit den Zähnen an ihrer Unterlippe zog, wenn wir miteinander schliefen. Ich spürte dann, wie sich ihre Glieder unter mir versteiften und sie mich an sich drückte, und ich wusste, wie feucht sie sein würde, wenn ich meine Finger in sie schob.

Ich wollte den Saft der Nektarine an meinem Daumen spüren. Nichts weiter. Es war eine ganz natürliche Reaktion.

Das erste Wochenende war schrecklich. Sie verbrachten jede Sekunde miteinander. Sie und Tom hatten sich natürlich sofort gut verstanden, aber jetzt, da Clarissa hier war, waren sie zu einer festen Einheit verschmolzen, und ich fühlte mich noch mehr isoliert und an den Rand gedrängt als zuvor. Sie sprachen schnell, in einer Sprache, die ich nicht verstand und auf die mich einzulassen ich wenig Lust hatte. Beim Mittagessen auf der Terrasse an diesem Tag war die Luft voll von diesem *Lärm* – diesem Gewirr von Stimmen. Ich sprach kaum, und mir war vage bewusst, dass das Wenige, was ich sagte, wie bissige Ausbrüche wirken musste. Jedes Mal sah mich Jenny mit diesem besorgten und schmallippig unterstrichenen Blick so voller Verständnis an, der mir einmal das Herz hatte anschwellen lassen und der mich jetzt nur noch ärgerte. *Was denn?*, wollte ich sagen. *Du bist das doch sicher gewöhnt, mit deinem einsilbigen Ehemann.* Ich war es leid, dass der Maßstab für mein Leben immerzu die Sprache sein sollte.

Am Tisch hatte eine Atmosphäre spitzer, diffuser Anspannung geherrscht, auch wenn Tom und Clarissa davon überhaupt nichts zu bemerken schienen. Jenny hatte mich kurz vor dem Essen im Bad entdeckt, als ich gerade eine Rolle Klopapier um mein Handgelenk wickelte.

»Michael!«, hatte sie gerufen und nach Luft geschnappt – ständig dieses nach Luft Schnappen, ich kam mir vor wie beim Schülertheater. »Was zur Hölle hast du mit deiner Hand gemacht?«

Und dann wühlte sie im Schrank unter dem Waschbecken nach dem uralten Verbandskasten, und sie kniete vor mir, während ich auf dem Rand der Badewanne saß, und verpasste mir einen Verband, als wäre sie eine Art Chefpfadfinderin. Sie wusste immer, was zu tun war. Die tapfere Jenny.

»Ich hab mich im Schuppen geschnitten«, sagte ich bloß.

Sie wusste, dass ich sie anlog, und sah mich mit fragenden, bittenden Augen an. »Du musst mit mir reden«, sagte sie leise.

Nein. Nicht noch mehr Worte.

Am Abend gingen sie alle zum Strand hinunter, und ich konnte das anschwellende Lachen hören, das der Wind herübertrug. Am Montag feierten sie eine regelrechte Party da unten. Leah war gegen halb sechs aus ihrem Zimmer und in meinen Schuppen gekommen.

»Ich habe die Zusammenfassung der beiden Manuskripte von letzter Woche geschrieben und dachte, du würdest sie vielleicht lesen wollen«, sagte sie, im Türdurchgang verharrend, eingefasst vom jungfräulichen Sonnenlicht der Außenwelt. »Und außerdem habe ich eine Mail von dem Feature-Typen vom *LRB* an deinen persönlichen Account weitergeleitet, damit du es dir angucken kannst. Es geht um den Text über Max Frisch.«

»Dann komm rein«, schnaubte ich und stand auf, um dem Nachdruck zu verleihen. »Und mach die Tür hinter dir zu.« Ich zog eine alte Weinkiste unter dem Schreibtisch hervor, damit sie sich setzen konnte.

Sie hatte ein Strandtuch um die Schultern geschlungen, und ihr Haar war auf ihrem Kopf zusammengebunden.

»Und wie kommst du mit den Tagebüchern voran?«, fragte ich, ohne sie anzusehen.

»Sehr gut«, sagte sie, ein wenig zu enthusiastisch. »Ich bin gerade an der Stelle, wo du dieses Mädchen kennengelernt hast, Astrid.«

Ich spürte, wie ich panisch wurde, als sie ihren Namen aussprach. Ich zwang mich, sie anzusehen (obwohl ich nichts anderes wollte, als den Blick starr auf den Boden zu richten – ich spürte, dass meine Hände leicht zitterten), und brachte mich dazu zu sagen – mit einer Stimme, die fest und auf freundliche Art herablassend klingen sollte: »Ich glaube, es ist besser, wenn wir nicht so direkt über die Tagebücher reden. Wenn du Wörter benutzt wie *Du*, solche Sachen. Das macht es so schwer …«, ich zögerte, »… professionell zu bleiben. Verstehst du, warum das so wichtig ist?«

Sie war knallrot geworden, und ich fühlte mich gut, weil ich die Dynamik zwischen uns ausgesprochen hatte. Ich tätschelte ihr Knie, um zu unterstreichen, dass es für mich nicht mehr als ein kleiner Ausrutscher war – ich war nicht wirklich sauer. Ich deutete auf das Strandtuch. »Gehst du schwimmen?« Mir fiel auf, wie fröhlich meine Stimme klang. Und das war nicht gespielt. Ich fühlte mich an diesem Tag mehr wie ich selbst, mehr wie ein komplettes, kohärentes Wesen. Und dann, als sie nickte, geschah etwas ziemlich Spektakuläres: Für die Dauer eines Wimpernschlags, eines Herzschlags oder eines Ausatmens schien sich die Welt um sie herum zu verkrümmen und eine neue Gestalt anzunehmen. Die Lichtpartikel fielen jetzt anders auf ihr Gesicht, und ich wusste sofort, dass ich recht hatte. Wärme durchströmte meinen Körper, als hätte man mir eine Tropfinfusion angehängt. Nach nicht einmal einer Sekunde war sie wieder verschwunden, doch das spielte keine Rolle. Für einen Augenblick war Astrid zu mir zurückgekehrt. Ich war übergangslos durch die Jahrzehnte gerutscht, und wenn ich dafür bereit gewesen wäre, hätte ich die Hand ausstrecken und meine Vergangenheit berühren können. Sie war in meiner Reichweite. Sie war der Anker, der im Herzen der Jahre steckte, die mich geformt hatten.

»Du bist so lebendig heute Abend«, sagte Jenny beim Abendessen zu mir, und es klang ein wenig misstrauisch.

Ich grinste sie breit an. »Wo sind die Kinder?«

»Die grillen heute am Strand, mit den französischen Jungs.« Sie schenkte mir ein Glas Wein ein.

»Ach, wäre man doch noch jung und schön«, summte ich, und ich meinte es so, ohne jede Verbitterung, weil ich jetzt sicher wusste, dass die Zeit so elastisch war wie das straffe Fleisch eines Teenagers. Man zwickt hinein, und die Haut entspannt sich sofort wieder, nimmt direkt wieder ihre Form an.

Nachdem Jenny und Bryan schlafen gegangen waren, spazierte ich unter der leuchtenden Scheibe des Mondes den Küstenweg entlang. Es war Vollmond, und er leuchtete so stark, dass das gesamte dunkelblaue Tuch der Nacht durch sein dickes milchiges Licht reingewaschen wurde. Die Grillen schnatterten im Unterholz, und auf der Notenzeile unter ihnen spülte die Strömung den Strand im perfekten Zweivierteltakt. Alles fühlte sich so an, als wäre es mit Absicht und auf erhabene Weise wie ein Orchester aufeinander abgestimmt worden. Zum ersten Mal seit Wochen meinte es das Universum wieder gut.

Als ich um die Ecke bog, sah ich sie – lange Gliedmaßen und glühende Zigaretten, die sich auf einer heidnischen Achse um das Lagerfeuer herum bewegten. Das blecherne Plärren von Musik und ihr Körper, der davon getragen wurde, wie das rhythmische Steigen und Sinken des Wassers, während sie mit einem anderen tanzte. Wie *wir* beide in der Wohnung in der Charlotte Street tanzten; wie Astrid aus dem Bad kam, Wasser auf die Dielen tropfend, und die Küche betrat. Sie war nackt, und ihr Haar hing in Medusalocken vor ihrer Brust, doch sie *musste* einfach kommen und tanzen, weil ich die Platte aufgelegt hatte, auf der Nina Simone »Suzanne« live sang, und da konnte sie doch gar nicht anders, oder? Und wie sollte ich ihr böse sein, wenn der kontrapunktische Beat der Musik sich in ihren Gesichtszügen widerspiegelte und sie in genau demselben Vergnügen erstrahlen ließ, das er auch diesem eigentlich so melancholischen Lied verlieh? Sie legte ihre Hände auf meine, und wir tanzten barfuß miteinander; und als sie ihren Körper gegen meinen drückte, hinterließ sie eine feuchte Silhouette als Astrid-förmigen Fleck auf meinen Kleidern. Dann, auf einmal, trat an die Stelle von Nina Simones Stimme die von Grigoris Bithikotsis, und das salzige Parfüm der Luft war zu viel; es war zu plastisch – zu überwältigend. Astrid auf dem Balkon im von den Feigenblättern verdichteten Licht. Astrid fixiert vom Strahl des Bühnenlichts in Jeremy's Bar. Licht, Licht, zu viel Licht. Der Kopf lief über davon. Viel zu viel Licht. Das Wasser war davon elektrisch aufgeladen.

Eine Welle lähmender Übelkeit überkam mich, und ich stolperte vorwärts, auf meine Knie, und übergab mich in das grillenlärmende Gestrüpp.

Nach dem Frühstück am Dienstagmorgen kam Clarissa zu mir in den Schuppen. Leah war bereits auf ihr Zimmer gegangen, um zu arbeiten, und Tom war in die Stadt aufgebrochen. Sie klopfte, wie man es ihr beigebracht hatte, als sie gerade erst die Kontrolle über ihre eigenen Gliedmaße erlangt hatte und durch unsere erste Wohnung in Highbury tapste.

»Hi, Dad«, trällerte sie und blieb in der Tür stehen. Sie schien sich, was untypisch für sie war, nicht ganz wohlzufühlen.

Ich winkte sie herein, und als sie sich auf eine der Weinkisten vor meinem Schreibtisch setzte, wurde mir recht deutlich bewusst, wie unglücklich diese Anordnung war – ich hinter dem Tisch und sie davor, als wäre das hier ein Bewerbungsgespräch oder das Büro des Schuldirektors. Sie strich sich das Haar aus dem Gesicht und seufzte.

»Willst du eine Tasse Tee?«, sagte ich schließlich und rutschte nervös auf meinem Stuhl herum.

»Gerne«, sagte sie, und ich stand auf, froh, etwas zu tun zu haben und den beunruhigenden Blickkontakt mit ihr meiden zu können. Das Zischen des Kessels auf dem Campingkocher entschärfte die bedrückende Stille ein wenig, und dann – ich hatte ihr noch immer den Rücken zugewandt – begann sie schließlich zu sprechen.

»Dad, ich weiß nicht genau, wie ich dir das sagen soll – und ehrlich gesagt zögere ich ein bisschen, überhaupt was zu sagen, weil ich gar nicht wirklich weiß, was da los ist ...« In ihrer Stimme war etwas Falsches, ein nicht passender Ton, den man nur bemerkte, wenn man sie gut kannte. Sie hatte ja das Schauspieltalent ihrer Mutter geerbt.

»Sprich weiter«, sagte ich. Ich wollte wissen, wo das hinführen würde.

Sie seufzte ein wenig zu dramatisch und verschränkte die Arme. »Dad«, sagte sie, »machst du dir nicht, na ja, ein kleines bisschen Sorgen wegen Anna?«

»Anna?«, rief ich verdutzt aus. »Warum um Gottes willen sollte ich mir wegen Anna Sorgen machen?«

Sie sah mich mit demselben angestrengt-verständnisvollen Blick an, der mich bei Jenny am Vortag so geärgert hatte. Ich fragte mich, ob sie diesen Blick als Kind von ihr übernommen hatte, wie durch Osmose.

»Dad, sie ist nie hier.«

Ich versuchte fieberhaft, mich daran zu erinnern, wann ich meine Frau zuletzt gesehen hatte. Die drückend heißen

Ausläufer des Freitagmorgens, Kaffee auf der Terrasse und ein Gespräch über die Fahrt nach Marseille. Ja, richtig. Freitag.

»Nein«, erwiderte ich. »Das stimmt wohl.«

Clarissa stand auf, um das kochende Wasser in die Teekanne zu gießen, weil der Kessel inzwischen hysterisch quiekte.

»Und das stört dich überhaupt nicht?«

»Nein, nicht sonderlich«, sagte ich. »Sollte es?« Ich war immer noch vage erstaunt über Clarissas plötzliches Interesse an ihrer Stiefmutter. »Sie ist ja kein Teenager mehr.«

Meine Tochter stellte die Kanne und zwei Tassen auf meinen Schreibtisch und setzte sich wieder vor mich, nahm eine elegante Position ein und faltete ihre schönen, schlanken Hände in ihrem Schoß.

»Dad«, sagte sie noch einmal – wie beunruhigend, dass sie mich immer wieder so ansprach, als wolle sie permanent die tiefe Verbindung zwischen uns betonen.

»Tochter«, erwiderte ich mit liebevoller Ironie.

»Pass auf, ich ... Also, ich ... Ach nein, ich sollte das nicht sagen ...« Jetzt trug sie aber wirklich dick auf.

»Sag ruhig«, ermutigte ich sie sanft.

Sie zögerte eine Sekunde und sah mich direkt an. Meine Tochter war inzwischen objektiv betrachtet eine sehr attraktive Frau, mit ihren großen blauen Augen und der feinen Stupsnase. Sie hampelte gekünstelt herum und legte ihre Hände schließlich auf den Tisch, als säße sie in einer Vorstandsetage am Verhandlungstisch und wollte einen Deal klarmachen.

»Als Anna und ich in Marseille waren, da, also ... da war sie nicht allein.« Sie zögerte, das Zögern einer Politikerin, die mit einer heiklen Angelegenheit konfrontiert war.

Eine Gletscherwelle aus ungenießbarer Realität. »Wie bitte?«

Den Oscar vor Augen, biss Clarissa sich auf die Lippe. »Ich … ich glaube …« Sie lächelte mich tapfer an. »Nein. Nein, bestimmt war da gar nichts. Es steht mir wirklich nicht zu, was zu sagen.«

»Clarissa …«

»Nein, wirklich, Dad. Es war falsch, überhaupt was zu sagen. Ich weiß gar nicht, ob da überhaupt irgendwas ist.«

»Was wolltest du denn andeuten, was da sein könnte?«

Sie stand jetzt vor mir, ihre Tasse in der Hand.

»Nein, Dad, wirklich. Ich bin mir ziemlich sicher, dass nichts ist. Es war falsch, zu dir zu kommen.«

»Clarissa«, beharrte ich. Ich versuchte, ruhig zu wirken, doch ich konnte an ihrem Gesicht erkennen, dass es nicht funktionierte.

»Wirklich«, sagte sie erneut, in einem bevormundenden Ton, der mich an ihre Mutter erinnerte, »ich bin mir sicher, dass da nichts weiter ist.« Sie bewegte sich mit gespielt vorsichtigen Schritten auf die Tür zu.

»Clarissa.«

»Vergiss es einfach. Ganz sicher habe ich überreagiert. Anna liebt dich sehr«, setzte sie ihren allerletzten Stich.

»Schätzchen …«

Es war zu spät. Die Tür fiel qualvoll hinter ihr ins Schloss.

Ich saß eine Minute lang still da, und dann griff ich nach meinem Telefon. Ich suchte nach der letzten Nachricht von meiner Frau. Samstagvormittag.

Ich hatte Streit mit Clarissa. Sicher wird sie dir mit Vergnügen alles darüber erzählen. Rufst du mich später an? Ich treffe jetzt meine Bekanntschaft aus Marseille xx

Ich hatte zwei Stunden nach ihrer Nachricht geantwortet:

Keine Sorge, Darling, war bestimmt nicht so schlimm. Viel Spaß x

Von plötzlicher Wut gepackt, schleuderte ich das dumme Handy quer durch den Raum. Es traf die Truhe in der Ecke und prallte scheppernd vom Zahlenschloss ab. Ich starrte den verachtenswerten Gegenstand einen Moment lang an. Als ich es schließlich aufhob, war das Display gesprungen, so dass das Bild von Annas Gesicht gerissen und fragmentiert war. Billiges Stück Scheiße, dachte ich: das Handy und meine Frau.

16
Leah

Jérôme liegt auf dem Rücken neben mir, nackt, ausgestreckt auf den Terrakottafliesen, auf denen wir beide dunkle, menschenförmige Flecken hinterlassen. Auf seiner gebräunten Haut glitzern kleine Wasserperlen. Er starrt in den rötlichen Abendhimmel und fährt träge die Kontur meiner Brüste nach. Mein Atem geht unregelmäßig; er weiß, dass er mich schon allein damit kommen lassen kann. Ich schließe die Augen. Er rollt sich herum, so dass er halb auf mir liegt, seine langen Gliedmaßen wie Gitterstäbe zwischen mir und dem endlosen Himmel. Ich rieche seinen Atem – Tabak, Bier –, als er sich herunterbeugt, um mich zu küssen. Sanft schiebt er mit seiner Zunge meinen Mund auf, und seine Hände bewegen sich von meinen Brüsten spiralförmig hinunter zu meinem Nabel und dann zwischen meine feuchten Schenkel. Ich bohre ihm die Finger in die zwei Mulden zwischen Schulterblättern und Wirbelsäule, während er mit dem Finger an meiner Klitoris entlang streicht, und beiße ihn in meinem Verlangen, irgendeinen Teil von ihm in mir zu haben, in die Unterlippe.

Nachdem er mich gefühlt eine qualvolle Ewigkeit lang scharfgemacht hat, lässt er seine Finger in mich hinein gleiten, und ich keuche vor Lust, und als ich die Augen öffne, sehe ich die Linien seines Gesichts – die dicken schwarzen Augenbrauen, die Wangenknochen, den Winkel seines Kiefers, der mit dunklen Stoppeln bestäubt ist, und seinen

Nasenrücken. Er lacht mich hingebungsvoll an und zieht sich zurück. Ich blicke ihn an – flehe ihn an – und er lacht wieder und hebt seine (festen, nützlichen) Finger an meinen Mund, der noch immer in einem runden O des Vergnügens und der Erwartung offen steht. Er zieht die Finger an meinen Lippen entlang und schiebt sie mir in den Mund, und mit seiner freien Hand lässt er mich kommen. Ich spüre ihn fest an mir, und als ich auf dem Höhepunkt bin, dringt er in mich ein.

Den ganzen Nachmittag haben wir auf diese Weise verbracht. Wir haben das Haus, die jadegrüne Scheibe des Pools und das kleine Dickicht aus Pinien ganz für uns. Der Tag verging in sonnentrunkener Benommenheit. Morgen fährt Jérôme nach Marseille zurück. Als wir fertig sind und ich rittlings auf ihm sitze, zieht er mich zu sich herunter, greift mir in die Haare und küsst mich heftig. Nach einer Weile hört er auf und seufzt in glücklichem Erstaunen, dann drückt er mich fest an sich und bedeckt meine feuchte Haut mit Küssen. Am Ende sagt er: *»J'ai la flemme de rentrer à Marseille lundi.«* (»Ich hab keinen Bock, am Montag nach Marseille zurückzufahren.«)

Ohne etwas zu sagen, starre ich in das weißgoldene Licht des Sonnenuntergangs, das sich funkelnd auf der Wasseroberfläche des Pools spiegelt. Ich glaube nicht, dass er vorhat, sich wirklich zu binden – aber ich spreche Männern ohnehin jede Bindungsfähigkeit ab und bin deshalb vielleicht unfair. Gestern sagte er zu mir, ich solle ihn doch in Marseille besuchen kommen. »Du kannst auch gerne Clarissa und Tom mitbringen«, schob er in dem Bemühen, es harmloser klingen zu lassen, nach. »Vielleicht komme ich nächste Woche sowieso für einen Tag her, falls du da bist.«

In Wahrheit habe ich über Lal nachgedacht. Seit dem Tag,

an dem ich Paris verlassen hatte, war er unweigerlich immer wieder in meinem Kopf aufgetaucht, und letzte Woche schickte er wie aus dem Nichts ein Foto, das abseits der *autostrada* in Ligurien aufgenommen worden war. Er saß rittlings auf dem Ortsschild einer kleinen Stadt, über die wir gesprochen hatten, und unter dem Foto stand: *Danke für den Tipp. Die Einheimischen hier wussten mein musikalisches Talent zu schätzen.* Ich hatte mich nicht einmal daran erinnert, ihm meine Nummer gegeben zu haben, und las die Nachricht sehr nervös ungefähr fünfmal durch, ehe ich, von meiner Aufregung selbst peinlich berührt, mein Handy aufs Bett schleuderte und mir völliges Desinteresse einredete. In der darauffolgenden Stunde legte ich mir eine perfekt austarierte, knackige Antwort zurecht, doch als ich mir schließlich einen Ruck gab und sie abschickte, wurde ich natürlich mit Funkstille belohnt. Ich sagte mir immer wieder, dass es mir egal sei, aber das war es natürlich nicht.

Neben mir zündet sich Jérôme eine Zigarette an und betrachtet die mit dämmrigem Licht durchwirkten Rauchwolken. »Sei vorsichtig mit deinem Schriftsteller«, sagt er scheinbar lässig. Ich hatte ihm von dem Nektarinensaft erzählt, worauf ein Ausdruck sorgfältig unterdrückter Bedenken über sein Gesicht gehuscht war.

»Er ist völlig harmlos«, behaupte ich beharrlich. »Nur ein bisschen exzentrisch.«

Er schließt die Augen und greift in einem Moment berührender Zärtlichkeit nach meiner Hand.

In Wirklichkeit hatte die Sache mit der Nektarine mich zutiefst verstört, was in gewisser Weise der Grund dafür war, dass ich Jérôme überhaupt davon erzählt hatte. Ich versuchte, den Vorfall zu neutralisieren, indem ich eine witzige Anekdote daraus machte. Ich hatte mir gewünscht, dass er einen Scherz reißen würde, damit ich mich nicht mehr herabgesetzt und verunsichert, sondern richtig gut fühlen konnte. Ich redete mir ein, eine Sammlerin unglaublicher Geschichten und exzentrischer Spinner zu sein. Mein Selbstbild gründete ich auf einer Aneinanderreihung von Abenteuern. Ich hatte immer Dora Maar sein wollen, die, ein Messer fest in der Hand, an einem Tisch im Les Deux Magots sitzt und Picasso anstarrt. Ich wollte Martha Gellhorn sein oder Janis Joplin – und alles bis zu dem Punkt leben, an dem man sich unweigerlich verbrennt. Ich war vor allem hungrig auf das Leben. Ich wollte alles fühlen, was man nur fühlen konnte.

Das Problem an der Sache war, dass ich mich, um all das zu erreichen, selbst als aufregend und souverän hätte betrachten müssen. Nachdem aber Michael vom Tisch aufgestanden war und ich mich wieder dem Ofen zugewandt hatte, um nach den Kichererbsen auf Autopilot zu schauen, von denen ich mir wünschte, sie wären fertig, damit ich wieder etwas mit meinen Händen anfangen könnte, fühlte ich mich einfach nur klein. Exponiert. So, als könnten Tom und Clarissa, wenn ich die Küche verließ, die Wahrheit von meinem Gesicht ablesen und sich denken, Gott, ist die naiv. Mir fielen Alex' Witze über mich als Michaels Geliebte ein, und das fühlte sich überhaupt nicht glanzvoll, sondern nur elend an. Ich hasste die Vorstellung, dass jemand mich als überfordert oder, noch schlimmer, als Opfer betrachten könnte. In die Opferkategorie wollte ich nicht gehören.

Je tiefer ich in seine Tagebücher eindrang, desto schwieriger wurde es jedoch, meine Tatsachenverdrehung aufrechtzuerhalten. Wenn ich mir einen ehrlichen Blick darauf gestattete, war es schon mehr als nur ein bisschen unheimlich, dass man eine Person, die rund vierzig Jahre jünger war als man selbst und sich im eigenen Machtbereich befand, darum bat, die eigenen Tagebücher zu lesen. Die Tagebücher waren ... wie konnte man das vorsichtig formulieren? Aus ihrer Zeit? Nicht, dass er total misogyn gewesen wäre – seine Freundschaft mit Jenny, zweifellos die wertvollste unter all seinen Beziehungen, war ein Beweis dafür. Nein, seine offenkundige Verachtung von Frauen war untrennbar mit Sex verbunden. In dem Zusammenhang wurden Menschen zu *Tussen.* Günstigerweise passten diese Frauen perfekt zum Gegensatzpaar Jungfrau/Hure, und was immer er ihnen vor dem Sex an Charakter zugestanden hatte, wurde hinterher mit seiner eigenen projizierten Version übermalt. Nicht lange und ich fing an, unsere eigene Beziehung durch das Prisma seiner Tagebücher zu sehen. War das seine Absicht gewesen?

Ein oder zwei Tage nach dem Nektarinenvorfall veränderte sich der ganze Stil seiner Tagebücher. Michael lernte ein Mädchen kennen, und die derbe *Carry-On*-Stimmung wurde zu etwas Unheilvollerem. Die Art, wie er über Astrid schrieb, hatte etwas Klaustrophobisches. Alle anderen Personen, die bisher aufgetaucht waren, hatten sich real angefühlt. An den Stellen, an denen er über Julians Mutter oder über Hector, den Betreuer seiner Masterarbeit an der UCL, geschrieben hatte, konnte man die Vorboten des Romanautors sehen, der er werden sollte. Wenn er über Astrid schrieb, wirkte er so überwältigt, dass ich sie mir überhaupt nicht vorstellen konnte; seine Gefühle waren so stark, dass sie Astrid selbst irgendwie vollkommen ausradiert hatten.

Einige der qualvollen pornografischen Passagen waren dagegen verstörend erotisch. Ich las sie und fühlte, dass ich sie *fühlte* – und musste mich danach auf dem harten Parkett flach auf den Rücken legen und die Decke anstarren, bis mein Kopf zu schwimmen aufhörte.

Donnerstagabend. Clarissa, Tom und ich hingen, nachdem eine weitere stressige Szene beim Abendessen uns zur Flucht getrieben hatte, auf der Terrasse des Le Bastringue herum. Clarissa fuhr mit der Zunge am Klebestreifen eines Rizla entlang und rollte ihre Zigarette zu einem perfekten weißen Röhrchen. »Es war nicht das erste Mal, dass er sich so benimmt«, sagte sie.

Tom schnaubte. Er sah nach Michaels Ausbruch immer noch ein wenig blass aus. »Hier, gib uns auch mal eine«, sagte er, die Hand nach dem Päckchen American Spirit ausstreckend.

Clarissa zündete sich ihre Zigarette an. »Ich erinnere mich an diesen einen Sommer, als er jeden Abend auf dem Boden seines Schuppens lag und rauchenderweise ›If You See Her, Say Hallo‹ hörte. Damals waren wir noch ganz klein. Lawrence und ich haben uns dann immer runtergeschlichen, sind auf die Kastanie geklettert und haben ihn beobachtet. Es war der Sommer, als Mum ihn verlassen hat. Das heißt, das war im September – in der ersten Woche nach den Sommerferien. Dann kam das Weihnachten nach dem Fernsehfilm, unmittelbar bevor er nach Kalifornien ging, als er wie eine überdrehte Katze herumflitzte und einfach komplett aufgekratzt war, wie wenn man 2C-B genommen hat, aber noch bevor die Halluzinationen einsetzen …« Kurz darauf drückte sie ihre Zigarette auch schon in dem alten Pernod-Aschenbecher aus. Sie war eine schnelle Raucherin. Ich streckte jede Zigarette so, dass ich wenigstens für die Dauer eines langen Popsongs Zeit zum Nachdenken hatte, aber Clarissa schien sie in einem Zug zu inhalieren.

In Michaels Verhalten uns gegenüber hatte es seit Clarissas Ankunft tatsächlich eine deutliche Entwicklung gegeben. Aus seinem überheblichen Persönlicher-Lehrmeister-Gehabe von vorher war eher das eines nachsichtigen Mentors geworden, und die Freude, die er an meiner Gesellschaft fand, nahm parallel zu seiner wachsenden Menschenfeindlichkeit gegenüber den anderen zu. Bei den Mahlzeiten (er tauchte dann mit leicht irrem Blick und üblicherweise zerzausten Haaren aus seinem Schuppen auf) saß er da, musterte eingehend das Besteck und bekam von unserem Gespräch gerade so viel mit, dass er hin und wieder bissige Bemerkungen an die Adresse seiner Tochter ablassen konnte, die sie mit gelangweilter Gleichgültigkeit hinnahm, als wären es Pfeile, die an einem Wassertank abprallen. Manchmal schickte sie eine müde Kugel in seine Richtung zurück: »Ja, Dad, du hast recht, alles, was meine Generation interessiert, sind Status und materielle Güter, ganz im Gegensatz zu deiner. Die riesige Kunstsammlung, die du dir in deinem Haus in Nordlondon zugelegt hast, dient ja nicht etwa dazu, sämtlichen Gästen deinen exquisiten Geschmack und deine Bildung zu demonstrieren.« Jenny fing dann an, die Unterhaltung beherzt umzulenken, doch zu dem Zeitpunkt hatte Michael unweigerlich schon wieder abgeschaltet.

Anna war jetzt seit fünf Tagen weg. Wir wussten zumindest, dass sie am Leben war, Clarissa hatte nämlich mit ihr telefoniert.

»Ich komme zurück, wann ich will«, habe sie entschieden gesagt, wobei das von Clarissa gewählte Adverb bei Tom große Heiterkeit ausgelöst und ihn zu dem Kommentar veranlasst hatte: »Sie hat mit *dir* entschieden gesprochen? Es gibt eben immer ein erstes Mal.«

An diesem Abend hatte sich der Schlagabtausch, wie so oft, an etwas Trivialem entzündet. Tom hatte eine politische Meinung geäußert, die Michael zu einer giftigen Bemerkung über Toms privilegierte Situation angeregt hatte. Daraufhin waren wir alle in entsetztes Schweigen verfallen, bis Bryan aus dem Nichts das Wort ergriffen hatte. »Was ist denn *los* mit dir?«

Michael hatte geblinzelt wie ein Lieblingskind, das zum ersten Mal eine Bestrafung erlebt.

»Was?«, sagte er verständnislos. »Warum, zum Teufel, verteidigst du Julian?«

Ein Moment verwirrter Stille. »Julian?«, hatte Clarissa verdutzt gesagt. Jenny war blass geworden und hatte den Tisch verlassen.

»Wenn sie geht, gehe ich auch«, hatte Michael ausgestoßen.

Wir vier Übriggebliebenen hatten einen langen Moment wortlos dagesessen, bis Bryan ein kehliges Baritonlachen von sich gegeben, die Finger an seine Schläfen gelegt und fest die Augen zugedrückt hatte.

»Natürlich«, hatte er dann gesagt.

»Sie haben bestimmt vorher über Julian gesprochen«, beharrte Tom jetzt zwischen zwei Zügen an der schlecht selbstgedrehten Zigarette. Er rollte sie immer so fest, dass sie den Tabak erstickten und ein ständiges erneutes Anzünden sowie eine olympiaverdächtige Atemtechnik erforderlich machten.

»Da habe ich wahrscheinlich abgeschaltet, wie ich's immer tue«, sagte Clarissa. »Ich bin nicht wie ihr. Ich finde diese bizarre Selbstmythologisierung, die alle in dieser Familie betreiben, irgendwie langweilig. Wir sind eine Familie, die ausschließlich aus Anekdoten und Toten besteht. Mich haben immer mehr die lebendigen Freunde interessiert. Wie der, der von jeder Silvesterparty irgendwann mal abgehauen ist, sich einen Haufen Koks reingzogen und hinterher wie Mick Jagger mit den Frauen aller anderen getanzt hat.«

»Lechy Andrew?«, sagte Tom.

»Genau der!«

»Du weißt, dass er nach der Scheidung was mit deiner Mutter hatte, oder?«

»Bäh, nein, hör auf, das ist *exakt* das, was ich meine«, stöhnte sie. »Du weißt nicht, was für ein Glück du hast«, fügte sie, an mich gewandt, hinzu, und ich nickte mit falschem Mitgefühl – insgeheim zutiefst neidisch, dass sie aus der Art von Familie kamen, in der es Silvesterpartys und Anekdoten gab.

»Jedenfalls weißt du ganz genau, wer Julian ist. Ich habe ihn sogar kennengelernt.« Tom hielt inne, einen leicht süffisanten Ausdruck im Gesicht. »Dein Vater hat sich in Zeiten lange vor dem Internet mit ihm zerstritten, was es für meine Mum, glaube ich, ein bisschen schwierig gemacht hat, aber sie ist in losem Kontakt mit ihm geblieben. Er kam nach London, als ich noch ein Kind war. Und hat mir ein Tamagotchi mitgebracht.« Er schenkte uns Wein nach, und von der anderen Seite des Tisches her spürte ich das Brennen von Clarissas Blick.

»Was ist?«

»Na ja«, sagte sie, offenbar zufrieden mit sich, »wenn irgendjemand irgendetwas über diesen Julian weiß, dann bist das doch wohl du, oder?«

»Äh …«

»Ich meine, du bist doch hauptsächlich dafür eingestellt worden, Ordnung in diesen Scherbenhaufen namens Dads Tagebücher zu bringen, oder?«

»Ja, bin ich«, brachte ich rasch vor. Ich zögerte verständlicherweise, mit Clarissa und Tom über die Arbeit für Michael zu sprechen. Obwohl wir es selten erwähnten, wurde ich den Gedanken nicht los, dass ich an Clarissas Stelle meine Anwesenheit in diesem Nest verdächtig gefunden hätte.

»Und wer ist nun Julian?«, beharrte sie.

»Julian war ein alter Kumpel von der Uni, der nach Amerika gegangen und nie mehr zurückgekehrt ist«, sagte Tom, der mein Unbehagen offensichtlich wahrnahm – wie Clarissa vermutlich auch, die aber durchaus ein gewisses Vergnügen daraus zog.

»Komm schon!«, drängte sie stichelnd. »Pack schon aus!«

Ich nahm einen großen Schluck Wein und überlegte, wie ich ihr Interesse am besten abblocken könnte. »Um ehrlich zu sein, ich weiß nicht viel über Julian. Dein Vater geht davon aus, dass man ihn als Leserin bereits kennt. So macht man es doch in Tagebüchern. Man schreibt einfach über fertige Charaktere. Es ist ja kein Roman.«

»Damit weichst du der Frage bloß aus.«

Ich seufzte. »Nun, von dem her, was ich aus meiner sehr begrenzten Kenntnis ableiten kann ...«

»Super Disclaimer!«, unterbrach Tom und wurde sogleich von Clarissa zum Schweigen gebracht.

»... waren Julian, Jenny und Michael ein fröhliches kleines Trio, und ich habe das Gefühl, dass dein Vater ihn womöglich ein bisschen auf ein Podest gehoben hat. Er war wie dieses legendäre, bezaubernde, stinkreiche Kind mit einer Mitford-Schwester als Mutter und einem Haus in South Ken mit William-Morris-Tapete.«

»Igitt«, sagte Clarissa.

»Ja, bis dahin völlig anders als Tom.«

»Mit elf habe ich mich ihm, ehrlich gesagt, richtig verbunden gefühlt. Das Tamagotchi hatte ich doch erwähnt, oder?«

»Ich habe, ehrlich gesagt, das Gefühl, dass er ein ziemlich fieser Typ war.«

»Klingt, als wäre er genau Dads Fall gewesen«, schoss Clarissa aus dem Hinterhalt, und ich war unendlich dankbar, dass sie es war, die das gesagt hatte, und nicht ich.

Als wir in dieser Nacht den unbefestigten Weg durch den duftenden niederen Pinienwald hinaufkamen, das Haus blass im orangeroten Schein des Mondes, dachte ich, wie anders es in der ersten Nacht ausgesehen hatte. Clarissa und ich schwankten, betrunken, Arm in Arm, krümmten uns immer wieder vor keuchenden, albernen Lachanfällen wegen eigentlich nichts. Wir waren Kameradinnen. Wir waren in Kontakt, in Verbindung, auf derselben Wellenlänge, vielleicht. Wir befanden uns in dem Stadium einer neuen Freundschaft, wo die zwischen uns bestehenden Verbindung sich anders anfühlte als jede andere, die wir je zuvor geknüpft hatten: einzigartig, flexibel und natürlich. Ich verspürte ein brennendes Schuldgefühl wegen meiner anfänglichen *mauvaise foi*; meiner ursprünglichen sexistischen Annahme, Lawrence würde von den beiden Geschwistern der leichter zu Knackende sein.

Als wir in die Einfahrt kamen, blieb sie abrupt stehen. »Aha«, sagte sie genervt. »Sie ist also wieder da.«

Annas Auto parkte neben dem Haus.

»Dann kann sie sich ja jetzt mit Dad herumschlagen. Perfekt«, sagte Clarissa und stolzierte hinein.

17

Die Anna, die am darauffolgenden Morgen zum Frühstück erschien, war mehr denn je sie selbst. In einem hauchdünnen safrangelben Kaftan und bereits mit Schmuck und Mascara ausgestattet, überquerte sie, die Hüfte elegant schwingend, die Terrasse. Sie verbreitete – nein, *versprühte* (typisches Anna-Wort) – Gesundheit, Charme und Selbstvertrauen. Sie schwebte zum Esstisch hinüber und zog sich den Stuhl neben meinem heraus. »*Schätzchen*«, seufzte sie. »Wie ist es dir ergangen?«

Den Mund voll mit Melone, sonderte ich, begleitet von unbeholfenen Daumen-hoch-Gesten, ein paar begeisterte Konsonanten ab. Clarissa unterbrach mich vom anderen Ende des Tisches her. »Wie ist es *dir* ergangen, Anna?«

Ungerührt setzte Anna ihr herzlichstes, professionellstes Lächeln auf. »Großartig, danke. Das Projekt läuft so gut.« Clarissa schnaubte. Anna ignorierte sie gekonnt. »Kannst du mir bitte den Kaffee reichen?«, sagte sie zu Tom, und dann, während sie sich welchen eingoss: »Ich dachte, heute Abend sollten wir uns zu einer kleinen geselligen Runde treffen.«

Clarissa verdrehte die Augen, während Anna stoisch fortfuhr.

»Lawrence und sein Freund kommen, und es wäre doch nett, das gebührend zu feiern. Außerdem war ich so mit dem Projekt beschäftigt, dass ich euch alle diese Woche kaum gesehen habe.«

Es war das zweite Mal in zwei Minuten, dass sie dieses Projekt erwähnt hatte, und jedes Mal hatte es bei ihrer Stieftochter Reaktionen von größtmöglicher Michaelhaftigkeit hervorgerufen. Da ich offenbar als Einzige in Unkenntnis darüber war, hielt ich es für besser, weiterhin so zu tun, als wäre ich wie alle anderen im Bilde, und Tom zu löchern, sobald ich ihn allein zu fassen kriegte.

»Ich dachte, ihr könntet die französischen Jungs einladen. Nichts Großes – nur Oliven und Drinks.«

»Ich kann ja was kochen«, bot Jenny mit einem wissenden Lächeln an.

Anna bemühte sich, ihr Gesicht aufleuchten zu lassen. »Wirklich? Ich kann ja Cocktails machen! Was meinst du?«, fragte sie Michael, der sich gerade beim Zeitunglesen eine Tasse Kaffee einschenkte.

Er nahm die Sonnenbrille ab, wischte mit dem Hemdsärmel über die Gläser und hielt sie dann prüfend gegen das Licht. »Ja. Ich wüsste nicht, was dagegen spräche.«

Eine kollektive Welle der Erleichterung schwappte über den Tisch. Selbst Clarissa wirkte beeindruckt.

»Hervorragend«, sagte Jenny. »Fürs Essen brauche ich die genaue Anzahl der Leute. Die Franzosen?«

»Jérôme würde für eine kleine *fête* sicher aus Marseille herkommen«, sagte ich.

»Vielleicht Nico?«, sagte Clarissa. Ich warf ihr ein konspiratives Lächeln zu.

Anna strahlte. »Perfekt. Dann sind wir also zu siebt plus Larry und Luke ... Wissen wir, wann sie ankommen?«

Clarissa zuckte mit den Schultern. »Ich meine, in Lals Nachricht stand gegen sechs.«

Ich spürte, wie mir gegen meinen Willen die Kinnlade herunterfiel. Mein Inneres schien sich zu verkrampfen.

Anna lächelte heiter. »Also wir, Luke, Larry …«

Ein Oberschichtler-Spitzname; es hätte mir wirklich klar sein müssen.

Wilde Panik brachte mich um die Arbeit fast eines ganzen Vormittags. Als ich schließlich den Versuch aufgab und an den Strand ging, um zu schwimmen, traf ich auf Clarissa. Ich legte mein Handtuch neben sie und versuchte, sie diskret auszuhorchen.

»Wie ist er denn so, dein Bruder?«

Sie seufzte. »Er ist eben ein Typ. Er ist ziemlich cool – er ist lustig, charmant, ich glaube … Frauen lieben ihn; das ist übrigens ziemlich unerträglich. O Gott, falls du dich in ihn verliebst, bin ich weg.«

Ich kicherte nervös und machte einen schlappen Witz über ethisches Verhalten am Arbeitsplatz. Lal war tatsächlich extrem liebenswert gewesen. Ich versuchte, mir sein Gesicht vorzustellen, wie er im Dämmerlicht auf der Eisenbahnbrücke stand. Hatte er wie Michael ausgesehen? Oder sogar wie Clarissa? Alles, was mir in den Sinn kam, waren seine langen, drahtigen Beine, sein rechter Fuß, der aus dem Bett hing. Behaarte Zehen.

Clarissa gab ein kleines katzenartiges Gähnen von sich und bat mich, ihr den Rücken mit Sonnencreme einzureiben.

»Sein Freund ist auch ziemlich von sich eingenommen«, murmelte sie in ihr Strandlaken. »Ich meine – er ist cool, er ist superschlau, aber ich glaube, dass er einen kleinen Komplex hat. Er kommt aus dem Norden, und deshalb denkt er, dass ich ein albernes reiches Mädchen bin, aber natürlich denkt er nicht, dass Lal ein alberner reicher Junge ist, denn Jungs können ja gar nicht albern sein, oder?«

Sie bewegte sich ein wenig, ruckelte sich behaglich zurecht, und ich sah das Spiel ihrer schmalen Rippen unter meinen Händen.

»Sie halten sich beide für ganz tolle Bohemiens, nur weil sie nie richtig gearbeitet haben. Luke ist gerade dabei, in Lewisham ein von Künstlern besetztes Haus zu gründen oder so was, und er arbeitet in einer Bar und schläft mit einer Menge reicher Mädchen, die ziemlich primitiv irgendwo in Südostlondon leben.«

Ich nahm einen bitteren Ton in ihrer Stimme wahr und vermutete gehässigerweise, dass er aufschlussreich war.

»Trotzdem sind sie witzig. Es wird lustig mit ihnen. Dad könnte in Anwesenheit seines geliebten Engels Larry auch wieder annähernd menschlich werden, was nie verkehrt ist.«

»Geliebter Engel Larry?«, fragte ich.

»Lal ist Dads Liebling«, sagte sie nüchtern. »Das ist in Ordnung. Mir ist Mum sowieso lieber.«

Jenny hatte mir aufgetragen, eine endlose Prozession aus Auberginenscheiben mit Eiglasur und Brotkrumen zu versehen. Von meiner eigentlichen Arbeit hatte ich den ganzen Tag nichts erledigt, und die Position der Souschefin war eine willkommene Ablenkung. Jenny hatte uns beiden einen Spritz gemixt und eine Platte von Serge Gainsbourg aufgelegt. Wie immer war schon allein ihre Präsenz beruhigend. Sie hatte herumgewerkelt, Smalltalk betrieben und in ihrem perfekten Französisch (ziemlich unmelodisch) »Couleur Café« mitgesungen, als sie sich schließlich auf einen der hohen Barstühle setzte, mir ins Gesicht blickte und sagte:

»Michael ist kein zu schlimmer Langweiler dir gegenüber, oder?«

»Wie bitte?«, sagte ich, und es gelang mir, eine große zähflüssige Spur Eischnee in die Schale mit den Brotkrumen zu befördern.

Sie seufzte und bat mich um eine Zigarette. »Wir sind in Frankreich. Deshalb zählt es nicht.«

Sie rauchte wie eine echte, passionierte Raucherin, wie ein Gourmet, der jahrzehntelang von Cornflakes gelebt hatte.

»Puh!«, pfiff sie. »Die Fluppe hier geht mir direkt in den Kopf. Wer weiß, was passieren würde, wenn das Gras wäre.«

Ich dachte an die Jenny in Michaels Tagebüchern, die sich auf Partys in Hampstead Acid einwarf und dann bis sieben Uhr morgens feierte.

»Also gut, ich höre auf, drum herum zu reden, ja?«, sagte sie und atmete laut aus. »Und das ist reine Sorge, ich habe dich nämlich sehr gern, Leah – wir alle hier.« Um ihre Worte zu bekräftigen, legte sie mir die Hand auf die Schulter und sagte: »Michael benimmt sich dir gegenüber nicht wie ... wie ... ein Ekel, oder?«

Ich scharrte verlegen mit den Füßen und lachte: »Nein. Also – nicht *wirklich*. Ich meine, nicht auf der ganzen Skala der Ekligkeit.«

»Um ihn sorgen wir uns natürlich auch alle – ist ja klar«, sagte sie; anscheinend kam sie sich ein bisschen wie Judas vor. »Ich wollte es aber von dir wissen. Ich bin einfach etwas in Sorge, dass er eine bestimmte Vorstellung von dir hat.«

»Was für eine Vorstellung?«, frage ich abwehrend.

»Ach ... ach, na ja, eigentlich nichts, es ist nur ... Was genau lässt er dich denn machen?«

Ich fing an, meine täglichen Aufgaben herunterzubeten, bemüht, sie so langweilig und harmlos wie möglich klingen zu lassen. »Ich kümmere mich um seine Korrespondenz, ich lese eine Menge Manuskripte, die er geschickt bekommt ... Im Moment transkribiere ich seine Tagebücher.«

»Alle?«, stieß sie hervor. »Wie viel zahlt er dir dafür?«

»Nein, nicht alle. Nur die vom Ende der Sechziger, als ihr mit dem Studium fertig wart.«

»Ende der Sechziger?«, wiederholte Jenny. Sie lehnte sich auf dem Stuhl zurück und zog die Augenbrauen zusammen. »Herrgott, Michael«, zischte sie.

Ich wollte sie gerade bitten, meine Offenheit zu erwidern, als von der Einfahrt her Clarissas und Toms Stimmen zu hören waren. Jenny drückte wie wild ihre Zigarette im Spülbecken aus und warf mir einen auf clowneske Weise schuldbewussten Blick zu, der rasch von ihrem Gesicht verschwand, als die anderen hereinkamen, heiß, verschwitzt und mit Einkaufstüten voller Alkohol beladen.

»Puh!«, rief Clarissa. »In der Stadt herrscht eine Affenhitze!« Unter dem Geklirr von Flaschen ließ sie sich in den Sessel fallen. »Ich freue mich schon richtig auf heute Abend.«

»Klar, wieso bloß?«, spöttelte Tom bissig, während er sich den Schweiß von der Stirn wischte.

Clarissa lächelte zuckersüß und wandte sich mir zu. »Wir haben Nico im Ort getroffen«, erklärte sie. »Er kommt definitiv.«

»*Voilà!*«, rief Tom aus.

Sie funkelte ihn an. »Und er sagt, dass Jérôme selbstverständlich auch kommt. Ich habe ihm erklärt, dass deine Nachricht wahrscheinlich wegen des miesen Empfangs in dieser Wildnis nicht rausgegangen ist.«

Ich brachte ein nettes kleines Lächeln und ein *Super!* zustande. Jérôme hatte die Nachricht nicht bekommen, weil ich sie natürlich gar nicht geschrieben hatte. Ich, Jérôme und Lawrence: was für ein fröhliches Dreiergespann. Was für ein lustiger Abend erwartete mich da.

Clarissa hörte sie als Erste, und trotz ihrer abschätzigen Äußerungen über die beiden früher am Strand war ihre Freude offenkundig. Sie setzte sich kerzengerade in ihrem Liegestuhl auf und hätte dabei fast einen großen Weinkelch mit Spritz umgestoßen.

»Hört ihr das? Das ist ein Auto. Das *müssen* sie sein!«

Tatsächlich kam das Rumpeln des Motors in einem Crescendo, als der Wagen schnaufend in den Zufahrtsweg einbog. Wirklich wohlhabende Leute hatten immer abgewrackte Autos. Die Blechkiste auf Rädern, die da heranzuckelte, entsprach genau dieser Erwartung, und selbst im Schimmer der tiefstehenden Abendsonne, die sich leuchtend in der Windschutzscheibe spiegelte, war der junge Mann dahinter unverkennbar Lal. Ich fragte mich, ob er mich schon bemerkt hatte.

Clarissa rannte zu ihnen hinüber, und ich war dankbar, dass Tom sitzen blieb und sich eine Zigarette anzündete, denn damit hatte ich einen Vorwand, dasselbe zu tun. Ich beobachtete, wie die beiden sich beim Aussteigen aus dem kleinen Auto auseinanderfalteten, wie große Männer es oft tun. Ich sage *sie*, aber natürlich war mein Blick fast ausschließlich auf Lawrence fokussiert, der sich zu doppelter Körpergröße aufrichtete. Er schüttelte seine Haare und streckte sich. Clarissa tanzte um ihn herum, bis er sie schließlich schwungvoll zu einer Umarmung hochhob, und als dann die drei, das anziehende, gut aussehende Geschwisterpaar, das durch Luke zu einem Trio wurde, auf uns zu kamen, geriet die Zeit irgendwie ins Stocken. Ich versuchte ein für alle Mal zu entscheiden, wie ich reagieren würde. Erkannte ich ihn offen wieder und riskierte so eine Demütigung, falls er unsere Begegnung leugnete? Oder sollte ich Unwissenheit vortäuschen und stattdessen wie eine totale Soziopathin wirken, falls er das Gegenteil tat? Die drei waren jetzt so nah, dass man ihre Mienen erkennen konnte, doch seine blieb ungerührt. Er konzentrierte sich ziemlich hartnäckig auf seine Schwester, die mitten in einem angeregten Monolog war.

»Mein Freund!«, rief Tom, stand auf, als sie näherkamen, und umarmte Lawrence auf typisch männliche Weise, ehe er dasselbe mit Luke machte. Mir wurde bewusst, dass plötzlich alle außer mir standen, was eine peinliche Verlegenheit in mir auslöste. Als ich gerade im Begriff war, ebenfalls aufzustehen, und mich bereits vor diesem Gefühl fürchtete, das man als Quotenaußenstehende schnell hat, wenn eine Gruppe alter Freunde sich begrüßt, kam schon Clarissa und zog mich von meinem Liegestuhl hoch (wie konnte ich nur so linkisch sein und immer noch sitzen?) und schob mich in die grobe Richtung ihres Bruders.

»Und das ist Leah!«, sagte sie triumphierend.

Ich strahlte ihn in einer Art nichtssagender Neutralität an, von der ich hoffte, dass sie ihn zu einer Entscheidung über unser Verhalten ermuntern würde. Er umarmte mich auf freundliche Weise, und ich erinnerte mich, wie sich seine Arme und sein Oberkörper angefühlt hatten, nackt und an mich gepresst. Die Lage sondierend, wollte ich schon so etwas sagen wie: *Tja, wie lächerlich klein ist doch die Welt!*, als ich ihn mit offenkundiger Herzlichkeit und Aufrichtigkeit aus einer anderen Realität sagen hörte: »Leah. Freut mich sehr, dich endlich kennenzulernen.«

Mein Herzschlag beschleunigte sich. Wir lösten uns aus der Umarmung und blickten einander wieder an, das Lächeln immer noch in meinem Gesicht erstarrt.

»Ja«, hörte ich meine eigene Stimme antworten, und dann, unbeholfen: »Überfällig.«

Bevor ich seine Reaktion auch nur wahrnehmen konnte, wurde ich schon Luke vorgestellt, und währenddessen strömten plötzlich die anderen auf die Terrasse. Benommen betrieb ich völlig mechanisch Konversation mit Luke und hatte das Gefühl, als wäre ich im dritten Akt unerwartet in ein Theaterstück geworfen und in eine völlig unerklärliche Musiknummer hineingezogen worden; alle anderen waren mit der Choreografie vertraut, und ich war gezwungen, mich so zu verhalten, als wäre ich es auch. Der Rest der Besetzung kreiste um mich, während ich im Zentrum dümmlich lächelnd auf den Moment wartete, an dem alle ihre Position für die nächste Szene eingenommen hatten und ich mich höflich zur Toilette davonstehlen, durchatmen und fieberhaft alles bewerten konnte, was gerade nicht passiert war.

Die schattige Kühle des Badezimmers war angenehm. Ich saß auf dem Badewannenrand und starrte mich selbst in dem fleckigen Spiegel an, während ich versuchte, meinen Atem mit dem stetigen Tropfen des Wasserhahns zu synchronisieren. Lal war offensichtlich verrückt. Ein Größenwahnsinniger. Entweder das, dachte ich, oder er hatte, mit Wohlwollen betrachtet, dieses Ding, bei dem man sich nicht an Gesichter erinnern kann. Darüber hatte ich mal gelesen; ein Journalist hatte an Orten wie Wigan und Peterborough Interviews mit kleinen Kindern und einsamen Erwachsenen geführt, die nicht einmal ihren eigenen Vater erkennen konnten. Es war anzunehmen, dass er das hatte, oder? Höhnisch lachte ich mein Spiegelbild aus. Ich hatte mich doch selbst in dieses klebrige Netz eingewoben, und alles im Zeichen der verdammten *Hosenjagd*. Wie nicht anders zu erwarten.

Die Franzosen sollten in etwa einer Stunde eintreffen,

und in der Zwischenzeit hielt ich mich so viel wie möglich beschäftigt, indem ich freiwillig anbot, den Tisch zu decken und auf dem Terrassentisch Obst zu schneiden. Clarissa schlich sich von hinten an mich heran und begutachtete die rasch anwachsenden glänzenden Berge aus Limonen, Zitronen und Orangen.

»Ist mit dir alles in Ordnung?«

»Ja, ja – alles gut!«, flötete ich. »Was soll ich sagen, die Pawlow'sche Rückkehr zu Dinnerpartys bei meiner Nan. Sie hat mich jung angelernt!«

»Du wirkst sehr ... fröhlich?«

»Ich bin immer fröhlich!«

Sie sah mich mit skeptisch hochgezogener Augenbraue an. »Komm, setz dich«, beharrte sie. In vollem Bewusstsein der Tatsache, dass mein Lächeln nicht viel mehr war als eine gequälte Muskelspannung um meinen Mund, folgte ich gehorsam.

Sie hatten alle unbewusst einen Ring um Luke und Lawrence gebildet, die lässig dasaßen, rauchten und wie ein versiertes Comedy-Duo Geschichten über ihre Abenteuer auswalzten.

»Nein, aber das Beste«, verkündete Lawrence gerade, »war, dass er, vollkommen grundlos, absolut davon überzeugt war, Luke sei Italiener, und immer weiter Zeug für ihn übersetzte. Er also zu mir: *Hey, dein Freund, sehr hübsch!*, und dann hat er Luke so konspirativ angelächelt, und dann so: *Una bella donna, é?*«

»Und ich so: *Si, si. Andiamo. Molti baci.*« Luke setzte Lawrences Erzählung fort, wobei er seinen monotonen, leicht singenden Tonfall des Nordengländers deutlich übertrieb. Alle lachten, und ich versuchte, meinen Mund zu einem ähnlichen Ausdruck der Anerkennung zu verziehen.

»Ach Liebes«, sagte Jenny, die bemerkte, dass ich noch dastand. »Haben wir keine Liegestühle mehr?«

»Hier, wenn du willst, kannst du dich auf mich setzen. Der hier ist superstabil, und wenn ich irgendwas bin, dann galant«, sagte Lawrence und winkte mich mit kumpelhaftem Überschwang zu sich.

»Nein, hier, nimm meinen«, sagte Luke, erhob sich, ehe ich protestieren konnte, und deutete auf seinen Platz. Damit saß ich neben Larry, dessen Blick, das fühlte ich, flüchtig mein Profil streifte.

»Und«, sagte er, »war es kein zu schlimmer Albtraum, dich bei diesem verrückten Clan einzuquartieren?«

Seine völlige Lockerheit in diesem Spiel war unglaublich. Ich wandte mich ihm zu und suchte in seinem Gesicht wenigstens eine Spur der Wahrheit, fand aber nichts. Am Ende stellte sich bei mir ein latentes Konkurrenzgefühl ein.

»Wobei *verrückt* sicher das entscheidende Wort ist«, sagte ich demonstrativ und erwiderte sein nichtssagendes Grinsen. Ein Anflug von Überraschung huschte über sein Gesicht und war sofort wieder verschwunden.

»Na, fürs Wochenende hast du ja mich als Puffer, Leah«, sagte Luke. »Bevor ich am Montag zurück an die Costa del Deptford fahre.«

»Ach, du bleibst gar nicht?«, sagte Clarissa, bemüht, nicht allzu gekränkt zu klingen.

»Der Gottlose schläft nicht. Wir organisieren ein paar Abendevents in unseren Räumlichkeiten, und deshalb geht's ab zur Arbeit für mich.«

»*Arbeit*«, prustete Lawrence.

Luke sah fast beleidigt aus.

»Erzähl uns alles über eure Räumlichkeiten, Luke«, säuselte Anna. »Wir wollen *alles* wissen.«

»*Alles* willst du ganz bestimmt nicht wissen, Anna.« Lawrence grinste.

»Da wäre ich nicht so sicher«, gluckste Michael.

Da kam, wie immer, Jenny angerauscht. »Larry, sei ein Schatz und hilf mir, das Essen aus der Küche herzubringen. Die Gäste werden bald da sein.«

Er ging in Habachtstellung. »Stets zu Diensten. Ich bin dein ergebener Souschef.«

»Nein«, sagte Jenny, »das ist Leah. Du kannst mein Plongeur sein.«

Ich wusste, dass er die Anspielung auf die Hierarchie vermutlich nicht bemerken würde, und dennoch bekam ich ein wohliges Gefühl.

»Das ist großartig!«, trillerte Clarissa. »Wie in alten Zeiten.«

So überschwänglich hatte ich sie selten erlebt. Sie lehnte mit dem Kopf in Nicos Armbeuge, beide aneinandergepresst in der Hängematte im Garten, rauchend und einen dubiosen trüben Cocktail zu sich nehmend, von dem Luke behauptet hatte, es sei seine Spezialität. Wir übrigen saßen auf der niedrigen Steinmauer um sie herum. Mir war halbwegs bewusst, dass Jérôme mir gedankenverloren mit den Fingern durch die Haare fuhr. Den ganzen Abend hatte er wenig gesagt, denn als das Gespräch unweigerlich wieder ins Englische überging, war er gänzlich überfordert gewesen. Ich hatte physisch einen Anflug von Zärtlichkeit für ihn empfunden, als er sich Lal und Luke unbeholfen vorgestellt hatte, sein Mund anscheinend nicht in der Lage, die Kadenzen der Muttersprache zu bewältigen, die mich und Larry so mühelos verbunden hatte. Ich hatte Jérôme bisher nur auf Französisch gekannt – übermütig, verführerisch, von rascher Auffassungsgabe und offen. In dem Maße, wie *seine*

Sprache, als ich sie damals lernte, meinen Charakter eher weicher und mich zu einer gefügigen und naiven Person gemacht hatte, hatte meine eigene den gegenteiligen Effekt auf ihn. Das Englische ließ ihn schüchtern und missmutig erscheinen.

Ich erinnerte mich an die erste Nacht, die wir zusammen verbracht hatten; er hatte mir das von ihm gesampelte alte algerische Raï-Stück vorgespielt, mich fest an sich gedrückt und mir die Übersetzung des arabischen Textes ins Ohr geflüstert, wobei seine Stimme eine feine zusätzliche Bassline zur sich aufschwingenden Gesangsspur gebildet hatte. Er liebte diese Sprache. Er hatte mir erzählt, dass er sich ganz bewusst angestrengt hatte, als Kind sein Arabisch zu verbessern, das er mit seinen Großeltern mütterlicherseits gesprochen und das seine Mutter während ihrer Schulzeit so gezielt abgelegt hatte. Ich erinnerte mich an die selbstbewusste Tiefe seiner Stimme an meinem Ohr, und wieder spürte ich das Schuldgefühl ums Schlüsselbein herum unangenehm drücken.

Seine Zurückhaltung hatte nicht nur mit der fremden Sprache zu tun. Als er angekommen war, war ich bereits betrunken gewesen, denn auf der Suche nach einer kleinen gesellschaftlichen Stütze hatte ich in kürzester Zeit einige von Lukes Cocktails gekippt. Zudem hatte Michael, immer noch beunruhigend heiter, aus unerfindlichen Gründen seine gesamte übliche Frostigkeit für Jérôme aufgespart, den er bereits mit verdächtiger *froideur* begrüßte. Allerdings war Letzterer seinem Gastgeber auch nicht gerade mit Enthusiasmus begegnet. Jérôme war allerdings anständig und höflich gewesen. Ich hätte ihm nie von der Sache mit der Nektarine erzählen dürfen.

Die Neuankömmlinge machten es natürlich auch nicht

besser. Larry und ich hatten es irgendwie geschafft, uns in einem unangenehmen Spielchen zu verfangen, bei dem es darum ging, wer dem anderen das größtmögliche Unbehagen bereiten konnte.

»Weißt du, vor zwei Wochen war ich tatsächlich in Paris«, hatte seine erste Stichelei gelautet.

»Ach, wirklich?«, hatte ich, Desinteresse vortäuschend, geantwortet.

»Ja«, sagte er. »Ich war auf einer Party mit lauter Engländern in der Nähe von diesem Park im 19. Wär es nicht verrückt gewesen, wenn wir uns da über dem Weg gelaufen wären?« Dabei sah er ekelhaft selbstzufrieden aus.

Allen anderen war diese Spannung zwischen uns zum Glück nicht aufgefallen, außer, wie es schien, Jérôme. Kaum angekommen, hatte er auf eine untypisch besitzergreifende Weise den Arm um mich gelegt, was mich sofort irritiert hatte. Da ich dank Lukes geheimnisvoller Cocktails noch schamloser geworden war als zuvor, hatte ich mich energisch von ihm gelöst. Ich wurde das Gefühl nicht los, dass Lawrence die Szene mit einem Ausdruck kühler Belustigung beobachtet hatte, und für einen Moment verachtete ich ihn wirklich. Ich hatte mich an Jérôme angelehnt (Gewissensbisse, als ich sah, wie verletzt er war), und als halbherzige Entschuldigung die Hitze angeführt. Mein betrunkener innerer Monolog, der ohnehin schon zur dramatischen Überspitzung tendierte, kam zu dem Schluss, dass ich faktisch ein Monster war.

Alle außer uns beiden schienen im golden funkelnden Schein einer erfolgreichen *soirée* zu baden. Einige der Nachbarn (zumeist von ehrwürdigem Alter) waren aufgeschlagen, und mit ihrem Segen waren die Lautsprecher auf die Terrasse gebracht worden, wo Anna mithilfe von Kerzen und Mini-Lichterketten eine stimmungsvolle, bühnenhafte Beleuchtung geschaffen hatte, in deren Schein alle großartig aussahen. Paare tanzten barfuß, und über dem Gedudel der Schallplatten trieb schallendes Gelächter auf dem kühlen Abendwind dahin.

»*Viens danser*«, sagte Jérôme sanft, die Unterlippe kaum spürbar an meinem Ohrläppchen.

»Gerne«, sagte ich, bemüht, nicht zu Lawrence zu blicken.

»*Ah, les lovers!*«, triumphierte Nico in seinem immer liebenswerten Franglais, was mich bis ins Mark zusammenzucken ließ.

Jérôme zog mich zur Musik hin. Einer der etwas jüngeren Nachbarn hatte »Do You Really Want to Hurt Me?« von Culture Club aufgelegt. Der Song blieb nicht ohne Wirkung auf mich.

»Ich verstehe dich nicht«, sagte Jérôme mit einer Stimme, die kaum mehr als ein Flüstern war, so eng zog er mich an sich.

»Ich verstehe mich wirklich auch nicht«, sagte ich, hackezu und unbeherrscht.

»In einem Moment scheinst du das hier zu mögen, und im nächsten bist du distanziert und kühl, und ich komme mir vor wie ein Idiot, weil ich mir erlaube, überhaupt etwas für dich zu empfinden.«

»Du solltest gar nichts für mich empfinden«, lallte ich. »Ich bin wirklich nicht so eine Art Mädchen.«

»Jetzt hör aber auf«, zischte er. »Schluss mit diesem Quastch, das glaubt doch kein Mensch. Du musst aufhören, dein Leben erzählen zu wollen, und es einfach leben. *Nicht so eine Art Mädchen?* Du klingst wie ein verdammter Popsong.«

Eine solche Direktheit war ich nicht gewohnt, und das versetzte mir einen Stich. Mein Nasenrücken brannte. Jérôme blickte zu mir herunter, und über sein Gesicht huschte etwas, das offenbar echte Verletztheit war. Die dunklen Schatten, die das bernsteinfarbene Kerzenlicht warf, machten ihn atemberaubend schön, und sein Geruch – ein Hauch von Schweiß, Piniennadeln und Salz – war so richtig, dass ich am liebsten mein Idiotinnnengesicht an seiner Brust vergraben und mich für immer dorthin zurückgezogen hätte. Einen Moment lang sagte keiner von uns etwas, und dann:

»Sein Sohn scheint auch ein Vollidiot zu sein.«

»Hä?«, murmelte ich.

»Der Schriftsteller – sein Sohn. Er ist total arrogant.«

»Warum bist du so abwehrend?«, fragte ich, wohlwissend, dass er allen Grund dazu hatte.

»*Oh là, putain, Léa!* Du bist so beeindruckt von ihnen, stimmt's? Du möchtest so gerne zu ihrer Welt gehören ...«

Tief getroffen, riss ich mich von der warmen Hülle seines Körpers los. Ich fühlte mich wacklig auf den Beinen und mir war ein bisschen übel. »Das ist nicht fair«, stieß ich hervor. Es war vollkommen fair.

»*Léa* ...«

»Ich hole mir eine Zigarette.«

»Lass es.«

»Sag mir nicht, was ich zu tun habe.« Ich hasste mich dafür, dass ich so zickig war.

»Nimm eine von meinen«, bot er mir als Olivenzweig an.

»Ich habe eine Schachtel in meinem Zimmer, danke.«

Er zuckte zusammen, und ich machte auf dem Absatz kehrt und zog ab. Als ich die Terrasse überquerte, erblickte ich aus dem Augenwinkel flüchtig Michael, der, umrahmt von hängendem Laub, das ihn wie eine Figur in einem Fresko aussehen ließ, an einem Pfosten der Überdachung lehnte. Er war – vollkommen – allein und beobachtete gelassen die Szene.

In meinem Kopf drehte sich alles, und um mich wieder zu fangen, setzte ich mich für einen Moment auf die Treppe zu meinem Zimmer. Mit geschlossenen Augen lehnte ich den Kopf ans Geländer, und ein paar Sekunden später fühlte ich, wie jemand eindeutig Männliches sich neben mich setzte. In der Annahme, es sei Jérôme, legte ich meine Hand auf das tröstlich kräftige Knie.

»Ich glaube nicht, dass das deinem Freund gefallen würde.« Es war Lawrences Stimme, natürlich. Ich riss meine Hand weg.

»Du bist ein Soziopath«, sagte ich.

»Ich versuch's.«

Träge schlug ich die Augen auf und sah zu ihm hoch. Er lächelte mich an. »Ist die Welt nicht klein?«, sagte er geistlos.

»Wusstest du, wer ich bin? Als wir uns in Paris kennengelernt haben?«

»Ich hatte eine vage Ahnung, die sich durch Detektivarbeit in sozialen Netzwerken bestätigt hat.«

»Du bist unglaublich.«

»Entspann dich! Das ist ein kleiner Spaß – komm schon, gib zu, dass diese Dauerscharade einen ansonsten faden Abend aufgepeppt hat.«

»Es war so verdammt peinlich«, stöhnte ich.

Er lachte, und ich spürte, dass ich ihm gegenüber unwillkürlich und unwillkommenerweise weicher wurde.

»Wie auch immer«, sagte er und nagte, genau wie sein Vater es oft tat, an der Nagelhaut seines Daumens herum, »irgendwie war es doch witzig, in dieses Geheimnis eingeweiht zu sein, und alle anderen haben keinen Schimmer.

Dazu dein Gesicht. Unbezahlbar. Aber fürs Schauspielern gibt's Punkte.«

Ich schwieg, und am Ende sagte er: »Ja, es tut mir leid wegen der Sache an diesem Morgen – in deiner Wohnung. Das war schon ein bisschen komisch, oder?«

»Hm. Nur ein bisschen.«

»Du weißt, ich wollte dich wirklich küssen – ich meine, offensichtlich ...«

Wieder dieses plötzliche Gefühl, ein Ruck, ein Schauer.

»Aber ich wusste, wer du warst. Ich wusste, dass du den ganzen Sommer für meinen Vater arbeiten – dass du hier sein würdest. *Das* wäre wirklich verdammt peinlich gewesen.«

Stolz und sehr viel lebhafter sagte ich: »Wer hat denn behauptet, ich wäre deswegen sauer gewesen?«

Er überging die Frage. »Na, es hat sich ja sowieso alles zum Guten gewendet, oder? Jetzt hast du die Inkarnation des französischen Charmes persönlich aufgerissen und kannst mich mit einer seiner sexy französischen Freundinnen verkuppeln.«

Ich lächelte freundlich und fühlte, wie mein Herz zurückschreckte und sich einrollte wie eine Kellerassel.

Als wir zur Party zurückkehrten, war Jérôme nicht mehr da. Er hatte mir eine Nachricht geschickt, in der stand, dass wir am nächsten Tag sprechen würden, dass er jetzt aber müde und ungesellig sei und lieber allein sein wolle. Natürlich war er so freundlich gewesen, eine Nachricht zu schicken und nicht einfach nur in die Nacht davongestürmt. So war er.

»Los, kommt!«, rief Luke überfröhlich, als wir näherkamen, und quetschte sich zwischen uns. »Wir gehen zum Strand!«

Jetzt, wo so etwas wie Frieden mit Larry geschlossen war, entsprach ich wieder meinem üblichen Markenzeichen der ausgelassenen Betrunkenen. Tom packte meine Hand.

»Gut«, sagte er erfreut, »du bist wieder da. Die drei hier haben sich eine Tonne Koks reingezogen, und ich musste es eine Stunde mit ihnen aushalten.«

War ich wirklich eine Stunde weg gewesen?

»Dir ist was angeboten worden!«, maulte Clarissa.

»Meine Mutter und mein Vater sind beide hier. Ich bin vierunddreißig Jahre alt, Herrgott noch mal!«

Auf dem Weg zum Strand lief ich irgendwann neben Luke. Er war high und furchtbar gesprächig. »Du bist also ein normaler Mensch, oder?« Sein Kiefer war zusammengepresst.

»Wie bitte?«

»Du bist wie ich. Ein normaler Mensch?«

»Was ...« Ich zögerte, überlegte, wie indiskret ich sein konnte. »Du meinst, nicht ...«

»Stinkreich«, sagte er. Ich lachte. »Du spürst den Unterschied, wenn du an die Uni kommst. Larry und ich haben uns in der Orientierungswoche kennengelernt, und ich war irgendwie halb beeindruckt, halb abgestoßen von ihm.«

Ich sah mich nervös um. »Keine Sorge«, sagte Luke bestimmt. »Er weiß Bescheid. So ziemlich jeder, den ich dort kennengelernt habe, war entweder auf einer Privatschule oder auf einer von den *grammar schools*« – für diese anspruchsvollen Gymnasien schien er eine ganz besondere Abneigung zu hegen – »und alle hatten Eltern mit mehrsilbigen Jobs.«

»Ja – ganz genau«, stimmte ich eifrig zu. »Bei allen, mit denen ich aufgewachsen bin, waren sie ... äh ... zweisilbig? Lehrer, Bauer, Metzger, Schreiner ... Und die Reichsten an der Schule waren Doktor.«

»Eben«, pflichtete er mir bei. »Von den Leuten, die du an dieser Uni triffst, ist keiner normal. Also, kurz gesagt«, damit streckte er die Hand aus, »freut mich, dich kennenzulernen, normaler Mitmensch.«

Ich schüttelte seine Hand mit einem Gefühl von Rehabilitation und – zugegebenermaßen – einem Anflug von Selbstgefälligkeit. »Das Schlimmste«, sagte ich ganz ruhig, »ist, dass ich diesen pubertären Wunsch, sie zu *beeindrucken*, einfach nicht loswerde.« Er nickte. »Du weißt schon, sie zu infiltrieren.«

»Keine Angst«, sagte er. »Das wird vergehen. Das Zeitalter der sozialen Mobilität ist vorbei, du wirst also bald merken, dass das Gerede von Infiltration Schwachsinn ist. Du musst dich einfach damit trösten, dass du immer wieder ›Common People‹ auflegst und dich fragst: Wollte ich wirklich diese Tussi aus Griechenland sein?«

»Kommt, wir gehen ins Wasser!«, rief Clarissa unmittelbar vor uns. »Guckt euch doch mal dieses Meer an!«

Tatsächlich sah das Wasser ultimativ verlockend aus. Es war glatt und ruhig, gekräuselt nur von der silbernen Gischt des Mondlichts. Der Himmel war wolkenlos und so vollgepackt mit Sternen, dass wir alle angeleuchtet wurden, und ich war mir immer sicherer, dass dies einer jener Momente sein würde, die ich nie vergessen sollte – ein Standbild, das mir jedes Mal wieder in den Kopf schießen würde, wenn das Ende einer Nacht so schimmernd war wie dieses. Neben mir begann Clarissa, mit Pupillen so groß, als träten sie über die Ufer, sich das Kleid über den Kopf auszuziehen.

»Leah, du bleibst doch nicht angezogen! Auf gar keinen Fall!« Sie stand vor mir, nackt und vom Mondlicht überflutet; erneut fiel mir auf, wie strahlend sie war. »Du bist dran!«, sagte sie lächelnd.

Folgsam machte ich es wie sie.

»Ich liebe diese Nacht«, hörte ich Luke hinter uns kichern.

»Ihr Typen aber auch!«, sagte Clarissa mit Nachdruck. »Wir gehen alle ins Wasser!«

Sie nahm meine Hand, und wir gingen als Erste. Das Wasser war kühl und klar, und ich fühlte mich, mit dem leichten Sog der Gezeiten dahintreibend, einen Moment lang grenzenlos. Für eine Sekunde schloss ich die Augen.

Genauso, hatte ich mir vorgestellt, würde mein Leben sein.

18
Michael

Jenny war betrunken, und das sagte ich ihr auch, als sie auf mich zugestakst kam und mich wie eine aggressive Taube attackierte.

»Du zwingst sie, deine Tagebücher zu lesen?«, spuckte sie aus und stieß die Hände in die Luft. »Was soll der Scheiß, Michael?«

Ich trank den Rest von meinem Scotch. »Warum führen wir diese Unterhaltung?«

»Weil es notwendig und überfällig ist.«

Ich seufzte. »Sie transkribiert die Einträge, damit ich es nicht tun muss«, erklärte ich ihr sachlich. »Das ist der Luxus des Erfolgs. Ich will mich nicht zu lang mit meinem Mittzwanziger-Ich beschäftigen; das wäre mir einfach zu unangenehm.«

»Nein«, sagte sie. »Nein, komm mir nicht so.«

Die Kinder waren unten am Strand, die Nachbarn gegangen und Anna und Bryan anderswo (vielleicht versuchte sie es jetzt beim *Mönch*; das wäre gerade dramatisch genug für sie). Jenny und ich waren auf jeder Party immer die Letzen, die hängengeblieben sind – die Reste am Boden jedes vollgeaschten Glases –, und das schon seit 1965.

Sie ließ sich in den Liegestuhl neben mir sinken und wickelte sich in ihre übergroße Strickjacke ein. Es war der kühle Teil der Nacht, kurz bevor der Tag beginnt, und der Seewind war ungemütlich.

»Du findest das wirklich kein bisschen merkwürdig?«, herrschte sie mich an.

»Reg dich doch nicht auf.«

Wir saßen eine Weile lang schweigend da, bis ich schließlich sagte: »Die Kinder sind unten am Strand.«

»Jérôme gegenüber warst du auch sehr abweisend«, sagte sie.

»Welcher ist Jérôme?« (Das Bild, wie er sie beim Tanzen eng an seinen geschmeidigen, braungebrannten Körper drückte.)

»Ach, komm schon.«

Ich seufzte. »Jenny, du machst dir zu viele Gedanken. Du bist neurotisch.«

»Neurotisch? Ach, Mikey. Warum hast du dir nicht einfach ein bescheuertes Auto gekauft oder dir die Haare lang wachsen lassen und bist nach Indien gereist oder so.«

»So was ist das nicht, Jenny.« Ich zögerte. »Sie inspiriert mich.«

»Sie *inspiriert* dich?« Sie schüttelte den Kopf. »Das ist so typisch für dich. Also ist sie jetzt deine Muse, oder was?« Sie stand auf. »Sie ist nicht deine Muse und auch nicht Astrid – sie ist ein realer, lebendiger, verdammter Mensch ... genau wie Astrid.«

»Versuch nicht, mir *irgendwas* über sie zu erzählen, Jenny«, zischte ich sie an.

Sie sah mich mit einem ihrer langen, suchenden Blicke an, und weil sie, so nehme ich an, nichts fand, nahm sie mein Gesicht in beide Hände und küsste mich auf die Stirn.

»Das war alles nicht deine Schuld, das weißt du«, flüsterte sie.

Aber natürlich war es das – es war alles meine Schuld.

Drei

SAINT-LUC

In ein Stück Seidenstoff,
über und über golden bestickt und beschrieben,
hat sie das Vögelchen eingewickelt.
Einen ihrer Diener hat sie herbeigerufen,
ihm ihre Botschaft aufgetragen
und ihn zu ihrem Geliebten geschickt.
Dieser [der Bote] ging zu dem Ritter.
Er richtete ihm Grüße von seiner Herrin aus,
übermittelte ihm die ganze Botschaft und übergab ihm die
Nachtigall.
Marie de France, *Laüstic*

19
Michael

Es war der Beginn unseres zweiten Jahres, und Julian führte inzwischen ein absurd gekünsteltes Leben voller Belle-Époque-Dekadenz in einem alten Arts-and-Crafts-Häuschen in Summertown. Er hatte beschlossen, dass er unter keinen Umständen weiter im College wohnen konnte, weil der Chefpförtner dort offenbar ein Faschist war. Natürlich gab es praktischerweise einen Cousin mit Grundbesitz, der einspringen konnte (oder eine unverheiratete Tante oder auch die dritte Frau eines längst verstorbenen nicht-ehelichen Onkels). Die schiere Anzahl von Familienmitgliedern, die Julian jederzeit aus dem Hut zaubern konnte, verblüffte mich jedes Mal aufs Neue. Ich hatte meinen Bruder und meine Schwester und dazu zwei langweilige Cousins. Meine Mutter hatte es immer etwas beschämend gefunden, wenn jemand viele Kinder hatte. Es war verdächtig. Fremd. Möglicherweise sogar römisch-katholisch.

Das Sonnenlicht, das durch das Fenster von Julians Arbeitszimmer fiel (schräg, gebrochen durch sprossenbesetzte Fensterscheiben), war weich, weil der Herbst begonnen hatte. Es war Ende September. Alles fühlte sich nach Spätnachmittag an. Das Licht hatte gerade angefangen, sich zu verändern. Julian drückte seine Zigarette aus und räusperte sich.

»›Marion war ein Kriegskind und behauptete immer, dass sie das härter machte als uns andere, obwohl sie sich natürlich kaum daran erinnern konnte, und selbst ich weiß noch, wie die Rationierung beendet wurde – eine meiner frühesten Erinnerungen war das Strahlen meiner Mutter über den ersten Weihnachtskuchen, den sie mit echten Sultaninen und echten Orangen gebacken hatte. Mein Gehirn war damals noch wie Knetmasse. Wenn ich mich an den genauen Geschmack des Kuchens zu erinnern versuche, erinnere ich mich an Kerzen, an »Mitten im kalten Winter«, an minzgrüne Papierkronen und das muffige Gefieder der ausgestopften Rotkehlchen, die sie bei T. J. Hughes gekauft und in Nester aus Lametta auf dem Kaminsims gesetzt hatte.‹«

»Du kannst dir den Brontë-Akzent sparen, Jules«, seufzte ich. »Und du brauchst es wirklich nicht laut vorzulesen.«

Julian zuckte mit den Achseln und nahm sich eine weitere Zigarette. Er brauchte etwa zehn Minuten, um alles zu lesen, und ich versuchte währenddessen, mich nicht allzu offensichtlich in meinem Sessel zu winden. Ich tat so, als würde ich eine Zeitschrift durchblättern, und ignorierte seine gelegentlichen Kommentare: »Oha, ein hartes Pflaster im Norden, was?« Ab und zu las er grinsend einen einzelnen Satz vor. »›Marion glühte vor Zorn‹«, wiederholte er, oder »›Die kleinen weißen Sterne der Buschwindröschen‹? Bisschen dick aufgetragen …«

»Das ist alles sehr englisch«, hatte er geurteilt, bevor er auch nur die zweite Seite erreicht hatte. »Ein bisschen wie Laurie Lee.« Zwei Seiten später hatte er gerufen: »›Sie hatte mich ins Herz geschlossen … Ihre Gunst beschützte mich … gemeinen großen Bruder und seinen sadistischen Freunden … einsilbigen Vater …‹ Ach Gottchen, Micky!«

Doch als er fertig war, sah er beinahe gerührt aus. Er faltete die Blätter ordentlich zusammen und gab sie mir zurück. Dann steckte er sich eine weitere Zigarette an.

»Also ertrinkt sie«, sagte er mit ungewöhnlich leiser Stimme. »Die Schwester besäuft sich am See, wegen ihres fiesen Freunds Alan und der gemeinen Mutter, und dann ertrinkt sie?«

»Das ist für die Schreibgruppe.« Ich verzog das Gesicht. »Es geht ums Memoirenschreiben.«

Julian pustete eine lange Nadel aus Rauch aus und hob die Augenbrauen. »Verstehe«, sagte er. »Hast du es schon Jenny gezeigt?«

20

Es war Frühling, als Astrid in meine Wohnung in der Charlotte Street einzog. Inzwischen verbrachten wir so oder so jede Nacht miteinander, sie konnte ihre Vermieterin nicht ausstehen, und wir beide hatten den vagen Plan gefasst, Geld sparen zu wollen, auch wenn keiner von uns eine konkrete Vorstellung hatte, wofür. Sie zog an einem Sonntagmorgen ein, und ich war am Abend zuvor ausgegangen und hatte mich mit Julian richtig volllaufen lassen. Wir waren in Jeremy's Bar gelandet, wo Astrid eine Schicht übernommen hatte, irgendwann nach ein Uhr nachts. Wir mussten uns unerträglich benommen haben, denn ich erinnerte mich deutlich, dass Jeremy uns persönlich herausgeworfen hatte.

»Michael«, hatte er gebrüllt. »Nimm deinen Mantel, bezahl die Rechnung, schnapp dir Dorian Gray und haut ab – ihr beide!« Genau dafür mochte ich Jeremy sehr – diese Fähigkeit, in der einen Nacht himmelschreiend unverschämt zu sein und das Ganze am nächsten Abend offenbar komplett vergessen zu haben. Er war in Ordnung.

Ich rief bei ihr an, um mich zu entschuldigen, doch ihre ganz offensichtlich vergnüglich gestimmte Vermieterin sagte mir: »Madam ist bereits weg und derzeit unterwegs zu Ihnen«. Keine zehn Minuten später hörte ich, wie sie von der Straße aus nach mir rief. Ich lehnte mich weit aus dem geöffneten Fenster und stieß einen bewundernden Pfiff aus, wie ein Hafenarbeiter.

»Alles klar, Süße!«

Astrid stand an der Ecke, in einem kleinen Kreis aus morgendlichem Sonnenlicht, und sie musste mit ihrem freien Arm ihre Augen abschirmen, als sie zu mir herauf blinzelte. Es war herrlich sonnig da draußen – sicherlich ein gutes Omen, dachte ich gutgelaunt. Sie hatte einen kleinen Handkoffer und eine erschreckend angesagte olivgrüne Reisetasche dabei. Den blassblauen Mantel mit dem Pelzkragen hatte sie sich über die Schulter geworfen, und sie trug mehrere Pullover und die Swingjacke von Oxfam übereinander.

»Du könntest mal runterkommen und mir helfen. Ich hab fast alle meine Klamotten gleichzeitig an. Ich verglühe.«

»Dann ziehen wir doch mal ein paar davon aus, was?« Ich kam mir vor wie Julian.

Ihre kleine Sammlung von Besitztümern umfasste auch Kopien von Röcken und Kleidern von Biba und Chelsea Girl, die sie selbst zusammengenäht hatte (war ihre Mutter Schneiderin? Oder habe ich das später dazuerfunden, aus einer verliebten Laune heraus?), ein paar Jazzplatten und, bizarrerweise, einen ziemlich hässlichen Druck eines Vogels im Stile eines Arthur Rackham oder Edmund Dulac (wenn einer der beiden Redakteur von *Jackie* gewesen wäre, oder einfach blind).

»Was um Himmels willen ist *das* denn?«, fragte ich, als sie den abstoßenden Gegenstand ganz unten aus dem Koffer holte.

»Das ist eine Nachtigall«, sagte sie.

Oh, du süßes Kind der Großstadt. Ich brachte es nicht übers Herz, ihr zu sagen, dass dieser Vogel ganz sicher *keine* Nachtigall war; dass Nachtigallen klein waren, braun und unauffällig, und dass dieser da eher wie ein Neon-Fasan aussah.

»Ist ja scheußlich.«

»Das hatte ich schon, als ich noch klein war«, sagte sie unbeirrt.

»Das hängst du *auf keinen Fall* hier auf.«

»Doch, das werde ich.«

»Du kannst es ins Bad hängen«, seufzte ich, auf die Wirkung des Schimmels setzend.

Was mich jedoch am meisten erstaunte, als ich zusah, wie sie den bescheidenen materiellen Teil ihres Lebens auf dem Boden meiner Wohnung ausbreitete, war ein Stapel A5-Schreibhefte.

»Was ist das?«, fragte ich und griff nach einem.

Sie riss es mir aus der Hand und sagte abwehrend: »Das ist mein Tagebuch.«

»Dein *Tagebuch*?«

»Ich bin keine Analphabetin, Michael«, schnaubte sie und stopfte die Hefte zurück in ihre Tasche.

»Gut, und worüber schreibst du so?«

»Sachen«, sagte sie.

»Was für Sachen.«

»Keine Ahnung – einfach Sachen, würde ich sagen.«

»Was sagst du über mich?«

Sie rollte die Augen und hielt inne. Dann löste sie den obersten Knopf ihrer Bluse und sagte, mit einem guten Schuss Ironie und so verführerisch, wie sie nur konnte: »Ich schreibe darüber, wie du meine Bluse aufknöpfst.« Sie zog an den nächsten paar Knöpfen und ließ den hauchdünnen Stoff von ihren Schultern gleiten, dann kniete sie sich neben mich aufs Sofa und griff nach meiner Hand. »Ich schreibe darüber, wie du mich hier berührst, und hier ...«

»... und *hier*«, berichtete ich Julian triumphierend, später am Nachmittag im Pub.

Er trank einen Schluck von seinem Pint. »Verdammt. Das ist die Mitbewohnerin der Träume, alter Junge. Sie ist ein richtiges Luder, oder?«

»Schon.«

»Und jetzt offenbar auch noch eine kleine Autorin. Wie süß. Du solltest auch mal wieder was schreiben, Micky. Ihr beiden könntet die Shelleys der Sechziger sein – die Einzimmerwohnungs-Brownings.«

»Jetzt hör auf, Mann.«

»Ich meine das absolut ernst.«

Wir bestellten eine weitere Runde. Langsam ließ mein Kater ein wenig nach.

»Gott, ich frag mich ja schon, *was* sie so schreibt«, überlegte er. »Kostümschnulzen, Mills & Boon-Liebesromane, verwegene Piratengeschichten ...«

»Sie sagt, es sei ein Tagebuch.«

»... Ponys ...«

»Verdammt, sie kommt aus Mile End, Mann, nicht aus dem Malory-Towers-Mädcheninternat.«

»Gott, hoffentlich ist es sexy«, fuhr er fort.

Wieder dieser Anflug von Panik, den ich schon am Morgen gespürt hatte. »Es wird *nicht* sexy sein«, grummelte ich.

Er blickte mich ungläubig an, offensichtlich hocherfreut, dass ich ihm eine so spektakuläre Vorlage geliefert hatte. »Ach nein?«, spottete er.

Ich seufzte. »Komm schon, Jules. Glaubst du wirklich, sie schreibt Erotika? Wie so ein Cockney-Henry Miller?«

»Hmm. Sexy-Cockney: Lady Chatterley fickt den Straßenhändler. Das gefällt mir.«

»Keine Chance«, sagte ich entschieden. »Das wird so was

sein wie ›Liebes Tagebuch‹«, ich gab meine beste Damenimitation, »›heute war es sonnig, aber nicht zu sonnig, was ein Glück war, denn ich musste mit der Tube fahren und da unten wird es schnell schrecklich heiß.‹«

»›Dieser große, schlaksige Kerl ist heute wieder ins Restaurant gekommen.‹« Jetzt hatte Julian übernommen, mit vorhersehbarer Begeisterung. »›Er ist ein ziemlich komischer Vogel, aber auf eine Art ist er verstörend gutaussehend.‹«

»Verstörend?«

»Du hast recht – *sehr* ist besser. ›Sehr Gutaussehend.‹ Gutaussehend großgeschrieben. Ja, das passt.«

»›Liebes Tagebuch‹«, fing ich von Neuem an, »›gestern Abend habe ich einen fabelhaften Film mit Julie Christie gesehen. Sie sah darin ganz hinreißend aus.‹«

»›Und dieser Alan Bates, ach, bei dem kriege ich immer so ein Kribbeln im Bauch.‹«

»Du denkst echt immer nur an das eine, Julian!«

Er sah mich leicht amüsiert an. »Wie denn auch nicht, bei *so* einem Mädchen?«

Als ich später nach Hause lief, hatte ich ein schlechtes Gewissen wegen unseres Gesprächs. Astrid war nicht direkt gebildet, und ich machte mir auch keine Hoffnungen, dass sie über ein besonderes literarisches Talent verfügen könnte. Aber dumm war sie nicht, und auch nicht oberflächlich. Es war ungerecht, sie als ein verträumtes, nebelhaftes Kindchen hinzustellen – eine Wolke aus rosa Haarbändern und Vanilleduft –, die aus dem Fenster blickte und über Hollywood und Blumen schrieb und darüber, wie sie ihre Unterschrift als *Mrs Michael Young* probte.

Ich kam vor ihr nach Hause. Ich legte eine Platte auf und

warf mich mit Schuhen aufs Bett, ließ die Füße über den Rand baumeln. Ich steckte mir eine Zigarette an und starrte an die Decke. Gezupfte Gitarrensaiten, wie tropfendes Wasser. Leonard Cohens Stimme: »Suzanne«. Ich dachte daran, wie lieb Astrid war, wie zuvorkommend. Ich dachte an ihr Lachen und daran, wie durchsichtig sie war, wenn wir ein Lied hörten, das sie liebte. Eines Abends zu Beginn des Frühlings waren wir vom Regent's Park nach Hause gegangen – es war einer dieser kalten, blassen Abende gewesen –, und am Woburn Place hatte ein Straßenmusiker gespielt. Sie stand da und sah ihm wie gebannt zu. Er spielte ein altes irisches Lied, darüber, wie der Liebste eines Mädchens zur See fahren musste – eine richtig abgedroschene Nummer. Sie bestand darauf, dass wir es uns bis zum Ende anhörten, und anschließend unterhielt sie sich eine gefühlte Ewigkeit lang mit ihm. Sie wollte ihm ein Getränk in dem verdammten Pub nebenan ausgeben.

Als sie nach Hause kam, war ich schon eingeschlafen. Ich bekam vage mit, wie ihr Schlüssel in der Tür klimperte, doch nur ein Teil des Geräuschs drang bis in meinen Traum durch. Im selben Traum spürte ich, wie ihr Körper sich an meinen schmiegte – ihr Gesicht war kühl von der Straße, ihr Atem und ihre Lippen warm; genau wie ihre Hände, als sie sich unter mein Hemd schoben und ganz sanft gegen meine Brust drückten.

»Du bist in Schuhen eingeschlafen«, flüsterte sie, irgendwo dort, wo ich die Realität vermutete. Der Herzschlag einer ausgelaufenen Schallplatte pulsierte noch im Raum.

Ich rollte auf die Seite, um sie anzusehen, und zog ihren Mund an meinen – ihr perfekter Astrid-Duft war zugleich in meinem Traum und in dieser Welt einer möglichen Realität.

»Ich liebe dich«, murmelte ich – wach oder schlafend, da war ich mir nicht ganz sicher.

»Kurz gesagt, du bist überhaupt nicht weitergekommen?«

»Überhaupt nicht, würde ich nicht sagen. Ich gebe zu, dass sich nicht viel *Greifbares* getan hat, aber dieser letzte Monat war insgesamt eine Zeit des ... na ja, Reifenlassens.«

Hector, der Betreuer meiner Abschlussarbeit, sah mich nur ungerührt über seinen Schreibtisch hinweg an (ein einschüchterndes Möbelstück, Mahagoni, vollgestopft und chaotisch – ein Chaos, von dem man leider nicht auf seinen Verstand schließen durfte, der so scharf war wie eine Rasierklinge und ganz offensichtlich immun gegen meine Bemühungen). Er seufzte, nahm sich eine Zeitschrift und begann, gelangweilt darin zu blättern. Etwa eine halbe Minute lang saß ich in peinliches Schweigen gehüllt da, bis ich schließlich schlaff »Was liest du da?« hervorbrachte.

»Hmm. Nichts Interessantes. So eine angesagte Literaturzeitschrift, die ich offenbar lesen sollte. Zu viele Adjektive, nicht genug Substanz.«

»Aha.«

Sein Blick fiel wieder auf die Zeitschrift in seinen Händen, und ich starrte entschieden auf meine Knie. Er ließ seine Hände auf den Schreibtisch sinken und sagte, immer noch, ohne mir Blickkontakt zuzugestehen: »Du kannst jetzt gehen, wenn du willst. Du hast sicher viele wichtige Dinge zu erledigen und hast bestimmt verschiedene neue Möglichkeiten auf Lager, dein Stipendium zu vertrödeln.«

Ich räusperte mich. »Diese letzten paar Wochen waren einfach ein bisschen ...«

»O ja. Das kann ich mir vorstellen. Schreib mir doch, wenn du etwas Interessantes zu besprechen hast, ja?«

»Ich weiß nicht mal, was mich geritten hat, den verdammten Master überhaupt anzufangen«, knurrte ich zwischen Gabelladungen voll Rigatoni.

»Das Geld«, sagte Jenny. »Und natürlich deine Leidenschaft für die Lyrik der frühen Moderne, das dürfen wir nicht vergessen.«

»Hau bloß ab, Jen.«

Sie lächelte mich herzlich an.

»Nein, aber ganz im Ernst«, fuhr ich fort, »wie hab ich's geschafft, ihnen glaubhaft vorzuspielen, dass ich ein geeigneter Kandidat für die akademische Welt sein könnte?«

»Du bist eben ein schrecklich begabter Hochstapler«, sagte sie. »Du warst es jedenfalls. Vielleicht raubt die Liebe dir den nötigen Biss.«

Es war das erste Mal, dass Jenny mich mit diesem Wort aufgezogen und ich nicht widersprochen hatte – das ausbleibende Leugnen nahm sie selbstzufrieden, aber kommentarlos hin und fragte stattdessen: »Wie steht's denn so ums Eheglück?«

»Alles glücklich«, sagte ich wahrheitsgemäß, auch wenn ich hier bei Giorgio's eigentlich nicht über Astrid reden wollte, die an diesem Tag frei hatte. Ich wand mich auf meinem Stuhl. Ich hatte eh andere Dinge im Kopf. Es war einer dieser Tage, an denen man all die vorsichtig geknüpften Fäden seines Lebens dabei beobachten kann, wie sie schlaff werden und sich aufzulösen beginnen.

»Was mach ich hier bloß, Jen? Im Ernst, was mach ich hier?«

»Ach Mikey, was macht denn *irgendwer* von uns bloß? Ich verbringe meine Tage mit Ablage für die BBC – glaub mir, spannend ist was anderes.«

Ich blickte aus dem beschlagenen Fenster und fühlte mich

tragisch und nachsichtig mit mir selbst. Draußen streifte ein leichter Regen die Scheibe.

»Was tue ich *hier*? Warum sind wir in London, Jenny? Wann sind unsere Leben so vorhersehbar geworden? Mich juckt's in den Füßen. Ich glaube, das ist es. Ich glaube, ich muss mal irgendwo anders hin.«

»Michael, du hattest einfach gerade einen schlechten Termin mit Hector. Du musst nirgendwohin. Du musst einfach mal ein bisschen Gas geben.«

»Vielleicht würde Jules mich im Haus seiner Mutter in Griechenland absteigen lassen. Ich könnte wieder schreiben und angeln und so leben wie ein alter mystischer Einsiedler.«

Sie schnaubte aus. Meine Neigung zu Schrullen kam bei Jenny in der Regel nicht gut an. »Klar – du, die Fische und das Militär. Aber warte mal, Lawrence Durrell. Was ist mit Astrid?«

»Was soll mit ihr sein?«

»Was machst du mit ihr, wenn du abhaust und deine Muse auf den Kykladen suchst?«

Ich zuckte mit den Schultern. »Ehrlich gesagt hatte ich gar nicht an sie gedacht. Sie könnte ja mit mir mitkommen.«

»Mit dir mitkommen? Und was ist mit *ihrem* Leben, Michael? Was ist mit dem Singen?«

»Sie kann auch in Griechenland singen.«

Jenny runzelte die Stirn.

»Was denn? Sie kann auch hier auf mich warten. Oder wir sehen einfach, was passiert. Wir sind nicht verlobt, Jenny. Du klingst schon wie meine Mutter.«

Sie lächelte mich schmallippig an. »Du hast recht. Das geht mich nichts an. Ist ja dein Leben.«

Einige Sekunden lang aßen wir schweigend weiter und

das Gluckern des Wassers, das ich aus dem Krug in unsere kleinen Kantinengläser schüttete, war in der so entstandenen Leere plötzlich überwältigend laut. Sie trank einen Schluck und sagte dann:

»Wenn du dich wirklich schlecht fühlen willst, solltest du bei meiner College-Reunion-Party-Geschichte am Freitag vorbeigucken – wir brauchen unbedingt noch ein paar Kerle, damit es keine total trübe Nummer wird. Man hat uns ermutigt, geeignete Junggesellen mitzubringen. Jules war natürlich gleich dabei.«

Ich verzog das Gesicht. »Mist, ich würde so gerne, aber an dem Abend muss ich mir leider selbst ein paar Zähne ziehen.«

»Du könntest Astrid mitbringen«, schlug sie vor.

Ich konnte mir nichts Schlimmeres vorstellen – Astrid in irgendeinem Pub in Chelsea mit all den zielstrebigen, strahlend klugen jungen Dingern meiner Uni.

»Ach, komm schon«, beharrte sie. »Wir könnten uns gemeinsam schweigend über Leute lustig machen und uns im Glanz ungerechtfertigter Überlegenheit sonnen.«

Ich wischte mit dem Finger über den Teller, um die letzten Reste Knoblauch, Salz und Tomate aufzunehmen.

»Mal sehen.«

An diesem Abend war es bei Jeremy's rappelvoll. In den Monaten, seit sie mittwochabends auftrat, hatte Astrid es zu einer treuen Fangemeinde gebracht. Die Leute hockten an der Bar oder lehnten an Stützpfeilern, und ihre Gesichter verschwommen zu einem einzigen – blasse Scheiben, die zwischen silbrigen Wolken von Blau und den milchigen Strahlen elektrischen Lichts sichtbar wurden. Sie wünschten sich ihre Lieblingslieder und bestellten ihr Drinks, und der Umstand, dass sie manchmal Schichten hinter der Bar übernahm, machte sie noch mehr zu etwas, das *ihnen* gehörte. Auch ich war inzwischen Stammgast. Ich brachte Freunde mit, die sie noch nicht kannten, damit sie sahen, wie toll sie war, und wenn das Publikum vor Begeisterung tobte, saß ich nur zufrieden lächelnd da und das Herz und der Kopf schwollen mir an.

An diesem Mittwoch war ich allein gekommen, und ich traf etwa zur Hälfte des Auftritts ein, deshalb stand ich bei der schmutzigen Ausgangstür und blätterte in der Zeitung vom Morgen. Sie sang gerade ein neues Lied – eines, das ich sie in Teilen im Bad hatte singen hören. Ich erfuhr erst viel später, dass der Song von ihr selbst war.

»Sie hat wirklich Talent«, sagte eine Stimme links von mir. Ich spähte hinüber und sah einen Mann: Mitte dreißig, gepflegt, in einem modischen Hemd mit offenem Kragen und einem einzigen schrillen Zugeständnis an die Jugendkultur: knallige, spitz zulaufende Wildlederschuhe. »Achte auf die Phrasierung«, sagte er mit leiser Stimme zu seinem Freund. »Spielerisch – man würde denken, das ist perfekt und klassisch, aber eigentlich ist das irre. Das ist originell. Wie kommt sie darauf, diesen Ton am Ende der Strophe so tief zu singen?«

Der Freund, ein gedrungener, schleimiger Ochsenfrosch von einem Mann, nippte an seinem Scotch und nickte voller Ernst.

»Ja«, sagte er, mit der kratzenden, gekünstelten Stimme eines Jazzliebhabers. »Aber sie sieht noch ein bisschen jung aus – ein bisschen grün hinter den Ohren ... blauäugig.«

Der erste Mann zuckte mit den Achseln und drückte seine Silk Cut an der Wand aus.

»Das ist kein Problem«, sagte er. »Überhaupt kein Problem. Ich werde mal mit ihr reden. Guter alter Geoff – das war ein richtig guter Tipp.«

Ich spürte eine eiserne Schraubzwinge um meinen Magen – eine Schraubzwinge mit Zähnen. Von hinter meiner Zeitung sah ich, wie der Schleimige genießerisch die Augen schloss und im Auf und Ab ihrer *irren Phrasierung* mit dem Kopf nickte. Der Gepflegte notierte etwas auf einer Serviette. Ich wusste, dass ich sie um jeden Preis aufhalten musste. Zumindest musste ich es verzögern, bis ich eine bessere Strategie entwickelt hatte.

Ich löste mich von der Wand, grinste die beiden an und schob mich durch die Masse an Körpern in Richtung Bühne. Astrid entdeckte mich und lächelte mich auf ihre bezaubernd unprofessionelle Art an. Ich antwortete mit einer schmerzverzerrten Grimasse und stützte mich am Rand der Bühne ab. An ihrer besorgten Miene erkannte ich, dass ich die richtige Balance zwischen Melodrama und maßvollem Leiden getroffen hatte. Ich konnte sogar mich selbst von einer ganzen Reihe von Empfindungen überzeugen, die Mitgefühl hervorriefen – Verzweiflung, Bauchschmerzen, Trauer, Kater, ungeklärte Kindheitstraumata ... Bis sie ihr Set beendet hatte, war ich schon ganz grau.

»Was ist los?« Sie kam direkt zu mir geeilt.

Ich zuckte zusammen und spürte, wie sich einige Tropfen meisterhaft gesteuerten Schweißes an meinem Haaransatz sammelten. »Ach – nichts Ernstes. Mir ist nur ... mir geht's *gar nicht gut*«, stöhnte ich. »Ich weiß gar nicht, wie ich hergekommen bin. Heute Morgen hab ich mich ein bisschen komisch gefühlt, und dann hab ich nicht gemerkt, dass es in der Bibliothek schlimmer wurde – ich hatte mich so in die Bücher vertieft. Ich bin im Grunde von Bloomsbury hierher schlafgewandelt.«

Ich konnte ihrem Gesicht ansehen, dass es funktionierte.

»Ich geh wahrscheinlich einfach nach Hause.«

Sie hielt meinen Arm fest. »Ich komme mit dir. Wirklich, keine Sorge. Ich bin hier fertig. Wir können hinten raus. Es ist so voll, dass niemand merken wird, wenn ich weg bin.«

»Nein, Darling, geh nicht wegen mir. Da werden Leute sein, die dir einen ausgeben und dir sagen wollen, wie toll du bist.«

Sie lächelte zu mir auf. »Die sind mir egal. Du bist mir wichtig.«

Ich sah, wie die Talentscouts die Menge absuchten, während wir uns unbemerkt davonmachten. Als wir die Wohnung erreichten, war es mir gelungen, meine Krankheit so sehr auszuleben, das ich tatsächlich nur noch zum Schlafengehen imstande war, und als ich in einen unruhigen Schlaf verfiel, sah ich eine abscheuliche Abfolge von Schallplattenhüllen, Eintrittskarten und grobkörnigen Zeitungsfotos vor mir: ihr Gesicht, vervielfältigt und bereit, konsumiert zu werden.

21

Clara verkörperte den Frauentyp, der mir in meinem ersten Semester in Oxford keine Ruhe gelassen hatte; sie war eine klassische Vertreterin dieser Spezies – sie jagte mir gleichzeitig eine Scheißangst ein und machte mich verrückt vor bitterem, jugendlichem Frust. Sie war die Tochter eines berühmten West-End-Theaterkritikers, und sie selbst hatte sich als Schauspielerin gesehen. Meine erste Begegnung mit ihr war in den blassen Schein des Rampenlichts gebadet, als sie auf der Bühne stand und die Phèdre gab, und egal, wie oft ich sie seitdem gesehen hatte, sturzbetrunken und mit zerstörtem Make-up am Ende einer Party, oder am Morgen darauf bei einer Vorlesung, mit wildem Haar und grauen Schatten unter den Augen, verband ich sie doch immer mit dieser ersten glänzenden Aura und vor allem dem Applaus. In meiner inneren Erzählung von Szenen, in die sie hineingehuscht kam, folgte ihr stets der Applaus wie das Thema in einer Oper. Er war ihr persönlicher Soundtrack.

Ich weiß nicht, wie es dazu gekommen war, dass sie, ihre Mitbewohnerin, Julian und ich die letzten Überlebenden bei dieser so gutgemeinten College-Reunion waren. Die Zusammenkunft war von einer ernsten, namenlosen ehemaligen Sekretärin von so etwas wie der Historischen Gesellschaft der Frauen oder dem Amateur-Wasserfarbmal-Club organisiert worden – einem echten Mäuschen mit Kassengestell und orthopädischen Schuhen. Einer *Cecily* – ja, nennen wir sie der Geschichte halber Cecily. Jedenfalls hatte die arme, langweilige Cecily diese kleine *soirée* organisiert, und gegen jede Wahrscheinlichkeit war wirklich *jeder* gekommen (vermutlich hatten wir alle gerade einen Punkt in unserem Leben erreicht, an dem wir uns ein wenig haltlos fühlten und eine Art Anker in Nostalgie und Vertrautheiten suchten). Die Party fand nicht in einem Pub statt, wie ich gedacht hatte, sondern tatsächlich in Cecilys niedlichem Wohnzimmer in Highgate, in einer Frauen-WG, die sie sich mit einer anderen hoffnungslosen Jungfer teilte (Millicent?). Gegen neun kam man vor lauter Menschen nicht mehr durch, und Jenny hatte recht gehabt – es hatte etwas Spannendes, die ganzen alten Gesichter wiederzusehen und sich leise über die lustig zu machen, die beim öffentlichen Dienst gelandet waren.

Julian hatte sich einen guten Teil des Abends lang an Claras Freundin herangemacht, und so kam es, dass ich am Ende der Feier mit Clara übrigblieb. Die beiden anderen waren in den Garten gegangen, um eine Zigarette zu rauchen (Cessy und Milly billigten das Rauchen in ihrer Wohnung keineswegs!), und Clara hatte sich neben mich aufs Sofa gesetzt, so dass ihre nackten Knie meine berührten.

»Gott, ich glaub's nicht, dass sie auf Julian Gresford hereinfällt«, seufzte sie und glättete sich mit flachen Händen das braune Wildleder ihres Minirocks.

»Du musst zugeben, er hat einen gewissen Charme«, sagte ich.

»Julian? Kann sein ... Aber du hast mir immer besser gefallen. Ich hatte die romantische Vorstellung, dass du eine Art gequälter Künstler bist, und ich hatte immer diesen Komplex, weil ich glaubte, dass du mich für eingebildet hältst und albern, weil ich mich immer so zum Affen gemacht habe.«

Ich lachte. »Gott. Überhaupt nicht. Ein Provinzei wie ich? Du hast mich immer schrecklich beeindruckt. Ich weiß noch, wie ich dich im ersten Herbstsemester als Phèdre gesehen habe, und dass mir die Augen fast aus dem Kopf gefallen sind.«

Sie sah mich mit selbstironischem Zweifel an, doch dahinter konnte ich die leise Flamme scheuen Stolzes erkennen.

»Gott, ich muss schrecklich gewesen sein«, sagte sie.

»Du warst spektakulär.«

Sie grinste. »Das bezweifle ich. Gott sei Dank sind alle Bühnenambitionen – na ja – in der echten Welt aus mir *herausambitioniert* worden.«

»Du spielst nicht mehr Theater?«

»Gott, nein – wie zu erwarten war, hab ich mich dem Gewerbe unserer Familie angeschlossen und schreibe nur noch darüber.«

»Ich kann dich beruhigen. Ich hab mich auch dem Gewerbe meiner Familie angeschlossen und trinke mich jetzt ganz langsam zu Tode. Könnte also schlimmer sein.«

Sie blickte mich über den Rand ihres Weinglases hinweg an, und ich begriff mit einem Schwung ungläubiger Aufregung, dass sich hier wirklich eine Chance für mich bot. Ich hatte mit keiner anderen mehr geschlafen, seit ich Astrid kennengelernt hatte. Ich hatte es nicht gebraucht. Doch mit einem Mal fühlte es sich nicht mehr wie eine Frage des Brauchens an ...

»Was machst du wirklich?«, fragte sie.

»Ah, nicht viel – vordergründig meinen Master.« Das Gesicht des Talentscouts kam mir wieder in den Sinn, und ich fühlte mich auf unerklärliche Weise unzureichend. »Ich überlege, für eine Weile nach Griechenland zu gehen«, fügte ich hinzu. Ihr beeindrucktes Gesicht ermutigte mich. »Also, die politische Situation da ist so faszinierend, und es ist eine so einzigartige Erfahrung, als Fremder dahinreisen zu können und unter einem solchen Regime zu leben ... Als Schriftsteller darf man sich das nicht entgehen lassen.« Natürlich erzählte ich ihr nicht, dass ich vorhatte, mich quasi direkt nach meiner Ankunft auf einer winzigen Insel der Kykladen zu verkriechen, wo ich in großer Entfernung zu gefährlichen Athener Dissidenten sein würde.

Sie nickte, meine rebellische Tapferkeit anerkennend, und sagte dann mit gespielter Gleichgültigkeit: »Und was ist mit dieser umwerfenden Freundin, von der Jenny mir erzählt hat? Was machst du mit der?«

Da waren sie wieder – diese flüchtigen, aber dennoch Übelkeit erregenden Schuldgefühle. »Ach, weißt du. Wir sind doch jung, oder? Das ist nichts wirklich Ernstes. Und die Russen könnten uns morgen schon ins Nichts bomben.«

Wieder dieser vielsagende Blick.

In diesem Augenblick polterten Julian und Claras Freundin durch die Terrassentür ins Zimmer zurück, zerbrachen dabei eine Blumenvase und kriegten sich vor Lachen nicht mehr ein. Cecily kam hereingestürmt, ihren Morgenrock bereits eng um ihre matronenhafte Brust gezogen.

»Also wirklich!«, lispelte sie wie eine Lehrerin mittleren Alters. »Wirklich, Leute, das geht so nicht. Was habt ihr überhaupt da draußen geraucht? Habt ihr Marihuana genommen?«

Das war natürlich zu viel für uns. Jules konnte nicht mehr sprechen, wankte stattdessen nur noch hin und her und schnappte hysterisch nach Luft. Claras Mitbewohnerin hing an seiner Schulter und krümmte sich. Nur Clara versuchte, ernst zu bleiben. »Tut mir wirklich leid, Cecily«, sagte sie. »Es ist schon schrecklich spät. Wir sollten wirklich los.«

»Ich gehe mit zu Julian«, erklärte die Mitbewohnerin. Cecily starrte sie entsetzt an.

»In Julians Wohnung?«, fragte Clara, die selbst ein wenig entrüstet zu sein schien. »Das ist ein bisschen weit, oder?«

»Mach dir keine Sorgen, Clarabelle«, lallte Julian. »Mick wird dich nach Hause begleiten. Er ist ein echter Kavalier.« Er grinste mich vielsagend an und legte der Mitbewohnerin ungelenk den Arm um die Schultern.

Clara sah mich an. »Würde es dir was ausmachen?«, fragte sie.

»Natürlich nicht«, sagte ich, innerlich erfreut über ein derartiges Glück.

»Gut, würde es euch *allen* sehr viel ausmachen, euch ein bisschen zu beeilen, bitte?«, schnaubte Cecily. »Es ist ein Uhr nachts und ich habe morgen *sehr* viel zu tun.« Sie starrte misstrauisch in Richtung Garten, als rechnete sie damit, sich dort mit einer regelrechten Opiumhöhle auseinandersetzen zu müssen.

Draußen spazierten wir gemeinsam zur Station Archway, wo es Julian gelang, ein Taxi anzuhalten.

»Wohnst du weit von hier?«, fragte ich, die Hände in den Taschen vergraben, als die Scheinwerfer davonrauschten.

»Nein, überhaupt nicht«, sagte Clara. »Ich hab keine Ahnung, wie sie auf die Idee kommt, den ganzen Weg zu ihm zu fahren. Wir wohnen gleich um die Ecke.«

»Julian ist sehr stolz auf sein Haus. Er gibt gerne mit seiner Bude an.«

Einen Moment lang liefen wir schweigend weiter, bis sie schließlich sagte: »Also ist es nichts Ernstes mit dieser Freundin, insgesamt gesehen?«

»Nein, nein«, sagte ich fröhlich, und dann, mit der Haltung des gequälten Künstlers, als den sie mich so gern sehen wollte: »Warum etwas so Schönes durch ein Etikett abwerten, oder durch bedeutungslose, nichtige Versprechen? Nein, ich halte nicht viel von festen *Freundinnen* oder *Freunden.*« Ich legte gerade so viel Hohn in den Begriff, den sie verwendet hatte, dass es sie ein kleines bisschen verunsicherte. Sie blickte auf den Gehsteig hinab. »Ich meine, wenn sich zwei Menschen zueinander hingezogen fühlen, warum sollten sie dann nicht einfach bumsen?«

Das letzte Wort sagte ich des Effekts halber. Sie brachte ein Lachen heraus. Als sie fünf Minuten später die Tür aufschloss, drückte ich sie von hinten dagegen und flüsterte in ihr Ohr: »Meinst du, ich könnte noch mit reinkommen?« Ich spürte, wie sie sich vor Lust wand.

Als es vorbei war, sah sie mich mit anderen Augen an.

»Gott«, sagte sie, halb beeindruckt, halb verunsichert. »Du bist ein richtiger Sadist, oder?«

Ich zuckte mit den Achseln, rollte mich zur Seite und schlief ein.

22
Leah

An dem Wochenende, das Luke mit uns verbrachte, war es extrem heiß. Nach der Party schliefen wir kaum, und das bisschen Schlaf, das wir abbekamen, war von Schwüle und Unruhe geprägt. Wenn ich jetzt daran denke, sehe ich Fetzen von blauem Licht in einer dunstigen, verschwommenen Linie zwischen Horizont und Meer; ich sehe die blassen Konturen von Clarissas Armen und Beinen, wie sie silberne Spuren ins Wasser schlugen; ich sehe Lawrences weiße Zähne, die sich leuchtend gegen sein schattiges Gesicht absetzten, als er sich grinsend vorbeugte, um mich zu packen und in die kühlen Falten des Meeres zu ziehen. Ich sehe uns alle, wie wir danach nackt im Sand lagen, und ich höre das leise Plätschern des Wassers, das Gezirpe der Zikaden, unsere entspannte Atmung und Ausschnitte unserer Unterhaltung.

Später schleppten wir uns durch das Piniengehölz zurück in den Garten, wo wir uns in einem Knäuel aus Beinen und salzigem Haar ins Gras fallen ließen. Lawrence drehte einen Joint. Das Gespräch wurde surreal und rasend komisch. Clarissa und Nico verdrückten sich *à deux* irgendwohin; Tom ging mit dem Verweis auf ungeselliges Alter schlafen, und die beiden Jungs und ich lagen auf dem Rasen, zerdrückten kugelige Majoranblüten zwischen den Fingern, rauchten, kicherten. Irgendwann nach Sonnenaufgang wurde die Membran, die Schlaf- und Wachrealität voneinander trennt, schlaff und durchsichtig. Ich erinnere mich an meinen Kopf auf Larrys Brust und meine Beine ausgestreckt auf denen von Luke und an den Rhythmus von Larrys Fingern, mit denen er mir geistesabwesend sanft über den Arm fuhr. Als sie dachten, ich sei eingeschlafen, sprachen sie über Beziehungen und irgendwelche Leute, die sie kannten.

»Mann, am Ende hat er mir erzählt, dass alles an ihr ihn nervte – sogar die Art, wie sie ihre Jeans auszog.«

Als ich schließlich gegen zehn Uhr richtig wach wurde, schliefen die beiden fest. Da der Terrassentisch mit Utensilien zum Kaffeemachen übersät war, wusste ich, dass Michael unten gewesen sein und uns gesehen haben musste. Ich stellte ihn mir vor, wie er ungerührt in einem der Liegestühle seinen Kaffee schlürfte und uns in passivem Schweigen beobachtete. Nachdem ich mich aus der Verflechtung mit den Jungs befreit hatte, stand ich auf und trat ein in die kühle Stille des Hauses – vorbei an dem Durcheinander aus leeren Gläsern, benutzten Tellern und den Überresten heruntergebrannter Kerzen in der Küche. Unter der Dusche versuchte ich dann, die Ereignisse des Abends zu rekonstruieren. Ich hatte ein Schuldgefühl wegen Jérôme und dann noch eins, weil das erste spontan überlagert wurde von dem Bild von Larrys Zähnen und Augen, wie sie im Mondlicht leuchteten. Am Ende fühlte ich mich annähernd gereinigt.

An diesem Wochenende befanden wir uns genau in der Mitte der Hundstage. In der Stadt wäre es ein Wetter zum Vier-Mal-am-Tag-Duschen gewesen. Unsere dringendste Verpflichtung hier bestand in dem schwachen Versuch der Körperpflege, und danach durften wir als eine einzige unproduktive, verkaterte Einheit herumlungern. Es gibt doch kaum etwas Schöneres, dachte ich bei mir, als viele Tage am

Stück in einem so zusammengeschweißten Rudel zu verbringen und dabei auf wohlige Weise voneinander abhängig und inselartig zu werden – ein glückliches Rädchen in einer pluralistischen Mischperson.

Am Abend trotteten die Jungs und ich den Küstenpfad entlang zu Nicos Haus, wohin er und Clarissa sich offenbar seit ihrem Abgang um die Morgendämmerung herum verkrümelt hatten. In unterschiedlichen Graden der Nacktheit faulenzten wir an diesem lauen Abend im Garten. Clarissa und ich hatten irgendwie das beispiellose Kunststück fertiggebracht, den Jungs die Kontrolle über die Musik zu entreißen. Ich legte »No Chill« von Abra auf. Nach etwa der Hälfte des Songs sagte Larry, der still dagesessen und Zigaretten gedreht hatte:

»Der Song ist ja ganz okay, aber sie ist schon ein bisschen psycho, oder?«

»Sie ist eine Stalkerin«, stimmte Luke ihm über meinen Kopf hinweg zu.

»Sie ist *keine* Stalkerin, sie hat nur *Gefühle*!«

Nico nickte eifrig, unschlüssig, wem er hätte beipflichten sollen. »*Mais c'est quoi exactement, une sto-ke-rin?*«, fragte er mich unschuldig.

»Der Stalker bist *du*, Lal«, spottete Clarissa. »Erinnerst du dich noch an diesen Tinder-Fang letzten Sommer?«

»Ich finde, das kann man nicht vergleichen, schließlich war sie eine volle Zehn.«

»Ihh, wenn schon nicht das Leben selbst, dann bringst du mich dazu, Männer zu hassen«, stöhnte ich.

»Klar, natürlich, weil du Jérôme ja auch so voller Mitgefühl behandelst.«

Nicos halbherzige Versuche, uns zu folgen, wurden bei der Erwähnung des Namens seines Freundes ernsthafter.

Ich durchbohrte Larry mit meinen Blicken. »Ich gehe nur keine Beziehungen ein«, sagte ich. »Würdest du übrigens auch nicht, wenn dein Liebesleben nur im Entferntesten so ein Scherbenhaufen wäre wie meins.«

»Mensch, hast du eine Ahnung! Mein Liebesleben ist ein absolutes Desaster.«

»Und er lügt nicht«, bestätigte Clarissa umgehend.

»Ich ziehe die Gestörten an wie ein Magnet. Ich muss jede verdammte Hyäne in Hackney gevögelt haben.«

»*Hyäne*, nett.«

»Ach, hör doch auf, einen auf Kämpferin für soziale Gerechtigkeit zu machen, Clarissa. Erinnerst du dich noch an Vanessa?«

»Tja, Alter, so was passiert eben, wenn du mit einer Frau zusammen bist, die aus ihrem Menstruationsblut Aktionskunst macht«, seufzte Luke.

»Sie war richtig cool«, sagte Clarissa als Seitenbemerkung zu mir.

»Deshalb versuche ich, die meisten Frauen, mit denen ich schlafe, möglichst nicht näher kennenzulernen«, sagte Luke. (Clarissa verdrehte die Augen.) »Das zu beobachten ist verstörend.«

»Leah. *Leah.*«

Wieder befand ich mich irgendwo zwischen Schlaf und Wirklichkeit, aber das war eindeutig Lawrences Stimme, die wie die eines Souffleurs in einem gezischten Flüstern durch meine Zimmertür drang. Ich zog das Bettlaken wie eine Art Behelfstoga um mich, humpelte zur Tür, öffnete sie und streckte den Kopf hinaus. Und tatsächlich, da stand er wild dreinblickend im Flur.

»Wie viel Uhr ist es?«, fragte ich gähnend.

»Ungefähr halb fünf. Ich bringe Lukey-Boy zum Flughafen. Komm doch mit.«

»Halb fünf morgens? Ist heute Montag?«

»Komm schon. Sei mal nicht so langweilig. Das wird ein Abenteuer.«

Ich gab ein resigniertes kleines Seufzen von mir, was er mit seinem typischen frechen Grinsen erwiderte. »Mach schon, Prinzessin Leia – wir können den *Millennium Falken* doch nicht ohne dich steuern.« Er konnte sehen, dass ich weich wurde. »Luke ist natürlich Chewy.«

Ich grinste. »Natürlich.«

»Wenn du nicht mitkommst, was machst du dann heute?«

»Arbeiten. Für deinen Dad.«

Er griff nach meiner Hand. »Dad wird nicht einmal merken, dass du weg bist. Dafür hat er sich inzwischen viel zu weit in Jack-Torrance-Terrain verirrt.«

Seine offensichtliche Gleichgültigkeit gegenüber dem geistigen Zustand seines Vaters war abstoßend und unerträglich anziehend zugleich, und genau wie ich es an diesem ersten Abend in Paris mit seiner Schwester bemerkt hatte, spürte ich auch jetzt meine Unfähigkeit, etwas anderes zu tun, als ihm blind zu gehorchen. Ich sah die Freude, die sich in seinem Gesicht widerspiegelte, als er meine wortlose Zustimmung erkannte. Er fing an, im Flüsterton zu singen: »*Marseille, Marseille, Marseille. Soleil, soleil, soleil. Un petit holiday …*«

Ich hielt ihm den Mund zu. Seine Augen glänzten.

Luke hatte sich auf dem Rücksitz ausgestreckt, die Lippen leicht geöffnet und die Augen in einem unruhigen Halbschlaf zuckend. »Der liegt da jetzt schon seit ungefähr einer Stunde«, sagte Lawrence. »Er war sich nicht sicher, ob er es aus dem Bett schafft, also ist er gar nicht erst reingegangen.«

»Hast du denn geschlafen?«, fragte ich und zuckte zusammen, als er meinen Blick auffing, der zärtlich seine müden Gesichtszüge streifte.

»Na ja.« Er zog an der schwergängigen Fahrertür. »Ich habe ein Nickerchen gemacht.«

Ich folgte seinem Beispiel auf der Beifahrerseite und stieg ein, bemüht, dabei nicht das geringste ungeschickte Geräusch zu erzeugen. Der grobe synthetische Sitzbezug scheuerte an meinen nackten Beinen. Luke zuckte zusammen, als das Auto sich unter unserem Gewicht senkte.

»Ist er ...«, begann ich in einem heiseren Flüsterton.

»Oh, mach dir um ihn keine Gedanken!«, gluckste Larry und packte liebevoll Lukes entblößten Knöchel. »Wenn der weg ist, ist er weg. Der würde glatt einen Atomkrieg verschlafen. Das ist eine Gabe.« Er wandte sich mir zu und suchte meinen Blick. »Nur du und ich unterwegs zum Flughafen.«

Mit dem außerordentlichen Druck, der damit verbunden war, als Beifahrerin einzusteigen, hatte ich nicht gerechnet. Als ich meine Klamotten zusammengerafft und mir kaltes Wasser ins Gesicht gespritzt hatte, war ich davon ausgegangen, dass ich mich unterwürfig auf die Rückbank verziehen würde, wie ich es meine ganze Jugend über getan hatte – als ich in aufgemotzten Nissan Micras Zigaretten für meine ältere Schwester und ihre Freunde gedreht hatte, verärgert und erleichtert zugleich, dass sie nur über den Rückspiegel Blickkontakt mit mir aufnahmen. Jetzt saßen wir unausweichlich nebeneinander, zwischen uns gerade mal genug Platz, um das aufzunehmen, was ich für ein auf Gegenseitigkeit beruhendes Gefühl hielt. Ich versuchte, nicht zuzusehen, wie die Sehnen in seinem straffen Arm sich regten, als er den Schlüssel im Zündschloss drehte. Als er das Auto aus der Einfahrt lenkte, sang er wieder ganz leise: »*Marseille, Marseille, Marseille. Soleil, soleil, soleil* …« Er sog die Wangen ein, während er, den Blick zum Fenster hinaus und keine Sekunde auf mich gerichtet, das Lenkrad bewegte.

»Sollen wir Musik anmachen?«, fragte er, als wir die Straße erreicht hatten. Das Land hier war flach und mit den indigoblauen Nuancen der spätsommerlichen Morgendämmerung getönt, dazu eine ganz schwache Verheißung von Nebel. Blaue Olivenhaine, der tintenblaue Streifen der Straße, violette Zypressenstempel. Schatten huschten über sein Profil, und sein Blick blieb auf die Straße fixiert.

»Wecken wir Chewy dann nicht auf?«

Er grinste und begann, mit den Knöpfen am Armaturenbrett herumzuhantieren und von einem kurz aufjaulenden Sender zum nächsten zu switchen. Schmalzige Popsongs mit grässlichen algorithmisch erzeugten englischen Texten (die Art, die in französischen Supermärkten läuft und die einem ins Gehirn sickert und einen direkt ins akustische Fegefeuer befördert, denn dort heißt es unverständlicherweise: *Girl, I love you, I give you my keys and my CDs. Summer party, whoa whoa whoa,* und das über Stunden). Werbung für Decathlon. Er verharrte ein wenig beim Crescendo einer sich aufschwingenden Jazztrompete, und ich kam mir für einen Moment vor wie Jeanne Moreau, die im *Fahrstuhl zum Schafott* eine sinnlose Runde nach der anderen durch Paris dreht. Eine Sekunde schloss ich die Augen – eine dieser Phrasen, in denen die Musik, selbst über ein blechern klingendes Autoradio, so erlesen ist, dass man die Augen zumachen muss, um ihre ganze Schönheit erfassen zu können.

»Magst du Jazz?«, fragte er, die Augen immer noch konsequent nach vorne gerichtet.

»Na klar.«

»Na klar«, imitierte er mich in plötzlich verändertem Ton. »Ich ertrage Jazz nicht.«

Ich sah ihn ungläubig an, spielerisch – ein Blick, der besagte: Du bist ein querköpfiger Banause, aber ich möchte trotzdem gerne, dass du mich ausziehst.

»Aber ... *Miles?*«, sagte ich.

»Drehst du mir eine Zigarette, ja?« Erneut fing er an, missmutig am Knopf herumzudrehen. In ergebenem Schweigen tat ich, worum er mich gebeten hatte. Als er schließlich seine (mir ohne so etwas wie ein Dankeschön aus der Hand gerissene) Zigarette rauchte, sagte er: »Jazz ist das, was mein Vater immer hörte, wenn er jemand anderes als meine Mutter vögelte.«

Wieder das Stottern des Tuners – der über Téléphone und Céline Dion hinweg hüpfte und letztlich beim ersten Klickern von »Weird Fishes« verweilte, für uns beide offenbar ein zerhacktes Stück Nostalgie.

»Ah, *mega!*«, rief Larry, während seine Finger auf das Lenkrad trommelten. »Die Franzosen mögen Radiohead.« Die Zornesröte war fast so schnell aus seinem Gesicht gewichen, wie sie erschienen war, und als die Melodie begann, am Rumpf des Beats entlang abwärts zu kreiseln, ließ er achtlos seine Hand auf mein Knie fallen. Wie einen Querschläger durch meinen Körper spürte ich den Aufprall, während Larrys Finger Abdrücke in meinem Nervengeflecht hinterließen. Ich war mir jedes einzelnen Atoms meiner Körperlichkeit bewusst und bemüht, so leise wie möglich zu atmen. Selbstvergessen hielt er den Blick auf die Straße geheftet. Eine kaum merkliche Steigerung des Drucks seiner Hand, als der Song anschwoll, und als die Steigerung in sich zusammenfiel und vom unerträglichen Kreischen eines

Jingles verschluckt wurde, ließ Larry seine Finger von meinem Bein rutschen und auf den Schaltknüppel fallen. Die Abwesenheit seiner Hand erzeugte ein Brennen auf meinem Schenkel.

»Ich hasse Jingles«, sagte er.

»Ich auch.«

Er sah mich an, und ein selbstbewussterer Anteil meiner Persönlichkeit zwang mich, seinen Blick zu erwidern. Er lächelte und schüttelte den Kopf.

»Was?«, fragte ich.

»Nichts.«

»Was?«

Eine endlose Pause, und dann: »Was läuft denn nun zwischen dir und Jérôme?«

(Wieder ein Brennen, das sich jetzt entlang meiner Wangenknochen ausbreitete.)

»Definitiv nichts«, murmelte ich. »Er lebt in Marseille, ich in Paris ... Der Sex ist der Hammer. Er ist DJ. Er raucht zu viel Gras. Dieses DJ-Kiffer-Ding habe ich gefühlt zehntausendmal gehabt, und es hat nie funktioniert. Ich versuche gerade, erwachsen zu werden.«

Er grinste. »Du hast also keine Lust, ihm einen kleinen Besuch abzustatten?

Jetzt war es an mir, den Blick geradeaus zu richten.

Draußen flackerte der gelbliche Sonnenaufgang am Horizont auf und ließ silberne Seen violett glitzern. Ungefähr einen Steinwurf vom Flughafen entfernt gab Luke ein ersticktes Stöhnen von sich.

»Siehst du: Chewy«, sagte Lawrence.

»Warum bewege ich mich?«, stöhnte er.

»Du bist auf dem Weg zum Flughafen, Alter!«

Blinzelnd setzte er sich auf. »Scheiße. Ich fühle mich wie

ein Haufen Scheiße.« Er rieb sich die Augen und warf Lawrence, als er meine Anwesenheit bemerkte, einen argwöhnischen Blick zu. »Schön, dass du mitgekommen bist, Leah«, sagte er, mehr zu seinem Freund als zu mir.

Der Abschied ging ohne großes Brimborium vonstatten (»Sorry, Alter, fürs Parken zahle ich keinen Cent. Wir sehen uns in vierzehn Tagen, okay?«), aber ich stieg wenigstens aus dem Auto, um ihn im Stehen zu umarmen. Er zerdrückte mich fast in einem liebevollen Mief aus süßem, fermentiertem Alkohol.

»Schaffst du's demnächst mal nach London, Kumpel? War schön, dich kennenzulernen. Nimm dich vor dieser reichen Bagage in Acht.«

»Leck mich«, blaffte Lawrence, und dann, an mich gewandt: »Komm schon, Mädchen, wir haben noch einiges vor.«

Marseille. Auto in einem erbärmlichen unterirdischen Straßengewirr in der Nähe des Bahnhofs abgestellt und wir beide oben an der Treppe von Saint-Charles, wo ich ungefähr drei Wochen zuvor meine einsame Kater-Zigarette geraucht hatte. Jetzt zündete sich Larry eine an und betrachtete mit einem anerkennenden Pfeifen das alte Stadtgebiet zu unseren Füßen – den weit geschwungenen Bogen aus Terrakotta, die urbane Krönung des Mittelmeers. »Wow.«

Die Treppe hinunter, zwei Stufen auf einmal, die Stadt noch schlafend, aber schon jetzt war alles von weißem Sonnenlicht gebleicht. Den Boulevard d'Athènes entlang – ein passender Name, denn es fühlte sich wirklich an, als befänden wir uns hier in der Wiege des Mittelmeers – und weiter auf der Canebière, wo die Luft nach Meer zu riechen begann. Noailles; das erwachende Marktgeschnatter und Seemöwen.

»*J'ai faim*«, sagte Larry mit einem betonten englischen M am Ende. Wir tauchten in das Geflecht aus Marktständen ein und kauften Nektarinen aus Kisten, die die Händler gerade erst hingestellt hatten. Ein athletischer Teenager in einem graumelierten Achselshirt legte riesengroße glänzende Wassermelonen in eine Reihe, grinste uns an und machte sich, geschickt wie ein Akrobat, mit einer Machete über sie her. Dann gab er mir einen glänzenden Halbmond, während sein Vater mit finsterer Miene seine Zigarette in die ersten Feigen der Saison aschte.

In einem Schlenker gingen wir zu der protzigen Flaniermeile zurück, dem salzigen Sog des Hafens folgend. Bald ragten weiße Masten wie Wolkenkratzer auf, um die Skyline zu ärgern. Jenseits der Métro, der Supermärkte, der rot-weißen Filialgeschäfte erschien plötzlich, in milchiges Morgenlicht getaucht, der Alte Hafen. Wir kamen zu einer Caféterrasse, wo die Stühle gerade erst abgestapelt worden waren, und setzten uns auf zwei alte, vom frischen Meeresdunst noch feuchte Rohrstühle, um *petits crèmes* zu bestellen. Das buntglasartige Mittelmeer plätscherte gegen die alte steinerne Hafenmauer. Der Kellner erzählte seinem Kollegen von einer Pariser *connasse*, mit der er wohl in der vergangenen Nacht geschlafen hatte.

Mit einem Seufzer streckte Lawrence seine endlos langen Beine aus, verschränkte die Hände im Nacken und kippte seinen Stuhl nach hinten.

»So. Dann pack mal aus. Was lässt Dad dich denn eigentlich machen? Was bedeutet es, ›seine Assistentin‹ zu sein?« Er hatte die Augen gegen die Sonne geschlossen, und die Art, wie er die Frage formuliert hatte, war weit von Clarissas bedrohlicher Provokation entfernt; vielleicht war ich aber auch nicht in der Lage, angesichts der Art, wie das Morgenlicht die Konturen seines Gesichts streifte, überhaupt irgendetwas nur ansatzweise Bedrohliches an ihm zu sehen. Ich streckte die Beine über seine hinweg aus. Er grinste. »Genau – mach's dir bequem.«

»Ich darf seine Tagebücher lesen. Im Aschenbecher seiner Zwanziger hocken und einer früheren Freundin nachspionieren.«

»Astrid«, sagte er.

»Ach. Du weißt von ihr?«

»Wenig. Dad ist keiner, der viel über seine Eroberungen spricht, aber es gab dieses eine Mal, als ich ungefähr vierzehn war und er mit mir zum Kieferorthopäden ging. In der Zeit sahen wir nicht viel von ihm – ich glaube, das war, als er an dem Skript arbeitete –, und er war in so einer komischen sentimentalen Stimmung. Überhaupt nicht seine Art. Weißt du, wenn ich jetzt daran zurückdenke, glaube ich, dass er stockbesoffen war. Hm. Ich erinnere mich, dass die Zahnarzthelferin mich so gezwungen anlächelte und ich nichts anderes tun konnte, als mir die größte Mühe geben, ihr nicht in den Ausschnitt zu blicken, als sie sich über mich beugte, um meine Backenzähne zu kontrollieren. Du kannst dir nicht vorstellen, wie schwer es ist, ein Junge im Teeniealter zu sein.

Jedenfalls gingen wir anschließend zusammen in den Pub, und er bestellte mir mein erstes Bier. Die Salz- und Essigchips konnte ich nicht essen, meine Zahnspange war ja gerade nachgezogen worden. Er nannte mich dauernd *Sohn* und wollte über Mädchen sprechen ... Total peinlich natürlich.« Jetzt ließ er seine Daumen um meinen Knöchel kreisen. »Er fragte mich, ob ich eine Freundin hätte. Ich war zu verlegen, um ihm zu sagen, dass ich unsterblich in Polly Hobbs aus der Theatergruppe verknallt war, sie meine Existenz als männliches Wesen jedoch kaum wahrnahm und ich für sie – verdammt noch mal – *einfach nett und wie ein Bruder* war! Hier – zieh mal deine Sandale aus.« Er löste den ledernen Knöchelriemen, und als die störende Sandale auf den Boden fiel, fing er an, mein Fußgewölbe zu massieren.

»Dad redet also weiter auf mich ein, dass Liebe jedermanns Priorität sein sollte und dass es ihm leidtut, dass er immer so ein beschissenes Vorbild für mich war ... Und ich fange an, auf dem Barhocker herumzurutschen und um einen raschen Tod zu beten, und ich sage zu ihm: ›Das stimmt nicht, Dad, wir wissen alle, dass du Anna liebst‹, und er wirft mir nur diesen Blick zu, diesen verschleierten *Blick*, und sagt: ›Nein – ich habe immer nur Astrid geliebt, die andere hab ich bloß gevögelt.‹«

Er sah meine hochgezogenen Augenbrauen und nickte.

»Bevor ich einen Muckser tun kann, provoziert er einen Streit mit der Wirtin, drückt seine Zigarette auf der Theke aus und steht einfach auf, nennt sie – Zitat – eine vertrocknete alte Schachtel und geht ... ohne mich. Ich musste hinter ihm herflitzen. Es war schrecklich.«

»Was hat denn deine Mum dazu gesagt?«

»O Mann, war die *wütend!* Ließ mich danach ewig nicht mehr mit ihm irgendwo hinfahren, und ich fühlte mich immer so schuldig wegen der ganzen Geschichte. So als hätte ich ihn verraten. Ich habe aber nie jemandem von der Sache mit Astrid erzählt – also, dass er Anna nicht liebt; auch wenn das Clarissas Jugend *gerettet* hätte.«

»Ja, die beiden kommen echt nicht gut miteinander aus.«

»Hm. Clarissa hat ihr die Affäre nie verziehen. Für sie ist sie eine böse Familienzerstörerin. Zugegebenermaßen *ist* Anna aber auch ein offenes Buch. Schon damals, als wir

Kinder sie kennengelernt haben, war sie leicht zu durchschauen.«

»Ich finde sie nett.«

»Sie ist nett. Aber sie ist auch eine ziemliche Zicke, oder?«

»Eine Zicke?«

»Na ja – ganz schön von sich eingenommen.«

Ich prustete.

»Was?«, fragte er.

»Polly Hobbs aus der Theatergruppe?«

Er hob die Hände und lachte. »Du klingst wie Luke.« Er winkte dem frauenverachtenden Kellner und bestellte zwei weitere Kaffees und einen Ricard.

»Es ist noch nicht mal neun Uhr!«

Er zuckte die Achseln. »Offenbar habe ich vom Meister gelernt. Jedenfalls bekam Anna auch zu Hause von Mum ihr Fett ab. Die hat sie als *dekorativ* und *mondän* bezeichnet, und ich nehme mal an, Clarissa hat das wie durch Osmose aufgenommen.«

Die Getränke kamen. »Ihr seid alle ziemlich hart, oder?«, sagte ich.

Er lächelte. »Hey, ich habe kein Problem mit ihr. Gut für sie, wenn sie mit diesem gruseligen Bildhauer schläft. Das geschieht Dad recht.«

Da ich nicht durchblicken lassen wollte, dass ich von dem, was da vor sich gegangen war, nicht die geringste Ahnung hatte, ordnete ich meine Gesichtszüge zu einem unverbindlichen *Ja* und zuckte die Achseln.

»Weißt du was, wir sollten zu seiner Bar gehen und nachforschen.«

»Sollten wir«, sagte ich und tat munter so, als verstünde ich den Sinn seiner Worte.

»Und was sollen wir heute sonst noch machen?«, fragte er,

während er den Pastis in seinen *allongé* rührte. Ich zuckte zusammen.

»Fahrräder mieten. Auf Caféterrassen faulenzen. Sonnenbaden.«

»Ich will Sardinen und *panisse* essen«, sagte er.

»Kriegen wir hin.«

Aus heiterem Himmel zog er meinen Fuß an den Mund und biss mich in den großen Zeh. Ich schrie auf, womit ich mir einen wütenden Blick des frauenverachtenden Kellners einhandelte.

»Huch«, sagte Larry. »Du schmeckst nach Pastis.«

Der Tag entfaltete sich vor uns wie ein junger Vogel, der seine Flügel ausprobiert. Wir schleppten uns in die Altstadt, Le Panier, hinauf, weil wir dachten, wir müssten – alles war entsprechend pittoresk und mit Lavendel bestückt –, und taumelten dann wieder hinunter zum Hafen, wo wir mit Zitrone gewürzte frittierte *beignets de sardine* aßen. Larry ahmte die verschiedenen Seemöwen nach, von denen wir jeder ihren eigenen Charakter, eine Hintergrundgeschichte und ein anmaßendes Geheimnis verpassten. Da war er, glaube ich, bereits betrunken – und ich auf dem Weg dahin. Ich flirtete schamlos mit dem Kellner, um zu sehen, wie Larry reagierte. Er blieb natürlich ungerührt.

Wir mieteten Fahrräder; zuckelten die geschwungene Küstenlinie in Richtung Vallon des Auffes entlang. Kiesstrände, vollgepackt mit ledrigen alten Leuten und balzenden, pfauenartig umherstolzierenden Einheimischen. Neonfarbene Rettungsschwimmer. Fast Art Deco, Möchtegern-Riviera, Restaurantterrassen an der Küste mit verblassten Kellnern, verblassten Sonnenliegen und leuchtenden Cocktails. Das Meer – ganz aufgewühlt, tiefblau und glänzend – schlug an die ausgefranste, grobe Uferzone. Das alte Fischerdorf mit seinen verwinkelten aprikosenfarbenen Straßen und den engen Pfaden, die direkt ins Meer abfielen. Wir kletterten hinunter auf die Felsen und saßen dort eine Weile, von den aufschlagenden Wellen bespritzt, aber auf angenehme Weise. Auf einem relativ flachen Stück hingen wir unter der heißen Nachmittagssonne ab. Wir blieben ein paar Stunden – ein langsamer Herzschlagrhythmus mit regloser Sonnenanbetung bei geschlossenen Augen und verlangsamten, trägen Gesprächen; zwischendrin halbherziges Eintauchen ins Wasser. Als der Nachmittag fast vorbei und die Luft von Pollen durchsetzt war, machten wir uns auf den Weg zurück nach oben und gaben uns dem majestätischen Schwung der Küstenstraße hin.

»Von hier aus immer bergab«, sagte Larry, während er sein Fahrrad aufschloss.

Blau, Blau und noch mehr Blau. Gepflegte Villen, eingebettet ins Gestrüpp.

Wieder zum Hafen und die Canebière hoch, dann in nordöstliche Richtung abdrehen, zwischen den senegalesischen und tunesischen Geschäften (Jutesäcke voll mit Gewürzen; Mais, geflochtene Körbe und Keramik) durch und hinauf zu La Plaine, wo, wie Jérôme mir einmal erzählt hatte, die jungen Leute abhingen. Dort deutete sich golden der Abend an. Oben auf dem Hügel kamen wir zu einem Platz, der von Palmen gesäumt und dicht mit Lokalen bestückt war, und auf einer sehr vollen Terrasse fanden wir noch zwei freie Stühle. Hier versammelte sich eine Mischung aus hippen und schönen Menschen und hängengebliebenen Aussteigertypen in ausgebeulten Shorts mit applizierten Marihuanablättern und Weiße-Leute-Dreadlocks. Auf einem scheppernden Miniradio ließ jemand Pharcyde laufen.

Das Lokal lag im *rez-de-chaussée* eines schmuddeligen Gebäudes im Pariser Stil mitsamt den entsprechenden Fensterläden und Haussmann'schen Balkonen, aber mit abgeplatzter Farbe, schuppigen, abblätternden Fenstersimsen und Graffiti-Schmierereien. Gruppen aus roten Plastikstühlen und billigen Brasserietischen, auf denen Werbung für Klatschmagazine prangte, machten sich auf dem Platz breit, grob begrenzt von gedrungenen Palmen in schmutzigen bunten Kübeln. Ein einzelner Liverpooler Akzent waberte, fehl am Platz und verloren, irgendwo inmitten des Chors französischer Stimmen.

Eine weitere Runde Pastis. Mein Kopf fühlte sich leicht und schwummerig an.

»Was liest du da?«, fragte Larry. Seine Hände waren leer; er beobachtete mich.

»Eimear McBride.«

»Hmm. Das ist sehr ... *pink*.«

»Tut mir leid, sollte ich lieber Kurt Vonnegut lesen?«

Er zuckte die Achseln und schenkte mir dann ein nachsichtiges Lächeln. »Komm mal runter. Musst ja nicht gleich deinen BH verbrennen.«

»Ich trage keinen BH«, erwiderte ich knapp.

»Hab ich bemerkt.« Ein demonstratives Geiler-Onkel-Zwinkern. Ich trat ihn unter dem Tisch, woraufhin er anfing, träge seinen Fuß an meiner Wade zu reiben. »Mannomann, an denen kann man ja ein Streichholz anzünden!«

»Saukomisch.«

»Ich gebe mein Bestes.«

Ich versuchte weiterzulesen, konnte aber weder seinen starren Blick noch das indiskrete Füßeln unter dem Tisch ignorieren. Ich ließ mein Buch sinken.

»Flirtest du mit mir?«

»Na klar.«

Ich seufzte. »Du bist schrecklich verwirrend, das weißt du, oder?«

»Ich kann nicht anders – du bist schön, und ich bin betrunken.«

»Ach du Scheiße. Wie sollen wir denn jetzt nach Hause kommen?«

»Wir könnten bei Jérôme übernachten?«

»Ja, super – du, ich und Jérôme, das fröhliche Dreiergespann.«

»Schon gut«, sagte er. »Wir gehen in die Bar von Annas Typ, da trinke ich ein Glas Wein und danach einen sehr starken Kaffee, dann können wir im Auto ein kleines Nickerchen machen *et voilà* – heil nach Hause fahren!« Er zog am Ärmel seines (Jennys; natürlich geklauten) Fischerhemds, und ich spürte den Druck seines Fußes auf meinem.

Die Bar lag am Ende einer der kleinen Seitenstraßen oben auf dem Hügel, abseits des Boulevard de la Libération. »Wann hast du von dieser Sache mit Anna erfahren?«, fragte ich, betont lässig.

»Clarissa hat es mir erzählt. Und keine Sorge, du kannst aufhören so zu tun, als wüsstest du, was da abgeht. Ich weiß, dass es nicht so ist, sie würde es dir nie erzählen. Wenn's um unsere Eltern geht, ist sie schräg.«

»Du Arsch, siehst den ganzen Tag zu, wie ich mich winde. Erzähl es mir jetzt!«, sagte ich.

»Da sind wir!«, sagte er leichthin. »Also, erwähne Anna nicht. Wir sind undercover, klar?«

Es war ein kleines Lokal mit einem verdunkelten Schaufenster. »Geh du vor, du sprichst Französisch«, sagte er, zog die Tür auf und schob mich hinein, ehe er selbst eintrat.

Drinnen war es so still, dass ich mit meinem Erscheinen den Blick jeder einzelnen Person im Raum auf mich zog. Fünf Leute saßen an der Bar – drei davon lächerlich hübsche Mädchen – und dahinter standen zwei Barkeeper, die aussahen, als kämen sie direkt aus Hackney Wick oder Williamsburg. Die Beleuchtung war minimal gehalten – hauptsächlich Kerzen –, und aus den Lautsprechern sickerte Mac DeMarcos erstes Album. Ich fühlte mich bewertet. Schließlich kam ein etwas ironisches *bonsoir*, nicht von einem der Barkeeper, sondern von dem Mann, der sich mit den Frauen umgab.

»*Venez boire quelque chose.*« Irgendwie ließ er die Einladung eher wie eine Drohung klingen. Ohne sein offenkundiges unerschütterliches Selbstbewusstsein wäre er in dem Kontext irritierend deplatziert erschienen. Er war eher wie ein australischer Rucksacktourist in Thailand als ein Hipster gekleidet. Auf den ersten Blick sah er sogar recht gut aus, aber bei näherem Hinsehen stimmte irgendetwas mit seinem Gesicht nicht; er kam mir vor wie ein gutaussehender Mann, den jemand gezeichnet hatte, der nicht zeichnen konnte. Er war ein großer Kerl, und der bullige Wikinger-Look wurde in jeder Hinsicht getoppt von einer dichten goldenen Mähne, die mehr nach Mittelerde als nach Bushwick aussah. Sein Haar wirkte künstlich gebürstet und glänzend, wie der krönende Schopf eines adretten Popstars aus den Siebzigern. Es erinnerte mich an Charles I. Oder an einen Spaniel.

Ich schob mich auf den leeren Barhocker neben ihm und spürte, wie seine glänzenden runden Augen mich abcheckten. Schließlich lächelte er. Er hatte die Art von Mund, bei der die Lippen ständig feucht sind. »*Bienvenue*«, schnurrte er.

»Hi«, sagte Larry, der sich offenbar vernachlässigt fühlte, laut. Und dann über unsere Köpfe hinweg zu den Barkeepern: »*Un pichet de rouge*, please?«

»Ein *Glas*, hast du gesagt«, zischte ich.

»Na komm, gönn deinem Freund doch ein bisschen Spaß«, beharrte Charles I. mit einem Peter-Sellers-Akzent.

»Sie ist nicht meine Freundin«, sagte Larry direkt zu den Mädchen. »Sie ist meine Schwester.«

Ich spürte den kurzen, aber erwarteten Hammerschlag irgendwo in der Herzgegend, und Charles' Augen erhellten sich sichtlich. »Wie nett«, sagte er. »Ein Familienurlaub.«

»Sozusagen«, murmelte Larry. »Welchen Roten sollten wir trinken?«

»Anthony, tu peux sortir le Jura qu'Olivier a ramené, s'il te plaît?«

Immer noch schweigend, zog der Barkeeper eine Flasche hervor und schenkte drei Gläser ein. Charles nahm das erste und hielt es gegen das gedämpfte Licht. »Ah«, seufzte er. »Siehst du, wie die *reflets* durch diese perfekte Farbe durchschimmern? Schau, wie der Weinstein auf den Boden des Glases sinkt – wie Sternenstaub. Das ist so *schön*.«

Ich unterdrückte ein spöttisches Schnauben. Er fixierte mich mit seinen glasigen Kugelfischaugen. »Und schöne Dinge muss man probieren, *non*?«

Ich nahm die Rolle an, von der ich beschloss, dass sie am vergnüglichsten zu spielen sein würde, und schenkte ihm ein steifes und dennoch gemäßigt einladendes Lächeln. Larry beugte sich plump über mich hinweg und grapschte nach einem Glas.

»Erstes und letztes, Schwesterherz – Ehrenwort!«

Ich hasste ihn mit jeder Faser meines Seins.

Drei Stunden später lief ich über vor trunkener Fülle, hatte aber immer noch nicht die geringste Ahnung von Annas Rolle in dieser dubiosen Hipster-Szene. Charles war von Beruf Bildhauer und hatte wohl beschlossen, sich mit der Eröffnung eines anrüchigen nächtlichen Treffpunkts ein Vehikel zu schaffen, um sich Sex mit jungen Frauen zu ermöglichen, guten Wein zu trinken und relativ ungestraft gewaltige Mengen Kokain konsumieren zu können. Auch als die Bar sich schließlich zu füllen begann, blieb er wie angenagelt auf seinem Stuhl sitzen, während sein Personal, mit Unmengen von Zetteln hantierend, wie ein Haufen aufgescheuchter Ameisen umherflitzte. Davon herzlich unbeeindruckt, verließ er seinen Platz nur, um zu rauchen, und einmal (peinlicherweise), um hinter die Theke zu schlendern und mir etwas zu essen zu machen, nachdem ich einen Anflug von Hunger erwähnt hatte. Er ging neben dem kleinen Kühlschrank in die Hocke.

»Magst du Käse?«, fragte er.

»Ich liebe Käse.«

»Hier, ich mache dir eine *planche.*« Er bestand darauf, Englisch mit mir zu sprechen, was äußerst komisch wirkte. Die Sprachbarriere ließ ihn nur noch absurder erscheinen. (»Wofür lebe ich? Guten Wein, *l'art,* schöne Frauen ... ich lebe für Schönheit.« Einmal beugte er sich sogar über die Theke und fütterte mich mit einer halben Feige. Einer *Feige.*)

»Bon, du Morbier, un bleu d'Auvergne, un domaine de Bresse, un Saint-Félicien, un tout petit peu de confiture aux Reines-Claudes ...« Mit heiliger Ehrfurcht zählte er die Bestandteile seiner Käseplatte auf. Zu seiner Verteidigung sei gesagt, dass er trotz seiner peinlich gekünstelten Persönlichkeit (er war ein sorgfältig konservierter Typ vom Schlag *bon vivant libertin*) ganz offensichtlich wusste, wovon er sprach. Sehr zur sichtbaren Erleichterung seiner Belegschaft arbeitete er ziemlich schnell und ließ sich dann wieder neben mir auf der weniger störenden Seite der Theke nieder. Da Larry sich auf seine auserkorenen Opfer gestürzt hatte, war mir jetzt das Glück beschieden, der einzige Gegenstand von Charles' Aufmerksamkeit zu sein.

»Oh!«, rief ich durch einen Mundvoll würzigen, dotterartigen Morbier. »Der ist *köstlich!*«

»Du isst gerne?«, sagte er und legte mir eine etwas schweißige Hand aufs Knie. »Du bist sehr *sinnlich*, das sehe ich.«

Ich blickte hinüber zu Larry, der mitten in einer Anekdote über Italien steckte, die Arme weit offen und die Augen, als die Mädchen anerkennend kicherten, noch weiter. Ich kopierte das Kichern Charles gegenüber.

»*Putain*, du hast so eine kleine sexy Lache!«, sagte er anzüglich grinsend.

Ich kippte die letzten Tropfen aus meinem Glas hinunter und sah zu, wie er es augenblicklich wieder füllte. Cremig triefender Saint-Félicien. Zu spät zum Umkehren.

»Bildhauer also«, begann ich, bemüht, ein anderes Gesprächsthema als meine offenbar sinnliche Natur zu finden.

»*Ouais*«, sagte er. »Die ganzen Arbeiten da hinter der Theke und da drüben im hinteren Teil – alles ich.« Er zeigte auf etwas, das unbestreitbar höchst beeindruckende dekorative Steinmetzkunst war; ein Christuskopf, zwei körperlose Hände, kleine Lorbeerzweige, ein Akt in Fragmenten. Erst jetzt bemerkte ich den nackten Rücken einer Frau, der in den vom Kerzenlicht geworfenen Schatten verschwand und wieder auftauchte. Jetzt, wo er über seine Kunst sprach und ernst genommen werden wollte, war Charles nahtlos wieder ins Französische verfallen. »Und die Fotos, die sind auch von mir – das sind die *anständigeren* Exemplare, die ich hier ausstellen kann.« Seine Hand schob sich jetzt an meinem Schenkel hinauf. »Ich würde mich freuen, wenn du für mich posieren würdest.«

Es waren natürlich alles Akte. Ein bisschen geschmacklos, um ehrlich zu sein, entstellt und unzusammenhängend. Sie sahen aus, als wären sie mit einer Camera obscura aufgenommen worden. Frauen in Fragmenten. Weiche Unschärfen.

»Hast du Lust auf ein bisschen Koks?«, sagte er gedehnt.

Larry arbeitete sich tapfer an der Weinflasche ab. Ich seufzte. »Warum nicht?«

Er drückte kurz mein Knie.

»Ich arbeite sogar viel hier unten«, sagte er, während er mit seiner Kreditkarte die großen Kristalle zerstieß. Er schob zwei großzügige Lines zusammen und gab mir ein Zeichen, mich neben ihn auf den Palettenstapel zu setzen.

»Hm«, sagte ich. Der Raum sah nicht anders aus als irgendeine Vorratskammer der Cafés, in denen ich bisher gearbeitet hatte. »Du meinst *künstlerisch*?«

Er lächelte (wobei sein Mund wieder wie Kabeljaurogen glänzte). »Du wirst sehen, wenn du möchtest.«

Aus seiner Brieftasche zog er ein kleines silbernes Röhrchen hervor. Ich schreckte innerlich zurück. Gab es etwas Schäbigeres als Kokain-Utensilien? Er reichte es mir zuerst.

»Und da behaupte einer, die Galanterie sei tot!«

Er grinste anzüglich, tat, als hätte er das verstanden, und ich senkte den Kopf, um die Line zu ziehen.

»Fuck«, hauchte ich.

»Ja. Das ist der gute Stoff«, sagte er (jetzt wieder auf Englisch, um mit allem, was er aus Gangsterfilmen gelernt hatte, zu protzen). Er zog seine Line und schüttelte wie ein nasser Hund den Kopf.

Für eine Sekunde saßen wir schweigend da. Von oben das gedämpfte Wummern von Musik und Gelächter. Larry hatte zuletzt mit einem spanischen Mädchen zu Talking Heads getanzt. Charles' Hand hatte ihren Weg zurück auf meinen Schenkel gefunden, und jetzt war sein weingeschwängerter Atem warm an meiner Wange. Als sein Mund mein Ohrläppchen streifte, schloss ich die Augen und dachte, es würde schnell vorbei sein. Er küsste mich, schob meinen Stoffpuppenkörper rücklings auf die Paletten und begrub ihn unter seinem eigenen.

»Du hast tolle Titten«, hauchte er mit der Stimme eines Siebzigerjahre-Porno-Stars. »Ich liebe kleine Titten, sie sind viel *eleganter.*«

Feuchter Mund auf meinem Schlüsselbein, Hände unter meinem Kleid, Hände überall.

»Ich ...« Er drückte mir einen blassen Finger auf die Lippen und fing an, den Reißverschluss seiner Jeans aufzumachen. Seine freie Hand auf meinem Arm, der Druck so groß, dass ich dachte, da dürfte es wohl einen blauen Fleck geben.

»*Suce-moi*«, flüsterte er.

Ekel überkam mich. Ich versuchte mich aufzusetzen. »Ich will das nicht, echt nicht.«

»Komm schon«, murmelte er. »Nimm ihn in den Mund. Du hast die perfekten Blowjob-Lippen ...«

Ich schaffte es, mich aufzurichten, und spürte, wie seine Hand schwer auf meinem Nacken landete.

»Jetzt *komm* schon«, beharrte er. »Du hast mich doch geil gemacht.«

Ganz plötzlich empfand ich Abscheu und inneren Widerstand. »Leck mich am Arsch.«

Als ich ihn wegstieß, hörte ich auf der Treppe gedämpfte Schritte.

»Was zum Teufel machst du da mit meiner Schwester?«

Charles drehte sich um. Larry erzählte mir später, dass er am liebsten losgelacht hätte, als er ihn da stehen sah – lächerliches Hawaiihemd als Rahmen für eine rasende Dauererektion.

»*Mais t'es sérieux, mec?* Verpiss dich!«

Ich wünschte mir, einfach zu verschwinden.

»Du verpisst dich, Freundchen. Das ist meine Schwester.«

»*Mais putain,* sie ist erwachsen. Und sie ist freiwillig hier.«

»Komm her, Leah«, sagte Larry mit Nachdruck, ohne ihn zu beachten. Einerseits beschämt, andererseits unermesslich dankbar begann ich, an den Trägern meines Kleids zu ziehen, und krabbelte auf ihn zu.

»Du weißt, dass du deinem *scheißverklemmten* Bruder nicht verpflichtet bist.«

Larry legte einen Arm um mich. »Doch, ist sie.« Er zog mich eng an sich, und ich versuchte, mich in seiner Armbeuge zu verstecken; am liebsten wäre ich vor Scham gestorben.

»*Mais* – wir haben 2016. Hast du noch nichts von der Befreiung der Frau gehört?«, empörte sich Charles.

»Nein. Jetzt hau ab«, fauchte Larry und begann sich abzuwenden.

»Deine Schwester hat mich scharfgemacht! Schlampe!«

»Was hast du da gesagt?« Ein plötzliches Innehalten. Ich fühlte, wie sein Körper sich versteifte.

»Larry«, zischte ich. Er hatte sich von mir gelöst und baute sich vor Charles auf. »*Larry!*«

Eine qualvoll steigende Spannung, und dann: »Ich schlage ihn nicht. Ich bin doch kein Scheißhöhlenmensch.«

Er kam zu mir zurück und nahm mein Gesicht zwischen die Hände; mit ungewöhnlicher Zärtlichkeit blickte er mir suchend in die Augen. Ich fühlte, wie meine Nase brannte. Charles schäumte noch. »*Connard … putain … fils de pute.*«

Eine undurchschaubare Stimmung zeigte sich in Larrys Augen, als er mich wie aus dem Nichts küsste.

Charles brannte lichterloh. »*Mais non. C'est pas vrai. Putain.* Scheiße. Weißt du, wo der Mund von dieser Schlampe gerade war?«

Ich litt, und Larry lachte. »Sie ist meine Schwester. Ich liebe sie. Bedingungslos.«

»Ihr seid ja *abartig*!«, schrie Charles. »*Perverses Pack!* Haut bloß ab hier, aber sofort!«

Lawrence nahm meine Hand, und wir stürmten, immer zwei Stufen auf einmal, die Treppe hinauf. Ich spürte, wie sein Körper sich vor selbtsgefälliger Freude über seinen Coup schüttelte. Draußen auf der Straße zerriss es ihn dann, gekrümmt und schnaufend.

Ich schloss die Augen und lehnte mich an die kalte Hauswand, ganz plötzlich von dem Wunsch erfüllt, nüchtern zu sein.

»Du musst zugeben, dass es lustig war. Hast du sein Gesicht gesehen?«

»Natürlich war es lustig«, seufzte ich. »Ich bin nur einfach nicht in einer lustigen Stimmung.«

Lawrence zog mich ganz an sich und küsste mich auf den Haaransatz. »Komm schon, Mädchen, Kopf hoch. Es war doch auch ein guter Kuss, oder?«

Ich lehnte mich mit meinem ganzen Gewicht an seinen Körper. Es war wohl ein guter Kuss gewesen. Die Erinnerung daran war getrübt durch den säuerlichen Überrest von Scham und Angst, und das unbestimmte Gefühl, dass ich mich jeden Moment übergeben würde. Wir fuhren ganz langsam aus der Stadt, und mit einem Mal fühlte ich mich sehr nicht-betrunken. Wir hatten beschlossen, die *autoroute* zu verlassen und abseits in einer Haltebucht unseren Rausch auszuschlafen.

»Hör auf, mich anzuschauen, guck lieber auf die Straße.«

»Ich kann nicht anders, du bist wunderschön«, lallte er.

Die Bemerkung, die nur Stunden zuvor mein Herz hätte höher schlagen lassen, ärgerte mich jetzt bloß. Wir ließen das funkelnde neonbeleuchtete Autobahngeflecht rund um Marseille hinter uns.

»Na, da gab's doch alles, was es für ein großes Abenteuer braucht«, sagte er. »Südfrankreich, guter Soundtrack, attraktives Paar, Drogen, Sex ...«

Wenn du sexuelle Nötigung mitzählst, dachte ich, nickte aber nur schweigend.

Weiter, weiter, weiter das kleine schwarze Band einer Landstraße entlang. Wieder Zikaden, Leere, und endlich – eine Haltebucht. Das Auto kam stotternd zum Stillstand.

»Tut mir leid«, sagte er. »Wahrscheinlich war ich ein Arschloch, was?«

»Schon okay. Wirklich. Es war meine eigene Schuld.«

Er blickte zum Fenster hinaus. »Sag das nicht«, erwiderte er leise. Und dann: »Leah ...«

»Was?«

»Guck mal raus ... nein, *komm* mit raus.«

Das Pfeifen der kalten Nachtluft. Der Himmel tiefblau und alles mit nächtlichen blauen Flecken übersät. Endloser Sternenstaub. Wir hatten neben einem Feld mit riesigen nickenden Sonnenblumen geparkt.

»Scheiße«, sagte ich lachend.

Er hielt meine Hand, und wir standen beide da, beinahe belustigt darüber, wie majestätisch sie waren, in Mondlicht gebadet. Sein Gesicht war ganz weiß davon. Er schlang seine Arme um mich, sein Kinn auf meinem Kopf. Ich wollte alles, was passiert war, vergessen und dieses Jetzt herauskristallisieren – diesen erlesenen Moment.

Ich hob mein Gesicht zu seinem und schloss die Augen.

»Ich hätte ihn umgebracht, hundertpro.«

Irgendwann nach Tagesanbruch fuhren wir los. Den Kopf nickend auf seiner Schulter, döste ich, während er fuhr, und kam erst langsam wieder zu mir, als das Auto am Fuß der Einfahrt mit einem Ruck zum Stehen kam.

»So«, sagte er.

»So«, wiederholte ich.

»Das hat Spaß gemacht.«

»Hat es.« Ein nervöses, Zustimmung heischendes Lächeln.

Er seufzte. »Vermutlich sollten wir das hier nicht machen.«

»Das hier?«, sagte ich.

»Das hier. Du und ich – also, ich meine, das ist keine gute Idee. Wegen Dad, weil du für ihn arbeitest …«

»Stimmt. Ja. Klar.«

»Weißt du, ich mag dich wirklich. Du bist cool. Du bist locker – und vermutlich ist es keine so gute Idee, einfach manchmal ein bisschen rumzumachen und …«

»Absolut«, bestätigte ich und unterbrach ihn damit, um mir nicht noch mehr anhören zu müssen.

Er beäugte mich nervös, und als er von meiner mühsam konstruierten Lässigkeit überzeugt war, bekam er sogar ein Lächeln hin. Er sah erleichtert aus.

»Aber Spaß hat es gemacht, oder?«
»Ja«, sagte ich, dümmlich lächelnd.
»Das *Gesicht* von diesem Typ, ich schwör dir …«

Als ich langsam die Tür zu meinem Zimmer aufschob, durchfuhr mich blitzartig ein Gefühl des Unbehagens. Jemand war drinnen.

Michael stand, die Hände in den Hosentaschen, mit dem Rücken zu mir am Fenster. Er musste mich an der Tür gehört haben, blieb aber völlig reglos.

»Hallo?«, flüsterte ich, bemüht, meine Stimme sonnig klingen zu lassen, aber unfähig, das nervöse Zittern zu verbergen.

Er machte sich nicht die Mühe, sich zu mir umzudrehen. In dem Bewusstsein, dass gleich etwas Schreckliches passieren würde, schloss ich leise die Tür hinter mir. Verlegen stand ich da, vor Beklommenheit ein stechendes Gefühl auf der Haut.

Endlich schüttelte er den Kopf. »Du hast nicht vergessen, dass du für deine Anwesenheit bezahlt wirst, Leah, oder?« Seine Stimme war verstörend ruhig – eher enttäuscht als verärgert. Ich fühlte das gemächliche Tropfen unausweichlicher Demütigung, deren Vorahnung sich in meinen Gliedern breitmachte, und das krampfartige Gefühl der Enge in meiner Brust und hinten in der Kehle.

»Natürlich nicht«, sagte ich leise.

In den Strahlen des Dämmerlichts fiel mir jetzt auf, dass er zitterte.

»Ich glaube, ich bin nicht unverschämt, wenn ich erwarte, dass du das hier ernst nimmst.«

Ich versuchte zu sprechen, aber der Druck in meiner Kehle erstickte die Worte.

Er fuhr fort: »Statt dich rumzutreiben und mit meinen Kindern zu besaufen.«

»Ich …«

»Bemüh dich nicht.« Er drehte sich zu mir um, jedoch ohne mir in die Augen zu schauen. »Du hättest wenigstens die Höflichkeit besitzen können, dir den Tag freizunehmen.«

Meine Stimme kam ganz flattrig heraus. »Ich wusste nicht … Wir hatten nichts geplant … Lawrence fragte mich einfach heute Morgen spontan, und ich dachte, es wäre okay, weil es doch nur ein Tag war und … ich dachte, es würde dir nichts ausmachen, wenn ich vielleicht stattdessen am Wochenende arbeitete und …«

»Es ist einfach nicht besonders professionell, oder?« Er lächelte herablassend.

Ich heftete den Blick unverwandt auf ein Astloch in der Fußbodendiele. »Nein«, murmelte ich, »ist es nicht.«

Wieder schüttelte er, vor sich hin lächelnd, den Kopf. »Das passiert wohl, wenn man Leute anstellt, die keine echte Erfahrung haben.«

Das saß wie ein Wespenstachel, und durch Blinzeln versuchte ich die Tränen zurückzuhalten, die sich spürbar hinter meinen Augenlidern sammelten.

»Es tut mir so leid«, sagte ich leise.

»Versuch einfach ein bisschen konsequenter, Verantwortung zu übernehmen, ja? Das ist doch nicht zu viel verlangt, oder?«

Am liebsten wäre ich im Boden versunken.

»Schlaf deinen Rausch aus. Ich möchte jetzt nicht weiter darüber sprechen«, höhnte er, ging aus dem Zimmer und ließ mich vor Schuld und Scham wie gelähmt zurück.

Ich stieg ins Bett und fühlte mich plötzlich sehr klein und sehr verloren.

23
Michael

Natürlich hatte ich gewusst, dass ich, als ich Astrid an jenem Abend aus Jeremy's Bar geschmuggelt hatte, bloß ein Heftpflaster auf eine klaffende Fleischwunde geklebt hatte. Ich war wie einer dieser kernigen edwardianischen Verrückten, die man oft auf alten Sepia-Fotografien sieht – wie sie die Kamera mit aller imperialer Kraft niederstarren, weil sie wissen, dass sie gleich einen Gipfel im Himalaja erklimmen werden, ausgerüstet mit nichts weiter als einem Glas Marmite und soliden Kenntnissen über Milton und das antike Griechenland. Kurz gesagt, ich war auf beinahe komische Weise dem Untergang geweiht. Meine Showeinlage hatte mir ein wenig Zeit verschafft, nichts weiter. Astrid war eine der talentiertesten Sängerinnen, die ich je gesehen hatte. Jetzt, da der Ball ins Rollen gebracht worden war, konnte ihn nichts mehr aufhalten. Sie würde es schaffen. Sie würde es schaffen, und ich würde ihr gescheitertes Anhängsel sein, das bei Jeremy's an der Theke lehnte und darauf bestand, dass ich schon mit ihr zusammengewohnt hatte, bevor sie Amerika eroberte. Wenn ich über meine Zukunft nachdachte – wozu ich mit einem Mal gezwungen war –, sah ich bloß die gewaltige Leere einer ungenutzten Chance. Dann sah ich ihre vor mir: in den Himmel steigend, golden, aufregend.

Ein Freitag. Ich war in unserer Wohnung, lag auf dem Rücken, auf dem Fußboden; ich rauchte einen Joint, trank eine Tasse kalten Tee, hörte eine verkratzte Melina-Mercouri-Single und las in einer abgewetzten Taschenbuchausgabe von *Die griechischen Mythen für Kinder* – beides hatte ich am Tag zuvor in einem Secondhand-Laden gekauft. Das Cover des Buches war von seinem Vorbesitzer heftig zerstört worden, indem er, in einem Anfall prüden Erschreckens, Zeus' schlaffen Minipenis überkritzelt und seine Scham mit einer Art Kuli-Toga bedeckt hatte. Es war mitten am Nachmittag, als ich vom Klappern von Astrids Schlüssel in der Tür in die Realität zurückgerissen wurde. Ich suchte hastig nach anspruchsvollerem Lesematerial, als sie in meine kleine Blase der Ruhe hineinplatzte. Ihr Gesicht war gerötet und ihre Augen leuchteten vor Begeisterung.

»Du glaubst nicht, was mir heute passiert ist«, sagte sie, ohne jede Pause zwischen den Worten.

Ich blinzelte bekifft. »Was ist dir heute passiert?« Ich gähnte, streckte mich und tapste zu ihr, um sie zu küssen – weil sie so bezaubernd aussah mit all dem kindlichen Elan, dass ich beschloss, sie auf der Stelle berühren zu müssen. Sie erwiderte meinen Kuss und warf die Arme um meinen Hals. Ich mochte es, wenn sie das tat. Ich fühlte mich dann wie Cary Grant.

»Ein Mann ist nach dem Mittagstrubel ins Restaurant gekommen, direkt zur Theke marschiert und hat gefragt, ob dort eine junge Dame namens Astrid arbeitet. Giorgio hat ja gesagt – er war ein bisschen misstrauisch –, und der Typ hat gesagt, es sei überhaupt nichts Unangemessenes und dass Jeremy Carson ihm gesagt habe, er solle ins Restaurant gehen, und dass es wegen meiner *Karriere* sei!«

Ich spürte, wie mein Fleisch die Knochen darunter packte,

und versuchte, seine Form und Zusammensetzung zu bewahren. Astrid bekam davon nichts mit. Ich registrierte den rasenden Monolog, in dem sie ihre Geschichte erzählte, und einzelne Splitter davon schafften es, in mein Bewusstsein einzudringen: »... er war an dem Abend da, als es dir so schlecht ging ... war so gut angezogen, ich glaube, allein sein Hemd muss ein Monatsgehalt gekostet haben; aber nicht eingebildet ... er war so nett – so normal ... hat mich verglichen mit ... sagt, ich hätte das Potenzial ...«

Mein Skelett drückte gegen die angespannten Muskeln. Ich war mir vage bewusst, dass sie aufgehört hatte zu reden und mich ansah, noch immer leuchtend, und darauf wartete, dass ich reagierte. Ich hielt sie an mich gedrückt und küsste sie noch einmal, damit sie ihre Augen schloss und nicht sah, wie mir die Gesichtszüge entglitten. Ich drückte ihren Kopf an meine Brust und sprach in ihr Haar, um meine Stimme zu dämpfen. Ich ließ Worte los wie *unglaublich* und *na klar,* und dazu noch ein paar leere *Ich liebe dich*s. Sie schüttelte ihre Schuhe ab, warf ihre Handtasche auf den einen Sessel, den wir besaßen, und fing an, Pirouetten durch den Raum zu drehen. Schließlich blieb sie atemlos stehen. Ich sah zu, wie die Freude wie ein schmilzendes Cornetto aus ihrem Gesicht rutschte. »Wieso bist du so grau?«

Ich deutete auf den Aschenbecher auf dem Boden. Sie schluckte meine Erklärung und brach in ihr entzückendes, ansteckendes Lachen aus. »Ist mir auch egal!«, sang sie. »Geh ins Bett. Ich glaube, ich komm mit! Feiern können wir später.« Sie warf sich in meine Arme, und ich spürte, wie meine Beine nachgaben, was sie nur noch aufgedrehter werden ließ. »Heute gehen wir irgendwohin, wo es richtig schön ist«, flüsterte sie mir ins Ohr. »Ich bezahle. Stephen sagt, er wird mich unheimlich reich und berühmt machen.«

Sie löste sich wieder von mir und fing an, herumzuhüpfen und an ihrem Kleid zu zerren. »Komm schon!«, sagte sie und warf es triumphierend auf mich: ein Stück karierter Stoff; Tomaten, Öl, Basilikum, der scharfe Geruch ihres Schweißes. Ich sah ohnmächtig und betäubt zu, wie sie hinter unserer Badezimmertür verschwand; ich nahm das Kleid und knüllte den Stoff in meiner geballten Faust zusammen.

Die Tage, die jetzt folgten, liefen zu einem einzigen, flüssigen Ding zusammen. Die Zeit dehnte sich und übertrat ihren offensichtlich dauerhaften Rahmen – dauerhaft, weil ich wusste, dass Astrid am Morgen noch immer aufwachte und zur Arbeit aufbrach; dass Jenny noch immer mit Fish and Chips auftauchte, wenn die Tageszeit kam, die offenbar dafür vorgesehen war, sie zu essen. Draußen bewegten sich – ich nahm an, um halb neun – Männer in Anzügen und mit Schirmen und frisch polierten Schuhen in einer einzigen, synchronen, zielgerichteten Bewegung.

Eines Abends unternahm ich gerade einen nächtlichen Spaziergang (es war ein Mittwoch, nehme ich an, weil Astrid bei Jeremy's war und ich ebenfalls dort sein sollte). Es war einer dieser Spaziergänge, die man mit tief in den Taschen vergrabenen Händen und dem Horizont entgegen geneigten Kopf unternahm. Ich kam an einem Pub am Lincoln's Inn vorbei und hörte das metallene Läuten der Glocke, mit der die letzte Runde angezeigt wurde. Der johlende Tonfall der Wirtin – *lesde Runde, lesde Runde* – war wie ein Tunnel ins Reich der Lebenden, eine Zeitnadel, die in eine Pinnwand gesteckt wurde. »Letzte Runde«: ein greifbarer Marker der Zeit, der noch immer in der Realität aller anderen existierte.

Seit dem Augenblick, als Astrid mir von Stephen erzählt

hatte, war ich mehr oder weniger betrunken gewesen. (Stephen. Was für ein unerträglich hässlicher Name. Ich wette, er war als Kind ein Steve gewesen – er war genau die Sorte schmieriger alter Sack, die Steve genannt wurde, gut Billard spielen konnte, ein Mädchen schwängerte und sich toll vorkam, weil er sich darum kümmerte.) In dieser Nacht waren wir noch zu Jeremy's gegangen und hatten uns komplett volllaufen lassen, sogar Astrid, die sich normalerweise sehr gut im Griff hatte. Jeremy schäumte förmlich vor Freude, wenn er daran dachte, was das alles für die Bar bedeuten würde, und so kam es, dass unsere Gläser nie leer wurden.

Fragmente dieser Nacht: Julian, der auf die Bühne torkelte und das Klavier in Beschlag nahm, das er, wie wir oft vergaßen, spielen konnte, und zwar gut. Dabei zog er Astrid auf sein Knie und sie sangen »Dream a Little Dream of Me«, in etwas ungelenken, aber charmanten Harmonien. Er bat sie, eine Zigarette aus seiner Brusttasche zu holen und sie ihm anzustecken. Ich sah zu, wie sie kichernd den Filter an seine geöffneten Lippen hielt. Jenny legte beruhigend eine Hand auf meinen Ellbogen. »Sollen wir mal ein bisschen frische Luft schnappen gehen?«, sagte ihre Stimme von irgendwo im nebulösen lilafarbenen Licht. Ich erinnere mich, wie ich mit den Zähnen knirschte – das Halt gebende Gefühl angespannter Kiefermuskeln.

Ich weiß noch, wie ich mit Jenny eng tanzte und wie mir das Herz vor Zuneigung überging. Ihr Haar, das mir in der Nase kitzelte, roch ganz leicht nach Patschuli. Ich erinnere mich, wie Jeremy mit Worten wie *Musikindustrie* und *Manager* und *Tour* um sich warf. Astrid schien sich in den Äther zurückgezogen zu haben, die Konturen ihrer Gesichts waren durch die Distanz kaum noch zu erkennen. Als wir nach

Hause kamen und miteinander schliefen, drückte ich sie gegen die Matratze und fixierte sie mit dem Gewicht meines Körpers. Am nächsten Morgen überzogen kleine gräuliche Flecken – reißzweckengroße Quetschungen – die Oberfläche ihres schlanken Bizeps.

Wenn sie bei der Arbeit war, vögelte ich Clara. Ich lud sie zu mir ein, als Versuch, die Wohnung als mein Reich neu zu besetzen. Anschließend stand sie auf, um Tee zu kochen. Sie trippelte zögerlich durch das Zimmer, auf Zehenspitzen, wie eine Touristin, die die örtlichen Gewohnheiten nicht kennt und niemanden verärgern will. Während das Wasser im Kessel heiß wurde, sah sie sich die Schallplatten an. Die gefürchtete »Nachtigall« fiel aus der Hülle von *Sketches of Spain* (am Ende hatte ich ihr nicht einmal das Badezimmer zugestanden). Sie bückte sich, um den Druck aufzuheben, und ich sah, wie sich ihr Gesicht für einen Augenblick in unkontrolliertem Lachen verzog. Sie hielt mir das hässliche Bild entgegen.

»Was zur Hölle ist das denn?«, rief sie. »Das ist ja *scheußlich*!«

Ich reagierte nicht und sah, wie sie sichtlich zusammenzuckte, als ihr klarwurde, dass sie etwas Falsches gesagt hatte. Sie machte schweigend weiter, und als sie zum Bett zurückkam, legte sie sich neben mich, jedoch ein Stück von mir entfernt. Sie wollte nicht riskieren, auch nur meine Haut mit ihrer zu berühren. Vorsichtig probierte sie eine Reihe neutraler Themen aus, bis sie, als ihr Tee schließlich getrunken war (es fühlte sich wie eine Ewigkeit an), durch den Raum huschte und ihre Kleider zusammensuchte. Plötzlich hatte sie es eilig, zurück zur Arbeit zu kommen. Als sie ging, fragte sie (sie sah so schön aus, wie sie so in der Tür stand, von hinten angestrahlt durch das Oberlicht im Flur):

»Was machst du mit deinem ganzen Zeug, wenn du nach Griechenland gehst?«

»Wie bitte?«, sagte ich.

»Griechenland«, sagte sie. »Du hast mir auf dieser Party erzählt, dass du nach Griechenland ziehen willst.«

Griechenland. Ich lachte. *Na klar.* In Griechenland würde ich ein weitgereister, Byron-mäßiger Scheiß-*Held* sein. Ein Moment größter Erleuchtung – weißes Licht, die Farbe einer ionischen Welle, wenn sie sich aufbäumt und den höchsten Punkt erreicht, um danach zu sterben; die Farbe schneeweißer Häuser mit türkisfarbenen Fensterrahmen ...

Ich fasste Claras Gesicht mit beiden Händen und küsste sie, langsam, bewundernd, aufrichtig sogar. Sie blickte zu mir auf, erstaunt und freudig. Bemüht, ihre übliche einstudierte Gleichgültigkeit zurückzuerlangen, sagte sie:

»Dann werde ich dich wohl bald wiedersehen.«

»Auf jeden Fall«, erwiderte ich und küsste sie noch einmal. Ich wusste genau, dass es vermutlich nie dazu kommen würde.

Als Clara gegangen war, machte ich mir noch mal eine Kanne starken Tee, ließ mir ein Bad ein und rasierte mich. Ich probte meine Rede vor dem grünlichen Badezimmerspiegel, den Astrid so mochte, weil er dem Anblick so schmeichelte.

»Ich wollte es dir an dem Tag sagen, als du mit der Nachricht von Stephen nach Hause kamst«, sagte ich mit gequälter Miene zu mir selbst. »Aber du warst damals so begeistert, dass ich nicht wusste, wie ich es dir sagen soll.«

Ich schüttelte den Kopf und fing von Neuem an, diesmal mit einem Ton, der eher notgedrungene Resignation erkennen ließ.

»Ich kann mir nicht vorstellen, nicht jeden Morgen neben dir aufzuwachen«, seufzte ich. Ich gestattete meinem gespiegelten Ich ein leichtes Grinsen über diese letzte Note und spritzte mir kaltes Wasser ins Gesicht. Zum ersten Mal seit Tagen fühlte ich mich wie ein intaktes menschliches Wesen. Sie würde um fünf Uhr nach Hause kommen.

Als sie schließlich, nach neun, durch die Tür kam, war ich schon wieder betrunken.

»Scheiße, wo warst du?«, knurrte ich sie an.

Sie sah mich erschrocken an. »Ich hatte nach der Arbeit ein Meeting mit Stephen.«

»Ein *Meeting*?«

»Na ja, schon. Es hat ein bisschen länger gedauert, deshalb hat er mich zu Egg and Chips im Imbiss bei seinem Büro eingeladen.«

Ich schnaubte aus, stand auf und trat meinen Stuhl unter den Tisch. Sie folgte mir ins Schlafzimmer.

»Was ist denn los mit dir?« Sie hob die Hand und berührte meinen Arm. Ich riss ihn weg.

»Gar nichts«, fauchte ich sie an.

»Warum bist du so wütend?«

»Du hast gesagt, du bist um fünf zu Hause«, sagte ich mit bebender Stimme. Ein kleiner, nüchterner Teil von mir wusste genau, wie hysterisch ich mich anhörte.

»Nein, hab ich nicht.« Ihre Stimme war leise, aber fest, wie die eines Kindes, dem irgendeine banale Ungerechtigkeit widerfahren war und das keine Macht hat, sie zu verstehen oder etwas dagegen zu tun.

»Du kommst immer um fünf nach Hause.«

Sie setzte sich auf die Bettkante und fixierte ihre Hände, die sie mit würdevollem Ernst in ihrem Schoß gefaltet hatte. Ich hatte erwartet, dass sie mich mit weiteren Fragen belagern würde, aber sie war beinahe katatonisch. Sie gab sich große Mühe, nicht zu weinen, doch in ihren Augen standen die Tränen. Mir wurde klar, dass wir uns noch nie gestritten hatten und dass ich gerade zum ersten Mal sah, wie sie darauf reagierte.

»Der ist mir nicht geheuer.«

»Wer?« Ihre Stimme klang leer.

»Stephen«, spuckte ich aus.

»Klar. Natürlich. Darum geht's hier.« Sie seufzte.

»Was soll das denn heißen?«

»Du glaubst, er will mit mir schlafen.«

»Scheißen Bären in den Wald?«

Jetzt liefen ihr ein paar kugelrunde Tränen die Wangen hinab. »Ich wusste es, du benimmst dich komisch, seit ich es dir erzählt habe«, flüsterte sie.

»Jetzt heul nicht«, verhöhnte ich sie – irgendwie machte mich ihr Weinen nur noch wütender. Es war, als versuchte sie, Mitgefühl bei mir zu erregen.

Sie schüttelte den Kopf. »Warum bist du so gemein?«

Ich ignorierte sie und legte mich rücklings aufs Bett. »Es bringt nichts, jetzt darüber zu reden – wenn du so emotional bist.« Sie zuckte zusammen. »Lass es uns morgen früh besprechen.« Ich machte entschieden die Augen zu, obwohl ich hellwach war. Neben mir hörte ich sie leise schniefen. »Um Gottes willen, versuch jetzt *bitte* zu schlafen.«

Als ich am nächsten Morgen aufwachte, wusste ich, dass ich Mist gebaut hatte, aber ich konnte mich nicht daran erinnern, wie genau. Dann fiel es mir, Bruchstück für Bruchstück, wieder ein – ein grobes Puzzle der Geschehnisse. Ich tastete nach Astrids Körper, doch sie war schon aufgebrochen. Ich muss mich wohl bei ihr entschuldigen, dachte ich, doch wenn ich das nicht tun würde, wenn ich beleidigt bleiben und nicht auf sie zugehen würde, dann wäre es möglich, dass sie denkt, dass alles ihre Schuld war – sie war schließlich diejenige, die mit einem widerlichen alten Aufreißer essen ging. Dumme Kuh. Sie hatte mir die Worte in den Mund gelegt, aber dass mir dieser Gedanke nicht schon vorher gekommen war, war kaum zu glauben. Natürlich wollte er mit ihr schlafen. Wie konnte sie bloß so naiv sein?

Ich kroch aus dem Bett, um Wasser aufzusetzen, und stöhnte. Mich vertikal zu halten war schmerzhaft. Auf dem Tisch stand eine leere Flasche Gin. Allein der Gedanke daran, an den beißenden Geruch nach Desinfektionsmittel oder Medizin, verursachte mir ein Brennen in der Nase. Benommen registrierten meine Augen ein Stück Papier, das gegen die Flasche gelehnt stand – ein alter Totoschein. Darauf ihre niedliche, mädchenhafte Schrift. *Ich liebe dich*, stand da. Sie spielte jede Woche Toto, und seit wir zusammengezogen waren, benutzte sie nicht mehr das Geburtsdatum ihres Vaters als Zahlen, sondern meines.

»Du weißt schon, dass man es Idiotensteuer nennt, ja?«, hatte ich zu ihr gesagt.

»Bei uns haben wir das immer gespielt«, hatte sie geantwortet, als sei das allein Grund genug.

Von der Bibliothek aus rief ich bei Giorgio's an. »Sag ihr, dass ich sie nach ihrer Schicht treffen will. Sag ihr, sie soll zum Cartwright Gardens kommen. Da bin ich dann.« An diesem Nachmittag war ich mit Julian zum Tennis verabredet. Er mochte den Platz in Cartwright Gardens, weil er gerne den weiblichen Erstsemestern des UCL dabei zusah, wie sie sich in ihren Wonheimzimmern nebenan »wie zarte Vögelchen« für ihre Freunde herausputzten. Ich hörte, wie Rosa ihr die Nachricht weitergab, und ich hörte Teile von Astrids gedämpfter Antwort.

»Sie sagt, du weißt doch, dass sie heute Nachmittag beschäftigt ist«, kicherte Rosa.

»Sag ihr, es sei dringend«, sagte ich und hängte auf.

Ich achtete darauf, vor Astrids Eintreffen meine weißen Tennissachen auszuziehen, weil ich mit dem Outfit eine gewisse Munterkeit verband, die von der ernsten Stimmung, die ich schaffen wollte, ablenken würde. Als ich meine nach-dem-Match-Zigarette mit Julian rauchte (er hatte in Würde verloren, wie immer), erzählte ich ihm von meinem Plan.

»Ich würde vermutlich nur für zwei Monate dahin ziehen – mir das Ganze mal ansehen.«

»Micky-boy, das klingt nach einem guten Plan«, sagte er. »Bisschen heikel in Athen, klar, aber du bist ja Ausländer, also würden sie dich nicht anrühren. Und du weißt ja, dass ich im Sommer eine Zeitlang bei Mum sein werde. Gott, wenn ich das der unbeugsamen Mrs Gresford erzähle, ist sie hin und weg – du weißt ja, wie sehr sie dich verehrt. Ich weiß nur nicht, was sie zu deiner Alten sagen wird.«

Ich zuckte mit den Achseln. »Hmm. Meinst du wirklich, es wäre eine gute Idee, Astrid mitzunehmen?«

Er runzelte die Stirn. »Hattest du überlegt, sie *nicht* mitzunehmen?«

Ich lehnte mich gegen die Statue von John Cartwright, deren Sockel von Taubenscheiße und Flechten überzogen war. »Ich weiß nicht, Mann. Ich glaube, dass sie das Ganze zu ernst nimmt. Vielleicht war das mit dem Zusammenziehen doch keine so gute Idee.«

Julian hängte sich den Schläger über die Schulter. »Ich hab versucht, dich zu warnen«, seufzte er. »Aber wenn du nur kurz weg sein willst, dann halt sie dir warm. Schreib ihr ab und zu einen schwärmerischen Brief, voller Superlative. Und schreib auch mal was Versautes rein, damit sie etwas hat, mit dem sie sich beschäftigen kann, wenn sie nachts nicht schlafen kann«, schob er mit einem anzüglichen Augenzwinkern hinterher. »Egal. Wenn man vom Teufel spricht, da taucht sie auf. Eine Erscheinung in Karostoff. Und so trete ich ab, um den schmerzhaften dritten Akt nicht mitzuerleben.« Er klopfte mir auf die Schulter. »Viel Glück, alter Junge. Ich bin im Pub, falls du mich brauchst.«

Bevor ich ihn bitten konnte, einen unauffälligen Abgang über die Euston Road zu wählen, trat er schon auf sie zu, mit offenen Armen und den Schläger elegant von seiner Schulter baumelnd.

»Beim Jupiter, wenn das nicht die aufreizendste Tischdecke ist, die mir je unter die Augen gekommen ist!«, rief er und zog Astrid in eine extravagante Umarmung. Ich sah zu, wie sie verlegen da stand, den Blick auf den Boden richtete und sich eine Haarsträhne hinters Ohr schob. Ich sah, wie Julian mit seinem Schläger auf mich deutete und laut lachte. Penner. Ich überlegte, wie lange er sie noch in Beschlag nehmen würde, und trottete zurück auf die halbmondförmige Rasenfläche. Neben mir unterstrich eine süße kleine Studentin wie wild Passagen in ihrer Ausgabe von *Ulysses*. Ich entschied kategorisch, dass sie nicht mitanhören sollte, was gleich gesagt werden würde. Das Ganze hatte beinahe etwas Unanständiges.

»Du warst *Tennisspielen*?«, sagte Astrid mit leiser Stimme und finsterem Blick, als sie mich erreichte.

»Lass uns in ein Café gehen«, sagte ich.

»Ich dachte, du hättest gesagt, das hier sei dringend.«

»Bisher war mir nicht bewusst, dass sich Tennis und Dringlichkeit gegenseitig ausschließen.«

Die angehende Joyce-Expertin hatte ihre Bearbeitung unterbrochen und sah uns schüchtern an. Ich lächelte ihr freundlich zu und nahm Astrids Hand. »*Komm* jetzt«, zischte ich. »Das ist nicht der richtige Ort.«

Wir spazierten los, ohne Ziel, ungefähr in Richtung Euston. »Wo gehen wir hin?«, wollte sie wissen.

»Keine Ahnung«, sagte ich, was der Wahrheit entsprach, auch wenn meine Füße jetzt in Richtung des Bahnhofs zu steuern schienen.

»Hast du meine Nachricht gesehen?«, fragte sie, offenbar ein wenig milder gestimmt.

»Ja.«

»Ich versteh wirklich nicht, was gestern Abend passiert ist.«

»Ich hatte den Kopf einfach so voll.«

Wir hatten die Stelle erreicht, an der noch wenige Jahre zuvor der Euston Arch in den Himmel geragt hatte. An seiner Stelle hockte unheilvoll der neue Bahnhof für Züge in den Norden, ein selbstzufriedener, steriler Tempel der Funktionalität.

»Der ist *wirklich* hässlich, oder?«, sagte sie. »Hab ich nicht recht?«

Ich zuckte mit den Achseln. Plötzlich von so vielen nordenglischen Akzenten umgeben zu sein, erinnerte mich auf unschöne Weise an meine Vergangenheit – ein Anachronismus inmitten der stromlinienförmigen Säulen und der glänzenden Glasflächen. Ja, dies war ein guter Ort, um diese Unterhaltung zu führen, in der dröhnenden Wartehalle, mitten in diesem Orchestergraben flüchtiger Stimmen. Nicht wagend, ihr in die Augen zu sehen, setzte ich mich auf eine der Bänke unter dem ruckenden Fresko der Abfahrttafel. Sie ließ sich neben mich fallen. Birmingham New Street. Manchester Piccadilly. Holyhead ...

»Mein Alter wurde in Crewe geboren«, sagte ich wie in Gedanken.

»Ich nicht«, sagte sie mit einem kurzen Anflug von Stolz. »Wir sind East End, durch und durch.«

»Ich wette nicht«, sagte ich. »Ich wette, irgendwann seid ihr aus Polen oder Schottland gekommen, oder aus einem öden kleinen Kaff in Kent, als Flüchtlinge der industriellen Revolution. Menschen ziehen weiter.«

»Das weiß ich.« Ich konnte am Ton ihrer Stimme erkennen, dass ich gehässig und kleinlich geklungen hatte.

Ich legte die Hand auf ihr Knie. »Aber wenn ich mir diese sterbensblasse Städterinnenhaut ansehe, würde ich sagen, du bist wahrscheinlich seit der normannischen Eroberung Londonerin.«

Sie verpasste mir einen spielerischen Klaps und lächelte mich vorsichtig an – es war dieses zaghafte Lächeln, wie ich es ganz zu Beginn häufig bei ihr gesehen hatte, als wir uns noch nicht näher kannten. Sie testete die Stimmung. Ich verspürte leichte Schuldgefühle wegen dem, was ich gleich tun würde.

Jetzt redete sie. Ich betrachtete die Abfahrttafel. Liverpool Lime Street, mit Halt in Stafford und Chester (»Ich bin nicht total naiv, Michael, ich kann auf mich selbst aufpassen«), Newcastle-under-Lyme (»Außerdem glaubt Giorgio, dass Stephen schwul ist«); Glasgow Central (»Wie konntest du nur denken, dass ich das tun würde?«).

»Astrid.«

Sie blinzelte, als habe das Wort sie direkt im Gesicht erwischt.

»Ja?«

Ich hielt meinen Blick auf die leuchtend weißen Buchstaben in dieser tröstlich vertrauten Schrift gerichtet.

»Ich verlasse London.«

Aus dem Augenwinkel konnte ich ihr Stirnrunzeln sehen.

»Was soll das heißen?«, fragte sie. »Warum solltest du London verlassen? Wovon redest du?«

Watford Junction. Hemel Hempstead. Tring.

»Ich wollte es dir schon sagen, als du das von Stephen gehört hattest, aber du hast dich so gefreut, dass ich's nicht übers Herz gebracht habe.«

Ein Moment qualvoller Stille. »Ich versteh das nicht. Wo gehst du denn hin? Wo kommt das plötzlich her?«

Ab diesem Punkt, denke ich, zerstörte mein totales Gefühlsvakuum jede wirkliche Empfindung gegenüber unserer Unterhaltung. Mir fiel auf, dass ich überhaupt kein Mitleid empfand. Es fühlte sich an, als würde ich eine Ameise auf einer Picknickdecke töten, an einem dieser dichten, strapaziösen Nachmittage im August.

»Es tut mir leid«, log ich. »Das hat nichts mit uns zu tun. Ich bin bloß ... Ich stagniere hier.« Ich wusste, dass sie mich ansah. Ich konnte ihren brennenden Blick auf mir spüren.

»Nein, tust du nicht.« Ihre Stimme bebte vor Panik. »Das stimmt nicht. Du studierst. Ich weiß, dass du schreibst. Deine Freunde sind hier – *ich* bin hier. Wo würdest du überhaupt hinwollen?«

»Ich gehe nach Athen«, sagte ich, den Konjunktiv bei ihr übergehend. »In etwa einem Monat. So kannst du dir eine neue Wohnung suchen.«

»Athen?«

»In Griechenland.«

Jetzt hörte ich sie lachen. »Danke, vielen Dank auch.«

»Hör zu, du weißt ja, was ich für dich empfinde.«

»Jetzt weiß ich gar nichts mehr.« Ich sah sie immer noch nicht an, doch ihre Stimme klang tränenerstickt. »Warum um alles in der Welt solltest du nach Athen gehen? Du hast Griechenland nie auch nur erwähnt.«

»Doch, hab ich«, protestierte ich. Ich drehte mich, um sie anzusehen, und legte meine Handflächen auf ihren Schoß, um auf sie einzugehen, um zu versuchen, sie zu überzeugen. »Hier mache ich gar nichts. Ich will endlich was *sehen* – was erleben! Du hast recht – ich habe geschrieben ...« Ich legte eine kurze Kunstpause ein. »Aber wie soll ich etwas von Bedeutung schreiben, wenn ich noch *nichts* gesehen habe? Die derzeitige Situation in Griechenland, die Diktatur, die Studentenproteste ... ich muss endlich *Erfahrungen* sammeln. Mein Leben ist so trivial.«

»Und was glaubst du, wirst du in Griechenland machen, Mick? Du weißt überhaupt nichts über Griechenland. Du sprichst nicht mal Griechisch. Du wirst dort einfach nur ein weiterer reicher Ausländer sein. Genau wie Julians Mum.« Sie erschauderte.

Ich stand auf, die Hände tief in den Taschen vergraben. »Ich glaube, du musst vielleicht allein sein, um das Ganze zu verarbeiten«, sagte ich zur Luft vor mir.

»Michael ...«

Doch der heisere Anfang ihres Satzes ging ins Leere, weil ich, den Kopf im Kragen versenkt, bereits auf den Eingang der U-Bahn zuschlich.

In der ersten Stunde, nachdem ich ihr gesagt hatte, dass ich London verlassen würde, fühlte ich mich lebendig – unbeschwert –, es war eine angenehme Form der Erleichterung. Ich stieg an der Station Embankment aus und spazierte am Fluss entlang, ohne Ziel, im Zickzack, immer wieder die Richtung wechselnd: Temple, dann weiter zu Blackfriars und bis nach St Paul's. Ich empfand eine unfassbare Freude. Ich setzte mich auf die Stufen der Kathedrale, um zu rauchen, zu schreiben und Leute zu beobachten, unter mir der

Hang des Ludgate Hill und über mir Wrens Kuppel und die Säulen. London fühlte sich wieder an wie mein Reich. Ich sah die schlecht gekleideten Touristen um mich herum und wusste ganz genau, dass ich keiner von ihnen war. Chancery Lane. Lincoln's Inn. Dunkelbraune Backsteine, Anwälte in Vampirumhängen und Sir John Sloanes Bleiglasfenster. In der High Holborn jedoch schnürte sich mir bei einem Gedanken plötzlich die Kehle zu: dass sie vielleicht gar nicht in der Wohnung auf mich warten würde. Kälte sickerte durch mich hindurch, aber dann folgte Wärme bei der Erinnerung an ihren an mich gepressten Körper. Natürlich würde sie dort sein. Der Abendhimmel war in ein Turner-Gelb getaucht, als ich einen Pub am Russell Square betrat, um mir Mut anzutrinken – nur für den Fall.

Sie ist noch an diesem Abend zu ihren Eltern zurückgegangen, nehme ich an. Sie war nicht im Bett, als ich in die Wohnung gestolpert kam. Ich legte eine Platte auf und setzte mich auf den Küchenfußboden. Mit einem Mal fühlte ich alles.

24
Leah

Nachdem Michael mein Zimmer verlassen hatte, gelang es mir, vermutlich aus purer Erschöpfung, ein paar Stunden zu schlafen. Allerdings war es eine klumpige, sumpfige Art von Schlaf, durchsetzt von aufgewühlten klaustrophobischen Träumen: Charles' feuchter Mund und seine gewölbte rechte Hand auf meinem Nacken; Michaels Gesicht. Ich träumte hartnäckig, dass ich Clarissa irgendwie verärgert und Michael mich gebeten hatte, zu gehen, und mein Gehirn hatte es geschafft, den genauen Winkel, in dem sich die Enttäuschung an diesem Morgen in dem schlecht beleuchteten Raum in seinen Gesichtszügen abgezeichnet hatte, zu verarbeiten und versteinern zu lassen. Fast dankbar wachte ich auf. Ich neigte mich zu dem altersfleckigen Spiegel hinüber. Meine Züge waren weich, geschmeidig. Ich sah fix und fertig aus. Auf meinem Arm eine Ansammlung kleiner unregelmäßiger blauer Flecken.

Liebend gern wäre ich nach unten gegangen, um mir eine Tasse Tee zu machen, aber die Vorstellung, jemandem über den Weg zu laufen – mit irgendjemandem aus dem Haus kommunizieren zu müssen –, war zu peinlich, als dass ich die Möglichkeit ernsthaft in Betracht gezogen hätte. Stattdessen ging ich in das kleine Bad neben meinem Zimmer – das sonst nie von jemandem benutzt wurde und in dem ich einmal einen handspannengroßen Tausendfüßler gesehen hatte und die total altmodische rosafarbene Badezimmergarnitur seit etwa 1973 in unverändertem Zustand geblieben war – und ließ mir ein Bad einlaufen.

Ich saß nackt auf den kalten Fußbodenfliesen, hörte das Wasser aus dem arthritischen Wasserhahn hinabgluckern und versuchte, die Augen vor allem zu verschließen, was in den vergangenen vierundzwanzig Stunden geschehen war. Charles, Michael – Michaels Gesicht. Ich hatte es wirklich vergeigt. Lawrence auch – bescheuerte, dämliche Sonnenblumen. Ich ließ das Wasser kochend heiß laufen, und als ich mich inmitten der Dampfwolken hineinsetzte, spürte ich, wie sich Widerspruch in mir regte. *Nicht besonders professionell.* Sein Verhalten seit meiner Ankunft in Saint-Luc war ja wohl kaum professioneller gewesen. Er hatte mich ermuntert, mich zugehörig zu fühlen; erst unter dem Dach seiner Familie war ich langsam unvorsichtig geworden. Ja, da war er – der willkommene Stachel einer trotzigen Wut, das Gefühl der Ungerechtigkeit. Ich sah zu, wie meine Oberschenkel in der Hitze rot wurden. Scheiß auf ihn. Scheiß auf sie alle.

Wieder in meinem Zimmer, sah ich auf mein Handy. Clarissa: *Lebst du noch?* Tom: *Ist alles okay?*

Ich stellte es auf Flugmodus und zog den Riegel an meiner Tür vor. Er wollte mehr Engagement sehen? Ich bin der gottverdammte Paul Simon, dachte ich – ein Fels, eine Insel.

Ich ließ das Handtuch von den Schultern fallen und setzte mich neben dem Tagebuchstapel im Schneidersitz auf den Boden.

11. Mai 1969

Irgendwie erschien es mir richtig, es am Bahnhof zu tun. Symbolik – Vergänglichkeit, sich fortbewegen etc.; das gefiel mir als Motiv. Allerdings war es wirklich

nicht geplant, so arrangiert es auch erscheint. Bis zu dem Augenblick, als die Worte anfingen, aus meinem Mund zu kommen, hatte ich immer noch die vage Vorstellung, dass ich sie bitten würde, mit mir zu kommen. Dann sah sie mich an, und sie hatte diesen Ausdruck in den Augen – diesen entsetzlichen Ausdruck, Abhängigkeit.
Da wusste ich, dass es richtig war. Sie war jetzt so wie alle Frauen, wenn sie anhänglich werden …

12. Mai 1969
Sie hat sie mitgenommen, dabei hat sie so viele andere Sachen dagelassen. Ich vermute, dass sie hastig gepackt hat. Zwei Blusen hängen noch an der Badezimmertür, Strümpfe, die so sehr nach ihr riechen, dass es mich umbringt … die verfluchte »Nachtigall« … aber nicht die Tagebücher. Kein einziges. Ich habe überall nachgeschaut. Ich muss wissen, worüber sie geschrieben hat.

Draußen hatte es leicht zu regnen begonnen. Der erste Tag mit schlechtem Wetter, den ich in Saint-Luc bis dahin erlebt hatte. Mir fiel auf, dass Michael viel darüber schrieb, dass Astrid ein Tagebuch führte. Vom Augenblick ihres Einzugs an hatte er es als eine Art persönlichen Angriff gesehen. Ich ging hinüber zum Fenster und zündete mir eine Zigarette an. Der kühle Sprühregen an meiner Wange war mir willkommen. Mein Kopf war so voll von Michael; ich spürte den Druck seiner Persönlichkeit, seine Stimme, die sich gegen meine stemmte. Was würde ich dafür geben, dachte ich, ausnahmsweise einmal *ihre* Stimme zu hören.

14. Mai 1969

Na, das ist ein hübsches Bild. Es ist fünf Uhr, und ich sitze seit fast zwei Stunden auf dieser dämlichen Parkbank. Habe eine Zigarette nach der anderen geraucht. Habe versucht zu lesen, ging nicht. Ich weiß, dass sie da drinnen ist. In einer halben Stunde ist ihre Schicht zu Ende, und ich weiß, sie wird dann rauskommen, um die 25 zu kriegen. Es ist jetzt drei Tage her, und nichts. Verfluchte herzlose Kuh. Ich hab's bei sämtlichen Parkers versucht, die unter Mile End im Telefonbuch stehen, und keiner kannte eine Astrid, und natürlich konnte ich mich nicht an ihren richtigen bescheuerten Vornamen erinnern, ist ja klar. Heute dann: Ich bin inzwischen so verzweifelt, ich habe aufgegeben und bin zu Giorgio's gegangen. Er sah mich aber, kaum dass ich am Tresen vorbei war, und meinte, ich solle abhauen. Der Blick, den er mir zuwarf.

Ich wollte ihn überzeugen – habe erklärt, dass Abhauen nicht geht. (Was für eine Idee!) Habe erklärt, dass ich mit ihr sprechen müsse. Er sagte mir, sie arbeite nicht, aber ich weiß, dass sie freitags arbeitet. Ich schwöre, dass ich kurz ihre Hände an der Durchreiche gesehen habe – schlanke Finger, Finger, die ich so gut kenne, die jeden Teil von mir kennen …

»Ich weiß, dass sie in der Küche ist«, sagte ich, die Hände als Fäuste auf der Theke, wollte den alten Mann nicht merken lassen, wie sehr ich aus dem Gleichgewicht war.

»Sie ist nicht hier«, beharrte Rosa trocken. Dann, mit einem fiesen kleinen Grinsen: »Sie ist heute bei Stephen.«

Ich legte das Tagebuch beiseite und öffnete das Word-Dokument auf meinem Laptop. Wenn man von all seinen Sünden absah, war es eine ziemlich packende Geschichte, die Michaels überhebliches zwanzigjähriges Ich *(das gefiel mir als Motiv)* da gesponnen hatte. Je fragwürdiger seine Handlungen wurden, desto mehr zog es mich in das Tagebuch hinein, nicht nur in der Hoffnung, dass er nach allem – Clara, Stephen, diesem komischen neuen selbstverherrlichenden Griechenlandwahn – irgendetwas tun würde, um sich zu rehabilitieren, sondern vor allem, weil ich herausklamüsern wollte, was von den Inhalten der Wahrheit entsprach und was nicht. Unwillkürlich entdeckte ich erste subtile Unstimmigkeiten in seiner Version der Ereignisse – Fehler, die umso gravierender wurden, je mehr er sich seiner paranoiden Überzeugung hingab, Astrid würde ihn hinter sich lassen. In ähnlicher Weise begann sich die Grenze zwischen den Fragmenten seiner Schreibpraxis (Abschnitte von Kurzgeschichten, Zeilen übertriebener raffinierter Poesie) zu verwischen, und was scheinbar Fiktion war, fing an auf das abzufärben, was Realität zu sein schien.

Michael begann über seine Träume zu schreiben. Er schrieb über ein Telefonat mit seiner Lieblingsschwester – der Schwester, deren Tod vermutlich das traumatischste Ereignis seiner Jugend gewesen war. In einem anderen Eintrag erzählte er, er habe Clara auf einer Party in Highgate zum ersten Mal seit dem Studium wiedergesehen, eine Woche später jedoch erinnerte er sich an einen Tagesausflug mit ihr nach Brighton, nur Wochen bevor er Astrid kennenlernte. Angesichts all dieser sich überlagernden Un- und Halbwahrheiten schien die eine Person, die ich unbedingt festhalten wollte, immer mehr an Substanz zu verlieren. Ich musste herausfinden, was mit Astrid passiert war. Der Versuch, ihren Spuren zu folgen, wurde immer nervenaufreibender, und ich merkte, dass ich fatalerweise irgendwie an ihr und diesem vergeblichen Bemühen hing, ihre Identität zu ermitteln. Ich klappte sein Tagebuch da auf, wo ich aufgehört hatte, und begann zu tippen.

25
Michael

»Astrid.«

Sie wich erkennbar zurück, als sie mich sah, und formte mit den Lippen ein naheliegendes Schimpfwort. Sie sah aus, als wollte sie flüchten, aber wäre nicht in der Lage dazu, und stattdessen zog sie sich in sich selbst zurück. Ich sprang von der Bank auf, bevor sie Gelegenheit hatte, die Kontrolle über ihre Gliedmaße zurückzugewinnen.

»Astrid.«

Ich stand jetzt direkt vor ihr, doch ich wagte es nicht, sie zu berühren. Erst als sie den Eindruck machte, gleich davonlaufen zu wollen, schaffte ich es, meine Hände auf ihre Schultern zu legen.

»Ich kann nicht mit dir reden, Michael.«

»Hör mir zu – bitte.« Unfreiwillig packte ich sie ein wenig fester und spürte, wie sie sich wand.

»Du tust mir weh«, klagte sie leise, und ich bemerkte, dass meine Fingerknöchel weiß waren.

»Bitte, lass uns einfach was trinken gehen. Ich muss mit dir reden.«

An dem Tag, nachdem ich ihr am Bahnhof von Griechenland erzählt hatte, hatte ich es nicht gewagt, das Haus zu verlassen, falls sie anrufen oder vorbeikommen würde. Am Ende kam nur Jenny.

»Was ist los mit dir?«, fragte sie. »Wo ist Astrid?«

»Sie ist zum Essen bei ihren Eltern«, log ich. »Und du solltest besser gehen. Ich bin mit Clara auf einen Drink verabredet.«

Ein unbeeindrucktes Zucken an ihrer Schläfe. »Clara Stanton?«

»Und?«, erwiderte ich, während ich sie in Richtung Tür schob.

»Warum trinkst du was mit Clara Stanton?«

»Wir wollen uns über Oliver Goldsmith unterhalten, und ich bin spät dran – *allez*!«

»Ich komm mit, ich mag Clara.«

»*Jen*.«

Drei Tage. Drei zermürbende, essigsaure Tage. Es war eine Qual. Eingesperrt in der schrecklichen Wohnung – die mir ohne sie übernatürlich groß erschien und zugleich immer weiter schrumpfte. Jetzt war sie hier, vor mir, meine Hände bedeckten ihre Schultern komplett, ich hatte sie voll und ganz innerhalb meiner Anziehungskraft, und doch – ihr Gesicht. Der Gedanke, dass sie imstande war, mich erneut zu verlassen.

»Bitte«, beharrte ich. »Lass uns was trinken gehen.«

Ich sah, wie sich ihr innerer Konflikt in ihren Zügen spiegelte – besseres Wissen gegen das, von dem wir beide wussten, dass sie es wollte. Und dann ein leises Maunzen des Entgegenkommens. Trotzdem konnte ich sie noch nicht loslassen. Ich legte meine Arme um sie, während wir die Greek Street hinunterliefen, den Blick auf den Asphalt gerichtet, als würden wir uns schämen, und den düsteren Schoß des Pubs betraten. Es war noch früh, so dass wir bequem in eine kleine Nische rutschen konnten, und während ich redete, erhaschte ich immer wieder kurze Blicke auf mein gebrochenes Spiegelbild in der Buntglasscheibe. Eine Zeitlang sagte sie fast gar nichts, doch ihre Augen waren glasig vor Tränen.

»Ich versteh einfach nicht, wo das herkam, Michael.«

»Ich hatte Angst«, sagte ich und nahm ihre Hände. »Ich hatte Angst, dass das Leben vor meinen Augen dahinschwindet, dass es zusammenschnurrt, bis auf *uns*, unsere Wohnung, irgendeinen öden Job ... Ich war auf dieser College-Reunion, und alle dort waren so unvorstellbar öde, so träge, so ... *resigniert*.«

»Aber *wir* sind doch nicht so.«

»Ich weiß. Ich weiß – jetzt weiß ich das. Aber es war irgendwas an unserer Situation – ein Paar zu sein, dieses Eheglück – so hat Julian es immer genannt.« Sie lachte bitterlich. »Ich hatte eine bescheuerte, idiotische Krise. Ich bin durchgedreht, Astrid.«

Sie gab ihr Bestes, eine ungerührte Miene zu bewahren, doch ich wusste, dass der Kampf schon halb gewonnen war. Sie liebte mich. Es war auch für sie eine Qual – voneinander getrennt zu sein. Ich wusste, dass das Ziel in Reichweite lag.

»Ich hol noch was zu trinken«, sagte sie, wieder Blickkontakt vermeidend. »Pint?«

»Gerne.«

Ich sah zu, wie sie an den schlurfenden Betrunkenen und den grauen Geistermenschen vorbei zur Theke glitt. Vermutlich bewegte sie sich, streng betrachtet, ganz genauso schlurfend, doch in meinen Augen schwebte sie immerzu. Ich denke, sie hatte das Gefühl, eine Runde verloren zu haben. Dass sie mich mehr brauchte, als ich sie brauchte, und dass es für sie ein Risiko darstellte, wieder mit mir zusammen zu sein. Ich musste sie glauben lassen, dass es uns beiden so ging. Sie musste mich als verletzt wahrnehmen, als

Scherbenhaufen, und begreifen, dass ich sie mehr brauchte als alles andere. Ich musste ihr die Marion-Geschichte erzählen. Das würde ihre Gefühle aufleben lassen, glaubte ich – das war die Art von Wahrheit, die Menschen untrennbar miteinander verknüpfte. Es war unmöglich, so etwas über den anderen zu wissen und dann einfach alles abzubrechen. Ich musste es ihr einfach erzählen.

Sie rutschte auf das mit rissigem flaschengrünen Leder bezogene Polster zurück, schob sich das Haar aus dem Gesicht und ließ ihren Kopf auf ihre aufgestützten Hände sinken. Sie glättete ihre Augenbrauen, weigerte sich weiter, mich anzusehen, und richtete ihren Blick stattdessen auf einen Punkt jenseits der schäbigen Tür des Herrenklos. Einen Moment lang sagte keiner von uns ein Wort, und jetzt wusste ich, dass es an der Zeit war.

»Ich neige dazu, alles kaputt zu machen, Astrid«, setzte ich an. Sie lächelte ironisch. »Es fällt mir schwer, Gefühle für andere zuzulassen.«

»Oha, jetzt geht's los.«

Ich zögerte. »Ich hatte eine ältere Schwester, die Marion hieß. Sie war wunderbar. Sie war mein …«, ich unterbrach mich, um einen dramatischen Schluck von meinem Pint zu nehmen, »sie war meine *Welt.*«

Da war es, das erste Anzeichen neugierigen Mitgefühls, das Erweichen ihres Blicks, der sich endlich auf mich richtete, wo er – wie wir beide wussten – hingehörte.

Ich räusperte mich. »Ich rede eigentlich nicht über meine Familie, weil es nicht viel zu sagen gibt. Ich habe einen Bruder. Ich hatte eine Schwester. Mein Dad ist ein unscheinbarer, verlässlicher Typ – der hat wahrscheinlich seit dem *VE-Day* keine Gefühlsregung mehr gezeigt. Meine Mutter ist … *hart* – je weniger ich über sie rede, desto besser.

Das sind Schattenmenschen. Sie sind Schattenmenschen aus freien Stücken. Sie haben sich entschieden, ein kleines, mickriges, sicheres Leben zu führen.

Und dann war da Marion. Marion war ... *elektrisch*. Sie war nicht so wie irgendwelche Leute, die wir kannten. Sie war frech und witzig und klug und wir waren füreinander gemacht. Sie nahm mich unter ihre Fittiche. Sie nahm mich mit in die Bibliothek und freitags in die Milchbar in der Stadt. Sie ging mit mir ins Kino und ließ mich bei ihr in ihrem Zimmer sitzen, was wie ein fremdes Universum für mich war. Ich teilte mir ein Zimmer mit Phil, meinem Bruder, und da gab's nur alte Sportsocken und Fußballschuhe. Marions Zimmer war eine Art weibliches proto-jugendliches Paradies. Sie hatte Poster von Paul Newman und Julie London aufgehängt, die sie aus Zeitschriften gerissen hatte. Sie besaß einen eigenen Plattenspieler, für den sie jahrelang gespart hatte. Wir lagen dann auf ihrem Bett und lasen und hörten Musik. Sie erzählte mir, was sie machen wollte, wenn sie erwachsen war. Sie war wie ein Regenbogen in meinem Leben. Ein Eisvogel in der Reihenhaussiedlung. Ich verehrte sie.

Dann, als sie etwa siebzehn war, verliebte sie sich, in diesen Typen, der ... Damals war er ein Idol für mich, aber *jetzt* ... also, jetzt, als Erwachsener, weiß ich, dass er ein totaler Arsch war. Er war nicht besonders helle, aber er war charmant und sah gut aus, ein richtiger Draufgänger, was man von den meisten Jungs, die wir sonst so kannten, nicht behaupten konnte. Und inzwischen war unser Leben zu Hause so traurig; Mum war so *misanthropisch* geworden. Eines Abends hatte sie einen heftigen Streit mit Marion wegen Alan, und am nächsten Tag war Marion verschwunden. Na ja, du kannst es dir vorstellen – ländliches Yorkshire, eine

Siebzehnjährige, die sich unverheiratet mit einem Mann einlässt ... Es war *schlimm*. Ein paar Monate lang sahen wir sie nicht mehr wieder. Ich kann dir gar nicht sagen, wie hart das war – wie verzweifelt ich war. Ich glaube, es war Dad, der schließlich etwas mit ihr und Mum arrangierte. Marion kam zum Tee, mit Alan. Sie trug einen Verlobungsring, was Mum ein bisschen versöhnte, aber sie benahm sich total steif und förmlich, gar nicht wie sie selbst, und ich *wusste*, dass etwas nicht stimmte ...«

Astrid nahm meine Hand.

»Das ist natürlich nicht die ganze Geschichte – nur die gekürzte, traurige Version.« Ich lachte nervös. »Jedenfalls kam sie von diesem Tag an etwa alle zwei Wochen zum Tee und einmal im Monat zum Sonntagsessen – da musste auch Alan immer mit. Ich erinnere mich an das letzte Sonntagsessen, als er nicht dabei war und irgendwas vor sich ging, in das ich nicht eingeweiht war. Ich war noch zu jung. Alle erklärten mir immer wieder, dass ich zu jung sei, um davon zu erfahren ...«

An diesem Punkt wusste ich, dass ich sie gepackt hatte, und fing an, sie einzuwickeln – ich erzählte alles, jedes noch so kleine Detail. Ich nutzte eine besonders quälende Stelle als Gelegenheit, aufzustehen und eine weitere Runde zu holen. Ich ließ jede einzelne Figur lebendig werden. Und dann: der letzte Akt.

»Der See. Sich kräuselnde Strahlen der Spätfrühlingssonne als seine Kett- und Schussfäden, auf der Wasseroberfläche schillernd. Marion betrunken und albern, kurze Fetzen von Popsongs und Kinderliedern sprudelten aus ihrem allzu regen Mund, während sie mit mir auf dem grasbewachsenen Ufer tanzte. Ich war so froh, bei ihr zu sein, und sammelte händeweise Schöllkraut und Gänseblümchen, um ihr Armbänder daraus zu machen. Und dann war dieses Gefühl zu Ende. Wie sie ins Gras fiel und ihre Knie an die Stirn zog, wie sie ihre Tränen die Wangen hinabfließen ließ …

Dann fing sie an, über Dinge zu reden, die ich nicht verstand, aber die sich mir trotzdem ins Gehirn eingebrannt haben. Sie sagte, sie habe eine Freundin, die einen Mann kannte, der es machen würde. Sie war mit ihm in seine kleine Wohnung in Leeds gegangen, aber da sei es so schmutzig gewesen, alles habe nach Bleichmittel gerochen, eine weiße Tischdecke, und er mit seinen eiskalten Händen. Er war ein Sadist, sagte sie. Sie konnte es einfach nicht tun.

Sie saß da und weinte, und ich versuchte, mich an sie zu schmiegen, und sie sagte, sie erinnere sich noch, wie ich geboren wurde, und dass ich mit meinen kleinen lilafarbenen Händchen ihren Finger festgehalten hätte. Und wie könne sie das bloß tun?, fragte sie – und ich sagte, ›Ich weiß es nicht‹, als hätte ich verstanden, worum es ging. Sie ließ mich versprechen, Mum nichts zu verraten, und ich willigte feierlich ein. Irgendwann hörte sie auf zu weinen. Sie holte die kleine Flasche aus ihrer Handtasche und trank einen Schluck daraus, und dann bat sie mich, in den Wald zu gehen und ihr ein paar der Blauglöckchen zu pflücken, die wir auf dem Hinweg gesehen hatten. Ich wollte sie nicht allein lassen, deshalb erinnerte ich sie daran, dass es Unglück brachte, Blauglöckchen zu pflücken. Sie lachte und sagte, wie sehr sie sich darüber freuen würde – und dass es so oder so kein Unglück brachte, wenn man sie für jemand anderen pflückte …

Ich wollte sie wirklich nicht allein lassen, aber ich war hin- und hergerissen, weil sie immer wieder betonte, wie glücklich es sie machen würde …«

Astrid. Astrids reale, leibhaftige Hände streichelten meine.

Sie hielt sie fest, als könne sie mich vor allem beschützen, indem sie einfach nur meine Finger mit ihren eigenen umschloss.

»Natürlich war sie nicht mehr da, als ich zurückkam. Ihre Handtasche stand geöffnet an der Stelle im Gras, wo wir gesessen hatten. Die Flasche wurde vom Wasser unten am Ufer umspült. Doch sie selbst war nirgendwo – bloß diese weite Fläche spiegelglatten Wassers. Nicht mal ein Kräuseln.

Ich lief so schnell ich konnte zum nächsten Haus. Blinde Panik. Ich hatte noch nie etwas so Furchtbares erlebt. Die Polizei wurde gerufen – meine Eltern; Leute aus dem Dorf kamen dazu, weil die Nachricht von Haus zu Haus ging. Nur weil alle so außer sich waren, hat man mich nicht nach Hause geschickt, denke ich – und so sah ich sie, als man sie fand ...«

»Michael ... Du musst nicht weitererzählen, wenn du nicht willst.«

Natürlich wollte ich. Ich war jetzt in meinem Element, hörte, wie mir Formulierungen wie *Schatten um die Augen* und *ein lilafarbener Fleck als Mund* über die Lippen kamen, und sah, wie Astrid mit großen Augen versuchte, den ganzen Schrecken zu erfassen und in sich aufzunehmen. In dieser Nacht würde sie in unsere Wohnung zurückkehren. Es würde ein zärtliches, halbbetrunkenes Vergessen geben und anschließend, wenn sie von meiner Abhängigkeit vollends betrunken war, würde ich sie bitten, mit mir nach Griechenland zu kommen – denn jetzt war es mir klar. Ich hatte allein gehen wollen, doch wie konnte ich ohne sie gehen?

26
Leah

Irgendwann klopfte es laut an meiner Tür. Etwa viereinhalb Sekunden blieb ich an meinem Schreibtisch sitzen und versuchte, nicht zu laut zu atmen, bis Clarissas gedämpfte Stimme eindringlich verkündete, sie wisse, dass ich da drinnen sei, und ich müsse sie hineinlassen. Mein Handtuch um mich raffend (ich hatte mich den ganzen Tag nicht angezogen), schleppte ich mich kläglich zur Tür.

»Scheiße aber auch, du bist ja am Leben.«

»Scheint so.«

»Sieh mal, was immer mit meinem Bruder passiert ist, so schlimm ist es ganz bestimmt nicht.«

Ich zog ein Gesicht. »Ach – es ist nicht nur dein Bruder, es sind so viele Sachen.«

»Von denen keine so schlimm ist. Hier, ich hab dir eine Tasse Tee mitgebracht.«

Sie drängte sich in mein Zimmer, wofür ich vermutlich überwiegend dankbar war.

»Ich werde nie wieder nach unten gehen, das ist mir zu peinlich«, sagte ich.

»Du bist doch nur nach Marseille gefahren, sonst nichts.«

»Dein Vater hasst mich.«

»Er hasst dich definitiv *nicht*. Hat er dir wegen eures kleinen Abenteuers die Leviten gelesen?«

»Es war schrecklich.«

Sie lächelte mir freundschaftlich zu. »So ist er eben«, sagte sie. »Ehrlich gesagt, bin ich überrascht, dass du nicht schon früher seinen Zorn auf dich gezogen hast.«

Ich setzte mich neben sie, und ehe ich merkte, was ich da tat, schmiegte ich mich an sie.

»Ich fühle mich beschissen«, sagte ich.

»Das passiert, wenn man mit Lal einen draufmacht.« Sie reichte mir den Tee.

»Was habe ich denn überhaupt verpasst?«, fragte ich schniefend.

»Ich hatte mich für den größten Teil des Tages mit Nico verdrückt«, fing sie mit großen Augen an, »aber Tom zufolge war es hier so gar nicht lustig. Dad und Anna haben irgendein gewaltiges Familiendrama aufgeführt, und Tom ist dann am Ende mit seinen Eltern in die Calanques gefahren. Hat sich wieder wie ein Zwölfjähriger gefühlt, sagt er. Als ich letzte Nacht nach Hause kam, war er ganz schön schlechtgelaunt mir gegenüber.«

»Armer Tom.«

»Armer Tom ... Er hätte sich euch beiden anschließen sollen, war ja offenbar ein ziemliches Abenteuer.«

Ich verzog das Gesicht.

»Mein Arschlochbruder fährt ganz schön auf dich ab. Fall bitte nicht auf ihn rein.«

Ich versuchte mein bestes zynisches Augenbrauenhochziehen und behauptete mit Nachdruck, ich gehörte nicht zu den Frauen, die auf irgendeine Art von Mann hereinfielen (wobei ich meine Aufregung über ihre Formulierung zu ignorieren versuchte; *er* fuhr auf *mich* ab). Clarissa wirkte nicht überzeugt.

»Lass dich echt nicht auf Lal ein«, sagte sie. »Das wäre keine gute Idee. Bleib bei Jérôme ... Oder schwör Männern vielleicht für eine Weile ganz ab – zieh dich aus deinem selbst verschuldeten Liebesdrama raus und krieg erst mal deinen eigenen Scheiß auf die Reihe.« Dieses vernichtende Urteil verkündete sie mit einem Achselzucken, das signalisierte, dass ihr Ratschlag die Unterhaltung beendet hatte. Ihr Blick ging hinüber zu dem Stapel von Tagebüchern. »Du arbeitest?«

Getroffen nahm ich ihr Stichwort auf. »Ich bin fast durch«, sagte ich. »Lass mich das letzte hier noch fertig machen, dann komme ich und erzähle dir alles über Marseille, versprochen.«

Wieder dieser skeptische Blick. »Wie viel hast du noch?«

»Maximal zwanzig Minuten zu lesen.«

Sie stand auf. »Falls du nicht in einer halben Stunde in meinem Zimmer bist, komme ich wieder.«

»Fünfundzwanzig Minuten, ich schwöre!«

Als sie das Zimmer eindeutig verlassen und ich das dumpfe Zuschlagen ihrer Schlafzimmertür gehört hatte, nahm ich das letzte von Michaels Tagebüchern wieder zur Hand. Es endete am 24. Juli 1969, und ich war bereits vor ungefähr einer halben Stunde damit fertig geworden. Sie hatten sich nach Athen aufgemacht, aber unmittelbar vor diesem Eintrag waren eine Handvoll Seiten herausgerissen worden. Mein Kopf platzte fast; ich war völlig verwirrt. Es ergab so wenig Sinn, dass sie alles aufgegeben haben sollte, um mit ihm auf diese bizarre, scheinbar aus einer Laune heraus geborene Reise nach Griechenland zu gehen. Warum hatte er praktischerweise genau in diesem Moment mit dem Tagebuchschreiben aufgehört – und, noch wichtiger, warum waren alle Einträge eines ganzen Monats entfernt worden?

Es war ein schwüler, drückender Nachmittag gewesen. Der Himmel, ein aufgewühlter Strudel in Grau, hatte das zersplitterte Meer violett und die Pinien dunkler denn je werden lassen. Im Käfig meines kleinen Zimmers war mir mit der Zeit die Decke auf den Kopf gefallen. Je mehr ich las, desto größer wurde mein Unbehagen. Wo war sie? Wo war Astrid? Wieder dachte ich an das Tagebuch, das sie offenbar geführt und das Michael so wahnsinnig gemacht hatte. Wie typisch für ihn, dass er die totale Kontrolle über die Erzählung haben wollte. Er war so mit ihrer Stimme beschäftigt: Astrid, die Sängerin, Astrid mit ihrem geradezu zum Fetisch erhobenen singenden East-End-Tonfall. Als es jedoch darauf angekommen wäre, da war ihre Stimme vom Lärm seiner eigenen so gut wie übertönt worden.

27
Michael

Ich raffte mich nur auf, zum Abendessen zu gehen, um ihr Gesicht zu sehen, aber Gott weiß, wie viel Kraft es mich kostete. Ich hatte den kompletten Tag auf dem Betonfußboden des Schuppens liegend verbracht, mir angehört, wie der Regen auf das Wellblechdach prasselte, und zugesehen, wie sich das Licht um mich herum veränderte.

Die Migräne hatte am Tag zuvor eingesetzt, direkt nachdem ich sie mit Lawrence und Luke hatte wegfahren sehen. Ich hatte nicht geschlafen und hatte den Großteil der Nacht auf der Landzunge sitzend verbracht und die schwarze Leere des Meers betrachtet. Ich hatte nach der Party ein Tütchen Kokain in Lawrences Zimmer gefunden, und ich war in einer entsprechenden Verfassung, dass ich zu meinem Schreibtisch ging und mir ein paar Lines reinzog. Es war natürlich Jahre her, dass ich das zuletzt getan hatte, und das Glücksgefühl, das es mir bescherte, war ganz erstaunlich. Zugleich fühlte ich mich unerträglich aufgekratzt. Es war vermutlich mit irgendwas Speedmäßigem verschnitten – die jungen Leute haben heute überhaupt keine Ahnung mehr von Drogen. Trotzdem spürte ich, wie mich diese Selbstüberzeugung packte, die ich seit Jahren nicht mehr erlebt hatte; und als sich dieses Gefühl langsam wieder aus meinem Körper herauswand und mich paranoid und unbedeutend zurückließ, zog ich eine weitere Line, und dann noch eine. Als ich sie schließlich in ihrer Schrottkarre vom Haus wegrollen sah (lag da seine Hand auf ihrem Oberschenkel? Das bildete ich mir doch nicht ein, oder?), war ich komplett drauf.

Und dann alles – entsetzlich – auf einmal. Der quälende Tritt in die Magengrube, als ich begriff, dass das einzige High, das mir noch blieb, im kräftigen Schraubstock meines Kiefers steckte, und ganz egal, wie fest ich ihn zusammenpresste, ich konnte es nicht festhalten. All diese zischenden Atome der Erleichterung pufften aus mir heraus, und ich konnte nichts dagegen tun – der gnadenlose Abzug des Gefühls. Kurz darauf lastete die ölige Hitze des Tages auf mir. Ich war gelähmt, unbeweglich. Ich war in meinem ganzen Leben noch nicht so abgestürzt.

Ich erinnere mich an Annas Gesicht, als sie sich ihren Zugang in den kleinen Kokon riss, den ich mir im Schuppen gebaut hatte.

»Michael? Bist du ...? Deine Augen ... dein Mund ... Du bist doch nicht ...?«

Ich sagte ihr, sie könne mich am Arsch lecken, und die heisere Vulgarität meiner Aufforderung verhielt sich gegenüber ihrem wohlklingenden Timbre wie ein Schuss Pisse in einem Glas Milch. Zugleich jedoch wollte ich sie; dieser akute Schmerz des Alleinseins ... Aber nein, es war gar nicht sie, die ich wollte. Ich musste bloß schlafen. Aber diese Hitze, Gott, es war so verdammt heiß. Wenn ich doch bloß schlafen könnte. In der Nacht hatte ich es geschafft – auf eine Art –, und sobald ich aufgewacht war, war ich nach draußen gegangen und hatte nach dem Auto gesucht. Es war noch immer nicht wieder da. Ich wusste, dass sie Luke zum Flughafen bringen wollten, wie konnte es also sein, dass das Auto jetzt, vierundzwanzig Stunden später, noch immer nicht zurück war?

Ihr Zimmer war dunkel und kühl. Ich konnte einfach dort liegen und auf sie warten. Sie würde bald zurück sein. Meine Tagebücher lagen als Stapel neben ihrem Schreibtisch, und der Anblick, und die Vorstellung, wie sie darin las, gaben mir das Gefühl, als würden kleine Stücke von mir wieder zu einem Ganzen zusammengesetzt und bekämen eine Bedeutung. Das Kopfkissen roch nach Astrid. Ich nahm eines der alten Tagebücher in die Hand. Welche Erinnerungen dieser Moment in mir auslöste – sogar meine Handschrift war ganz genauso und doch unergründlich anders als jetzt. Ich las es quer, auf der Suche nach der richtigen Passage. Ich vergrub mein Gesicht in ihrem Geruch, tastete nach ihrem weichen, flaumigen Haar – der kleinen goldenen Stelle ganz oben an ihrem Oberschenkel. Gott, war das intensiv. Es war Technicolor, Surround-Sound, Virtual Reality. Sie war wieder ganz und gar hier.

Nachdem ich Leah niedergemacht hatte, als sie schließlich zurückgekehrt war (sie sah so hübsch aus, als ihr Gesicht rosa anlief und sich ihre Augen mit Tränen füllten), verbrachte ich den ganzen restlichen Tag auf dem Fußboden festgenagelt. Gekreuzigt. Es war der erste richtige Regen des gesamten Monats. Das Unwetter hatte sich seit Tagen zusammengebraut, und jetzt schoss es violett quer über den Himmel. Unterhalb des Himmels war auch das Meer violett, und das dichte Grün der Pinien sah jetzt onyxfarben und matt aus. Ich fühlte mich wieder lebendig. Der Gedanke an sie gab mir das Gefühl, lebendig zu sein.

Wir saßen zu siebt dicht gedrängt um den kleinen Küchentisch herum, und ich hatte Flecken vor den Augen. Sie saß zwischen Clarissa (die zugleich Diana war – Gott, ging's mir schlecht) und Tom. Larry aß schweigend. Er sah gräulich aus und hing wie ein hungriger Höhlenmensch über dem

Teller voller *tielle*. Er unterbrach sein Essen nur, um gierig von seinem Bier zu trinken. Zweimal wagte sie es, mir in die Augen zu schauen, und ich strahlte sie an, um ihr zu zeigen, dass alles vergessen war, dass der Morgen ein Ausreißer gewesen war – dass ich sie liebte. Ich sah, wie sie übergangslos zwischen ihr selbst und Astrid hin und her wechselte. Dann sah Jenny mich an, ohne eine einzige Falte und mit schwarzem Haar, nur um im nächsten Augenblick wieder mit ihrem erwachsenen Sohn zu sprechen. Ich musste mich anstrengen, um nicht laut aufzulachen. Ha. Und so geht alles immer weiter, *ad infinitum*.

Am nächsten Morgen war es Leah, nicht Astrid, die auf dem Liegestuhl saß, die Beine ausgestreckt, und etwas in eines ihrer Notizbücher schrieb. Ich setzte mich neben sie und steckte mir eine Zigarette an, und ich bin sicher, dass sie mir zusah, als ich die Asche wegschnippte, dass sie meine Hände betrachtete, den »maskulinen Handgelenksknochen« (das hatte ich sie einmal sagen gehört, beim Plaudern mit meiner Tochter). Ich spürte diese elektrische Spannung, diesen Kick, wenn man weiß, dass etwas in der Luft liegt. Jetzt wieder Astrid; der Bereich unter ihren Brüsten, ihre Kniekehlen …

»Ich habe die Tagebücher fertig abgetippt. Ich bringe sie dir heute runter«, sagte Leah, in der Realität abweisender, als ich es mir gewünscht hätte.

»Ach«, sagte ich.

»Ich wollte dir zeigen, dass ich das hier ernst nehme«, sagte sie, wieder mit dieser Schärfe in der Stimme.

Ich räusperte mich. »Leah«, sagte ich leise, »ich hatte schlechte Laune, als Larry und du gestern zurückgekommen seid. Ich wollte nicht so schroff zu dir sein.«

Mit monotoner Stimme, die Augen auf die Steinplatten gerichtet: »Ich hab's sicher verdient. Ich hätte dir Bescheid sagen sollen, statt einfach loszufahren.«

Ohne nachzudenken legte ich meine flache Hand auf ihren nackten Oberschenkel. Ich spürte, wie sie den Atem anhielt, und wollte gerade meine Hand wegziehen, als sie sich umdrehte und mich ansah. Ganz genau die gleichen Augen. Ich wagte es, meine brennenden Finger auf den Saum ihres schlichten Sommerkleids zuzubewegen. Noch immer hatte sie nicht Luft geholt. Ein Millimeter, weiter, ein Zentimeter ...

»Ich geh jetzt schwimmen«, platzte es aus ihr heraus. Ein Teil von mir wollte sich nicht vom Fleck rühren und sie auf die Probe stellen, doch dann hörten wir beide das Rumpeln von Annas Auto in der Einfahrt und ich riss meine Hand weg. Sie sprang auf, versuchte, zum Strand zu entkommen, bevor soziale Verpflichtungen sie davon abhalten konnten, doch es war zu spät. Anna hatte sie bereits gesehen.

»Hallo, Darling!«, rief sie vom Auto aus, als sie mich entdeckte. Sie schürzte die Lippen. »Ich habe Besuch für dich mitgebracht.«

Besuch? Ein großer, grauhaariger Mann in einem hellen Leinenanzug stieg aus dem Wagen, und nach einer gefühlten Ewigkeit drehte er sich zu mir um. Aber nein – jetzt wurde ich tatsächlich verrückt. Das konnte nicht sein.

»Micky, alter Junge!«, rief er gutgelaunt, mit mittelatlantisch gerolltem R. »Verdammt, das ist ja ein ganzes Leben her.«

Ich spürte, wie das Blut aus mir wich und meine Beine weich wurden. Als er näher kam, verdichteten seine Züge sich zu einer leicht veränderten Version derer, die ich einmal so gut gekannt hatte. Doch er sah mich gar nicht an: Sein Blick war fest auf sie gerichtet.

Julian betrachtete Leah und fing an zu lachen. »Ach Gott, Mick«, flötete er, »du hast dich überhaupt nicht verändert.«

Vier

SAINT-LUC

Du streichelst die Rundung deines Bauches und denkst: Nicht nur eine menschliche Form entwickelt sich da, auch Gedanken, Intelligenz. Das Kind ist ein Wunder, es entdeckt die Sprache. Das Geheimnis der Wörter liegt im Bauch der Frau.
Emma Santos, *La malcastrée*

28
Michael

Ich war zutiefst skeptisch gewesen, als Jenny und der Mönch uns verkündet hatten, aus London wegziehen zu wollen. Allerdings war ich als jemand, der selbst erlebt hatte, wie öde es ist, auf dem Land aufzuwachsen, grundsätzlich misstrauisch, wenn ein Londoner sich entschied, die Zivilisation gegen Norfolk oder Sussex oder, Gott bewahre, Westwales einzutauschen. Inzwischen war ein gutes Jahr vergangen, seit sie – wie ich es nannte – ihr kleines Ted-Hughes-Experiment in Devon begonnen hatten. Es scheint ganz gut zu laufen, scherzte ich am Telefon mit Jenny – schließlich hatte sich noch niemand vergast. Ich konnte fast hören, wie sie am anderen Ende der Leitung mit den Augen rollte. *Geschmacklos wie immer, Mick – aber es wird nicht witziger.*

Ich kam am Morgen des Karfreitags an. Es war Ende März. Wir hatten einen harten Winter hinter uns, Jenny und Bryan ganz besonders. Sie hatte kurz vor Weihnachten ihre zweite Fehlgeburt gehabt. Ich war nicht da gewesen. Ehrlich gesagt, kam mir ihre Landflucht entgegen. Ich hätte es schwierig gefunden, sie schwanger um mich zu haben. Nach Silvester waren sie für einen Monat in die Staaten gereist, und jetzt waren sie zurück und machten sich etwas vor. In ihren Postkarten war sie so gutgelaunt gewesen wie immer, hatte so getan, als wäre das letzte Weihnachten nie passiert, und hatte entschlossen weitergemacht, als wäre die Art und Weise, wie das Sonnenlicht durch die Mammutbäume von

Oregon fiel, wirklich so bewegend, dass es all das vergessen machen konnte, was sie vor ihrer Abreise durchlitten hatten. Sie hatte darauf bestanden, dass ich sie über Ostern besuchen komme. Wir hatten uns seit dem Buchvertrag nicht mehr gesehen, und um ehrlich zu sein, erschien mir ein Wochenende Erholung in der Wildnis von Devon wirklich verlockend.

»Du kannst kommen und dich von der ganzen Feierei erholen«, hatte sie am Telefon gesagt. »Ich rieche deine Fahne bis hier.«

Ich hatte einen Austin Allegro gemietet (Scheißkarre) und es auf wundersame Weise heil bis ins West Country geschafft, mit einem Zwischenhalt in einer Art vornehmem Bed and Breakfast in Dorset. Schonbezüge. Chintzstoffe. Buntglasfenster in den Innenräumen und eine steinalte Hausdame, die mit Lockenwicklern Sherry aus einer alten Jubiläumstasse schlürfte. An einem solchen Ort hätten Männer, die die Scheidung anstrebten, 1912 eine Nacht mit einer Prostituierten verbracht, um eine legale Trennung von ihrer Frau zu erreichen. An der Rezeption hing eine ausgestopfte Golliwog-Puppe wie betrunken über einer Spendenbox für die Royal Legion. »Das ist mein kleiner Gurkha!«, hatte die alte Dame unheilvoll gekichert, als ich das schlaffe Ding betrachtete.

In Devon roch sogar die Luft selbst nach Frühling. Die Hecken waren mit frühen Hain-Veilchen gespickt, und an der Küste blühten die roten Lichtnelken. Jennys und Bryans Zufahrt hätte dem Allegro fast den Rest gegeben. Sie wartete an der Haustür auf mich und winkte wie verrückt. Sie sah gut aus: geerdet, gesund. Ihre Haut war gebräunt, und sie trug eine farbverschmierte Latzhose. Bourgeoise Quasi-Hippies auf dem Land waren immerzu mit irgendeinem Verschönerungsprojekt beschäftigt. Meine eigener Teint wirkte im Rückspiegel fahl.

Es war erst wenige Monate her, dass wir uns zuletzt gesehen hatten, und doch empfand ich ihren Anblick seltsam überwältigend. Ich hatte zu viel über Dinge nachgedacht, die in letzter Zeit geschehen waren. Den Buchvertrag. Den Umstand, dass ich dreißig wurde. Die Erschöpfung. An diesem Morgen konnte ich mich selbst nicht leiden. Ich hielt Jen an mich gedrückt und inhalierte den vertrauten Geruch ihres Haars.

»Alles in Ordnung, Mick?«, fragte sie, als ich sie schließlich losließ, und drehte ihren Ehering um den Ringfinger, wie sie es immer tat, wenn sie nervös oder besorgt war. »Alles okay?«

»Ich bin bloß müde«, wehrte ich ab. »Ich hab die Nacht im Unity Mitford Bed and Breakfast verbracht. Nicht viel geschlafen. Mein Leben war in letzter Zeit ein bisschen heftig.«

»Na, du kannst den ganzen Nachmittag schlafen«, sagte sie. »Ich zeig dir dein Zimmer, falls du deine Sachen loswerden willst. Komm.«

Anschließend brachte sie mich an den Küchentisch und fing an, Brötchen aufzutoasten und Tee zu kochen. Sie wollte alles über meinen Vertrag erfahren und darüber, wie ich bei der Zeitschrift gekündigt hatte. Als wir das alles besprochen hatten, fragte ich sie nach Amerika. Bis sie bei der Ostküste angelangt war, standen die Zeiger der großen Standuhr auf kurz vor Mittag.

»Micky, da ist noch was, was ich dir aus New York erzählen muss«, sagte sie, wieder ihren Ehering drehend. Ich ahnte fast, was sie gleich sagen würde. »Wir haben am letzten Tag bei Jules übernachtet.«

»Schön«, sagte ich bloß.

»Ihm geht's richtig gut da drüben. Er sagt, er kommt nicht mehr zurück – in zwei Jahren kann er die Staatsbürgerschaft annehmen.«

»Das ist gut.«

»Ich hab ihm von deinem Buchvertrag erzählt.«

Ich nickte.

Sie schürzte die Lippen. »Jedes Mal, wenn ich von dir erzählen wollte, ging er in die Defensive. Ich weiß nicht, was zwischen euch beiden vorgefallen ist, aber war es wirklich so schlimm?«

Ich spürte, wie sich mein Kiefer ohne mein bewusstes Zutun verkrampfte. Jenny stand auf, um den Kessel aufzufüllen. Sie musste sich bei solchen Unterhaltungen immer mit irgendetwas beschäftigen. Als wir weitersprachen, war sie kurz angebunden.

»Vielleicht musst du einfach respektieren, dass sie nicht gefunden werden wollte.«

Einen Moment lang spürte ich, wie die Wut in mir anstieg, doch dann schaltete sich der gewohnte Selbsterhaltungstrieb ein. Jenny und Julian hatten sich zunächst regelmäßig Briefe geschrieben, und dann, nach etwa fünf Jahren, waren es nur noch Weihnachtskarten gewesen. Sie hatten sich vielleicht dreimal gesehen, seit er dauerhaft dorthin gezogen war. Er hatte es ihr offensichtlich noch immer nicht erzählt. Er war keine Bedrohung für mich, doch wenn ich mich von meinen Gefühlen überwältigen ließ, würde sie vielleicht misstrauisch werden und ahnen, dass sie nicht die gesamte Wahrheit kannte.

»Jen«, sagte ich, in der Hoffnung, dass es besänftigend klang, »wenn Julian jemals entscheiden sollte, in die Alte Welt zurückzukehren – um in eins der Schlösser seiner Ahnen zu ziehen oder was auch immer –, dann reiß ich mich zusammen, okay? Es ist eigentlich gar keine große Sache.« Ich kratzte mit dem Daumennagel an einem großen Astloch in der Tischplatte. »Manchmal entwickeln sich Menschen einfach auseinander.«

29

Ich war wachsweich, als mich diese neue Version von Julian zu einer vermeintlich brüderlichen Umarmung an sich zog, und während er mir grob auf den Rücken klopfte, konnte ich nur daran denken, wie feucht mein Hemd sein musste und dass er daran erkennen würde, wie sehr er die Situation kontrollierte. Ich versuchte, mich an der Realität seiner Gesichtszüge festzuhalten. Ihn anzusehen war so, als würde man die flirrende Hitze über dem Asphalt im August betrachten. Der Raum um ihn herum war verformt, als wäre er das brennende Ende eines Kerzendochts. Ich hörte, wie sich seine Stimme Leah vorstellte (auch wenn es nicht mehr wirklich seine Stimme war, weil sich ein amerikanischer Tonfall in sein perfektes Britisch gemischt hatte). Ich sah, wie gut sie ihr Erstaunen im Griff hatte (sie wusste natürlich genau, wer er war). Ich spulte eine Kassette vor, und das durchscheinende Band war von der Spule gerutscht.

»Schöne Überraschung?«, flüsterte Anna, deren Lippen mein Ohr berührten, ihren Körper an meinen gedrückt, die Arme um meine Hüfte geschlungen. War ich paranoid oder verbarg sich da etwas Bösartiges in ihrer lieblichen Stimme?

Ich hatte vergessen, wie Julian roch. Als er mich umarmte, war mein Gehirn von ihm geflutet – und von all den automatischen Gefühlen, die nur für ihn angefertigt waren: Liebe und Komplizenschaft, und dann noch etwas, das sich nicht benennen ließ, am Schnittpunkt der polaren Extreme

Überlegenheit und Unterlegenheit. Ja, ein so großer Teil unseres Verhältnisses war vom Kampf zwischen diesen beiden Extremen bestimmt gewesen.

»O mein *Gott.*« Dann sein Name, von Jennys Stimme geäußert. Sie war barfuß und trug das T-Shirt, das Bryan am Tag zuvor beim Abendessen angehabt hatte. Ihr Haar war wieder schwarz, doch es war der neue Julian, der sie an den Schultern fasste und über die Absurdität des Ganzen laut lachte. Ich sah, wie sie die Hände um ihren Kopf legte und ihn schüttelte.

»Ich glaub's nicht, dass du hier bist«, flüsterte sie. Sie griff nach mir. Kaum imstande zu sprechen, sagte sie: »Michael, komm her«, und zog mich zu ihnen, so dass wir drei zusammen standen. Sie schien Licht auszustrahlen. Da war zu viel Licht. Sie beide waren in Licht getaucht. In ihren Venen steckten Glühfäden, die meine Netzhaut versengten. Ich blinzelte und kniff die Augen zusammen, und als ich sie ganz schloss, drückten die Umrisse ihrer Körper rot gegen meine Augenlider und ich spürte einen süßlichen, vertrauten Geruch in der Nase.

Es war der Geruch der Piccadilly Line.

»Jenny«, brachte ich heiser hervor, und dann kippte ich um.

Ich war nur wenige Sekunden weg, doch als ich wieder zu mir kam, sah ich die Welt mit einer Klarheit, die ich seit Wochen nicht erlebt hatte. Sie hatten mich gegen eine Sonnenliege gelehnt, und als ich mühsam die Augen aufmachte, hockten Jenny und Julian an meiner Seite.

»O ho ho!«, lachte Julian, als ich flackernd das Bewusstsein zurückerlangte. »Bestellt das Riechsalz ab, er ist wieder da!«

Jenny hielt in der einen Hand ein Glas Wasser und mit der anderen meine Hand, ohne jeden Druck, diesen müden Ausdruck im Gesicht. »Wie geht's dir?«

Ich drückte sanft ihre Hand und räusperte mich. »Also, das war ja peinlich.«

»Überhaupt nicht, Micky. Ich war früher dafür bekannt, dass bei mir Damen wie Herren schwach wurden.«

Das war ein echter Julian-Satz. Jetzt, da seine Gesichtszüge stabil waren, sah ich ihn mir genauer an. Er strahlte Gesundheit aus. Er hatte die immerzu olivbraune Farbe von jemandem, der an einem Ort lebt, wo Zitronen wachsen. Die Falten in seinem Gesicht, die tiefen Krähenfüße, waren Falten von Leichtigkeit und Freude. In seinen Augen war eine Wärme, die sie nicht gehabt hatten, als wir jung waren.

»Ich mach uns eine Kanne Kaffee«, flötete Anna mit übertrieben fröhlicher Stimme. »Hol doch mal ein paar Tassen, ja, Schätzchen?«, sagte sie zu Leah.

Ich klopfte mich ab und kämpfte mich langsam auf die Füße. Jenny sah mich besorgt an. »Ist es nicht zu heiß für dich hier draußen? Geht's dir gut?«

»Im Schatten geht's mir gut. Wirklich, alles in Ordnung. Kümmert euch nicht um mich.« Mein Kreuz tat weh, an der Stelle, wo ich gegen den Stuhl gestoßen sein musste, doch es war ein tröstliches Gefühl: Die körperliche Empfindung hielt mich in der Realität.

Im Schatten der Terrasse. »Wie viele Jahre waren das jetzt?« Jennys Stimme klang weich vor Fassungslosigkeit. »Das letzte Mal, dass ich dich gesehen habe, war mit Tom, das war – was? – 96? Aber Mick ...«

»Bald fünfzig«, sagte Julian trocken, den Blick fest auf mich gerichtet.

»Gott«, seufzte sie. »Ein ganzes Leben.«

»Zwei Leben.« Hob sich sein Mundwinkel zu einem amüsierten Lächeln, als er das sagte?

»Ich kann nicht fassen, dass du in deiner letzten Mail nichts verraten hast!« Jenny leuchtete noch immer, sie merkte nichts. »Du und Anna, ihr müsst uns einiges erklären.«

Sie hatten miteinander gemailt? Das war eine erschreckende neue Entwicklung.

»Na, ich will Anna ja nicht den Spaß verderben. Die Geschichte überlass ich ihr.«

Jenny griff nach seiner Hand. »Du siehst fabelhaft aus.«

»Das passiert, wenn man ein halbes Jahrhundert in Kalifornien verbringt. *Du* siehst fabelhaft aus.«

»Ach, ich seh alt aus.«

»Wir *sind* alt. Glücklich siehst du aus.«

Sie wirkte überrascht. »Das bin ich auch.« Der heiße Morgen schwoll mit dem Chor der Zikaden weiter an. »Also bist du immer noch in Kalifornien?«

»Die meiste Zeit, mit kurzen Abstechern nach New York. Wir hatten ein Apartment in der Upper West Side, aber das haben wir vor ein paar Jahren verkauft. David hat ein kleines *pied-à-terre* in Williamsburg, weil er glaubt, er sei dreißig Jahre alt, klar ...« Er unterbrach sich und lächelte mich an. »David. Mein Mann. Du brauchst nicht so zu tun, als wäre das nicht schockierend.« Er legte seine Hände flach auf den Tisch. »Man weiß halt nie, in wen man sich verliebt, oder?«

Auch Jenny blickte mich an. Sie war entzückt. »Ach Jules, ich freu mich so für dich.«

Ich verkniff mir, höhnisch zu lachen. Wie konnte sie ihm das bloß abkaufen? Mein *Mann*? Julian – schwul? Wenn überhaupt, dann war dieser Teil glaubhaft – er hatte damals ein paar Affären gehabt, doch ich hatte es immer auf freie

Liebe oder das Internat geschoben. Es war dieses *Man weiß halt nie, in wen man sich verliebt*, mit dem ich meine Probleme hatte. Bitte. Julian, der warme Bruder, das bekam ich irgendwie in meinen Kopf; aber Julian *verheiratet*?

»Ich fänd's toll, wenn ihr beiden ihn irgendwann mal kennenlernen könntet«, sagte er gerade. »Ich hab bloß ... Gott, ich weiß gar nicht, wo ich anfangen soll. Es ist überwältigend für mich, euch beide so zu sehen. Ich fühl mich schrecklich, dass es so lang gedauert hat, dass wir uns durch den Alltag davon haben abhalten lassen.«

Er fixierte die kaputte Butterschale, die die Kinder als Aschenbecher benutzten, als wagte er es nicht, Jenny in die Augen zu sehen.

»Ich habe das Gefühl, dass es so einen traumatischen Bruch in meinem Leben gab ...«

»*Traumatisch*?«, höhnte ich. »Ach, komm schon, Jules, wir sind hier nicht im Valley.«

Ihre Reaktionen und der Klang meiner eigenen Stimme zeigten mir, wie still ich gewesen war, seit wir uns an den Tisch gesetzt hatten. Jenny starrte mich böse an. Anna, wie immer die Königin des perfekten Timings, wählte genau diesen Moment, um auf die Terrasse geschwebt zu kommen, gefolgt von Leah, die die gesamte Frühstücksausstattung auf einmal zu transportieren schien. Ein Bild von Astrid, wie sie bei Giorgio's stapelweise Teller balancierte: Ich wurde ruhiger.

»Also, war das ein Volltreffer oder was?«, sagte meine Frau selbstzufrieden und ließ sich elegant auf einen Stuhl fallen.

»Das ist ein echter Coup«, sagte Jenny. »Könnt ihr beide uns bitte nicht länger auf die Folter spannen und uns erzählen, wie das alles zustandegekommen ist?«

Leah setzte sich neben sie, und ich konnte meinen Blick nicht von ihr wenden. Sie hatte ihr Haar auf dem Kopf zusammengebunden und ihr Hals war nackt. Ich erinnerte mich, wie ich diesen Hals geküsst hatte, gegen die Badezimmerwand in der Charlotte Street gepresst – wie sie schneller geatmet hatte, und wie sie den Kopf nach oben geneigt, sich mir angeboten hatte. Dann fiel mir auf, dass auch Julian sie ansah. Ich ballte die Fäuste unter dem Tisch und zwang mich, stattdessen Anna anzusehen. David, ja sicher.

»Julian und ich haben einen gemeinsamen Freund«, schnurrte meine Frau. »Einen Künstler, Osei.«

Julian lächelte einfältig. »Als ich die Verbindung hergestellt habe, musste ich einfach Kontakt aufnehmen. David und ich wollten im Sommer ohnehin nach Europa kommen.«

»Er wollte dich überraschen! Ist das nicht süß?«

Annas Version der Ereignisse würde im besten Falle auf Ahnungslosigkeit beruhen. Sie würde gar nicht wissen, wie sehr Julian sie benutzt hatte, um das hier zu erreichen. Unfreiwillig ballte ich die Fäuste noch fester.

»Zuerst war ich ein wenig skeptisch«, sagte sie.

»Du hast auf meine erste Mail nicht mal geantwortet. Du hast mich zappeln lassen!«

»Ich wollte erst überhaupt nicht antworten. Aber dann hast du mir ein paar wirklich ...«, sie zögerte und richtete ihren Blick auf mich, »aufschlussreiche Fotos geschickt.«

Julian löste die Spannung auf, bevor jemand darauf eingehen konnte. »Anna ist zu jung, um sich an die Modesünden unserer Jugend zu erinnern.«

Meine Frau ließ das unheilvolle Gewicht unseres Blickkontakts eine weitere Sekunde lang anwachsen. Sie schürzte die Lippen. »Die Koteletten haben mich überzeugt«, sagte sie. Anna war eine schlechte Lügnerin.

»Soll das heißen, Sie und Michael haben seit ... fünfundvierzig Jahren nicht miteinander geredet?«, fragte Leah. Ich konnte nicht erkennen, ob sie sich bloß aus Höflichkeit ins Gespräch einbringen wollte oder ob sie – erschreckenderweise – wirklich versuchte, etwas herauszufinden. »Wahnsinn«, hauchte sie.

»Ach, die Naivität der Jugend«, spottete Julian. »Es war deutlich einfacher, sich aus den Augen zu verlieren, als es Facebook noch nicht gab. Die USA waren damals wirklich weit weg.«

Sie zuckte zustimmend mit den Achseln, doch es war offensichtlich, dass sie ihm nicht glaubte.

Der Großteil dessen, was er sagte – im Laufe der quälenden Stunden, die jetzt folgten –, wurde von meiner Familie dagegen begierig aufgesogen. Wie bei einer gestaffelten Parade gesellten sich die anderen zu uns. Zuerst Bryan, kurz darauf Clarissa und Tom, und dann schließlich mein Sohn, etwa zu der Zeit, als »Frühstück« in »Mittagessen« überging (es scheint aussichtslos, diesem ersten Tag feste Zeitmarker zu verpassen – es war einer dieser grillenlärmenden Sommertage, die tropften und stockten wie der Saft, der langsam die raue Rinde eines Baumes hinunterfließt). Weder Clarissa noch Tom konnten ihre voyeuristische Aufregung verbergen, möglicherweise etwas über unsere Vergangenheit zu erfahren. Clarissa kursivierte hörbar seinen Namen, als sie ihm vorgestellt wurde, und Tom setzte sogar ein schockiertes *Der* davor. Die beiden erinnerten sich begeistert an ihr letztes Treffen, als Tom zwölf gewesen war.

»Schön zu sehen, dass man meinen legendären Ruf so lebendig gehalten hat«, sagte Julian, bevor er erneut die Entschuldigung vorbrachte, dass Amerika in Zeiten vor dem Internet so weit weg gewesen sei.

Es tat weh, dieses Schauspiel mitanzusehen. Er hatte offensichtlich nichts von seinem lässigen Privatschulcharme eingebüßt, doch es war ihm gelungen, den Stoff dieses Anzugs auseinanderzunehmen und zu einem Kleidungsstück neu zusammenzusetzen, das dem modernen Empfinden um Längen besser entsprach. Zuerst kam das subtile und beharrliche Werben um ihre Gunst:

»Also, einer der Gründe, warum ich so lange nicht mehr zurückgekommen bin, ist, dass es mit meiner Familie so schwierig war. Meine Mutter war *so* kurz davor, mich zu enterben, als sie von David erfahren hat ...«

Nie im Leben. Seine Mutter war immer ein kettenrauchendes altes Theaterweib gewesen. Sie sammelte förmlich alte Schwuchteln.

Als Nächstes kamen die kunstvoll eingestreuten Einblicke in seinen *groovy LA-lifestyle*, die meine Kinder beeindrucken sollten. Schließlich zementierte er ihre blinde Bewunderung ihm gegenüber, als er, auf die Frage, was er essen wolle, selbstironisch das Gesicht verzog und erklärte, er sei Vegetarier. Wie sich daraufhin alle bemühten, den Überkonsum von Fleisch zu verurteilen, gab mir beinahe den Rest. Er schleimte sich sogar bei Bryan ein. Er brachte den Mönch *zum Lachen*. Als man sich schließlich einstimmig für ein Picknick am Strand entschied, meldete ich mich ab, weil ich runter in den Schuppen gehen wollte. Ich musste allein sein – um mich zu sammeln und zu überlegen, was zur Hölle ich jetzt tun sollte.

»Du solltest Julian mitnehmen!«, gurrte Anna. »Er ist so ein großer Fan deiner Romane.«

»Was ein Kompliment«, sagte ich wenig geistreich.

Julian sah mich über seine Sonnenbrille hinweg an, mit einem Ausdruck kühler Belustigung. »Es wäre mir eine Ehre.«

Mir kam der Gedanke, dass es sicherer wäre, ihn im Auge zu behalten. »Dann komm mit, *Kumpel*«, knurrte ich und wandte mich vom Tisch ab.

Quer über den Rasen, die Terrasse entlang und um das Piniendickicht herum, ließ ich die Stille zwischen uns anwachsen, und erst als ich an dem rostigen Türgriff zerrte und abgeblätterte grüne Farbe an meiner Hand kleben blieb, sagte ich etwas.

»Was zur Hölle machst du hier?«

Julian legte seine ruhige Hand auf meine zitternde und zog, in einer raschen, leichten Bewegung, die Tür auf. »Lass uns drinnen reden, ja?«

Wir saßen uns wie Faustkämpfer gegenüber, auf den zwei umgedrehten Weinkisten. Ich ließ den kühlen grünen Muff sich wie Staubpartikel auf mir absetzen und gab mich der angenehmen, schattigen Umarmung des Raumes hin.

»Das ist also der Ort, an dem der Zauber passiert ... ach ja: passierte.«

»Spar dir den Scheiß, Julian.«

Er grinste. »Gott, Anna hatte mich ja gewarnt, dass du in letzter Zeit schlechte Laune hattest, aber ich dachte, du würdest dich angesichts der Rückkehr eines alten Freundes wenigstens ein bisschen locker machen.«

»Was meinte sie damit: aufschlussreiche Fotos?«

Julian zuckte mit den Achseln. »Anna ist bildende Künstlerin. Als sie auf meine beiden ersten Mails nicht geantwortet hat, dachte ich, ich erweiche sie ein bisschen mit ein paar Beispielen ihres Mediums.«

Als ich ihn in seiner ganzen Selbstgefälligkeit vor mir sah, verspürte ich das für mich untypische Verlangen, auf ihn loszugehen. Er löste eine Art körperlichen Drang in mir aus. Irgendwo im Nebel meines Bewusstseins jedoch ermahnte mich die Vernunft leise, ruhig zu bleiben – schließlich saß er am längeren Hebel. Ich bemühte mich um einen ruhigen Ton.

»Wie kam es wirklich dazu, dass du meine Frau angeschrieben hast?«

Er grinste. »Anna ist eine sehr erfolgreiche Fotografin. Ich verfolge ihre Arbeit schon seit etlichen Jahren.«

»Jules …«

»Deine neue Assistentin scheint ein nettes Mädchen zu sein.«

»Das ist sie«, sagte ich mit zusammengebissenen Zähnen.

»Jenny hatte recht.«

»Was soll das heißen?«

»Erinnert sie dich nicht an jemanden?«, fragte er. Weil ich nicht reagierte, sprach er weiter. »David und ich haben den Sommer in Europa verbracht, und als Jen mir vor ein paar Wochen eine recht besorgte Mail geschickt hat, dachte ich, ich sollte vielleicht mal vorbeischauen, um nach euch allen zu sehen.«

»Besorgte Mail?«, wiederholte ich.

»Sie wollte einen Jux daraus machen. Ich glaube, sie war ein bisschen nervös und hat sich gewünscht, dass ihr jemand sagt, dass alles gut ist – jemand, der dabei war. Ich fand es irgendwie beunruhigend. Du hast eine Art *Doppelgängerin* gefunden? Bah.« Er schüttelte sich. »Je mehr ich darüber nachdachte, desto weniger richtig fand ich es, dass du all die Jahre einfach so mit allem davongekommen bist. Dass es nur eine Handvoll von uns gibt, die wissen, was wirklich passiert ist.«

Ich wollte protestieren, doch er schnitt mir schon bei der ersten Silbe das Wort ab.

»Ich wusste, wenn ich Jenny vorschlage zu kommen,

würde sie es dir sagen. Sie scheint diese komische Vorstellung zu haben, dass wir alle immer noch beste Freunde sind und du und ich uns einfach nur auseinandergelebt haben ... ja sicher. Dann fiel mir die Anna-Connection ein. Unser gemeinsamer Freund. Als sie dann so verdammt loyal dir gegenüber war und all meine Nachrichten ignoriert hat, habe ich mich gefragt, wie viel sie vielleicht weiß.«

»Was hast du meiner Frau gezeigt?«

»Sie muss ein sehr geduldiger Mensch sein«, sagte er. »Ganz ehrlich, das hat ja fast schon was Heuchlerisches. Ich bin überrascht, dass sie es dir noch nicht gezeigt hat. Ich muss unbedingt wissen, welche Pläne sie verfolgt.«

Er stand auf, atmete ruhig ein und aus und spazierte dann, munter summend, durch den Raum, nahm Gegenstände in die Hand, betrachtete sie und bedachte meinen Krimskrams mit einem wohlwollenden Lächeln. Ich sah ihm mit fasziniertem Entsetzen zu. Ich hatte seit fast fünfzig Jahren auf diesen Moment gewartet, und jetzt war er hier, direkt vor mir, Knochen und Haut und ein deprimierend agiles Bewegungssystem. Greifbares, unbezweifelbares Fleisch; Hände, die eine alte CD von Joni Mitchells *Blue* aufnahmen, und sein betrügerischer Mund, der sagte: »Gott, das erinnert mich an früher. Kennst du noch Kathy?« Das Ganze hatte etwas beinahe Groteskes – diese unmögliche und doch offensichtlich konkrete Erscheinung; einen Moment lang spürte ich einen Anflug echter Panik.

»Was hast du Anna geschickt?« Der Gedanke, dass meine Frau etwas wusste, was sie vor mir geheim hielt, machte mich noch paranoider.

»Ah. Du hast ja sogar einen kleinen Pfeifkessel! Du bist einfach durch und durch Engländer, oder? Hier, sollen wir uns eine Kanne machen? Auf die alten Zeiten?«

»Julian!«

Er blieb stehen, stellte den Kessel zurück auf den Campingkocher und beendete die dümmliche Entzückungsnummer.

»Es ist nicht fair, dass du damit durchgekommen bist, Michael. Mir war es recht, dich einfach zu vergessen, so wie sie es wollte. Um ehrlich zu sein, fand ich immer, dass du zu billig davongekommen bist, aber …«

Er sprach weiter, doch der Gedanke an *sie* ließ mich abdriften: Der Gedanke, dass sie etwas *gewollt* hatte. Dass sie ihn gebeten hatte, sich auf eine bestimmte Weise zu verhalten. Dass sie nicht einfach nur aufgehört hatte zu existieren.

»… nachdem Jenny mir von deinem neuen Mädchen erzählt hatte, entschied ich, dass dieses gegenseitige Schweigen schon zu lang andauerte. Und weißt du was? Als ich sie gesehen habe, war ich froh, dass ich hergekommen bin. Ich weiß nicht, was du hier veranstaltest, aber es ist krank.«

»Julian. Können wir einfach …«

Er ging zur Tür. »Ich weiß nicht, ob du dir durch sie eine Art seltsame, kosmische Erlösung erhoffst, aber wenn es so sein sollte, dann wird das nicht passieren. Aber wahrscheinlich ist es das noch nicht mal. Alle schreiben dir so eine nuancierte emotionale Intelligenz zu, weil du ja *Künstler* bist, aber wahrscheinlich wolltest du einfach nur vögeln.«

Er zögerte. Atmete ein. Atmete theatralisch aus. Jetzt wieder die Gelassenheit in Person, ließ er die Hände herabhängen, die Knöchel seiner rechten waren noch weiß vom Umklammern des Türgriffs, und strahlte mich an. Sein Gesicht sah teuflisch aus.

»Ich könnte dich einfach rauswerfen.«

»Stimmt. Aber ich glaube nicht, dass du das tust. Nicht,

wenn die Möglichkeit besteht, dass ich dir noch sagen kann, was wirklich mit Astrid geschehen ist.«

Die Erwähnung ihres Namens, diese beiden flachen Silben, erwischte mich kalt.

»Und außerdem glaube ich nicht, dass du mir ans Bein pinkeln würdest. Was würde Jen sagen, wenn sie die ganze Wahrheit erfahren würde? Oder deine Frau? Oder deine Kinder?«

Da war es wieder – dieses dumpfe Pochen an meiner Schläfe, dieses Gefühl, dass mein Gehirn sich von meiner Schädeldecke löste. Während er in der Tür stand, sah Julian auf einmal fleckig aus; das Licht und die Schatten um ihn herum waren scheckig und verwandelten sich. Er streckte die Hand aus, die so glatt war, wie sie es 1969 gewesen war, und sagte mit einer gutmütigen, herablassenden Stimme: »Komm, lass uns runter zum Strand gehen.«

Als ich die Sanddünen hinabtaumelte, konnte ich nicht ein Bild fest vor Augen halten. Alles bewegte sich zu schnell – wieder diese vorspulende Kassette, all diese Klänge – die schnatternden Möwen, Annas glockenhelles Lachen – übertönt vom Klackern einer Fußball-Ratsche. Die Szene vor mir ruckelte, als würde ich sie in Stop-Motion betrachten. Jenny im flachen Wasser am Strand von Brancaster paddelnd, zwei Sommer, bevor sie heiratete, wie sie etwas schief »The ›In‹ Crowd« von Bryan Ferry sang (auf der Fahrt von London lief das Lied fünfmal im Radio. Ich hasste Bryan Ferry). Die Wellen schlugen ans Ufer, Wasser bespritzte die Schattenblumen: Whitby, 1959. Doch da war Clarissa, die Wein in schmale Plastikgläser goss und sie Bryan, Tom und dann Julian reichte ...

Julian.

»Macht schon, ihr zwei, stellt euch zusammen! Tut so, als würdet ihr euch tatsächlich mögen!«

Er hatte sich eine Leica gekauft – so etwas konnte Julian einfach so machen. Er hatte gesagt, er wolle damit seine große amerikanische Odyssee dokumentieren, und seitdem redete er *andauernd* von solchen Dingen wie Blende und Belichtungszeit.

»Küss sie!«, rief er.

»Jules, du hast einen zweifelhaften Geschmack. Ich küsse sie nicht. Das ist kitschig.«

»Ach, komm schon. Sei nicht so ein Snob!«

Und dann sah ich sie an, sah ihr Haar, das von der Sonne und dem Salzwasser heller geworden war. Die braune Haut, die mit Sommersprossen übersät war – ganzen Galaxien von Sommersprossen, bis zu ihrer Nasenwurzel –, die weißen Zähne, die sich vor ihrer gebräunten Haut zu einem Lächeln ausbreiteten. Und ich glaube, dass ich sie trotz allem – trotz alledem, was noch passieren würde – in diesem Augenblick mehr liebte als zu jedem anderen Zeitpunkt.

»Julian!«, kreischte sie.

Ich hielt sie an mich gedrückt, während kaum sichtbare Sonnenstrahlen in der Gischt auf ihren Gliedern funkelten, die Unterschenkel mit Sand verklebt, und reckte die andere Hand gespielt drohend dem aufdringlichen Objektiv entgegen.

»Ja, verpiss dich, Jules«, knurrte ich freundschaftlich zwischen salzigen Küssen.

»Eure Kinder werden mir mal dankbar sein!«, versicherte er. »Bah. Ihr seid so fotogen, da wird einem ganz schlecht.«

Doch es war nicht sie; es war nur beinahe sie?

Julian hielt sein Plastikglas in der einen Hand und ein iPhone in der anderen.

»Gott, Jenny, guck sie dir an. Unheimlich ist das. Hier, Kinder, lächeln – ich mach jetzt ein Foto!«

Larrys Hand an ihrer Hüfte. Sie kreischt, als er sie ins cyanblaue Wasser hinabzieht.

Das ist mein Sohn, erinnere ich mich selbst. Das ist mein Sohn. Es ist 2016. Das ist mein Sohn.

Sie taucht wieder auf, prustet, stößt ihn vor die Brust. Er gerät ein wenig aus dem Gleichgewicht ... »O Mann, gib Lal bloß keinen Vino mehr«, gackert meine Tochter. Ihre Mutter hat früher ganz genauso gegackert.

Ihr seid beide so fotogen, da wird einem ja ganz schlecht.

Ich stolpere, ich schwimme. Ich lasse meine Beine der Schwerkraft nachgeben. Jenny reicht mir mein Akrylglas, und ich kippe den Inhalt in mich hinein.

Eure Kinder werden wir mal dankbar sein!

Der gigantische Monstertruck der Zeit reißt sich von mir weg. Alles löst sich auf.

30
Leah

Vier Tage nachdem Julian angekommen war – ein Sonntag –, saßen wir abends auf der Terrasse des Le Bastringue und tranken Suze, aufgrund des erfreulich niedrigen Preises unser neues Lieblingsgetränk.

»Es ist beängstigend«, sagte Tom. »Gestern Morgen habe ich mitbekommen, wie er Mum bei einer Meditationsübung angeleitet hat. *Meditation.* Ganz heiter und benebelt kam sie vom Strand, so als hätte er ihr zwei Diazepam in den Kaffee geschmuggelt. Mum hat mit Spiritualität nichts am Hut. Ich glaub's einfach nicht. Weißen Männern mit kragenlosen Hemden traue ich nicht über den Weg. Er ist entweder ein Lustmolch oder ein fehlgeleiteter reumütiger Superkapitalist.«

Clarissa zog die Augenbrauen hoch. »Jetzt wirst du unfair. Wenn er ein Lustmolch ist, dann aber ein monogamer. Gestern hat er mir ungefähr zehn Minuten lang seinen Instagram-Feed gezeigt – fast ausschließlich Fotos von ihm und seinem Mann, die megasüß sind und einem das Gefühl geben, selbst eine emotionale Versagerin zu sein. Sie haben einen Shiba Inu, der besser angezogen ist als Leah. Er trägt ein winziges Mäntelchen im Schottenmuster.«

Seit Marseille und Julians Ankunft kam ich mir wie eine Außenseiterin vor. Julian hatte sich nahtlos in die Hausgemeinschaft eingefügt und außerdem eine merkliche Veränderung der Atmosphäre ausgelöst. Alle waren vollkommen bezaubert von dieser heiteren, einzigartigen West-Coast-Mischung aus Verträumtheit und aufrichtiger Begeisterung; die sonst für diesen Typus übliche empfindliche Ernsthaftigkeit wurde durch die letzten Rückstände an Englischkeit à la *Withnail & I* abgemildert. Julian hatte dem Haus die marode Energie ausgetrieben: Schluss mit Jennys schmallippigem Lächeln oder Michaels spitzen Bemerkungen. Annas mühsamer Kreuzzug für Harmonie war überflüssig geworden, und der neue Gast verströmte eine ansteckende, unwiderstehliche Heiterkeit. Ich dagegen wurde das Gefühl nicht los, dass ich begutachtet wurde.

Die letzten beiden Tage war Julian mit zu meiner Schwimmrunde vor dem Frühstück gekommen. Fröhlich »Guten Morgen!« singend, war er federnden Schrittes auf der Terrasse erschienen.

»Oh. Hi!«, hatte ich erwidert und dabei besagte Fröhlichkeit imitiert, um die Tatsache zu verbergen, dass ich mich über dieses Eindringen in meine tägliche Einsamkeit tierisch ärgerte.

»Auf einen Sprung ins kühle Nass?«, hatte er gefragt. Sein Hang zu altmodischen Sprüchen im Stil der *Blue-Peter*-Moderatoren beförderte die neuere Inkarnation – Julian 2.0 – immer wieder geradewegs zurück zu der Version, an die ich mich in Michaels Tagebüchern so sehr gewöhnt hatte. Die Leichtigkeit, mit der er diese Dualität koordinierte, verstörte mich, und auch wenn ich den dringenden Wunsch verspürte, in seiner Nähe zu sein (aus masochistischer Neugier; so, wie man auf einer Party auf die Neue eines Ex treffen möchte), so sollte das doch zu meinen Bedingungen geschehen. Ich wusste immer noch nicht so genau, wo ich mit ihm stand, ja nicht einmal, wo Michael mit ihm stand (irgendetwas war da definitiv passiert, auch wenn alle einen auf glückliche Familie machten). Von dem Unbehagen einmal abgesehen, konnte ich nicht leugnen, dass die Begutachtung auf Gegenseitigkeit beruhte. Nachdem ich ihn über den Sommer so gut kennengelernt hatte, war ich total fasziniert von Julian; vor allem vermutete ich, dass er, wenn ich geschickt vorging, derjenige sein konnte, der mich darüber aufklärte, was mit Astrid und Michael passiert war, nachdem sie sich nach Griechenland aufgemacht hatten. Seit ich mit den Tagebüchern fertig geworden war, hatte ich mich völlig verlassen gefühlt, ein Zustand, der sich durch eine alles andere als geringe Sorge noch verstärkte.

»Hmm«, hatte ich gebrummt.

»Großartig«, hatte er strahlend gesagt. »Dann ab durch die Mitte!«

»Sie verbergen sowieso alle irgendwas«, sagte Clarissa, und ich nahm erleichtert zur Kenntnis, dass sie es auch spürte.

»Meinst du?«, fragte ich, etwas zu prompt.

»Ja. Es ist doch komisch, dass sie, sagen wir, fünfzig Jahre lang nichts miteinander zu tun hatten«, antwortete sie. »Und fang mir bloß nicht mit dem Unsinn von wegen kein Facebook an. Wir haben vielleicht Facebook, aber sie hatten die verdammte Concorde.«

»Weißt du, dass sie tatsächlich zweimal die Concorde genommen haben?«, fügte Tom hinzu.

Natürlich hatten sie das. Die beiden hatten ja auch die Art von Eltern, die mit einer Concorde gereist sind. Bilder von Jerry Hall, klirrenden Champagnergläsern und prahlerischem Reichtum im Halston-Look.

Während dieses Dialogs hatte Larry die ganze Zeit demonstrativ geschwiegen, wie er es immer tat, sobald wir anfingen, über das Leben seiner Eltern zu spekulieren – als wäre er über all das erhaben. Er hatte sich unter dem Tisch meinen Fuß geschnappt und auf seinen Schoß gezogen, und jetzt hatte er anscheinend beschlossen, mich wortlos zu foltern, indem er mir mit dem Daumen am Fußgewölbe entlangfuhr, wie er es in dem Café am Alten Hafen in Marseille gemacht hatte. Hin und wieder fing er meinen Blick auf und bedachte mich mit einem konspirativen Lächeln. Die meiste Zeit scrollte er aber nur stumm durch irgendetwas offensichtlich Spannenderes auf seinem Handy.

»Es ist nur so, dass ich nicht anders kann, als ihn wirklich zu mögen«, fuhr Clarissa fort.

»Ich *weiß*. Er müsste eigentlich unausstehlich sein, aber in Wirklichkeit ist er liebenswert.«

»So anders als Mum und Michael«, schaltete Tom sich ein, warf mir einen verschmitzten Blick zu und sagte: »Wann hat sich das denn alles verändert?«

Ich presste die Lippen aufeinander. »Ich hab's euch erzählt. Die Tagebücher enden, als sie noch alle beste Kumpel sind und Julian ein offensiv heterosexueller Sechzigerjahre-Perverser mit Brian-Sewell-Akzent. Ich weiß nichts weiter.«

Clarissa hatte recht damit, dass Julian etwas Unwiderstehliches an sich hatte. Er war so offen, locker und umgänglich. Beim Schwimmen in der kleinen Bucht am Morgen war mir aufgefallen, dass ich meine Gedanken zu Michaels Tagebüchern, die mit Tom und Clarissa zu teilen ich mich geweigert hatte, von mir aus mit Julian besprach, und erst später, als wir alle zusammen beim Frühstück saßen, Julian eingeklemmt zwischen seinen alten Freunden, und alle drei lachend und vom fließenden mediterranen Sonnenlicht geblendet, hatte ich in der Magengegend gespürt, wie die Angst an mir zu nagen begann. Mit einer entsetzlichen

Ironie wurde mir klar, dass am Ende irgendwie *ich* die Ausgefragte gewesen war. Durch einen mattierenden Film aus lähmender Distanz sah ich sie alle zusammen frühstücken. Hatte ich so richtig Mist gebaut?

»Und bisher hat es keinerlei Hinweise darauf gegeben, warum Dad und Julian ihren kleinen Krach hatten?«, fragte Clarissa.

»Nichts«, beharrte ich. »Soviel ich weiß, hatte euer Vater in den späten Sechzigern eine ziemlich ungewöhnliche Phase. Er ging nach Griechenland, um dort unter einer Militärdiktatur zu leben, die ich zugegebenermaßen auf Wikipedia nachschauen musste. Ich hatte nicht gewusst, dass er so ...«, ich zögerte, »engagiert war.«

Tom lachte auf: »Wohl kaum. Mick ging nicht mit so etwas wie dem Orwell'schen Impuls, Faschisten zu bekämpfen, nach Athen. Seine Gründe waren der Ouzo und das Mittelmeer. Das sollte ein unbekümmerter Persönlichkeitsfindungstrip à la Leonard Cohen werden.«

Clarissa nickte. »Das stimmt. Politik ließ ihn kalt. Er war ein privilegierter Ausländer. Die Machthaber liebten den Westen, denn die Obristen steckten alle mit Nixon unter einer Decke. In der Schule hab ich mal aus einer schrägen und unangebrachten Stellvertreterschuld für Dad heraus ein Projekt dazu gemacht. Die Sicherheitsleute, die die Folterregeln anwandten, waren weitgehend von der CIA geschult worden.«

»Leute, warum machen wir uns eigentlich so einen Kopf deswegen?« Gegen Wörter wie »Folterregeln« offenbar immun, klappte Larry mit einem Ruck die Beine auseinander und ließ meinen Fuß kurzerhand zu Boden fallen. »Julian ist cool, weil er keine Kinder hatte, die an seiner Lebenskraft gezehrt hätten. Er ist anders als früher, weil ›früher‹ ein ganzes Leben und einen Ozean entfernt ist. Können wir jetzt vielleicht eine andere Platte auflegen? Können wir stattdessen über diesen Abend in Marseille reden, zu dem Jérôme uns alle eingeladen hat?«

»Wie bitte?« Jérômes Name aus seinem Mund war ungut.

»Guck auf dein Handy, de temps en temps, s'il vous plaît.«

»Du und Jérôme, ihr *chattet*?«

»Sollten wir nicht?«, sagte er, wobei er die Unschuld mit Blick auf mich zu dick auftrug.

Ich reagierte mit einem gezwungenen Lächeln. Der Gedanke an Jérôme, den ich seit der Party nicht mehr gesehen, mit dem ich aber deprimierend gestelzte Nachrichten ausgetauscht hatte, ließ das Organ, das ich für mein Herz hielt, auf die Größe einer Eichel schrumpfen. Ich schluckte. »Das habe ich nicht gemeint.«

»Anscheinend schmeißen er und seine Kumpels am Donnerstagabend eine Party. Wir sollten alle hingehen, als eine Art Abschlussfete. Ein kleines Lebewohl an diesen sonderbaren, aber angenehmen« – er beschloss, mir dabei einen unerträglichen, wissenden Blick zuzuwerfen – »Sommer.«

»Ja, ich hab die Einladung gesehen. Ich bin dabei«, stimmte Clarissa zu.

»Ja, scheiß drauf, ich auch. Bevor ich in einen Prozess der beschleunigten Alterung durch Osmose eintrete, brauch ich noch ein paar Gesichter um mich, die erst nach der Dezimalisierung das Licht der Welt erblickt haben.« (Tom, natürlich.)

»Gut, super«, erklärte Larry, an der Unterlippe eine nicht angezündete Selbstgedrehte. »Ein letztes Besäufnis und dann zurück nach London für uns und zurück nach Gay Paree *pour toi, ma petite*.« Er hob meinen sich fügenden Fuß wieder hoch.

»Ach, hör auf, Lal. Ich hänge inzwischen an ihr. Lass uns nicht vom Ende reden.«

Ich kippte die letzten herben, klebrigen Tropfen Suze aus meinem Glas hinunter. Seit meiner Kindheit war ich eine notorische Wächterin über die Zeit gewesen; eine zwanghafte Aufschreiberin von Geburtsdaten; eine menschliche Stoppuhr. Das unausweichliche – und jetzt sehr nahe gerückte – Ende dieses Sommers war ein zeitlicher Markstein, den ich mit einer für mich untypischen Sorgfalt geleugnet hatte. Die Rückkehr nach Paris bedeutete die Rückkehr zum Geschirrspülen und zu der an Gäste gerichteten Frage, ob sie die glutenfreie Variante wünschten; die Rückkehr zu sich kaum rechnenden, sich dahinschleppenden Stunden, in denen ich *nicht* Englisch unterrichtete, und zu diesem schwindelerregenden Gefühl, keine Ahnung zu haben, was ich eigentlich gerade mit meinem Leben anstellte, und zu vermuten, dass ich womöglich sehenden Auges auf das Scheitern zu schlitterte. Die Vorstellung, dass ich jemals geglaubt hatte, den Assistentenjob zu übernehmen, würde diese Realität vielleicht verändern, kam mir jetzt peinlich naiv vor.

Mir war klargeworden, dass ich, wenn wir alle Saint-Luc verließen, meinen Job bei Michael aufgeben musste. Wieder dachte ich an den Morgen von Julians Ankunft; an Michaels Fingerspitzen, wie sie sich vom Saum meines Kleides zurückgezogen hatten, und daran, dass ich von ihm so angewidert und schockiert war, dass mir die Tränen noch in den Augen gebrannt hatten, als ich später darüber nachgedacht hatte. Und dennoch – dieser perverse Kick. Das Gefühl hatte mich daran erinnert, wie ich mir als Teenager *Belle de Jour* angeschaut und ein schlechtes Gewissen bekommen hatte, weil mich Catherine Deneuves äußerst widerwärtiger Freier irgendwie angetörnt hatte. Das Missverhältnis zwischen

Erregung und Übelkeit hatte bewirkt, dass mich der Selbsthass beschlich wie ein Ausschlag die Haut. Ich hatte mich als Opfer meiner eigenen sozialen Konditionierung gefühlt. Jetzt war ich allerdings kein Teenager mehr, und ich wusste, dass die Diskrepanz zwischen imaginierter Traumwelt und ertragener Realität zu gewaltig war, als dass ich es wagen konnte, es damit aufzunehmen.

Auf seinem Stuhl nach hinten kippelnd, drückte Larry mir seinen Daumen in den Fußballen. Ich blickte zu ihm auf und stellte fest, dass er mich nicht einmal ansah, und auch sonst niemanden; er war ganz in sich selbst versunken. Vermutlich hatte er noch nie einen einzigen seiner Wünsche oder Impulse hinterfragt. Ich riss meinen Fuß weg.

»Lass uns an den Strand gehen«, flüsterte er mir ins Ohr, ließ dabei die Unterlippe über meine Haut streifen und ergriff wider meine bessere Einsicht meine Hand. Clarissa und Tom waren gerade in ihre Zimmer gegangen, und wir waren allein auf der kleinen Schieferstufe am Vordereingang-den-nie-jemand-benutzte. Der Himmel war vor lauter milchig leuchtenden Sternen verschwommen und sein Gesicht vom Mondlicht gefleckt. Der schwere Druck der Stille. Das entfernte Plätschern des Meeres; der reine, frische Duft der Nacht.

»Nein«, seufzte ich, »ich bin müde, ich muss schlafen.«

»*Komm* schon. Der Sommer ist fast zu Ende, lass uns schwimmen gehen.« Er schob mir eine Haarsträhne hinters Ohr. Warum machten Männer das immer? War es eine Art instinktiver Ausdruck ihrer Zärtlichkeit oder eher etwas, das sie gelernt hatten, indem sie Tausende von Kinohelden genau dabei beobachtet hatten, während die Kamera das Gesicht der Angebeteten festhielt? In diesen anschwellenden

Sekunden, kurz bevor ein Mann mich küsste, hatte ich oft das Gefühl, das Ganze wie von außen zu erleben; im Kopf ein deutliches Bild davon, wie meine Augen aussahen (klar, leuchtend – hoffte ich) oder wie die Schatten über meinen Nasenrücken huschten oder mein Kinn sich (besänftigend, einladend) hob. Wie konnte ich meine Gesichtszüge am besten arrangieren, um wie Nastassja Kinski oder Helena Christensen auszusehen?

Wenn ich ehrlich mit mir war: Als Larry mich geküsst hatte, war es nicht so gewesen wie bei Jérôme und mir. Dieses transzendentale Gefühl war nicht da gewesen; das Gefühl, dass ich nicht mehr bewusst handelte, sondern dass mein Körper ganz genau wusste, was er zu tun hatte. Seine Augen leuchteten nicht, wenn er mich anblickte. Die meiste Zeit blickte er mich überhaupt nicht an. Aber lag darin nicht genau der Grund, weshalb ich ihn so begehrte? Ich hatte mir gesagt, dass der Funke zwischen uns nicht davon abhing, wie ich aussah. Larry und ich teilten eine Muttersprache. Folglich hatte ich beschlossen, dass er mein wahres Ich kannte.

Wenn ich in meiner zweiten Sprache mit der Welt redete, Gespräche führte und mich austauschte, war ich so oft eine verletzlichere Version meiner selbst. Das war etwas, worüber ich viel nachgedacht hatte. Ohne die Rüstung meiner Muttersprache wurden meine Beziehungen in mancher Hinsicht direkter und aufrichtiger. Wenn ich nicht unmittelbar auf die komplette Bedeutungspalette der Wörter zugreifen konnte und mir das Potenzial für spachliche Feinheiten, das das Englische mir bot, nicht voll zur Verfügung stand, konnte ich ungewohnt offen und ehrlich sein. Als mich andererseits an der Uni einmal eine Freundin gefragt hatte, warum ich immer mit französischen Jungs rummachte, und ich nur schnoddrig geantwortet hatte, die englischen würden mich nicht mögen, hatte sich ein Körnchen dieser spontanen Aussage irgendwo in meinem Selbstwertgefühl eingenistet. Larry lachte über meine Witze und verstand meine Anspielungen. Er hatte mir gesagt, ich sei witzig. Wenn er mich witzig fand, warum begehrte er mich dann nicht? Mein wachsender Narzissmus sehnte sich so sehr nach der Bestätigung, dass jemand wie Lawrence mich begehrte.

»Ich dachte, du wolltest das nicht tun?«, flüsterte ich.

»Ich habe gesagt, ich glaubte, dass wir das nicht tun *sollten.*« Er schlang einen Arm um meine Taille und zog meinen Körper an sich. Ich spürte, wie mein Rücken gegen meinen Willen nachgab, und er blickte, über meine widerstandslose Einwilligung lächelnd, auf mich herunter. Erst als er die Augen schloss – als unsere Gesichter so nah beieinander waren, dass ich den Suze in seinem Atem riechen konnte –, hörten wir ihre Stimmen, die sich aus dem Pinienwäldchen in Richtung des Hauses näherten.

»Gott, ich muss zugeben, dass es mich schier umgehauen hat, als ich sie damals am Bahnhof sah …«

Vor Schreck rissen wir beide die Augen weit auf, in Larrys Gesicht ein köstlich ungewohnter Ausdruck. Die Stimme war unverkennbar die von Jenny.

»Stell dir vor, wie ich mich erst gefühlt habe«, erwiderte Julian. »Ich hatte ja schon den doppelten Richterskalenschreck bekommen, als ich euch beide zum ersten Mal seit Jahren sah, und dann ist plötzlich auch noch *sie* da – Astrid im Sommerkleidchen. Gott sei Dank habe ich beste Cholesterinwerte, sonst wäre ich bestimmt noch in der Einfahrt umgekippt!«

Jenny seufzte. »O Mann. Als sie damals ankam, fand ich

das alles total unheimlich ... Deswegen habe ich dir ja auch gemailt; du solltest mir versichern, dass ...«

»Dir versichern? Komm schon, Jen; was zum Teufel treibt er denn da? Leah hat mir kürzlich am Strand von der Arbeit erzählt, die sie für ihn macht.« Der besonders spöttische Ton, mit dem er das Wort »Arbeit« aussprach, war fast zu viel. »Korrespondenz, lesen ... Aber *seine Tagebücher abtippen?* Hallo?«

Die nachhallende Stille sprach Bände. Ich spürte, wie Larrys Blick mich durchbohrte, und hielt den Kopf entschlossen gesenkt.

»O Mann«, flüsterte Jenny erneut und setzte sich, wie ich aus dem Knarren der Bank schloss. »Kriege ich eine Zigarette von dir?«

»Ich rauche nur noch Blunts, und auf diesem gottverdammten rückwärtsgewandten Kontinent kann man noch nicht mal Gras kaufen.«

Eine Pause, und dann: »Das ist doch beängstigend, oder? Natürlich ist es Jahre her, dass ich Astrid zuletzt gesehen habe. Aber am Ende vergisst man niemanden.«

»Ja.«

»Ich weiß nicht, ob es die Eigenarten sind oder die Körperhaltung oder was sonst. Ich weiß, dass sie sich gar nicht so ähnlich sein können ...«

»Jenny«, sagte Julian leise, »die beiden sind einander wie aus dem Gesicht geschnitten.«

Wie eine lebende stumme Anschuldigung fielen Lawrences Arme seitlich an seinem Körper herunter, und er starrte mich wieder an. Ich spürte, wie eine unerklärliche Scham durch meinen Körper rieselte.

»Das ist doch verrückt, oder? Ich meine, man trifft ja immer mal wieder Leute, die sich ähnlich sehen, aber bei Leah und Astrid ist es wie … Es war, als sähe ich einen Geist. Es kam einfach alles wieder zurück. Wie Mick war, damals nach seiner Rückkehr nach London. Und das Nichtwissen … Wir wussten nie … O Gott, ich dumme alte Kuh, jetzt kommen mir die Tränen …«

Wir hörten Jenny sich schnäuzen, und ich stellte mir vor, wie die beiden auf der feuchten alten Bank neben dem Wäldchen saßen und Julian ihr ein Papiertaschentuch hinhielt. Larry blickte mich jetzt nicht einmal mehr an. Unwillkürlich fand ich, dass er empört aussah, während er die Tatsachen hinter dem, was sie sagten, verarbeitete. Ich merkte, wie die einzelnen Seiten meines Lebens hier allmählich in sich zusammenfielen, kleiner und kleiner und kleiner wurden, bis ich in einem Mini-Quadrat aus festem, starrem Papier erstickt wurde. Bruchstücke von Sätzen aus Michaels Tagebüchern begannen sich in dicken, dämmenden Schneewehen aus Wörtern zu überlagern und so die ganze Luft zwischen mir und der Wirklichkeit einzuschließen:

Als meine Finger an der Naht ihres Schlüpfers entlangfuhren …

Ich hätte ahnen müssen, dass sie keine verdammte Jungfrau war …

Ich drückte sie über die Armlehne des Sofas und schob den engen kurzen Wildlederrock hoch (Es lebe Mary Quant!) …

Ich schloss die Augen, so fest ich nur konnte, und versuchte, mich an der rauen Oberfläche der Hauswand abzustützen.

»Ich weiß nicht, Jules. Ich habe das Gefühl, dass er glaubt, er könne durch sie eine Art Erlösung finden. Oder dass sie ihn heilen wird oder so was.«

Das weiche, flaumige Haar oben an ihrem Oberschenkel …

»O Jen, meine Gute. So edel ist das, glaube ich, nicht.«

Lawrence richtete den Blick wieder auf mich; schluckte und lächelte und schüttelte schließlich mit einem Ausdruck der Bitterkeit den Kopf. Glaubte er, ich sei in all das verwickelt?

»Was ist zwischen euch beiden passiert, Julian? Ich weiß, dass du ihn getroffen hast. Ich weiß, dass er nach Kalifornien geflogen ist. Völlig ahnungslos bin ich nicht.«

»Hast du dich nie gefragt«, sagte er schließlich, »warum um alles in der Welt sie eingewilligt hat, mit ihm nach Athen zu gehen?«

»Weil sie sich geliebt haben.« Jennys Stimme war fest, leise, fast wie die eines Kindes.

Julian schnaubte verächtlich. »*Jenny.*«

»Du warst danach nicht mehr da. Du weißt nicht, wie es sich angefühlt hat, die Scherben aufzusammeln.«

»Glaub mir, ich weiß mehr, als du denkst.«

»Was soll denn das jetzt heißen?«

Für einen Moment sagte keiner von beiden mehr etwas; dann durchdrang schließlich Julians Stimme, wieder ruhig und bedächtig, die Nacht. »Astrid hatte ihre ganze Zukunft vor sich. Sie hatte diesen Agenten, sie war im Begriff, in dem Restaurant aufzuhören; alles lief gut für sie ... Es ergibt einfach keinen *Sinn*, Jenny. Denk doch mal vernünftig darüber nach.«

Zum ersten Mal seit Wochen spürte ich das kalte Züngeln der Nacht. Das wirbelnde Grillengeschrei zehrte an meinen Nerven. Jetzt nahm ich undeutlich Lawrence wahr, der seine Handfläche an meine Wange hob.

»Leah ...«

Ich schob seine Hand weg.

»Du *weißt*, dass es etwas gibt, das er dir nicht erzählt hat, Jenny.«

»*Leah.*«

Ich ließ ihn nicht weiterreden. Ich musste so weit wie nur menschenmöglich von alledem weg: weg von dem, was all das soeben Gesagte bedeutete – über Michael, über mich, über diese ganze dämliche Scharade eines Sommers.

Als ich am nächsten Morgen wach wurde (was gnadenlos früh war; ich konnte nicht mehr schlafen), holte ich als Erstes meinen Laptop, um Michaels neue E-Mails durchzugehen. Alles, was meine Aufmerksamkeit in Anspruch nahm, war gut, und das Höchste, was ich erwartete, war eine E-Mail von einem Lektor, der wegen einer abgelaufenen Frist nachhakte. Ich checkte die Mails, nachdem ich das Teewasser aufgesetzt hatte, unten am Küchentisch. Es war noch so früh, dass sich die Fliesen unter meinen Fußsohlen kühl anfühlten, und ich wusste, ich hatte etwa zwei Stunden für mich, bevor die anderen allmählich auftauchten. Zu diesem Zeitpunkt gab es nur das schnarrende Kichern der Zikaden. Nicht die kleinste Brise; kein Blatt regte sich.

Er hatte zwei E-Mail-Konten; das eine, auf das ich vollen Zugriff hatte, war sein berufliches, öffentliches, und er hatte mich angewiesen, Nachrichten von Interesse an seine AOL-Adresse (sogar sein E-Mail-Server entsprach seinem persönlichen Dinosaurier-Image) weiterzuleiten. Das Netz war extrem langsam. An der kleinen eingeklammerten Zahl im oberen Bereich des Tabs konnte ich sehen, dass er drei ungelesene Nachrichten hatte, aber zum Laden brauchten sie ewig. Dann tauchten sie plötzlich auf, prangten in den Reihen nichtssagender Betreffs. Die erste war von Digby von der *LRB* mit der erwarteten Nörgelei. Die zweite kam von seiner Agentin mit dem vorsichtigen Betreff *Nur mal nachhören.* Die dritte, morgens um elf Minuten nach drei verschickt, kam von einem unbekannten Mailkonto. Als ich mit dem Cursor darauf ging, erhielt ich vom Browser die Aufforderung *Zu Kontakten hinzufügen.* Auf dem Bildschirm pulsierten die Buchstaben der neuen Adresse: *j.j.gresford.* Ich wappnete mich und öffnete die Mail.

Mick,
allem Anschein zum Trotz habe ich wirklich kein Interesse an dieser ganzen ausgedehnten Folterroutine (Anna dagegen offenbar schon – sieht aus, als hättest du da endlich deinen machiavellistischen Gegenpart gefunden, Kumpel). In dem Bemühen, ein guter Gast zu sein, habe ich mir also gedacht, ich teile das Foto, das sie so erfolgreich dazu animiert hat, auf meine Versuche der Kontaktaufnahme zu reagieren.
Du schienst ja doch erpicht zu sein, es zu sehen.
Gruß,
J

Als ich erst mal nach unten scrollte, war das Schwarzweißfoto unter dem Text fast bis zur Abstraktion vergrößert – Pausbacken, auf unbegreifliche Weise zu Sanddünen explodiert, oder vom Wind aufgeblähte Bettlaken an einer Wäscheleine. Ich klickte zwei Mal darauf und wartete, dass das neue Fenster lud, und als der Vorgang beendet und das Bild auf eine Größe zusammengeschnurrt war, bei der man erkennen konnte, was das auf dem Foto wirklich war, stockte mir der Atem, während mir die Tatsachen hinter dem, was ich da betrachtete, eine nach der anderen klar wurden.

31
Michael

In London war ich nie vor Astrid aufgewacht, doch irgendetwas an der Qualität der Luft oder des Lichts – und, ich nehme an, die drückende Hitze – trieb mich hier beinahe mit Sonnenaufgang aus dem Bett. Ich ließ sie schlafen, die dünne Decke hatte sie in der Nacht von ihrem gebräunten, sandfarbenen Körper gestrampelt (eines der ersten Anzeichen der so angenehmen Fremdheit, als wir einen Monat zuvor angekommen waren, waren die Decken gewesen. Hier schlief man nicht unter erstickenden nördlichen Daunenbetten, sondern gehüllt in hauchdünne Fallschirme aus Baumwolle.). Dann schlich ich in die Küche, setzte eine Kanne Kaffee auf und ließ mir die Schwaden starken, bitteren Dampfes in die Nase steigen. Noch heute lässt mich der Geruch von auf dem Herd gebrühtem Kaffee sofort an Athen denken: dicht, dunkel und uralt, nach einem Leben voller dünnem, blassem Nescafé.

An den Morgenden, an denen der Duft des Kaffees sie nicht aufweckte, trat ich mit meiner Tasse auf den winzigen Balkon hinaus, der von der Kochnische abging und der voller großer Sonnenschirme aus Feigenblättern stand, die die hervorbrechende Morgensonne abhielten. Es war eine ärmliche kleine Wohnung in Gazi – am Horizont war scherenschnittartig das Skelett des gewaltigen Gaswerks zu erkennen –, und wir liebten sie. Sie lag im ersten Stock, mit einer Dusche auf dem Flur, und ging nach hinten auf einen Innenhof hinaus, was bedeutete (gepaart mit der offensichtlichen Leidenschaft des Vorbesitzers für dichtes Blattwerk), dass wir nur wenig Licht abbekamen – doch das Licht, das uns erreichte, war reines, griechisches Licht. Das Licht dort war grünlich, als wäre es durch ein Netz aus Piniennadeln gefiltert worden, und ganz Athen war darin getaucht – in dieses uralte aquatische Grün. Bein uns kam es in Fragmenten an, wenn es die Schatten in der Wohnung verband, und wenn wie mit dem Trennschleifer geschnittene Lichtscherben die Farben aufblitzen ließen: der abgenutzte Terrakottafußboden, die getupften rosafarbenen Wände mit den blauschimmernden Kacheln um den Gasherd herum, die Unterseite von Astrids linkem Knie.

Ich setzte mich auf einen der klapprigen Metallstühle und steckte mir eine Zigarette an. Es war jetzt August, und die Stadt leerte sich nach und nach. In zwei Tagen würde Julian aus London eintreffen und wir wollten uns der alljährlichen Kykladen-Diaspora anschließen und mit dem Schiff zum Haus seiner Mutter auf Syros aufbrechen. Das war schon seit Wochen so geplant, doch jetzt hatte ich überhaupt keine Lust mehr zu fahren. Ich mochte das langsame Kreisen meiner Tage hier, und wie sich die Staubpartikel auf den verlassenen Straßen absetzten. Diejenigen von uns, die noch übrig waren, fühlten sich wie außen vor – miteinander verbunden, weil wir nicht zur Mehrheitsgesellschaft gehörten. Müllmänner, Witwer, Junggesellen, Menschen, die einer geregelten Beschäftigung nachgingen. Die Kundschaft der Taverna, in die wir immer gingen, bestand aus Fremden wie uns selbst, Migranten, passionierten Trinkern, Bouzoukispielern, die ihr Geld damit verdienten, für die Touristen auf den Fähren von Piräus zu spielen, und die abends gratis für uns andere Musik machten.

Manchmal, an Samstagen, fuhren wir mit dem Schiff nach Ägina. Astrid war nie zuvor auf einem Schiff gewesen, und wir saßen auf dem Oberdeck und blickten auf das endlose Blau des Saronischen Golfs hinaus, das nur durch die felsig-grünen Inseln und die tosende Spur weißer Wellen in unserem Kielwasser unterbrochen wurde. Der Himmel war immerzu voller Möwen, die das Schiff umringten, im Flug weniger aggressiv, als wenn sie an Land stolzierten. In der Luft waren sie perfekt stromlinienförmige fliegende Boote. Wenn das Deck leer war, sang sie für mich. Frei erfundene Interpretationen griechischer Lieder – ein zusammengerührter, sinnfreier Mischmasch aus Konsonanten und Silben, der in ihrer schönen, rauen Stimme in der Luft schwebte.

Vom kleinen Hafen aus fuhren wir per Anhalter zum Strand. Dort schwammen und flirteten und brieten wir in der Sonne, und in einem der nahegelegenen Dörfer aßen wir einfachen Taramosalata und auf Kohle gegrillten Tintenfisch auf einer Terrasse, die von fetten roten Geranien überwuchert war: echte Marspflanzen, verglichen mit den steifen kleinen Kümmerlingen, die meine Mutter in unserem Gewächshaus gezüchtet hatte (dieses Gewächshaus hatte uns damals – dem Anschein nach – als reich gekennzeichnet; es war der ganze Stolz ihres kleinen, nach innen gerichteten Lebens gewesen). Wir kamen erst spät wieder in Piräus an. An Samstagabenden war es dort besonders laut und chaotisch. Nach der stehenden Hitze des Tages erschien das kühle, maritime Pfeifen der Nachtluft reinigend. Der *ilektrikos*-Zug nach Piräus fühlte sich im August an wie ein Geisterschiff.

Der Gedanke an den lauten, flegelhaften Julian war abstoßend. Ich mochte es, Astrid – und Griechenland – ganz für mich allein zu haben. Nicht, dass ich sie tatsächlich ganz für mich allein gehabt hätte. Sie ging das Projekt Auswanderung mit einer Begeisterung an, mit der ich ganz bestimmt nicht gerechnet hatte. Ich habe schon einmal gesagt, dass sie wärmeabgebend war, und diese Eigenschaft wirkte ganz offensichtlich über Sprachgrenzen hinweg.

Dann die Morgende, mit dem durch Feigenblätter gepressten Licht auf den Rundungen ihres Körpers. Ihre Züge ganz weich von träger Zufriedenheit. Manchmal musste ich meine flache Hand einfach gegen ihre Brust drücken – die Fläche unterhalb ihres Schlüsselbeins –, um etwas so Erhabenes fassen zu können. Um mich an der greifbaren Wirklichkeit ihres Körpers festzuhalten. Mich mit meinem Blick an ihren zu hängen, wie einen Haken an eine Öse. Wie großartig, so angesehen zu werden – einen solchen Blick erwidert zu bekommen. Ihre Schulter mit Küssen bedecken, und ihre Wangenknochen – ihre Augenlider. Wie großartig. Wenn ihre Augen geöffnet waren, funkelten sie, und ich denke, bei meinen muss es genauso gewesen sein.

Anschließend jedoch, nach diesen in den Himmel ragenden, lichten Stunden, ging sie. Plötzlich war sie wieder irdisch, kippte einen Kaffee in sich hinein, zog ein leichtes Baumwollkleidchen über (am Saum mit indigoblauen Anemonen bestickt – ganzen Bündeln davon, die Köpfe flehend zur Sonne gereckt) und flatterte, einen Tragekorb über die Schulter gehängt, ins schattige Gewölbe des Gebäudes hinaus – das kühle, dunkle Treppenhaus mit der kirchenartigen Akustik und der sauberen, flüssigen Luft.

»Wo willst du hin?«

»*Du* wirst jetzt schreiben«, sagte sie mit freundlichem Pragmatismus, »und ich werde jetzt rausgehen.« Flache Ledersohlen klatschten auf die Stufen.

In der ersten Woche war es mir ein Rätsel, was sie mit diesen leeren, offenen Stunden zwischen dem Entknoten unserer Glieder und der drückenden Mittagshitze anfing, doch es überraschte mich nicht, dass sie sich offenbar so nahtlos akklimatisiert hatte. Astrid war ein Wesen mit einem ausgeprägten Vergnügungsvermögen. Etwa zwei Wochen vor unserer Ankunft in Athen hatte Neil Armstrong den Mond betreten. Wir hatten es noch in London verfolgt, gemeinsam mit Jenny und Julian bei ihm zu Hause, wo er Joints drehte und ganz allein rauchte, weil ich einen klaren Kopf bewahren wollte. Eine Sekunde lang war es mir gelungen, meine Augen von dem dämmrigen, milchigen Leuchten des Bildschirms abzuwenden – auf den oszillierenden Wellen von Pink Floyds »Moonhead« dahingleitend –, und mein Blick war direkt auf ihrem blassen Gesicht gelandet. Dieser Ausdruck absoluter, sakraler Ehrfurcht hatte mich so sehr berührt, dass ich ihn mir mit dem Gespür fürs Detail eines alten Meisters einzuprägen versuchte. Wochen später hatte ich diesen Ausdruck wieder gesehen, diesmal im reinen Licht des Morgens, als ich beobachtete, wie sie zum ersten Mal das Mittelmeer vor sich hatte. Damals machte ich mir keine Gedanken darüber, was sie an diesen ausgedehnten Vormittagen anstellte, die so voller Potenzial steckten. Und auch wenn es mich ein wenig ärgerte (obwohl ich das natürlich niemals zugegeben hätte), fühlte es sich eigentlich unvermeidbar an, als ich schließlich dahinterkam.

»Gia sou, Christinaki.«

»Ah! *Gia sas kyrie, Panos*!«, hatte sie fröhlich geträllert und von der kleinen Auflaufform mit salzigem Fisch aufgeblickt.

Der alte Mann strahlte sie voll aufrichtigem Interesse an, machte irgendeine lustige Bemerkung, die für mich bloß ein

Wirrwarr aus Konsonanten und Gesichtsausdrücken war, und starrte mich kurz, aber unverhohlen abschätzend an, bevor er in die Bar zurückschlurfte.

»Hat er mit dir geredet?«, fragte ich ungläubig.

»Hmhm«, bestätigte sie, während sie den plumpen Körper einer Sardine wenig anmutig vom zarten Netz seines Skeletts löste.

»Wie hat er dich genannt?«

»Das ist hier der Spitzname für mich«, sagte sie bloß und konzentrierte sich wieder auf die wichtigere Aufgabe vor sich.

»Woher kennst du den Mann?«, bohrte ich nach, gegen meine Wut ankämpfend.

Sie zuckte mit den Schultern. »Weiß nicht. Einfach vom Sehen, denke ich. Ich treffe ihn manchmal morgens, wenn ich hier einen Kaffee trinke.«

Ein Grunzen. »Und ... worüber redet ihr dann?«

Sie lachte und schluckte ihren Bissen herunter, sie amüsierte sich offenbar über mich. »Nicht sehr viel«, sagte sie, »obwohl wir eine ziemlich effiziente Gestensprache entwickelt haben.«

Jetzt bemerkte ich, dass Panos und seine Freunde an der Bar uns heiter anlächelten. Als sich unsere Blicke begegneten, hoben die knorrigen alten Männer freundlich ihre Gläser und ich hörte einen von ihnen das Wort sagen, von dem ich wusste, dass es *Ehemann* bedeutete.

Später in der Woche war ich mit ihr zum Markt gegangen und war überwältigt von der schieren Masse an begeisterten Begrüßungen: kleine Kinder im Eingangsbereich unseres Hauses; schwerfällige Gorgonen mit Gesichtern, die zu permanenten Grimassen verzogen waren und die einen jungen Menschen unter normalen Umständen nicht einmal anspucken würden; und dazu noch offenbar sämtliche der Marktverkäufer. Der Lebensmittelhändler (ein Adonis im Sinne von D. H. Lawrence, der in den Regieanweisungen eines Varietéstückes oder bei einem kitschigen viktorianischen Romanautor als *niederträchtiger Halunke* bezeichnet worden wäre) zwinkerte ihr anzüglich zu, als er eine zusätzliche Kelle glitzernder malvenfarbener Oliven in das Marmeladenglas klatschte, das sie mitgebracht hatte. »*Oriste, Christinaki!*«

»Der *Olivenmann?*«, zischte ich.

Sie steckte sich eine Olive in den Mund und drehte sich um, um ihn anzulächeln. »Er ist ein Freund von Panos«, erklärte sie mir und winkte mit der Hand ab.

»Natürlich.«

Ja, ganz offenbar hatte es Astrid, trotz ihrer etwas eingeschränkten kommunikativen Möglichkeiten, in nur einer Woche geschafft, Teil der Gemeinschaft zu werden – sicherlich war sie nicht *eine von ihnen*, doch sie war eine beliebte und faszinierende Kuriosität; eine Art allseits verhätscheltes Haustier. Wären wir in England gewesen, hätte diese Erfahrung meine chronische Menschenfeindlichkeit vermutlich nur noch weiter verstärkt. Dort war mir die unkritische, schwanzwedelnde Wertschätzung, mit der sie absolut jedem begegnete, ein wenig auf die Nerven gegangen. Hier jedoch, unter dem Druck einer anderen Sonne, war die Nähe zu ihr das, was die Nähe zu Jenny in den ersten Semestern in Oxford gewesen war – ein Passierschein.

Dann schlenderten wir durch das wimmelnde Kaleidoskop des Marktes. Lapislazuli-schwarze Fliegen tauchten in die Bottiche phosphoreszierenden Käses, der in seiner trüben Lache lag. Honigwaben. Alte Frauen mit Kopftüchern und in Socken und Sandalen, die große weiße Baumwolllaken bestickten. Duftende Berge von Oregano, Thymian und Rosmarin. Terrakottatöpfe voller griechischem Joghurt – meine Lieblingsentdeckung bis dahin –, und dann stapelweise Ikonenbildchen, in denselben kräftigen Primärfarben gemalt wie ein Matisse. Uralte Männer, die einmal aus dem ehemaligen Smyrna geflohen waren, wehrten die ansteigende Hitze des Vormittags ab. Ich folgte Astrids gewandter und leichtfüßiger Führung und ließ mich anschließend auf den durchhängenden Korbstuhl eines Cafés fallen, benommen und reizüberflutet.

»Hi! Christina!«

Wieder wurde sie mit diesem Namen angesprochen, den die Allgemeinheit ihr hier verpasst hatte, doch diesmal im charmanten Tonfall eines Griechen, der Englisch sprach.

»Dimitri!«, rief sie und stand unbeholfen auf, um ihm Küsschen zu geben. »Setz dich zu uns – bist du in Eile? Das ist mein Freund, Michael.«

Er hielt mir eine freundliche Hand entgegen – groß, elegant, die Rückseite mit demselben groben schwarzen Haar besetzt, das sich auch in seinem Gesicht zeigte. »Ist mir ein Vergnügen«, sagte er und zog sich einen Stuhl vom Nachbartisch heran. »Ich hab schon viel von dir gehört.«

Seltsam, dachte ich, wenn ich wiederum doch so gar nichts über ihn gehört hatte. Ich bemühte mich um eine Miene freundlicher Neugier und fragte ihn, wie sie sich kennengelernt hatten.

»Ich bin Gitarrist«, erklärte er verlegen. »Christina hat mich und meine Freunde in der Taverna spielen gesehen und hat in dieser Woche zweimal morgens mit uns gesungen. Wir versuchen ihr griechische Lieder beizubringen und haben auch ein paar amerikanische gespielt.«

Ihr Singen war mir bereits aufgefallen – erhaschte Töne

am Morgen; textlose Melodien, die die blauen Stunden nach der Siesta durchdrangen. Fremde Töne, von denen ich gedacht hatte, sie habe sie in der Bar aufgeschnappt, mit mir gemeinsam, am Abend.

»Warum probt ihr morgens?«, fragte ich, darum bemüht, nicht so zu klingen, als würde ich nach Fehlern in seiner Geschichte suchen. Er sah mich ein wenig ungläubig an.

»Wegen der Asfaleia«, sagte er mit leiser Stimme, als sei das das Offensichtlichste der Welt. »Es ist gefährlich, abends zu proben.«

»Natürlich«, murmelte ich. Ich kam mir dumm und gescholten vor, weil ich nicht an die Zivilpolizei gedacht hatte. Es war der zweite Sommer der Militärregierung, und die meisten Athener führten ein eingeschränktes, um Unauffälligkeit bemühtes Leben unter dem strengen Blick der Asfaleia und der ESA, der Militärpolizei. Die Heimtücke des Regimes prallte von der Oberfläche meiner Realität ab, und an diesem ersten strahlenden Sonntagmorgen war ich mir noch nicht bewusst, wie gefährlich verwickelt Dimitri und seine Freunde darin waren. Wir tauschten kleine, leicht verdauliche Freundlichkeiten aus. Es fiel mir nicht als merkwürdig auf, dass jemand wie er (mehrsprachig, gebildet – er studierte Mathematik an der Universität) den Sommer in Gazi verbrachte, und nicht draußen in irgendeinem cyanfarbenen Inselparadies.

Am Abend aßen wir mit ihm und seinen Freunden – es gab literweise süßen Weißwein, frisches Zaziki, cremige Favabohnen, Berge aus gegrilltem Schweinefleisch, Salat, der mit zerbröseltem Feta bestreut und mit nach Zitrone schmeckendem Olivenöl angemacht war. Es schien, als würden sie alle mit dringlicher Hingabe leben: Ihre Zigaretten fest in der Hand, saßen sie mit gekreuzten Beinen da oder hatten die Knie ans vorgereckte Kinn gezogen, sie gestikulierten wild mit den Armen und rutschten auf die Kante ihrer Stühle und sprachen, als wäre jedes einzelne Wort eine Rakete, die sie abfeuerten. Ich lebte so, wie ich es immer getan hatte und immer tun würde – auf einem einlullenden Halbmond der Apathie.

Die Akropolis bei Nacht: weiß, stoisch, solide und unaufdringlich. Wie vor den violetten Himmel montiert. Spröde Piniennadeln und die kleinen weißen Häuschen von Anafiotika. Jadeäugige Katzen. Im August so leer wie sonst nie. Ich ging allein dorthin, mit Einsetzen der Abenddämmerung. In Athen – zumindest zu jener Zeit, denn ich bin seit Jahrzehnten nicht mehr dort gewesen – konnte man noch kleine Ansammlungen von Sternen erkennen, Konstellationen mit griechischen Namen. Ich saß da und rauchte und empfand großen Trost darin, ein winziger Faden im Kosmos zu sein.

32
Leah

Sie hatten nicht unrecht. Sie sah tatsächlich aus wie ich, allerdings nur bis zu einem gewissen Grad. Wir waren zweifelsohne ein ähnlicher Typ, und wenn man jemanden nicht so gut kennt, haben die Augen es leicht, so etwas zu übertreiben. Die Ähnlichkeit war so groß, dass ich auf Anhieb wusste, dass es Astrid war, aber meine Doppelgängerin war sie, wie alle zu erkennen versucht hatten, nun wirklich nicht. Wir sahen uns so ähnlich, wie dieser jüngere Michael (der auf dem Foto neben ihr stand und mit ihr lachte, während er sich ihr zuwandte. Michaels Hand auf dem Schreibtisch, auf den sie sich beide stützten, berührte ihre Hand ganz leicht) und Larry es taten, oder wie ein gut besetzter Schauspieler in der Hollywoodversion des Lebens von irgendjemandem, bei dem man zweimal hingucken muss, bevor man merkt, dass die Nase nicht ganz stimmt oder die Augen nicht dieselbe Farbe haben. Am Ende war es aber gar nicht unsere Ähnlichkeit, die mir den Atem stocken ließ: ihr Gesicht war gar nicht das Erste, das einem auffiel.

Nach dem ersten Schock, den das Bild ausgelöst hatte, schloss ich den Tab. Ich stand auf und goss, schon aufgrund des Gedankens, dass das Foto auf meinem Computer existierte, mit einem leicht panischen Gefühl im Bauch das Teewasser ein. Dann setzte ich mich, die Knie ans Kinn gezogen, auf den Boden und versuchte zu verarbeiten, was diese neue Information bedeutete. Zumindest ergab jetzt alles etwas mehr Sinn. Auch wenn ich nicht sicher sein konnte, war das Foto doch mit großer Wahrscheinlichkeit in Griechenland aufgenommen worden – man sah es an ihrer Kleidung und an der blendenden Sonnenspiegelung im Fenster hinter ihnen. Kilometer um Kilometer Meer; eine Welt fern der Frith Street.

Ich hatte meine Teetasse ungefähr zur Hälfte geleert, als das Unbehagen begann, sich in etwas völlig anderes zu verwandeln. Die Dämmerung ging in weißes Morgenlicht über, und das Haus war immer noch still. Ich verspürte Rückenwind, und mit einem Ziel und einem Gefühl von Rehabilitierung, wie ich es seit Wochen nicht gehabt hatte, ging ich zum Tisch zurück und zwang mich, das Foto noch einmal anzuschauen. Bevor ich kalte Füße bekommen konnte, leitete ich die E-Mail an mich selbst weiter und löschte dann – gleichsam mit prickelnden Fingerspitzen – jede Spur davon auf Michaels Account. Ich klappte meinen Laptop zu. Als ich danach hinunter an den Strand ging, war mir schwindelig von dem Bewusstsein meiner eigenen Handlungsfähigkeit.

Michael steckte sich eine Zigarette an. Seit Julian da war, rauchte er offen – im Haus, vor Anna, zündete eine an der vorherigen an, schnorrte sie von Larry – und genoss es. Er zog die Weinkiste näher an meine und beugte sich vor, so dass ich den penetranten Secondhand-Rauch wie auf der Zunge eines Liebhabers schmecken konnte. Er nahm einen Lungenzug und ließ die Asche direkt auf den Boden fallen.

»Wahrscheinlich fragst du dich, was für einen Sinn das alles gehabt hat«, sagte er zu einem Stapel vergilbender Zeitungen irgendwo links von meinem Fuß. Ich hatte keine

Angst mehr vor ihm oder vor einem der Gefühle, die er in mir auslöste. Zum ersten Mal war mir, als hätte ich die Oberhand.

Er stand auf und ging hinüber zu dem alten tragbaren Kassettenrekorder. »Ein Leben kann sich sehr leicht auftrennen, weißt du. Vielleicht weißt du das aber auch nicht – du bist noch so jung.« Sein Ton erinnerte mich an den zu Bekenntnissen neigenden Betrunkenen am Ende einer Party. Ich fragte mich, wie aufrichtig er noch sein würde.

Er fing an, das Chaos auf seinem Schreibtisch zu durchwühlen – seine Hände ganz hektisch, der Rest von ihm dagegen in einer Art reizbaren Resignation versunken. Seit ich das letzte Mal hier drin gewesen war – vor Marseille, nehme ich an; bestimmt vor der Ankunft des zuletzt zu uns gestoßenen Gastes –, hatte der Schuppen das fliegenfängergelbe Durcheinander der Bude eines alternden Messies angenommen. Das Licht, das einmal grünlich gewesen war, hatte inzwischen die Farbe von sich lösendem Klebeband oder nikotinverfärbter Nagelhaut. Die penibel aufgeschichteten Papiertürme waren umgekippt, ja, er schien sogar selbst Papier abzuwerfen, wie eine alte Schlange, die ihre raue, überflüssige Haut abstreifte. Den Zigarettenstummel ließ er in eine schmutzige, mit Tomatensoße verschmierte Schale fallen, und in einem heftigen, aggressiven Ausbruch von Widerwillen wischte er einen ganzen Stapel Zeitungsausschnitte zu Boden. Die behagliche, an Bäume erinnernde Feuchtigkeit des Schuppens war zu etwas Pilzartigem, etwas von klaustrophischer Qualität geworden.

»Es passiert ganz leicht«, fuhr er nun fort. »Man trifft eine Wahl, und es ist, wie wenn man an dem verdammten Saum einen einzigen Faden löst und sich plötzlich der ganze Scheißgobelin auftrennt, und jedes Mal, wenn man daran rührt – nur ein kleines bisschen –, geht die nächste Reihe auf.« Er fing an, den Daumennagel heftig an seinem Mund zu reiben und dabei mit den Zähnen an der eingerissenen, leidgeprüften Nagelhaut zu ziehen. »Zum Teufel noch mal, wo hab ich die denn hingesteckt?«

An der Ecke des Nagels erblühte ein nadelkopfgroßer roter Punkt. »Natürlich war mein Leben klein – minimal. Ich kann nicht so tun, als wäre ich wirklich Teil von irgendetwas. Alles war so viel größer als ich, aber wenn ich ehrlich bin, war mir das sogar scheißegal.«

Er packte ein ramponiertes altes Taschenbuch und ließ es wie einen Diskus quer durch den Raum sausen. Ich schloss die Augen, als es an meinem Kopf vorbei pfiff.

»Hast du mal diese Tagebücher gelesen, die Leute während des Zweiten Weltkriegs oder der Kubakrise geschrieben haben? Wie heißt das noch mal – das *Mass Observation Project*, oder irgend so ein Neusprechbegriff.« Er nahm eine unverkennbar weiblich gemeinte monotone Stimme an. »16. Oktober 1962. Mit den Kommunisten in Kuba geht's jetzt aber richtig los. Ron ist davon überzeugt, dass wir bis Ende der Woche alle in atomare Verwüstung gebombt sind. Der heutige Tag war wirklich schrecklich. Ich habe den Bus verpasst und mir Gelee aus schwarzen Johannisbeeren über meine neue Bluse gekippt. Das geht nie wieder raus – und die chemische Reinigung ist so teuer …«

Als er den roten Faden seines Monologs vollends verloren hatte, warf er sich über den Schreibtisch und griff nach einer kleinen Tonbandkassette. »Ja! Kennst du so was überhaupt?«

Über diese herablassende Bemerkung ärgerte ich mich. Für wie jung hielt er mich eigentlich?

»Natürlich.«

»Erinnerst du dich, dass man damals leere kaufen und Sachen aus dem Radio aufnehmen konnte – oder, wenn man ein Doppelkassettendeck hatte, von anderen Kassetten?«

(Raufasertapete in Hellblau-Metallic und weiße Fußleisten: Erinnerungen daran, wie ich auf dem Acrylteppichboden meines Kinderzimmers lag, den Blick fest auf die Knöpfe des Radiorekorders gerichtet, den ich mir mit meiner Schwester teilte, im Begriff, die Corrs aus *The Chart Show* aufzunehmen.)

»Und erinnerst du dich, dass man genau den richtigen Zeitpunkt auf dem Band abpassen musste? Sonst konnte man nämlich etwas überspielen, was schon drauf war.«

(Ihre Empörung, als mir aus Versehen genau das mit »Save Tonight« von Eagle-Eye Cherry passiert war.)

»Darüber habe ich in letzter Zeit viel nachgedacht – diese Schichtung von Klängen. Sie übereinanderlegen – proust'sche Überlagerung. Fragmentierung. Eine Art Audiocollage. Ich hatte einmal einen Freund, der machte immer Collagen. Er hatte irgendwie ein kolossales Leben – eins, das sich nicht in Kaffeelöffeln messen lässt.«

Er begann, das kleine Plastikrechteck mit dem tintenblauen Magnetband aus der Hülle zu ziehen, und öffnete dann die entsprechende Lade an dem Stereogerät. Das vertraute leise Quietschen, als sie herausfuhr – eine Vergangenheitsinjektion.

»Hier ist er nun!«, sagte er triumphierend und taumelte dabei wie betrunken. »Hier ist mein Tribut an meinen Freund – vor allem aber an *sie*, natürlich.«

Eine weitere Sekunde lang dieses quietschende Geräusch, während das Band zurückspulte, und dann die ersten Töne: eine gezupfte, sanft schwingende Gitarre, gefolgt vom tiefen, eleganten Timbre einer Stimme, die ich als die von Leonard Cohen erkannte, mit ihren abwartenden Ts. Es war die erste

Zeile eines der Gedichte, die er auf Hydra geschrieben hatte, und handelte davon, wie er in Griechenland den Mond betrachtete. Michael bekam feuchte Augen und umklammerte die Schreibtischkante, bis seine Knöchel weiß wurden.

Dann eine andere, voller klingende Gitarre, alle sechs Saiten hingebungsvoll liebkost. Es waren die Eröffnungstakte von »If You See Her, Say hello«. Er sank auf den mit Papier bedeckten Boden und schwelgte im Crescendo des Songs. Ich wagte nicht zu sprechen, und der Schuppen war erfüllt von Dylans heiserer, nasaler Stimme, bis auch diese von einem neuen Sound übertönt wurde – triumphierend, wie ein Marsch, offenkundig hellenistisch. Eine Sprache, die für mich nur aus Klängen bestand, Klängen jedoch, die mich bewegten. Michael summte geistesabwesend mit, dann flüsterte er: »Der Song heißt ›Otan Sfiggoun To Xeri‹ – ›Wenn sie die Fäuste ballen‹.«

Dann eine neue Lage: eine Stimme – eine Frauenstimme, von der ich sofort wusste, dass es ihre war, auch wenn ich sie noch nie gehört hatte. Ein schwebendes, körperloses Lachen. »Du nimmst mich auf, stimmt's? Dann singe ich nicht!«

Sie erschien mir wie die Stimme eines Geistes. Sie sprechen zu hören hatte etwas Sinistres. Er sackte zusammen, lag jetzt flach auf dem Boden, den Kopf im Schatten des Schreibtischs.

Dann Michaels Stimme, aber jünger. Weniger verhalten, mehr BBC und, noch bezeichnender, von Licht durchzogen. »Ich möchte, dass er hört, wie du es singst, nur einmal. Jetzt komm ...«

Ein verärgertes Kichern, und dann sang Astrid – erst mit stockender und danach mit herzzerreißend kräftiger Stimme – die erste Zeile von »You Don't Know What Love Is«.

Michaels Beine versteiften sich, bis auf seinen rechten Fuß, der zum Takt in der Luft kleine Bögen beschrieb. Unter dem Schutzdach des Schreibtischs konnte ich seinen Atem, ein pfeifendes Keuchen, hören. Er hielt sich eine Hand fest vor den Mund, um jedes Geräusch zu ersticken, und seine geschlossenen Augen waren wie zu kleinen Rosinen zusammengekniffen.

Dann hörte sie auf zu singen, und es gab eine schmerzhafte, bedeutungsvolle Pause, ehe die Töne eines Klaviers, in einem pochenden Zweivierteltakt gespielt, sich klagend in die Luft über uns erhoben. Wieder griechisch. Damals wusste ich nicht, welches Lied es war, fand es aber später heraus:

Xilia myria kymata makria t'Aivali
(Aivali ist Tausende Wellen entfernt)
Meres tis armiras ke o ilios panta ekei
(Tage so salzig wie das Meer, und die Sonne immer da)

Eine salzige, flehende Stimme. Ein Schluck Meerwasser. Ein verschmähter Liebhaber, der auf einen Streifen violettes Wasser blickt, nicht im Einklang mit dem Sonnenuntergang, der sich in seiner gekräuselten Oberfläche spiegelt.

Er lag flach da, auf dem kühlen, feuchten Boden und starrte, vom An- und Abschwellen der Musik getragen, an die Decke. Allmählich fand sein Atem zu einer langsamen, gezeitenartigen Gleichförmigkeit zurück, und als das Klavier ausgeblendet wurde, sprach noch einmal Leonard Cohen und sagte, er habe die, die er liebte, der Selbstfindung draußen in der Welt geopfert. Michael rieb sich mit den Handflächen über beide Wangen.

Als ich mich später an Michaels zum Teil unverständliche

hohle Worte – bezaubernd und überzogen zugleich – erinnerte, ging mir das Detail nicht mehr aus dem Kopf, das er in Bezug auf seinen Collagenwahn übersehen hatte:

Löschung. Das Überlagern von Geschichten – das Überlagern alter Wahrheiten durch neue.

Das Band beendete seine letzte Umdrehung mit einem kurzen leisen *Klick*, und Michael schlug die Augen auf, den Blick in mein Gesicht gerichtet. Keiner von uns sagte etwas. Die Abwesenheit von Sprache hätte eine Verlegenheit zwischen uns auslösen müssen, aber der Machtrausch, den ich seit dem Morgen verspürt hatte, hielt noch an, und ich fühlte mich in Erwartung seiner Beichte mit dem Schweigen wohl. Im kühlen Licht wirkte sein Gesicht jünger, offener als zuvor – es war das Gesicht der Stimme auf dem Band.

Michael kam unter dem Schreibtisch hervor, klopfte sich den Staub ab und räusperte sich. Den Blick starr auf den Boden gerichtet, schüttelte er sich eine weitere Zigarette aus der Schachtel auf dem Tisch. Schließlich setzte er sich, verschränkte die Hände auf dem Schoß und begann mit einem Seufzen zu sprechen.

33
Michael

Ich erinnere mich nur noch bruchstückhaft an das Ende, doch ich will versuchen, so zusammenhängend wie möglich zu erzählen. Ich spürte, wie alles zersplitterte.

Es war nach unserer Rückkehr von Syros im September, glaube ich, als alles auseinanderzubrechen begann. Als das vorhersehbare und unausweichliche Verrotten einsetzte. Syros: der Holzgeruch des Eukalyptus im Garten von Julians Mutter, und die Zedern, die den Strand säumten. Das Marineblau der Sprengwagen und das Klimpern des perlenbesetzten Zaumzeugs der Esel, die sie zogen. Am Hafen der auf Böcken stehende Tisch mit der karierten Tischdecke, hinter dem ein hässliches Mädchen geröstete Pistazien verkaufte. Der Steg und das metallene Läuten der uralten Kirchenglocken. Endlose, fieberhafte Jugendfantasien, wie ich in dieser Kirche Dinge mit Astrid anstellte, in diesem reinen, heiligen Licht.

Da war der Strand, und Julian mit seiner Kamera, der dauernd über Amerika sprach. Da waren Partys mit Mrs Gresfords Zirkel von reichen nordeuropäischen Bohemiens (selbsternannt), die barfuß und in Kaftans für Fotos posierten, mit spanischen Gitarren und Gauloises in den Händen. Da war die Kostümparty, auf der ich mir den Fehltritt mit der jungen Dänin erlaubte ... Wieso war nie jemand dahintergekommen? Ich war als Berber verkleidet, in blaues und safrangelbes Leinen gehüllt, das ich aus Mrs G's Kleiderschrank entwendet hatte. Sie war Circe und hatte dichtes kornfarbenes Haar und Armbänder aus altem Kupferrohr, das kleine grüne Streifen an ihren weichen Armen hinterließ. Alle sprachen bei den ausgedehnten, vom blauen Rauch umwaberten Abendessen ständig offen über die Junta. Sie kauten das Thema mit der ungestraften Unverbindlichkeit wohlhabender Ausländer durch, als handelte es sich dabei um ein Kartenspiel. Astrid fixierte währenddessen ihren Schoß. Ich nahm an, sie schämte sich dafür, wie wenig sie von alledem verstand.

Dann, später, ein milder Abend Ende September. Julian hatte sich nach zwei Nächten, die er bei uns in Athen verbracht hatte, auf den Rückweg nach London gemacht. Er war direkt vor der Siesta aufgebrochen, und wir waren so erschöpft davon, ihn in unserer winzigen Wohnung zu beherbergen (diese ständige schwungvolle, tollpatschige Begeisterung), dass wir auf der Stelle eingeschlafen waren. Ich wurde wach, als Astrid sich anzog – sie saß auf der Bettkante und schlüpfte gerade in ihre Sandalen.

»Wo gehst du hin?« Es kostete mich ungeheure Kraft zu sprechen, durch den Schleier des Schlafes hindurch.

»Ich muss mich mit Dimitri treffen – es ist wichtig. Ich muss sofort los.«

»Nein. Komm her zu mir.«

Ich wollte sie so sehr – es war schon zwei Tage her. Ich versuchte, sie an mich zu ziehen, doch ich war zu langsam und ungeschickt und meine Finger streiften nur den Stoff ihres Kleides.

»Warum musst du dich mit dem verdammten Zorbas treffen?«

»Nenn ihn nicht so, Michael.«

»Lass uns gar nicht von ihm reden ... Komm her.«

»Michael.« Ihr Gesicht war hart, angespannt. Normalerweise war sie immer so nachgiebig.

Wir stritten uns nie, doch jetzt ging es richtig zur Sache. Ich riss ihr den Korb vom Arm, um das plötzliche Bedürfnis zu stillen, etwas anderes zu packen (sie, vermutlich). Die Maxi-Single, die darin lag, sauste quer durch das Zimmer und zerbarst spektakulär, als sie gegen den Griff des Fensters knallte. Astrid wurde bleich. Ich krabbelte über den Boden zur Hülle. Angestrengte Psychedelik, Wischmoppfrisur.

»Donovan? Echt jetzt? Ganz ehrlich, Babe, ich glaube, ich hab dir gerade einen Gefallen getan.«

In Astrids Wimpern hingen die Tränen, und sie hielt beide Hände ans Gesicht gedrückt. »Scheiße«, murmelte sie, »scheiße, scheiße, scheiße.«

»Warum schleppst du überhaupt eine Donovan-Platte mit dir herum? Wolltest du mit Dimitri eine kleine Groovy-Folk-Party feiern oder was?«

»Hör auf zu reden, Michael, bitte.«

Das tat weh – diese neue, so fremde Bestimmtheit, mit der sie sprach.

»Gott, tut mir leid. Ich wusste ja nicht, dass du so ein Fan des ›Hurdy Gurdy Man‹ bist«, fauchte ich.

Sie ließ ihre Arme sinken und sah mich kopfschüttelnd an. Dann trat sie zum Fenster, bückte sich, hob die scharfkantigen Vinylbruchstücke auf und pfefferte eines davon aufs Bett. Es war der Mittelteil der Platte, der mit dem aufgeklebten Label und der Liste der Titel darauf. Es sah nicht nach einer Donovan-Schallplatte aus, denn die Schrift darauf war Griechisch.

Ich brauchte sehr lange, um zuzugeben – oder auch nur zu begreifen –, dass mein erstes Gefühl nicht etwa Eifersucht wegen ihres plötzlich so innigen Verhältnisses zu Dimitri war, sondern Neid, weil ausgerechnet sie diejenige war, die man beteiligt hatte.

»Dir ist schon klar, in welche Gefahr du uns bringst, oder?«

Sie ließ ihren Blick sinken. Draußen war das Quietschen von Rollgittern zu hören, die vor Schaufenstern hochgezogen wurden. Die Stadt erwachte gerade für den Abend.

»Uns alle – dich, mich, uns alle drei.« Ich fasste mir an die Schläfen. »Ich kann einfach nicht glauben, dass er dich gebeten hat, das zu tun.«

»Hat er nicht. Ich hab's angeboten.« Ihre Stimme klang leise und erschöpft.

»Du hast es *angeboten*? Ist das dein Ernst?«

»Das ist doch nichts, Michael. Das ist nichts im Vergleich zu dem, was sie machen. Ich hole bloß die Schallplatten bei diesem Typen in Kaisariani ab und bringe sie zu Dimitri. Die sind schon in den falschen Hüllen.«

»Astrid, das ist nicht *nichts* ... Du schmuggelst Schallplatten, die vom Militärstaat verboten wurden. Vom *Mi-li-tär-staat*.« Ich betonte jede Silbe einzeln, als würde ich mit einer Ausländerin oder einer Idiotin reden. »Das ist was anderes, als im Laden an der Ecke was mitgehen zu lassen! Weißt du, was sie hier mit Leuten machen, die gegen das Regime protestieren?«

Sie ächzte. »Sie werden uns nicht erwischen, Michael.«

»Hörst du dir selbst eigentlich zu? In dieser Stadt wimmelt's nur so vor Geheimpolizei, und du rennst mit verbotenen Schallplatten herum, von Typen, denen – scheiße, was weiß ich – in der Bouboulinas-Straße noch die beschissenen Fingernägel rausgerissen werden. Mein Gott! Wie kannst du bloß so naiv sein?«

Doch schon jetzt, noch als die Worte aus meinem Mund kamen, war es nicht die Vorstellung einer Bestrafung Astrids, die mir wehtat, sondern die ihres Vermächtnisses. Bruchstücke ihrer bevorstehenden Legende wucherten grimmig in mir. Sie war ein Teil von etwas – ein Faden in der Geschichte, auffallend wie eine hellblaue Vene an einem blassen, dünnen Handgelenk oder eine Säule aus glänzendem Marmor. Ich hörte schon das gedämpfte Raunen der Bewunderung auf den gemütlichen Abendgesellschaften unserer Zukunft: *als sie in Griechenland gelebt hat ... ein Teil des Widerstands!* Ich sah die Fußnoten in den Geschichtsbüchern vor mir. Die begeisterten Randbemerkungen in Zeitungsartikeln, die Fantasie im Kopf jedes einzelnen Lesers, dass man selbst natürlich ganz genauso gehandelt hätte.

»Ich geh hoch und benutze Mrs Petrakis Telefon«, sagte sie leise.

»Du darfst sie da nicht mit reinziehen. Du weißt doch, dass die die Telefone anzapfen!«, herrschte ich sie wichtigtuerisch an.

Sie sah mich mit einem vernichtenden Blick an – ich hatte nicht gewusst, dass sie zu so einem Blick imstande war.

Später, als wir uns an der Thessalonikistraße entlang in Richtung Monastiraki durchschlugen, um die modernen Edelweiß-Piraten höchstpersönlich zu treffen, war mir noch misanthropischer zumute als je zuvor.

»Tust du das alles aus einer Form von Melomanie heraus?«

»Ich weiß nicht, was das bedeutet«, sagte sie knapp, an ihre Schuhe gerichtet.

»Das heißt ›Liebe zur Musik‹. Es kommt aus der Sprache dieses Landes, für das du offenbar eine so brennende Hingabe entwickelt hast.«

Sie zuckte ein wenig zusammen.

»Oder ist es, weil du auf Dimitri stehst? Ich gebe zu, er ist ein ziemlich schneidiger Kerl, auf seine griechische Art.«

»Michael, können wir bitte nicht auf der Straße darüber reden?«

Ich grinste höhnisch. »Ach ja. Das sagt die Richtige. Auf einmal ist es dir zu heikel.«

»Ich weiß nicht, warum ich es gemacht habe, okay?«, zischte sie. »Es hat sich einfach richtig angefühlt.«

Sah ihr das nicht ähnlich, dachte ich, einfach spontan etwas tun, nur weil es sich richtig anfühlte? Natürlich.

»Tut dir das alles denn gar nicht leid, Michael?«, fragte sie mich, noch immer im Flüsterton. »Tut es dir nicht leid, dass wir hier so ein normales Leben führen und all das um uns herum passiert? Man kann es sogar selbst sehen. Es ist ja nicht so, als käme das nur in den Nachrichten vor.«

Vermutlich tat es mir schon leid – am Rande. Ich fühlte mich schlecht, wenn mich die Militärpolizei routinemäßig ignorierte (leicht zu beeinflussende Jungs vom Land, aus einem Umfeld der Ignoranz und Armut geholt und durch Brutalität selbst brutal geworden). Ich hatte mich schlecht gefühlt, als einer von Dimitris Freunden eine Woche zuvor nach zweimonatiger Haft aus dem ESA-Hauptquartier entlassen worden war. Er war dabei erwischt worden, wie er Informationen an das von Deutschland aus betriebene Widerstandsradio der Deutschen Welle weitergegeben hatte. Abgesehen von den Schlägen, der Einzelhaft und den Zellen voller Ungeziefer werde ich nie seinen Bericht vergessen, wie die Wachen sein eigenes Medium gegen ihn eingesetzt hatten. Sie hatten ihn mit Klängen gefoltert: elektrischen Glocken, Motorradmotoren, riesigen Gongs und Popsongs, die in einer endlosen, qualvollen Dauerschleife abgespielt wurden. Ihm dröhnten, so erzählte er mir, noch immer die Ohren von den schmalzigen Texten. Die anderen Gefangenen hatten gesagt, die Musik werde gespielt, um die Schreie zu übertönen. Er sagte, die Songs an sich seien schlimmer gewesen. Als er rauskam, kaufte er fünfzehn Exemplare derselben LP und zerbrach jede einzelne davon über sein Knie. Das Gefängnis, in dem er festgehalten worden war, lag nicht weit von Piräus und dem Hafen entfernt, von wo aus wir immer mit der Fähre zu den Inseln aufgebrochen waren. Es war erstaunlich leicht, diese Dinge auszublenden.

Astrids Freunde, allesamt Studierende an der Universität, saßen um einen Tisch auf dem Gehsteig vor einer schäbigen kleinen Taverna versammelt.

»Tut mir leid wegen der Schallplatte«, flüsterte Astrid Dimitri zu, als er aufstand, um sie auf die Wange zu küssen.

»Da kann man nichts machen«, hörte ich ihn erwidern, und ich ärgerte mich über die ruhige, freundliche Art, mit der er das Geschehene akzeptierte. *Klar hätte man da was machen können*, hätte ich ihn beinahe angefahren, doch natürlich tat ich das nicht. Ich wollte vor ihnen nicht kleinkariert erscheinen. Ich denke, ich wollte sogar – auf abstrakte Weise – auch involviert sein.

Wir setzten uns, und ich sah zu, wie Astrid die Astrid gab, als wären die vergangenen paar Stunden nie passiert. Sie sprachen über triviale Dinge, und ich ärgerte mich noch mehr über sie, jetzt, da ich wusste, was sie tatsächlich taten. Ich hatte überhaupt keine Lust, mich ins Gespräch einzubringen. Ich nippte kühl an meinem *tsipouro*, rauchte eine nach der anderen, und nach einer Weile kam mir ein vorhersehbarer, unreifer Gedanke.

Mir gegenüber, hinter Schwaden aus lilafarbenem Qualm, saß Ioulia, recht hübsch eingerahmt von dem Jasmin, der hinter ihr die Wand hinaufwuchs. Dimitri hielt gerade einen leidenschaftlichen Vortrag über ein unbekanntes Saiteninstrument aus dem Nildelta. Ich sah ihr in die Augen und grinste sie an.

Was bringt es, groß darauf einzugehen? Nur eine weitere schmutzige, öde kleine Affäre – ein kleiner Schub fürs Selbstwertgefühl. Wie auf Autopilot. Heimlich – aber nur von ihrer Seite aus, nicht von meiner. Inzwischen war es mir schon nicht mehr wichtig genug, um mich um Unauffälligkeit zu bemühen.

Etwa eine Woche später; in der Früh – die Straßen glänzten noch von dem, was ein romantischer Teil von mir als Morgentau in Erinnerung hat, aber was vermutlich bloß die Desinfektionsflüssigkeit der Straßenreiniger war. Wir waren auf dem Weg nach Piräus, um das erste Schiff nach Ägina zu erwischen, als Astrid wie aus dem Nichts stehen blieb und so heftig die Luft einsog, als hätte sie sich den Gaumen verbrannt.

»O Gott«, flüsterte sie und griff nach meiner Hand, während ihr Gesicht jede Farbe verlor.

Die braune Bisterwand des Gebäudes vor uns (vertrocknet, vernachlässigt, abblätternd, als wäre sie aussätzig) war mit Plakaten beklebt worden, die offenbar vor Sonnenaufgang frisch gedruckt worden waren. Richard Nixons Kartoffelkopf mit den Hängebacken; die unverkennbare Schirmmütze eines griechischen Offiziers tief über seinen berühmten spitzen Haaransatz gezogen und ein Stethoskop über seine Krawatte gehängt. In seinen kleinen Händen ein Skalpell, und vor ihm unzählige Reihen gesichtsloser Körper, verletzt und aufgedunsen wie verfaulendes Obst. Spindeldürre griechische Gestalten (rot, heiter) standen im oberen Bereich jeder

Collage stramm. Neben mir schien Astrid zwischen Übelkeit und Begeisterung zu schwanken. Sie blickte sich hektisch um, ob uns auch niemand gesehen hatte, und zog mich dann auf die andere Straßenseite. Schweigend liefen wir zur Bahn.

»Was war das denn?«, fragte ich sie schließlich, um eine ruhige Stimme bemüht.

Sie ging auf die Zehenspitzen, um mich zu küssen, und als ihre Lippen mein Ohr streiften, flüsterte sie seinen Namen.

34
Leah

Gegen neunzehn Uhr an diesem Abend war das Meer kühl und glatt, durchzogen vom Funkeln der untergehenden Sonne. Mit geschlossenen Augen trieb ich dahin und fühlte, wie die wispernde Strömung mich an einzelnen Haarsträhnen zupfte und an den Konturen meines Körpers entlangstrich. Ich dachte an all das, was Michael zu enthüllen beschlossen hatte, und an das, was er nicht enthüllt hatte. Danach wanderte ich zu dem kleinen Aussichtspunkt hinauf, wo Jérôme mich – vor fast einem Monat, aber mir kam es unendlich viel länger vor – das erste Mal geküsst hatte, und legte mich auf die verbrannte Erde, auch wenn ich die unangenehmen Stacheln der sonnengebleichten *garrigue* im Rücken spürte. Das griechische Lied, das Michael an diesem Morgen gespielt hatte, »Xilia Myria Kymata«, hallte pochend in meinem Gehirn nach. Mein Kopf war noch immer erfüllt davon.

Es war unheimlich faszinierend gewesen, zu beobachten, wie er die Ebenen der Geschichte aufbaute, das wichtigste Detail jedoch die ganze Zeit absichtlich verschwieg. Mit der Anmut eines monologisierenden Schauspielers hatte er seine einstudierte Beichte ohne Stocken ins feuchtkalte Zwielicht des Schuppens hinein abgelegt. Seine Darstellung hatte gerade genug taktische Selbsterniedrigung enthalten, um den Verdacht zu entkräften, dass er Information zurückhalten könnte, um sich selbst besser dastehen zu lassen. Er hatte behauptet, Astrids politisches Engagement habe bei ihm ein Gefühl der Ohnmacht hinterlassen und die daraus resultierende Affäre mit einer gemeinsamen griechischen Freundin habe das schäbige Ende ihrer Beziehung bedeutet. Ihm war nicht klar, dass ich wusste, was er wegließ.

Als ich auf dem Weg zurück zum Haus um das Wäldchen herumging, hörte ich ihre Stimmen in der (staubigen, vom rauchigen Duft von Grillfleisch erfüllten) Luft klingen. Alle waren da und, wie seit Julians Ankunft eigentlich permanent, in unerträglicher Feierlaune. Jemand hatte die Lautsprecher nach draußen geschleppt und eine Platte von Jan Getz aufgelegt, und Jenny überquerte mit elegantem Hüftschwung die Terrasse, barfuß, in der Hand eine Flasche Grolsch. Ich fragte mich, ob *sie* wusste, was ich wusste.

»Ich bin degradiert worden!«, kicherte sie, als sie mich bemerkte, mit einem Kopfnicken zum Barbecue, wo Julian dabei war, Grillspieße umzudrehen, und seine unverkennbare Freude offenbar kaum zurückhalten konnte. Julian wusste Bescheid – und jetzt drohte er Michael mit dem Beweis.

»Ich dachte, du wärst Vegetarier«, sagte ich zu ihm, den Blick auf die Reihen von fettigem Schweinefleisch gerichtet, und ließ mich neben Larry auf die Bank fallen.

Er zuckte die Achseln. »Alles in Maßen, oder? Jenny und ich waren heute in Marseille und haben einen richtig guten türkischen Supermarkt ausfindig gemacht. Es gibt griechischen Joghurt, Halloumi, Labaneh ... Für einen Abend darf ich die Freuden des Fleisches ruhig genießen!«

Die Freuden des Fleisches – ganz Julian, *ca.* 1969. Hatte er den Spruch sogar mit einem anzüglichen Grinsen unterlegt?

Lawrence öffnete mit einem Feuerzeug eine Flasche Grolsch und gab sie mir. Ich beschloss, ihn mit seinen eigenen Waffen zu schlagen, und schmiegte mich an ihn. Er legte sein Kinn an meine Stirn.

»Was grillst du denn überhaupt?«, fragte ich Julian. »Souvlaki!«, verkündete er. »Um Mick geradewegs zurück nach Athen in alte Zeiten zu befördern.«

Mit einem starren Lächeln blickte Michael von dem Roman auf, den er gerade las. »Was für ein Genuss.«

Mein Blick fiel auf seine Fingerspitzen, mit denen er den Buchrücken gegen den Daumen drückte. Wieder schoss mir die Haltung seiner Hände auf dem Foto durch den Kopf – die eine berührte auf dem Schreibtisch leicht ihre Hand, die andere lag direkt unter der gewaltigen Wölbung ihres Bauches, dessen Umfang er mit komödiantisch aufgerissenen Augen betrachtete. Ihr Kind musste kurz vor dem errechneten Termin gewesen sein.

35
Michael

Der letzte Donnerstag im August. Wir hatten geplant, am Sonntagmorgen aufzubrechen, und alles fühlte sich an, als würde es auf der Schwelle zu etwas anderem stehen – so als würde es seinem Ende entgegengehen. Die Kinder waren nach Marseille gefahren, und die Atmosphäre beim Abendessen hatte etwas Künstliches. Als ich mich an den Terrassentisch setzte, waren meine Nervenenden abgestumpft und zerschrammt. Dieses Geduldspiel mit Julian zehrte an meinen Kräften. In den vergangenen Tagen hatte ich den Eindruck gehabt, dass er mir Angst machen wollte: das griechische Essen, die Andeutungen, und dazu das Gefühl, dass er und meine Frau sich gegen mich verschworen hatten. Ihr gemeinsamer Ausflug in die Stadt ... Es war inzwischen eher die Frage, *wann* es geschehen würde, nicht *ob*.

In dem mit Schatten durchsetzten Licht der Kerzen sah sein Gesicht – oder zumindest die Umrisse davon – beinahe so aus wie damals. Doch unter den Augen waren im flackernden Schein dunkle Ringe zu erkennen. Bryan schenkte Wein ein, und Jenny lud Salat auf die angeschlagenen marokkanischen Teller. Alles war so schrecklich gewohnheitsmäßig: das Material unserer angenehmen Mittelschichtssommer und die Gespräche unserer angenehmen Mittelschichtsleben. Anna beobachtete mich wie eine gelangweilte und schöne Katze und ließ ihren Blick zwischen Jenny und mir hin und her huschen. Ich kannte sie gut genug, um zu wissen, dass sie diesen Abend für die große Konfrontation auserkoren hatte. Ich war inzwischen so fatalistisch eingestellt, dass ich beinahe erleichtert darüber war.

»Reichst du mir bitte das Mückenspray, Schatz? Diese blöden Kerzen funktionieren einfach nicht.«

»Das ist das Olivenöl von Simon in Spanien, oder?«

»Ich habe das Gefühl, dass ihre Generation einfach ein anderes Verständnis von so was wie ethnischer Identität hat als wir.«

»Kein Wunder, dass die Mehrheit der Briten sich von Europa entwurzelt fühlt. Wir tun ja auch alles dafür – wie ein eigenbrötlerischer Onkel, der sich morgens einen Scotch hinter die Binde kippt, während alle anderen auf der rechten Seite fahren, ihre Frauen betrügen und zu kitschigen Popsongs marschieren ...«

Ich fühlte mich über eine solche grauenhafte Normalität erhaben. Die Luft knisterte vor Erwartung. Wir hatten fertig gegessen, und die Teller waren abgeräumt. Allmählich gefiel mir die Idee, dass heute Abend alles zum Abschluss kommen würde, so wie bei einem Szenenwechsel im Theater.

»Wenn uns jemand erklären kann, wie es wirklich ist, unter einem rechten Regime zu leben«, setzte Julian an, »dann ist das Mick, oder nicht? Du könntest uns da ein paar Dinge erzählen, oder?«

Im Laufe der Jahrzehnte war Jenny sehr gut darin geworden, jede Art von Anspielung auf meine Zeit in Athen abzuwenden. »Ach Jules, nicht jetzt«, ächzte sie. »Nicht hier.«

»Warum nicht?«, sagte Anna kühl. »Er hat nie was von Athen erzählt. Ich will mehr darüber erfahren. Was bringt es, einen alten Mann zu heiraten, wenn er einem nicht mal seine Geschichten erzählt?« Sie machte sich kaum noch die Mühe, die Stichelei als Witz zu verkleiden.

»Da gibt's wirklich nichts zu erfahren, Anna.« Jenny zwang sich jetzt, mit betont fröhlicher Stimme zu sprechen. »Er hat nicht mal ein Jahr dort gelebt. Mit der Politik hatte er gar nichts am Hut.«

Julian kratzte sich theatralisch an der Nase, um von dem Grinsen abzulenken, das er sich nicht verkneifen konnte.

»Hmm.« Meine Frau verzog das Gesicht und nahm einen Schluck von ihrem Wein. »Und du musst das ja wissen. Du versäumst ja nie, uns daran zu erinnern, dass du Michael am besten von allen kennst, stimmt's?«

»Gott, Anna. Das hat gesessen.«

Bryan brachte den ersten Konsonanten irgendeiner schlichtenden Plattitüde hervor, doch Anna sprach weiter, bevor er dazu kam, die Silbe zu einem Wort werden zu lassen.

»Ihr beiden habt mir immer das Gefühl gegeben, minderwertig zu sein, nicht wirklich dazuzugehören.« Ihre Stimme war jetzt schrill. Sie klang leicht hysterisch, was unangebrachterweise eine beruhigende Wirkung auf mich hatte. »Ich glaube, dir ist gar nicht klar, dass Michael ein krankhafter Lügner ist.«

»*Anna*!«

»Und dass es einiges gibt, das du nicht weißt, Jenny.«

Jenny rollte mit den Augen. »Wie wär's, wenn du mal aufhören würdest, dich so verdammt blöd zu benehmen und uns einfach sagst, worauf du hinauswillst?«

Anna lächelte selbstzufrieden. Sie blickte wieder auf Julian, als wartete sie auf ein Zeichen, und ich sah, wie sie ihre blassen, eleganten Hände vom Schoß nahm und nach dem Handy griff, das neben ihrem Weinglas lag.

»Als Jules mich kontaktiert hat,« – *Jules*; ich sah, wie Jenny zusammenzuckte – »schrieb er von ein paar hübschen alten Fotos von Mick, die er mir zeigen wollte ... Trotz seiner netten Mails habe ich zunächst gezögert, ihm zu antworten. Ich wollte Michael beschützen. Könnt ihr euch das vorstellen? Ihr erzählt immer, was ich alles verpasst habe, aber ich bin keine Vollidiotin. Ich höre zu, wenn ihr redet. Ich will ja keine eurer Weisheiten verpassen. Nach fast zwei gemeinsamen Jahrzehnten wusste ich, dass ›Julian Gresford‹ ein absolutes Tabuthema war. Ich dachte, er ist eine Art Monster. Ich hätte ihn bestimmt nicht zum Abendessen eingeladen. Armer Michael, dachte ich – armer, emotional verkrüppelter Michael –, was musste ihm bloß widerfahren sein?«

Ihre Finger wischten anmutig über das Display ihres Smartphones. »Und dann, als seine Freundlichkeit nicht erwidert wurde, entschied ›der monströse Julian‹, dass ich die Wahrheit erfahren sollte. Er hat mir Fotos geschickt. Hier, wollt ihr mal sehen?«

»Anna.« Ich hörte die Dringlichkeit – die ich nicht unterdrücken konnte – in meiner eigenen Stimme, als ich ihr das Handy zu entwenden versuchte. Dass ich mich plötzlich einschaltete, überraschte sogar mich selbst. Ich hatte keine Ahnung, was auf dem Display zu sehen war, doch ich wusste, dass Jenny es nicht sehen sollte.

»*Oh.*« Jenny hielt sich die Hand vor den Mund. »O Gott.« Sie schloss die Augen und drückte Bryan das Telefon in die Hand.

»Zeigt mir bitte mal jemand dieses Foto!«, sagte ich.

Meine Frau nahm Bryan behutsam das Handy ab und legte es, in gespieltem Wohlwollen, vor mir auf den Tisch. Ich spürte, wie sich mein Herz zusammenzog.

»Wo wurde das gemacht?«

Julian seufzte. »Im Haus meiner Mutter auf Syros. Sie hat

es aufgenommen, als ihr im Frühjahr da wart, um es mir nach Amerika zu schicken.«

Natürlich. Es war Mrs Gresfords Arbeitszimmer. Plötzlich erinnerte ich mich an sämtliche Details. Den Krimskrams auf dem Schreibtisch, die gepfuschte Polsterung des Sessels in der Ecke, den muffigen Gestank, das rosafarbene Licht. Ich konnte meine Augen nicht von dem Foto losreißen: Astrid, im achten Monat, und ich, wie ich gegen die Kante des Schreibtischs lehnte, lachend, und ihren enormen Bauch mit weit aufgerissenen Augen anstarrte.

»Sie war ... Aber ich versteh das nicht. Ich versteh nicht, wieso ich nicht ...« Jenny sprach in abgebrochenen Sätzen. Ihre Stimme so leise, dass sie kaum noch zu hören war. Anna, die offensichtlich mehr Zeit gehabt hatte, um die Situation zu verdauen, war ein wenig eloquenter.

»Er hat das arme Mädchen geschwängert, hat sie überredet, mit ihm nach Griechenland zu gehen, und sie dann netterweise im Stich gelassen, weil er in letzter Sekunde die Nerven verloren hat. Das trifft es ganz gut, oder, Michael?«

»So war es nicht.« Meine Stimme klang neu, fremd und körperlos. »So war es überhaupt nicht.«

Der Blick, mit dem Julian mich jetzt ansah, war eine Herausforderung. Er wollte wissen, wie viel von der Wahrheit ich wirklich zu verraten bereit wäre.

36
Leah

Blassvioletter Flaum, wo das ruhige Meer, jetzt grau von der Dämmerung, mit dem weißen Abendhimmel verschwimmt. Ein Orangerot ergießt sich über die vielen entlang der Küste gedrängt stehenden Häuser. Das Pulsieren des Autoradios. Tom, der Zigaretten für Lawrence dreht, und Clarissa, die eine Hand aus dem geöffneten Fenster hängen lässt, um das salzige Lecken des Mistrals zu spüren.

»Hat er dir schon die genaue Adresse geschickt?«, brüllte Lawrence über das Brummen des Motors, den Wind, der das Auto durchrüttelte, und den schlechten Techno-Pop der Neunziger hinweg. Seine langen knochigen Finger trommelten auf das Lenkrad.

Ich warf einen Blick auf mein Handy und verspürte eine leichte Erregung beim Gedanken an Jérôme – an seine braunen Handgelenke und seine Wangenmulden mit dem Dreitagebart.

»42, Allée Léon Gambetta«, rief ich. Erneut vibrierte das Handy in meiner Hand. *J'ai hâte de te voir.*

Ich antwortete: *Moi aussi.*

Ich hatte ein Bahnticket für die Rückfahrt nach Paris am Samstagnachmittag, und wenn ich daran dachte, fühlte ich mich federleicht und befreit. Anna hatte darauf beharrt, dass ich doch am Sonntagmorgen mit ihnen fahren könne, aber nach den Ereignissen der vergangenen Woche wünschte ich mir nichts sehnlicher, als mich wieder unabhängig bewegen zu können. Seit Larry und ich aus Marseille zurückgekommen waren und Michael mir so schmerzlich klargemacht hatte, dass ich nicht zum Club gehörte, hatte ich mich verlassen und herabgesetzt gefühlt. Jetzt verlieh mir die Situation ein schwindelndes Gefühl von Freiheit. Das filmreife falsche Spiel – die bösartigen Mails, die taktisch eingesetzten Unwahrheiten und jetzt dieses kalkulierte Vorenthalten von Details – war erschütternd. Ein Wunder, dass Clarissa und Tom (und zugegebenermaßen selbst Larry, bis zu einem gewissen Grad) einen so ausgeglichenen Eindruck machten.

Jérôme wohnte einen Steinwurf vom Bahnhof entfernt in einem dieser herrlichen alten Gebäude, die man überall in Südfrankreich sieht: eine riesige hölzerne Tür, die in einen geräumigen Hausflur führte – kühl und schattig nach dem flirrenden mediterranen Glanz der Straße –, überall kalte gemusterte Fliesen und kobaltblaues Licht und die Schritte von Generationen und Generationen, die innerhalb dieser düsteren, schönen Wände widerhallten. So viel Platz im Vergleich zu Paris: große luftige Räume mit hohen Decken und Fenstern, die von ausgetretenen, mit Terrakottafliesen bedeckten Böden bis ganz oben hinaufreichten. Die Fensterläden cremefarben oder hellblau oder grün gestrichen. Deckenkehlung, Schnörkel, und tagsüber Licht – so viel Licht. Die Farbpalette: Die Wände in der großen Küche waren safrangelb, rot und lindgrün, und in der Wohnung stand und lag überall etwas herum – Bücher, Schallplatten, Kunst, und vor allem Pflanzen. Die beiden Balkone strotzten nur so vor Grün – alle Arten von Basilikum; Petersilie; eine glänzende rote Tomate, die dazwischen durchblitzte.

Als wir ankamen, war das Wohnzimmer bereits voll mit Leuten, alle strahlend, die Vorahnung der Ereignisse dieser Nacht wie ein Funkeln auf der Haut. Jérôme entdeckte mich von der anderen Seite des Raums aus und zeigte mir eine Reihe schöner weißer Zähne. Die Kraft, die davon ausging, konnte ich spüren und grinste schüchtern zurück.

»J'suis trop content que tu sois venue«, sagte er, nachdem er sich durch das Gewirr von Körpern und durch federleichte Rauchwolken geschoben hatte. Er küsste mich und sagte, er habe mich vermisst, und einen Moment lang fragte ich mich, ob es nicht vielleicht besser wäre, einfach in Paris alles hinzuschmeißen und hierher zu ziehen, um auf dem Balkon Basilikum zu züchten und in seinem Geruch zu schlafen. Besonders ehrgeizig war ich ja ohnehin nicht – nach Lage der Dinge würde in meinem Leben wohl nicht mehr viel passieren. Dann vom Küchentresen her etwas Unerwartetes: Larry, der uns beide beäugte, und ein untrüglicher Hinweis auf etwas, das ich in seinem Gesicht noch nicht gesehen hatte: Eifersucht. Ich zwang mich, nicht lange darin zu schwelgen.

Ungefähr eine Stunde später musste Jérôme gehen, um den Veranstaltungsort vorzubereiten, und ich fand mich von Neuem ohne Ankerpunkt inmitten des Gedränges wieder – alle beschwipst und unglaublich mitteilungsbedürftig. Ich unterhielt mich gerade lebhaft mit jemandem, als ich den Druck einer Hand im Kreuz spürte.

»Nico hat mir ein paar Mandies gegeben; hilfst du mir, Bomben daraus zu bauen?«, sagte Larry.

»Nein«, sagte ich, leicht verärgert darüber, dass er mich mitten im Redefluss unterbrochen hatte. »Ich bin darin sowieso eine Niete – die Rizlas bleiben mir immer an den Fingern kleben.« Ich war nie diejenige, die die Drogen fertigmachte; ich war nur praktischerweise immer da, wenn sie konsumiert wurden.

»Komm schon«, drängte er. »Tom hat mich wegen irgendeines Typen stehenlassen, und Clarissa hat ihren Nico, und hier sprechen alle richtig, richtig schlechtes Englisch. Du musst mich retten.«

Ich ließ mich ins Badezimmer abschleppen.

»Du magst ihn also wirklich«, sagte Larry, bevor er die Kante seiner Oyster Card anleckte. Ich saß auf dem Rand der schmierigen avocadofarbenen Badewanne und nippte an einem säuerlichen Wein in einem Plastikbecher.

»Ja«, antwortete ich trotzig. »Er ist ein Guter. Aber wie du uns ja dauernd in Erinnerung rufst, ist der Sommer fast vorbei, was wohl bedeutet, dass daraus nichts wird.«

»Wen magst du mehr – ihn oder mich?« Er sprach, ohne mich anzublicken.

»Ihn.«

»Mach den Mund auf.«

Den Blick jetzt auf mich gerichtet, drückte er mir einen Finger auf die Zunge und löste damit das synthetische Stechen von etwas aus, das, wie ich immer gefunden hatte, nach giftigem Robotersalz schmeckte. Unwillkürlich erwiderte ich seinen Blick, während ich im Prinzip seinen Finger fellationierte. Er grinste. Warum musste ich mich mit aller Gewalt selbst ins Verderben stürzen?

Wieder violett. Violett und hellblau und Spritzer von rosa, und das fantastische Gefühl, wenn der Sauerstoff meine Lungen füllt. Meine Glieder alle so leicht, dass ich überzeugt bin, aus Sternenstaub zu bestehen, wie der Song im Hintergrund – oder aus dem Rasseln der Perkussion und dem schwerelosen Puls der Musik. Alles fühlt sich galaktisch an – weißglühend. Fetzen von Toms Lachen, seine Augen glänzend wie frisch geprägte Münzen, als er meine Hände packt und mich hoch, hoch, hoch in die Ewigkeit dehnt. Der Boden federt wie der in einer Turnhalle, und wir sind alle mit Goldfäden durchwirkt. Wenn ich die Augen schließe, kann ich lange, schnurgerade Straßen inmitten von Wüsten sehen, die ich nur aus meiner Fantasie kenne. Herabstürzende Wasserfälle in den kräftigen reinen Farbtönen japanischer Animes. Der Mittelgang der Kirche in meinem Heimatdorf gebadet in rosafarbenem Licht, das durch die Bleiglasfenster von St. Franziskus von Assisi hereinfällt. Es läuft ein tamilischer Song, den die Leute vom Café immer bei der Arbeit spielen – »Urvashi Urvashi« – und ich fühle mich gehalten im Gekicher seines Rhythmus, bis die Ranken eines neuen Songs einfach über ihn hinwegwachsen wie Wein, der an einer rissigen Steinmauer emporkriecht. Ich denke wieder an Michaels Tonbandcollage, und mit begeisterter, berauschter Überzeugung saust etwas in mein Bewusstsein, das ich drolligerweise für einen tiefschürfenden Gedanken halte. Die Augen immer noch vor Vergnügen geschlossen, den Kopf nach hinten geneigt, fange ich an, Tom meine Überlegungen zuzuraunen.

»Es ist doch so, dass da all diese Schichten von Zeitlichkeit sind, stimmt's? Und die Schichten sind wie Stoff, und durch all diese Schichten hindurchgezogen ist dieser Faden. Der Faden ist Erinnerung – Erfahrung –, dieses wunderbare, kosmische, musikalische, nostalgisch-menschliche ... vom Sonnenaufgang gefärbte *Gefühl* ...«

»Nimm eine Zigarette, Schätzchen, du redest ja wie eine auf Droge.« Tom stopfte mir eine Marlboro Red in den Mund und strich mir die Haare hinter die Ohren. »Komm, lass uns mal an die frische Luft gehen.«

»Ja! Ja – Luft – ich liebe Luft. Ich liebe dich, Tom!«

»Ich liebe dich auch, jetzt komm.«

Die kühle Berührung der Nacht draußen war köstlich.

Tom und ich setzten uns auf die Bordsteinkante, und Lawrence und Clarissa kamen hinter uns auf die Straße getaumelt.

»Ich bin ganz schön dicht«, sinnierte Larry, Glückseligkeit ausstrahlend.

»Ich aber auch.« Die Wörter quollen aus Clarissas Mund heraus. Sie hockte sich neben mich und fing an, meine Schultern zu betätscheln.

»Ich liebe dich«, sagte ich schwärmerisch.

»Ich liebe dich auch! Mensch, stell dir vor, wir hätten uns nie getroffen – stell dir *das* mal vor!« Mit einem dekadenten Seufzen ließ sie ihre Lippen über die Zähne rutschen, und ich konnte das herrliche Gefühl nachempfinden, als die Luft ihr durch die Brust und aus dem Mund hinausflimmerte. Tom legte einen Arm um mich. »Du musst mit uns zurück nach London ziehen.«

»O nein«, sagte ich. »Ich werde jetzt nach Marseille ziehen und mit Jérôme Basilikum züchten und Kinder machen und in Latzhosen herumlaufen.«

»Das ist die richtige Einstellung, Leah! Genau dafür hat sich Emily Davison unter dieses Pferd geworfen!« Chemisch beflügelt, ließ ich Lawrences Worte von mir abprallen wie der Asphalt den Hagel.

»Mach ihr diesen kleinen Traum nicht kaputt, Lal!«, sagte Clarissa, während sie mir liebevoll ihre Daumen zwischen die Schulterblätter schob. »Was hast du denn überhaupt dieses Jahr noch vor?«

Lawrence drückte seine Selbstgedrehte auf dem Betonboden aus. »Ich dachte, ich ziehe mit Lisa zusammen.« Er zuckte die Achseln.

Der Druck von Clarissas Daumen in meinem Nacken verstärkte sich kaum merklich.

»Lasst uns wieder reingehen«, sagte sie mit einer Dringlichkeit, die ich einfach als eine heftige, durch die Droge hervorgerufene Laune wertete. »Ich will tanzen.«

»Wer ist Lisa?«, fragte ich ihn am darauffolgenden Abend. Wir waren auf der Fahrt nach Hause. Tom und Clarissa dösten auf der Rückbank, und ich saß mit Larry vorne, wo gelbes Sonnenlicht schräg durch die Windschutzscheibe fiel und die Staubpartikel oben auf dem Armaturenbrett anleuchtete. Aus den Lautsprechern kam gemäßigter Weißen-Softrock. »Das ist meine Schwäche«, hatte er zugegeben. »Gib mir eine Autobahn und gib mir die Eagles.« Besonders überrascht war ich nicht.

»Hm?« Er blickte unverwandt nach vorne. Die leere *autoroute* erforderte offenbar ganz plötzlich seine geballte Aufmerksamkeit.

»Lisa!«, wiederholte ich.

Sein Gesicht blieb vollkommen unbewegt, und er sprach ausdruckslos, ja, ohne die geringste Spur von Emotion. »Lisa ist meine Immer-mal-wieder-Freundin«, sagte er.

Wenn er keinerlei Emotionen erkennen ließ, würde ich es ganz bestimmt auch nicht tun. Um zu verbergen, dass ich vor Verlegenheit an den Schläfen errötete, runzelte ich die Stirn. Ich spürte, dass er mich ansah. »Ich habe die Sonne in den Augen«, sagte ich und blinzelte noch theatralischer als vorher.

Er legte mir die Hand aufs Knie. Und drückte es leicht.

»Du hast mich nie gefragt, ob ich eine Freundin habe, Leah«, sagte er leise.

Ich lachte und dachte, dass das ein Spruch war, den ich so bald nicht vergessen würde. Der Albumtrack wurde höflicherweise ausgeblendet.

»Du hast gesagt, dein Liebesleben sei ein absolutes Desaster.«

»Ja. Ist es das nicht gerade auch?«, murmelte er.

Ein paar Kilometer fuhren wir schweigend weiter. Die Sonne stand jetzt tief und färbte die Fahrbahn und den diesigen grünen Saum der *garrigue*. Nach wie vor hartnäckig geradeaus blickend, sprach er weiter.

»Schau, Leah, die Sache mit mir und Lisa ist kompliziert. Wir haben uns an der Uni kennengelernt, seitdem aber die meiste Zeit eine Fernbeziehung geführt. Und die war immer offen. Ich bin nicht der besitzergreifende Typ – das weißt du.«

Ich nickte. Natürlich legte er es sich so zurecht, dass er als der Progressive und Tolerante dastand.

»Nächstes Jahr werden wir, wie's aussieht, am selben Ort sein. Wir haben diesen Sommer viel geredet, und ich weiß nicht ... Ich weiß nicht, was ich machen will.« Jetzt war er es, der gegen den blendenden Glanz der Sonne anblinzelte. Ich beschloss, dass ich nichts mehr darüber hören wollte. Strahlend lächelte ich sein Profil an – eine Aufforderung, Blickkontakt mit mir aufzunehmen. Er blickte weiter stur geradeaus.

»Das ist spannend«, sagte ich. Selbst ich konnte den hohlen Klang meiner Stimme hören. Ich sah seine rechte Hand quer übers Lenkrad gleiten.

»O nein«, stöhnte er. »Sei jetzt bloß nicht so.«

»Ich bin nicht so«, sagte ich und drehte die Musik auf.

37
Michael

Es passiert ganz leicht, dass sich dein Leben in einzelne Fäden auflöst, hatte ich zu Leah gesagt, oder jedenfalls irgendwas in die Richtung. Es war bloß eine Bemerkung gewesen – ein blöder, unangebrachter Kommentar, den man einem Typen in der Bar gegenüber abgibt, hingeworfen wie einen Zigarettenstummel auf den Gehsteig. Ich hatte all das nicht gewollt. Das sagte ich mir selbst, aber war es wirklich so unbedacht abgelaufen? Ich hatte mich so lange so viel damit beschäftigt. Zumindest ein Teil von mir hatte ihn verletzen wollen.

Im Herbst war ihre Schwangerschaft sichtbar geworden. Wir hatten niemandem davon erzählt, als wir London verließen, und als Julian im September aus Griechenland abreiste, war es noch früh genug, um es geheim zu halten. Wir wollten nicht, dass die Leute zu Hause davon wussten, weil wir es nicht von der Wirklichkeit kaputt machen lassen wollten, oder dass uns jemand sagte, wir seien verrückt, weil wir es durchziehen wollten. Sie hatte es mir etwa einen Monat nach unserer Versöhnung im Anschluss an meinen Wutanfall wegen Stephen gesagt. Als sie meinte, sie wolle das Kind behalten, war ich, nach anfänglichem Entsetzen, seltsam gelassen geworden. Ich musste nicht mehr darum kämpfen, mich als »irgendetwas« zu beweisen. Ich hatte eine Aufgabe. Dies war eine Geste, die mutig genug war, um mir ein Gefühl von Identität zu verleihen, zumindest für eine Weile. Es fühlte sich an, als würden wir die Entscheidung aus freien Stücken treffen, und dass wir nicht so werden würden wie unsere Eltern. Anna irrte sich. Ich hatte Astrid nie verlassen wollen. Wäre es doch bloß *so* gewesen.

Wir hatten den Winter in Athen hinter uns gebracht und die ersten Anzeichen des Frühlings – die längeren, blassen Abende, die durchbrechenden Schwertlilien und die veränderte Luft. Der Wind hat so etwas Neues. Die Luft riecht ganz anders im März, oder nicht? In der ersten Woche hatten wir Julians Mutter in ihrem Haus auf Syros besucht. Mrs Gresford war aufrichtig begeistert. Ich erinnere mich sogar daran, wie sie das Foto gemacht hat. Sie hielt das Ganze offenbar für einen köstlichen Witz. *Julian wird tot umfallen – das glaubt er mir nie!* Es war gut, so jemanden auf unserer Seite zu haben. Wir wussten genau, wie alle anderen reagiert hätten. Und vielleicht wären alle anderen, insgesamt betrachtet, im Recht gewesen.

Astrid hatte länger gebraucht als gedacht, um hinter die Sache mit Ioulia zu kommen, und das Dumme ist, dass es das gar nicht wert gewesen war. Ich wollte ja nur etwas beweisen – wollte meine Freiheit ausleben –, und das hatte ich vermutlich schon immer auf diese Weise getan. Ich liebte Astrid jetzt mehr als je zuvor. Ich freute mich mehr auf unsere gemeinsame Zukunft, als ich mich je auf irgendetwas gefreut hatte. Manchmal nahm sie meine Hand und drückte sie an ihren Bauch, und in den vergangenen paar Wochen konnte man den Abdruck einer Ferse erfühlen, die sich der Welt entgegenreckte.

Wenn ich mich heute daran zu erinnern versuche, scheint mir alles so schnell passiert zu sein. Ein Ereignis stolperte direkt ins nächste, und alles entzog sich meiner Macht. Wir kamen in unsere Wohnung in Gazi zurück, und der kleine Umschlag wartete beim Hausmeister auf uns. Schon als ich ihn sah, wusste ich, dass die lateinischen Buchstaben zu plump geschrieben waren, um von ihm zu stammen, doch ich hätte nicht gedacht, dass Ioulia zu einer solchen Boshaftigkeit imstande war. Astrid betrachtete die kindliche Schrift nervös. Ich glaube, sie war inzwischen so sehr in Dimitris Aktivitäten verstrickt, dass jede unbekannte Handschrift eine potenzielle Bedrohung darstellte. Fünf, vielleicht zehn goldene Minuten – wir rannten die Treppe hinauf, stellten unsere Taschen ab, setzten eine Kanne Kaffee auf, küssten uns im weichen Abendlicht –, in denen wir noch nicht wussten, dass unsere Welt gleich in Fetzen aufgehen würde.

»Denkst du, du bist so eine Art Ted Hughes, oder was?« Sie hielt den Brief auf Armeslänge von sich gestreckt und starrte ihn wütend an, als wäre er ein giftiges Tier – das sie nicht loslassen oder zu reizen wagte, mit dem sie sich aber auch nicht auseinandersetzen konnte. »Sag mir, dass das nicht wahr ist.« Ihre Stimme war leise und gefasst. *»Sag mir, dass das nicht wahr ist.«* Jetzt bis ins Unermessliche angespannt. Ich musste daran denken, wie wir in der Schule Gummibänder um unsere Finger gewickelt hatten, bis diese sich blau verfärbten. So würde ich es beschreiben, dachte ich, wenn ich darüber schrieb.

Und dann sah sie es mir an. Das Problem ist, dass mich alle für einen Heuchler halten – und das bin ich auch, auf eine gewisse Weise; doch irgendetwas an ihrem Gesichtsausdruck – traurig, begütigend, während die Scheinwerfer eines Autos auf der Straße die weichen Konturen ihres Gesichts streiften – machte es mir unmöglich zu lügen.

Diese Nacht würde sie bei Dimitri verbringen. Der Gedanke, dass er ihr beschissener weißer Ritter war, ließ mir das Blut in den Adern gefrieren. Ich bot an, die Wohnung zu verlassen.

»Und wo würdest *du* hingehen?«

»Ein Hotel?«, brachte ich wenig überzeugend hervor, während sie bereits ein paar Sachen in einen kleinen Stoffbeutel warf.

»Sag jetzt nichts mehr. Bitte.«

Es war, als würde man ein Glas fallen lassen und in Zeitlupe dabei zusehen, wie es einem langsam aus der Hand rutschte – irgendwie hat man genügend Zeit, um zu begreifen, dass es fällt und dass es auf dem Boden aufschlagen wird. Man hat Zeit, diesen Gedanken zu formulieren – diesen Eindruck in Sprache zu fassen –, doch irgendwie hat man keine Zeit, zu *handeln* und es vor dem Zerspringen zu bewahren.

Es gibt Worte, die man unüberlegt, einfach so fallengelassen hat und von denen man sich wünscht, sie sich in den Mund zurückstopfen zu können.

Aristoteles war ein Nebensaisonsäufer, und so waren wir ihm erst im September begegnet, doch von da an war er ein fester Bestandteil unseres Lebens geworden – er gehörte zum Inventar der Taverna. Ich mochte ihn wegen seines Namens (ich hatte mich noch immer nicht daran gewöhnt, wie verbreitet Sokrates, Archimedes, Adonis dort waren) und wegen seines Englisch, das selbstsicher und idiosynkratisch klang, weil er es (angeblich) in den Vierzigern von englischen Spionen auf Kreta erlernt hatte (obwohl alle Geschichten über seine Vergangenheit mehr als nur ein bisschen ausgedacht klangen, zugegeben). Als ich ihn zum ersten Mal traf, stellte er sich als »Aristo – wie Onassis« vor, drückte mir übertrieben fest die Hand und grinste Astrid zwischen zwei Zügen an seiner kleinen Elfenbeinpfeife anzüglich an. Der Pfeifenkopf hatte die Farbe von Rotz angenommen, so wie seine Zähne und seine kurzgeschnittenen, spitzen Fingernägel. Astrid mochte ihn nicht: Er war eben genau die Art von Mann, die Frauen generell anzüglich angrinste, und mir fiel auf, dass er sich, wenn er mit ihr sprach, immer wieder über die Oberlippe leckte, so dass seine fleckige Zunge die Borsten seines feuchten Oberlippenbartes streifte.

»Er ist abstoßend«, sagte sie einmal zu mir, »und ein schlechter Mensch.«

Er war aber auch bissig und witzig und immer großzügig. Mit Aristo als Trinkpartner saß man nie auf dem Trockenen. Ich mied ihn meist, aus Rücksicht auf ihre Abneigung ihm gegenüber, und so lief ich natürlich an diesem Abend direkt zu ihm.

»Michael, altes Haus!«, er klopfte mir auf den Rücken. »Was trinkst du heute?«

»Beruhigungsmittel für Elefanten, wenn es so was hier gibt«, erwiderte ich und hoffte, dass ich *lakonisch* klang und nicht *pathetisch*.

Er bestellte uns zwei doppelte Gin, die mit einem der peinlichsten Wortwitze serviert wurden, die ich je ertragen musste (»Prostata, alter Junge!«), und er machte sich tapfer bereit, mich in Ermangelung meines gewünschten Sedativums höchstpersönlich ins Koma zu reden. Er war wirklich ein guter Kerl, dachte ich noch, als ich das erste Glas in mich hineinkippte. Einer dieser Männer, die Frauen einfach nicht verstanden, weil sie über sein unglückliches Äußeres nicht hinwegsehen konnten.

Im Laufe dieser langen Nacht wickelte er mich geschickt

mit unzähligen Geschichten aus seiner so spannenden Vergangenheit ein (heutzutage machte er etwas schrecklich Langweiliges – hockte in einem Büro oder hatte einen dieser Jobs, bei denen man andauernd mit anderen Männern Mittagessen gehen musste), bis ich mich angenehm begraben fühlte, in einer Art Schneewehe seiner verschiedenen erfundenen Vergangenheiten. Erinnere ich mich noch an das, was ich gesagt habe? Ich redete auf Autopilot – ich erzählte aus dem drängenden, engstirnigen, betrunkenen Bedürfnis heraus, mich jemandem anzuvertrauen. Im Laufe der folgenden Wochen, die sich wie eine monströse faustische Prozession entwickelten, bohrten sich Splitter davon in mein sorgsam abgetötetes Bewusstsein. Ich erinnere mich, dass ich mich triumphierend bestätigt fühlte, als ich das Wort *schwanger* aussprach und er mich mit absolut kontrolliertem Entsetzen ansah. »Stell dir mal vor – eine schwangere Frau in eine solche Gefahr zu bringen.«

Ich erinnere mich, wie ich mich am Geländer zur Wohnung hochgeschleppt habe, und ich erinnere mich, wie ich den Schlüssel fand, den ich unter die Fußmatte gelegt hatte, für den Fall, dass sie es sich anders überlegte. Ich erinnere mich, wie ich mir eine Zigarette ansteckte und auf dem Balkon stand und die süßen blumigen Noten der ersten Geißblattblüten einsog. Alles war in Mondschein gebadet. Das Rascheln der Blätter im Wind klang wie das Rauschen des Meeres. Dann meldete sich leise die Furcht. Ich schüttelte sie ab und sagte mir, dass Aristo ein zu schräger Vogel war, um etwas mit dem Staat zu tun zu haben. Er war bloß ein Trinkkumpan, beharrte ich zwischen den Zügen an der Zigarette. Niemand würde je erfahren, was ich ihm erzählt hatte, und außerdem, wenn *ich* indiskret gewesen sein sollte, dann war Dimitri es noch viel mehr gewesen – und er hatte kein Recht, sie so da hineinzuziehen (und mich nicht einzubeziehen? War es das, was ich eigentlich dachte?).

Astrid kehrte am nächsten Nachmittag zurück, und als ich sie im Hof stehen sah, musste ich an den Frühling im Jahr zuvor denken, und wie sie in der Flut der warmen Morgensonne auf dem Gehsteig der Charlotte Street gestanden hatte. Sie wolle nicht einfach so gehen, sagte sie. Sie wollte versuchen zu verstehen, und verzeihen. Wir würden ein Kind zusammen bekommen. Wir würden uns zusammen ein Leben aufbauen. Die nächsten paar Tage waren schmerzhaft. Ich führte ein zweigeteiltes Leben, das auf der einen Seite aus nichts anderem als Gefühlen bestand und auf der anderen aus dem Verdrängen, dass ich dem anderen Teil gegenüber einen Fehler begangen haben könnte. Ich war betrunken gewesen und auf der Suche nach einem offenen Ohr, doch ich hatte nichts davon *gewollt*. Ich versuchte mir einzureden, dass ich bloß paranoid war. Unsere Liebe zueinander war in diesen paar Tagen so heftig, und mit jedem Tag, an dem nichts geschah, sagte ich mir aufs Neue, dass es vielleicht nie passieren würde. Doch natürlich passierte es. Es war bloß eine Frage der Zeit.

Wir hatten uns um Viertel nach sechs an unserer Lieblingsstelle am Aussichtspunkt in Anafiotika verabredet. Es war ein kühler und ungewöhnlich ruhiger Abend, und die Sonne schimmerte auf den ausgelatschten, weiß getünchten Treppen, die zur Aussichtsplattform führten, wo wir sitzen und gemeinsam das uralte Athen unter uns betrachten würden – und über allem, wie eine Briefmarke, die Akropolis, in ihren Sonnenuntergangs-Heiligenschein getaucht. Da war es wieder. Dieses grünliche Licht, das jetzt sämtliche meiner Erinnerungen daran ausleuchtet. Als sie um halb sieben nicht da war, wusste ich, dass etwas nicht stimmte. Um Viertel vor sieben spürte ich das benebelnde Tröpfeln der Angst.

Durch das gewundene Dickicht von Gängen – dieses anachronistische, kykladische Dorf im Zentrum Athens. Die Straßenlaternen sprangen eine nach der anderen an und beleuchteten meinen Weg, der mich immer weiter abwärts führte, abwärts, abwärts – die Erde bebte unter meinen Füßen, und ich rutschte auf den Pflastersteinen aus. Durch das Chaos von Straßen, die gerade das einschläfernde Summen der Siesta abschüttelten, um für den Abend bereit zu sein. Der Lärm der Motoren. Der vogelartige Singsang sich hebender und senkender Stimmen.

In der Taverna saßen die alten Männer schweigend da. Panos sah mich mit wässrigem, mitleidvollem Blick an.

»Christinaki?«, keuchte ich mit dem letzten Rest Luft in meiner Lunge.

Er deutete mir an, näher zu kommen, und flüsterte mir ein paar Worte ins Ohr, die ich nicht verstand. Nur zwei erkannte ich: *Dimitri. Asfaleia.* Und dann: ohrenbetäubende Stille.

Als ich zur Wohnung zurückkehrte, war alles ganz normal, an Ort und Stelle, ganz und gar ungestört, und doch wurde ich das beunruhigende Gefühl nicht los, dass jemand dort gewesen war. Ich ging langsam und schwerfällig umher, wie einer, bei dem die Wirkung der Drogen gerade nachlässt, und betrachtete alles mit tauber Präzision. Schließlich fand ich sie auf dem Nachttisch, eine kleine Botschaft auf glattem braunem Papier:

Wir wissen deine Dienste für unser Land sehr zu schätzen, alter Kumpel. Du wirst in Griechenland für immer willkommen sein.
Cordialement.

An was sonst sollte ich mich noch erinnern?

38
Leah

Tom und Clarissa wachten schließlich auf, als wir uns dem Dorf näherten. Larry und ich hatten kaum noch ein Wort gewechselt, und ich hatte die Augen aus Höflichkeit geschlossen gehalten, vielleicht sogar aus Stolz, damit es aussah, als schliefe ich, statt einfach nur wütend auf ihn zu sein. Toms Stimme war das Signal gewesen, um ein Aufwachen vorzutäuschen.

»Das ist ja seltsam«, sagte er.

»Sind wir zu Hause?«, fragte Clarissa mit der süßen, kindlichen Stimme von jemandem, der noch halb schläft.

»Hat meine Mutter dir eine Nachricht geschickt?«

»Hä?« Gähnend griff sie nach ihrem Handy, und ich beobachtete im Rückspiegel, wie sie allmählich in den Wachzustand zurückkehrte.

»›Hi, Darling‹«, las Tom vor. »Himmel, das muss ich erst mal überarbeiten. Die Frau kann ums Verrecken nicht tippen.« Er kniff die Augen zusammen. »›Gib mir noch mal deine Flugdaten, und hat Clarissa dieselben? Dad und ich überlegen, einen Tag früher zurückzufahren, aber wir haben ja versprochen, dich zum Flughafen zu bringen. Kein Grund zur Sorge, ich erklär's dir, wenn du wieder hier bist. Liebe Grüße.‹«

»Kein Grund zur Sorge?«, wiederholte Clarissa. »Was soll denn das bedeuten?«

»Wahrscheinlich hat Toms Oma endlich den Löffel abgegeben. Die ist bestimmt schon hundertneunzig Jahre alt.«

»Sei doch nicht so ein Arsch, Lal. Meine ist wenigstens keine Faschistin wie deine.«

Ich beschloss, mich zu verkrümeln, sobald wir wieder im Haus waren. Für mich lag ja ziemlich auf der Hand, was während unserer Abwesenheit passiert war. Mit all dem hatte ich aber nichts zu tun, und so entschuldigte ich mich, als wir bei unserer Ankunft Jenny und Bryan am Tisch auf der Terrasse sitzend vorfanden, mit der Begründung, ich hätte am nächsten Tag einen Zug gebucht, und ging meine Sachen packen.

Viel später, als ich wusste, dass ich niemandem begegnen würde, stahl ich mich aus dem Haus und ging zum Strand. Die Nacht war spätsommerlich frisch, aber das Meer sah so glatt aus, wie es hier immer war. Ich setzte mich in den kühlen Sand und zog mein Hemd enger um mich. Ich hatte schon eine Weile die dunkle, regungslose Wassermasse beobachtet, als ich merkte, dass sich jemand von den Dünen her näherte. Dass er es war, überraschte mich nicht. Anfangs sagte er nichts, aber ich spürte den Druck seines Blicks wie Finger, die sich in die Umrisse meines Profils pressten. Ich sprach als Erste, ich wollte ihn herausfordern.

»Julian hat den anderen also das Foto gezeigt?«

»Herrgott noch mal, hat er einen Newsletter verschickt? Einen Stadtschreier beauftragt?«

Ich erzählte ihm nicht, auf welchem Weg ich das Foto wirklich gesehen hatte. Ich hielt es für besser, ihn nicht auf das Risiko der Weitergabe seines E-Mail-Passworts hinzuweisen, da es für mich durchaus noch von Vorteil sein konnte, es zu kennen. Ich ließ die Stille zu Nadelstichen zwischen uns werden. Mir bereitete das kein Unbehagen mehr.

»Anna ist gegangen«, sagte er schließlich.

»Das überrascht mich nicht.«

Er gab den selbstgefälligen Protestlaut von sich, den man von der Sorte Mann erwarten würde, die sich gerne in Internetforen über den Niedergang der Männlichkeit bewegte. »Es war überfällig.«

»Stimmt.« Ich fragte mich, wie leicht es mir fallen würde, dieses Gespräch einfach zu verlassen und schlafen zu gehen.

Sein Blick wollte mich immer noch zu einer Erwiderung auffordern, und nach einer Weile sagte Michael: »Du weißt, du musst morgen nicht fahren.«

Ich ließ mich zu keiner Reaktion herab. Unbeirrt fuhr er fort: »Jetzt, wo Anna weg ist, wäre es für dich leichter, hierzubleiben.«

Jetzt wagte ich einen Blick in seine Richtung und sah, dass sein Gesicht von einem starren, ekelerregenden Lächeln entstellt war. Er schob sich näher an mich heran, und ich fühlte, wie mein Magen sich zusammenzog. Sein Kiefer war unnatürlich beweglich, so dass mir der Gedanke kam, dass er vielleicht sogar high war.

»Ich tue erst gar nicht so, als wüsste ich, was das bedeutet.«

Er griff nach meiner Hand. »Jetzt komm schon«, flüsterte er. »Du wirst nicht bestreiten, dass zwischen uns so etwas wie elektrische Spannung besteht. Wir spüren es doch beide.«

Sonderbarerweise musste ich in dem Moment an meinen ersten Job denken, mit sechzehn, in einem Supermarkt. Ich befand mich im Kühlraum mit meinem direkten Vorgesetzten, der etwa so alt gewesen war wie Michael jetzt, aber nicht das Privileg gehabt hatte, noch so gut auszusehen. Er hatte ein Nackentattoo gehabt und oberhalb davon, an seinem glänzenden rosa Hinterkopf, einen mickrigen Pferdeschwanz. Es war April, und die ersten (mit Wasser aufgeblähten und künstlich duftenden) Erdbeeren waren gerade angeliefert worden. Mir gefiel, wie sie den Kühlraum mit ihrem Geruch erfüllten. Mein jugendliches Ich war so entzückend romantisch, dass ich in mein Tagebuch schrieb, wie der Duft der neuen Jahreszeit bei der Arbeit Einzug hielt. Ich war die Art von verträumtem Teenager, die am Ende der Schicht alle reduzierten knallbunten Chrysanthemen aufkaufte und ihr Zimmer damit ausschmückte. Mein Chef hielt sein Klemmbrett umklammert und befeuchtete sich mit der Zunge die Lippen, ehe er mich bat, eine Kiste Erdbeeren vom Boden hochzuheben, und als ich mich hinunterbeugte (statt, wie man es uns am ersten Tag der Einführung beigebracht hatte, in die Knie zu gehen), verpasste er mir einen so heftigen Klaps auf den Po, dass mir Tränen in die Augen schossen. Ich war zu verwirrt, um mich umzudrehen. Ich spürte, dass meine Nase brannte. Und meine Haut vor Scham ganz schmierig war.

»Auf geht's, Flirty Gertie«, hatte er mich forsch-fröhlich angewiesen. »Die sind für das Ende der Rabattaktion auf Obst und Gemüse!«

Michael legte meine Hand zwischen seine Beine. »Das ist das Gefühl, das du mir gibst«, flüsterte er in einem Ton, der vermutlich wie eine gehauchte Schlafzimmerstimme klingen sollte. »Gibt dir das nicht ein Gefühl von Macht?«

In gewisser Weise gab es mir tatsächlich ein Gefühl von Macht. Und zu Beginn des Sommers wäre es vermutlich so stark gewesen, dass ich von meiner eigenen Wirkungskraft angetörnt gewesen wäre. Ich hätte ihn sich an mich drücken und seine feuchte Hand unter mein Hemd schieben lassen, und wahrscheinlich hätte mich die Hitze seines

Atems an meinem Ohrläppchen sogar erregt. Mein sexy Silberfuchs-Künstler-Chef, hätte ich gedacht. Das hier ist ein Übergangsritus. So fühlte ich mich jetzt nicht mehr.

»*Ich* gebe mir ein Gefühl von Macht«, sagte ich und befreite meine Hand aus seiner.

39
Michael

»Ich glaube, wir sollten die Handlung nach Italien verlegen«, sagte Angela, bemüht, ihrem, was menschliche Regungen angeht, normalerweise so knauserigen Gesicht etwas Kumpelhaftes zu verleihen. »Diese ganze Storyline mit der Militärdiktatur? Das funktioniert nicht. Die Figuren sind sowieso alle apathisch, und ganz ehrlich, daran erinnert sich doch keiner. Wenn ich an Griechenland denke, denke ich an Pauschalurlaub. Prolls im Flieger. Diese hässlichen Hotelbunker, wo es labbrige Schinkenbrötchen zum Frühstück gibt.«

»Und außerdem würdest du gerne sechs Wochen lang in der Toskana drehen.«

»*Wohl kaum*, Graham – eher East Anglia. Ich hatte auch nicht an das *luxuriöse* Italien gedacht. Eher an Neapel, oder Palermo – ihr wisst schon, irgendwo, wo es so rau ist wie in Athen. Ich glaube, das würde besser zu der Figur passen. Er ist ja furchtlos, oder?«

Ich nickte und schluckte den letzten Rest meines Pints. *Furchtlos*. Damit konnte ich leben. »Ich versteh schon, was du meinst. Ich überleg mir was.«

Sie strahlte vor übertriebenem Enthusiasmus, und ich fragte mich, wie Jenny es fertig brachte, gemeinsam mit all diesen Wichsern *in den Medien* zu arbeiten. »Ich *freu* mich so!«

Graham, die schmächtigere Hälfte dieses Horrorpärchens,

äffte jede ihrer Gesten nach, und ich sah ihm mit eigentümlich grimmiger Faszination dabei zu. Angela faltete die Hände und legte sie an die Lippen, und für einen surrealen Sekundenbruchteil glaubte ich, sie würde gleich so etwas wie *namaste* sagen. Stattdessen versuchte sie, ihren Augen ein Leuchten zu entlocken, und zwang ihrer kargen Schnute die Form eines zahnbedeckten Lächelns auf.

»Gut! Ich muss los, Gentlemen. Ich muss noch circa fünfzig Millionen Scheiben Räucherlachs zu Häppchen rollen, für die Party heute Abend.« Ein theatralisches Ächzen. »Ich denke, wir sehen uns nach den Feiertagen wieder, falls uns bis dahin kein fleischfressender Computervirus verschluckt hat, oder was auch immer da auf uns wartet, wie mein Sohn behauptet. *Gott*, zweitausend. Ich fühl mich so *alt*.«

Ich fragte mich, ob sie immer so redete, und rutschte von meinem Barhocker. Draußen wurde ich von der Welle junger Privatschul-Henrys verschluckt. Die London Bridge war voll von ihnen – eine dahinrollende, kreischend laute Masse aus blondem Chaos in Nadelstreifen. Die Station Bank würde ein Albtraum sein, dachte ich schlechtgelaunt, und ich hasste Anna mit jeder Faser meines Seins dafür, dass sie sich entschieden hatte, an der Central Line zu wohnen.

Ich schaltete auf Autopilot, sobald ich das Gedränge maschinenhafter Körper erreichte, und kämpfte mich durch die endlos-engen Korridore.

»Auf den Linien Hammersmith und City, District, Northern, Bakerloo und Victoria kann es zu größeren Verzögerungen kommen.«

Rauf und runter, eine unendliche Folge von Treppen.

»Alle anderen Linien fahren nach Plan.«

Durch das Dickicht gesichtsloser Geistermenschen, und dann auf den etwas weniger vollen Bahnsteig hinaus.

Angelas Worte kamen mir wieder in den Sinn und fühlten sich wie ein hartes Urteil an. *Apathisch.* Die Leute gingen so leichtfertig mit dem Vorwurf der Apathie um, und doch bezweifelte ich, dass sie sich freiwillig melden würde, um Räucherlachshäppchen in einem liberianischen Flüchtlingslager zu rollen.

Ich bestieg mit all den anderen jämmerlichen Ameisen den Zug und schloss die Augen. Italien. Mit Italien könnte ich leben. Sie wäre gerne einmal in Italien gewesen. Ich spürte einen kleinen Stich des Vergnügens, als ich mir ihre Silhouette wie eine Anziehpuppe aus Papier in Trastevere vorstellte, oder auf einer Terrasse an der Piazza Maggiore in Bologna; ein zweidimensionales Fantasiegebilde in dem Baumwollkleidchen mit den indigoblauen Anemonen, das sich wie eine Weihnachtskrone aus Papier vor der Szene entfaltet.

»Nächste Station Holborn. Ausstieg hier zum British Museum.«

Holborn, Russell Square, Tottenham Court Road, Goodge Street. Alles Orte, an denen niemand mehr lebte. Ein Knoten von Stationen, um den herum ich mir für kurze Zeit so etwas wie ein gemeinsames Leben mit ihr aufgebaut hatte.

Ich öffnete die Augen und spürte, wie sich die Nerven im Bereich meiner Kehle zusammenzogen. Da stand sie auf dem Bahnsteig, in dem Männerhemd und der gekürzten Hose, die sie bei ihren Auftritten bei Jeremy's immer getragen hatte, das Haar auf dem Kopf aufgetürmt. Ihre Hand hielt eine kleinere Hand – zu klein, als dass ich sie sehen konnte. Sie sah mich streitlustig an, ohne jede Spur der unbeholfenen Scheu von früher. Diese Augen erwarteten Antworten.

Doch natürlich tat sie das nicht – taten *sie* das nicht – und so schnell, wie sie gekommen waren, verschwanden sie spurlos wieder in der Welle gestresster Pendler.

40
Leah

Ich fühlte mich etwas benommen, etwas verlangsamt – gedämpft –, als ich über den Rasen auf die Terrasse mit ihren glatten Steinplatten ging. Vor allem fühlte ich mich ruhig. Ein letztes Mal atmete ich den Duft des frischen Majorans ein und genoss für einen Moment den Geruch von feuchtem Gras.

Im Schutz meines Zimmers packte ich meine Sachen fertig und verharrte einen Moment bei dem Blick aus meinem Fenster – der Andeutung von Mondlicht, das sich in den Kräuselwellen des Meeres spiegelte. Am Ende hatte sich alles erwartungsgemäß elend gestaltet. Ich wusste, dass es für mich keine Möglichkeit gab, zu dieser nachtschlafenden Zeit allein nach Marseille zu kommen, aber genauso wusste ich, dass ich woanders sein musste, dass ich am nächsten Morgen nicht mehr hier würde aufwachen können. Dieser Gedanke trieb mich an, weiterzumachen und nicht stehenzubleiben und über all das, was gerade passiert war, nachzudenken.

Meine Flucht verlief glatt, bis ich an der Haustür ankam.

»Leah?«

Ich fluchte leise.

»Bist du das?«

»Bryan?«

Er saß auf dem Sofa im Wohnzimmer und blätterte ein altes Exemplar des *Harper's Magazine* durch.

»Was machst du?«, fragte er, den Blick flüchtig auf mein Gepäck gerichtet.

»Warum bist du wach?«, stammelte ich.

»Wo willst du hin?«

Trotz des Impulses, mich vorwärts zu bewegen, fühlte ich mich jetzt an der Türschwelle, wo er mich erwischt hatte, wie angenagelt. Seine ganze quälende, gut gemeinte Besorgnis.

»Bleib hier«, sagte er. »Ich hole mir meine Jacke.«

Im Auto sprachen wir nicht viel, aber Bryan war ja grundsätzlich schweigsam. Ein Gespräch eröffnete er nur im Notfall, und dann, um praktische, lösungsorientierte Fragen zu stellen.

»Bist du sicher, dass du eine Bleibe hast?«

»Hmhm.«

»Hast du ihm geschrieben?«

»Mache ich jetzt gleich«, log ich, und griff nach meinem Handy. Ich wusste zumindest, dass Jérôme in dieser Nacht arbeitete; ich hatte vorgehabt, wie Ingrid Bergman auf glamouröse Weise in seiner Bar aufzuschlagen.

»Okay.« Offenbar zufrieden, schaltete Bryan das Autoradio ein.

Auf dem Klassiksender kam gerade eine Nocturne von Chopin. Ich schwang mich in unsere Schweigsamkeit ein – war sogar dankbar dafür. Ich presste den Kopf gegen das kühle Autofenster und glitt im Brummen des Motors dahin, durch den lilafarbenen Dunst über der Autobahn.

»Weißt du, ich bin sicher, dass, was immer passiert ist, nicht deine Schuld war«, sagte er, scheinbar aus dem Nichts, den Blick unverwandt auf die Straße gerichtet.

»Ach, ich weiß nicht.« Ich zuckte die Achseln. »Es war eindeutig teilweise meine Schuld.«

Weitere fünf oder zehn Minuten vergingen, bis Bryan wieder etwas sagte.

»Was immer es war, du solltest dich deswegen nicht schlecht fühlen.«

Ich beobachtete ihn, wie er seine Sitzhaltung leicht veränderte, den Sicherheitsgurt justierte, umständlich die Tankanzeige und den Tacho kontrollierte und zur Musik mit den Fingern aufs Armaturenbrett klopfte. Schließlich sagte er:

»Weißt du. Ich habe immer gewusst, dass er ein Idiot ist. Er ist kein guter Mensch.«

Gerade Linien vor uns, schwindende Lichter, Pfeile, die uns nach Marseille, Martigues, Toulon leiten wollten.

»Als Jenny noch ein Kind war, hat sie etwas wirklich Schreckliches erlebt. Sie stammt aus einer großen Familie – das hat sie dir sicher erzählt, oder?«

Die Lichtmuster von der Straße strichen über sein Profil. Orangefarbene Strahlen, Schattenbalken, in endloser Schleife wie ein Plattenteller.

»Sie hatte eine ältere Schwester namens Marion, die an Depressionen litt. Wirklich schlimmen Depressionen. Niemand spricht mehr über sie in der Familie; sie haben dieses gewaltige Trauma einfach alle internalisiert …«

Er reckte den Hals, um in den Rückspiegel zu blicken. »Marion hat sich das Leben genommen, als sie neunzehn war. Sie hat sich ertränkt. Jenny war dabei, als sie es tat.«

»O Gott …«

»Und sie hat mit niemandem darüber gesprochen. Mit *niemandem*. In der Sprache der Familie hörte Marion einfach auf zu existieren. Es war eine andere Zeit«, fügte er hinzu, als wäre das eine plausible Erklärung dafür. »An der Uni lernte sie dann Michael kennen, und als sie schon eine

Weile befreundet gewesen waren, erzählte sie ihm alles darüber – ich meine, sie öffnete sich ihm *wirklich*. Oh. Mist, fast hätte ich die Ausfahrt verpasst.«

Das Klicken des Blinkers, als er rechts abbog. »Rate mal, wovon Michaels erster veröffentlichter Roman handelte?«

»Nein …«

»Hat ihm einen Literaturpreis für Studenten eingebracht.« Er lachte. »Für meine Begriffe zeigt das ganz gut, wie er über uns alle denkt. Für ihn sind wir nur Rohmaterial.« Dann sah er mich an. »Er wird aber sein Fett abkriegen. Du wirst sehen. Und diesmal wird Jen ihm nicht verzeihen.«

Jérômes Gesicht durch die Menge hindurch. Die Reihe weißer Zähne, als er erkannte, dass ich es war. Eine Zigarette hinter dem Ohr, wie ein Bauarbeiter seinen Bleistift. Dicht an dicht gedrängte Menschen. Höhenflug. Ein mittelalter Mann, der in der Jukebox »L'Aventurier« laufen ließ. Ohne dass ich es wollte, wippten meine Schultern mit.

Am nächsten Morgen wurde ich, wie gewohnt, früh wach, lange vor Jérôme. Barfuß tappte ich in die Küche, wo die Morgensonne in dünnen Strahlen durch die Fensterläden drang und große geometrische Muster auf den Terrakottaboden warf. Ich setzte einen Espressokocher auf den Herd, öffnete die Läden und ließ damit einen Schwall von Licht in den Raum. Während ich darauf wartete, dass der Kaffee in der Kanne zu brodeln begann, klappte ich, vermutlich auch aus Gewohnheit, meinen Laptop auf und klickte auf Michaels E-Mail-Postfach. Ich verspürte eine Welle voyeuristischer Erregung, als ich sah, dass es eine neue E-Mail von *j.f.gresford* gab.

Das Erste, was sich auf dem Bildschirm öffnete, war ein

weiteres Foto. Es wirkte, als wäre es in den frühen Neunzigern aufgenommen worden und zeigte ein Mädchen etwa in meinem Alter. Sie sah Larry sehr ähnlich und lächelte, ein leeres Weinglas zwischen den Fingern, die Person an, die sie fotografierte.

Das ist ein Foto von meiner Patentochter Iris, die als Studentin ein paar Jahre bei uns in Kalifornien gelebt hat. Als Christine (von »Astrid« hatte sie sich längst verabschiedet) bei meiner Mutter auftauchte, nahmen wir sie für eine Weile auf. Unmittelbar nach Iris' Geburt ging sie mit Mum nach England zurück, und nach dem Sturz des Regimes in Griechenland kam Dimitri schließlich nach Großbritannien, um dort sein Studium zu beenden, das er während seiner Haft natürlich auf Eis legen musste. Er und Chris heirateten 77, und er war, soweit es von Bedeutung war, Iris' Vater. Sie ließen Dich aus dem Spiel, um Iris vor der Wahrheit zu schützen. Ich verstehe, dass es für Dich schwierig gewesen sein muss, hoffe aber, Du hast Verständnis dafür, dass es meine Pflicht war, ihre Wünsche zu respektieren.
Als ich Jenny und Anna neulich nachts nicht alles erzählt – als ich sie in dem Glauben gelassen habe, Du hättest Chris einfach nur in Athen sitzen lassen –, habe ich das getan, um Deine Kinder zu schützen. Falls sie nicht wissen, was Du getan hast, ist es vielleicht besser, nicht daran zu rühren. Schließlich bist Du ihr Vater.

Bitte spar Dir die Mühe, Iris oder Christine ausfindig zu machen. Bei meiner Ankunft habe ich Dir erzählt, ich sei aufgrund einer E-Mail von Jenny gekommen, und jetzt ist es an mir, zuzugeben, dass ich nicht ganz ehrlich war. Nach Frankreich zu kommen, war Teil eines langen Trauerprozesses. Iris ist nach langem Kampf gegen ihre Krankheit vor zwei Jahren gestorben. Du solltest wissen, dass sie ein aufgewecktes, lebhaftes und wunderbares Mädchen war und dass sie ein glückliches Leben hatte. Du solltest aber auch so anständig sein, den Wunsch ihrer Eltern, nicht von Dir behelligt zu werden, zu respektieren. Solltest Du Dich jedoch anders entscheiden, vergiss nicht, dass es immer noch eine Handvoll von uns gibt, die wissen, was Du wirklich getan hast. Anna hat immer wieder von diesem neuen Roman gesprochen, an dem Du arbeitest. Da bist Du doch sicher nicht an negativer Presse interessiert.

Gruß
Julian

Darunter war ein Link zu einem Artikel aus dem Archiv der *New York Times*. Ich klickte darauf und las die ersten paar Zeilen:

Athen, 9. Januar – Die Militärjunta, die Griechenland mehr als sieben Jahre regierte, fügte ihren politischen Gefangenen, jüngst veröffentlichten Berichten zufolge, regelmäßig körperliche und seelische Folter zu …

Als ich später an diesem Tag im Zug nach Paris versuchte, Michaels E-Mail erneut zu öffnen, stellte ich fest, dass er das Passwort für das Konto geändert hatte. Ich klappte meinen Laptop wieder zu und sah draußen vor dem Fenster die Welt vorüberflitzen. Felder voller absterbender Sonnenblumen. Hohe zerklüftete Felswände, die dünn von der *garrigue* bewachsen und teilweise in Flaschengrün getaucht waren. Heuballen, Kirchtürme und Telefonmasten. Olivenhaine. Ich merkte, dass ich erleichtert war.

Epilog

Michael

»Du weißt also, wie viele Menschen – vor allem die jüngere Generation – auf deinen neuen Roman reagieren?«

Ich fand es ermutigend, dass Joanna Pritchard nicht gut gealtert war. Sie sah schlaff aus, mit hängenden Backen, so wie es vielen Frauen mittleren Alters ergeht, und ihr roter Lippenstift ließ sie irgendwie verzweifelt erscheinen. Sie trug teure Kleider. Sie hatte eine gute Karriere gehabt. Dass dieses Interview in einem Coffee-Shop stattfand (skandinavische Einrichtung, Baristas in Lederschürzen, wachsige Philodendren), ließ mich vermuten, dass es ihrer Zeitung nicht mehr ganz so gut ging wie damals, als wir uns das letzte Mal gesehen hatten.

»Ich glaube, sie nennen mich einen *Alten Weißen Mann*, was ja keine sonderlich originelle Beobachtung darstellt.«

Joanna grinste.

»Ich hoffe ja, dass sie mir die Ehre erweisen, mich pauschal zu gar nichts einzuladen. Solche Termine sind so anstrengend.« Ich nippte an meinem Espresso. »Wie fandest du das Buch?«

Sie schien sich mit ganzer Kraft auf ihre Fingernägel zu konzentrieren. »Na ja, es ist jetzt schon ein Bestseller, und es ist noch ganz neu. Das ist toll.«

Es war sicherlich toll für mein Bankkonto, was ein Glück war, weil Anna beschlossen hatte, mich bis aufs letzte Hemd auszuziehen, als sie mit dem Typen abgehauen war, den meine Tochter liebevoll als »Kunstkotzbrocken« bezeichnete.

»Und was noch?«, bohrte ich nach.

Wieder dieses Grinsen. »Es ist provokant.« Sie zuckte mit den Achseln. »Meiner Meinung nach *zu* provokant. Der Inhalt ist größtenteils interessant, aber das geht unter vor lauter Politik, die ehrlich gesagt an manchen Stellen ziemlich verrückt daherkommt. Ich hatte irgendwie den Eindruck, als wolltest du den Leuten bewusst ans Bein pinkeln.«

Die Frage langweilte mich. »Scheint so, als ließe sich das heutzutage gar nicht verhindern.«

»Lustig, dass du das sagst, denn das ist ganz genau das, was du beim letzten Mal gesagt hast, als ich dich interviewt habe – auch wenn du damals einem völlig anderen Publikum ans Bein gepinkelt hast.«

Schlampe. Ich versuchte, verwirrt zu gucken. »Du hast mich schon mal interviewt?«

Kurz sah Joanna so aus, als hätte ich mich vorgebeugt und ihr einen Schlag in ihr selbstgefälliges kleines Gesicht verpasst. »Ist schon lange her«, schniefte sie, als sie ihre gewohnheitsmäßig überlegene Art wiedererlangt hatte. Doch weil es sie offensichtlich noch immer schmerzte, fragte sie mich: »Wie fühlt es sich an, unabsichtlich zum Liebling der alternativen Rechten zu werden?«

Ich dachte an meine Scheidung, ich dachte daran, wie einfach es gewesen war, Bryan und Jenny ihre Anteile am Haus in Saint-Luc abzukaufen, und ich dachte an all die Drinks, die ich der hübschen dreiundzwanzigjährigen Lektoratsassistentin auf der Party ausgeben würde, die mein Verlag heute Abend für mich geben würde.

»Ich glaube, das halte ich aus.«

Danksagung

Ich danke Charlotte, meiner wunderbaren Agentin, die lange vor allen anderen an dieses Buch und an mich als Autorin geglaubt hat. Ich danke Desperate Literature in Madrid, und besonders Terry, Charlotte, Rob und Emily: Ohne den Desperate Literature Prize läge dieses Buch wahrscheinlich noch immer als vergessenes Manuskript in der sprichwörtlichen Schreibtischschublade.

Ich danke meiner brillanten und zum Schreien komischen Lektorin Amy, mit der die Zusammenarbeit ein absolutes Vergnügen war, und allen bei Tinder Press, die geholfen haben, dieses Buch zu dem zu machen, was es ist. Mir schwirrt immer noch der Kopf, weil das alles wirklich passiert. Danke für Eure harte Arbeit und dafür, dass Ihr an mein Buch geglaubt habt, und an mich.

Ich danke allen bei Andrew Nurnberg Associates, die sich so sehr für dieses Buch eingesetzt haben, und Anna, die freundlicherweise noch einmal über den Text gegangen ist, bevor er verschickt wurde.

Ich danke meinen ersten Lesern: Fiona, meiner Mutter, die den Text gelesen hat, als niemand sonst wusste, dass er existierte, und die mir, gemeinsam mit meinem Vater Richard, vom ersten Tag an die unwiderstehliche Kraft und das schwindelerregende Vergnügen vermittelt hat, die von Büchern ausgehen. Ich danke Jess – meiner Seelenverwandten –, ohne die ich nie auf die Idee gekommen wäre, dieses Buch anzugehen. Danke Dir für das herrliche Chaos. Ich danke Jamie, dessen tolles Feedback zu Beginn von entscheidender Bedeutung war. Kate, die mich inspiriert hat und ihre (unendliche) Weisheit und Freundschaft mit mir geteilt hat – ich wünschte, es gäbe Valtaro's noch, damit wir dort feiern könnten. Ich danke Jess A, deren Ratschläge und Unterstützung das alles haben machbar erscheinen lassen. Und Chris, der nicht nur einer der ersten Leser war, sondern mich auch nach jedem melodramatischen Zusammenbruch der letzten zehn Jahre wiederaufgerichtet hat.

Ich danke Adam, der mit mir getrunken und mir Hoffnung und Ratschläge gegeben hat, als der zehntausendste Literaturagent das Manuskript abgelehnt hatte. Und Madeleine, die eine ganz frühe Version gelesen und mir ein unschätzbares Feedback gegeben hat.

Ich danke Dimitris, einem meiner Lieblingsstammgäste in dem Café, in dem ich gearbeitet habe, als ich dieses Buch schrieb. Dimitris hat den letzten Teil des Buches gerettet, weil wir über die griechische Militärregierung ins Gespräch kamen, während er an der Theke auf seinen doppelten Espresso wartete. Ich danke auch seinem Vater und dem Nachbarn seines Vaters in Athen, die mir vom Leben dort in den Sechzigern erzählt haben. Ich schulde euch allen ein Leben lang Kaffee.

Ein riesengroßes Dankeschön gilt Kyveli und Phoebus für ihre Übersetzungen ins Griechische und dafür, dass sie aufgepasst haben, dass mir beim Schreiben über ihr Heimatland keine groben Schnitzer unterlaufen sind. Ein besonderer Dank gilt Feev für die Musik, und dafür, mir Athen gezeigt zu haben. Tausend Dank auch an Antoine, dafür, dass er sich geduldig all meine Französischfehler vorgenommen hat. Tut mir leid, dass nach all unserer gemeinsamen

Zeit meine Rechtschreibung in Eurer schönen Sprache noch immer so ein Durcheinander ist!

Ich danke all den anderen Menschen, die ihre Spuren in diesem Buch hinterlassen haben: Sandra, Siobhan McIlvanney, Elle, Steph, Cameron (der Meister der Collage) ... und all den anderen, mit denen ich bei Bob's zusammengearbeitet habe, während das hier geschrieben wurde, und ganz besonders Mustafa – wie immer, alles Liebe. Ich danke den Stammgästen von Le Bastringue, auf deren Terrasse ein großer Teil dieses Buches erdacht wurde – nach dem einen Negroni zu viel. Ich danke dem English Department der Ysgol Brynhyfryd-Schule, und Eileen Jones und Bethan Hughes – den ersten Menschen, die mir je gesagt haben, dass ich schreiben kann. Ich danke besonders all meinen Freunden und Verwandten, die mich ertragen haben und die ich mehr liebe, als ich sagen kann.

Und ganz besonders danke ich Jan. Meiner großen Liebe – ich bin so glücklich, dass ich umfallen könnte.

Die Zitate auf S. 6 stammen aus:
John Berger. *Sehen. Das Bild der Welt in der Bilderwelt,* dt. von Axel Schenck. Frankfurt 2018, S. 4.,
James Lord. *Picasso und Dora Maar,* dt. von Astrid von dem Borne und Irmengard Maria Gabler. Frankfurt 1998, S. 160.,
Patrick Modiano. *Gräser der Nacht,* dt. von Elisabeth Edl. München 2014, S. 107.

Das Zitat auf Seite 107 stammt aus: Margaret Drabble. *Jerusalem – goldene Stadt,* dt. von Irmela Erckenbrecht. München 1988, S. 11.

Die Verse auf Seite 239 stammen aus: Marie de France, *Lais,* dt. von Philipp Jeserich. Stuttgart 2015, S. 138f.

Alle anderen Zitate wurden von Juliane Gräbener-Müller übersetzt..